이 마음도
언젠가
잊혀질 거야

이 마음도 언젠가 잊혀질 거야

스미노 요루 지음

이소담 옮김

소미미디어
Somy Media

일러두기

* 이 작품은 작가 스미노 요루가 록 밴드 더 백 혼(THE BACK HORN)과 구상 단계부터 긴밀하게 의견을 주고받고 창작 과정을 공유하며 집필한 소설입니다. 소설과 음악의 경계를 뛰어넘어 서로의 창작물에 영감을 주며 밀접하게 만들어낸 컬래버레이션 작품입니다. 더 백 혼의 앨범 〈이 마음도 언젠가 잊혀질 거야〉와 함께 즐기시기를 추천합니다.

* 본문 중 괄호 안 내용은 이해를 돕기 위한 옮긴이의 주입니다.

차
례

본편

●
●
●

아무래도 인생이란 건 형편없이 시시한가 보다. 어른들이 죄다 10대 시절이 제일 즐거웠다는 소리를 하는 게 그 증거다. 이런 아무것도 없는 매일매일을 찬미하고 부러워하다니, 내가 지금 이 상황에서 조금이라도 더 나아질 일이 없을 거라니.

이런 위기감을 다른 녀석들도 나와 비슷하게 느끼는 줄 알았다. 그런데 아니었다. 녀석들은 제각기 뭔가 억지로라도 자기 자신을 구워삶은 것 같았다. 가령 책을 읽거나, 혹은 음악을 듣거나, 또는 스포츠에 열을 올리거나, 아니면 공부에 몰입해 자신을 위로하는 것 같다.

나 또한 그저 그렇게 일정한 규칙을 따르고 일정한 능력을 익히며, 극단적인 불행을 겪지 않고서 여기까지 살아올 수 있었다. 밥은 맛있다고 느끼고 잠도 잘 잔다고 생각한다. 그러나 무슨 일을 해도 시시하다. 정말 시시해 죽겠다.

매일 아침밥을 먹고 등교하고 정해진 교실에 들어가 정해진 자리에 앉는다. 딱히 누군가와 의미 있는 대화를 나누지도 않는다. 우호적인 관계도 맺지 않고 위해를 가하지도 않는다.

그저 책상을 보며 시간이 어서 가기를 기다린다. 지루함은 자극하면 한층 더 짙어진 모습을 드러낸다. 몸을 이리저리 비틀면 통증이 징징 울린다. 가만히 있으면 그저 거기 있는 존재로서 어떻게든 지나가게 둘 수 있다. 가만히 마음 깊은 곳에 자리 잡고 앉은 지루함을 바라본다.

시선을 들어 주변을 쭉 둘러본다. 아무것도 아닌 학생들이 서른 명 정도 모여 있는 이 교실에 특별한 인간은 단 한 명도 없다. 물론 나도 포함해서 모두 시시한 녀석들뿐이다.

나와 이 녀석들의 차이점은, 나는 자신의 시시함을 망각하지 않고 살아있다는 점이다. 다른 녀석들은 어떤 것으로든 인생을 채색해 자신이 특별한 인간인 양 착각하고서 살고 있다. 나는 그 녀석들을 평등하게 경멸한다.

나는 그저 막막하다. 막막할 수밖에 없는 나 자신에게도, 막막해하지 않는 녀석들에게도 분노가 들끓는다.

나 자신이 시시하다는 사실에 끝도 없이 분노하는 지금이 인생의 최절정기라고 한다.

진짜 웃기지도 않는다.

간절히 바란다.

　누구든 좋으니 이런 의미 없는 곳에서 나와 이 감정을 송두리째 어디론가 데려가 주기를.

/ / / /

　아무것도 안 하는 시간에, 예전에는 시간을 보내려고 미친 듯이 책을 읽은 적도 있다. 덕분에 쓸모없는 지식을 다방면으로 쌓았으나, 그 이상의 수확은 딱히 없었다. 전문서나 논픽션도 그렇지만, 특히 남이 만들어낸 이야기 같은 건 전혀 희망이 되지 못했다.

　"스즈키, 다섯 번째 줄부터 다음 단락까지 읽어보자."

　"네."

　선생님의 지시에 따라 국어 교과서를 들고 일어나 지시받은 곳까지 소리 내어 읽었다. 반항 따위 안 한다. 같은 반의 불량한 척 구는 녀석들이 지겹다느니 뭐라느니 트집을 잡는 모습을 보면, 하여간 아무것도 모르는 놈들이다 싶다. 그렇게 지겨우면 지시하는 대로 움직이면 된다. 그냥 흘러가는 대로 두어야 가장 쉽게 인간의 시간이 진행된다. 학교를 쉰다는 선택지를 고르지 않고 어떤 이유가 있어서 등교했다면, 이 지겨움을 덜어낼 방법은 그것뿐이다. 어쩌면 사실은 지겹지도 않은데 누구든 자신을

　　　　　　　　　이 마음도 언젠가 잊혀질 거야

상대해줘야 시시함을 덜어낼 수 있다고 생각해서 그런다면, 인간으로서 더욱 하찮은 존재다.

수업은 듣고 있으면 끝난다. 점심시간 전 4교시. 그냥 앉아서 남의 이야기를 듣기만 해도 배가 고파져서 매일 식당에 가서 밥을 먹는다. 혼자 빈자리에 앉아, 그날 어쩌다 보니 고른 음식을 입에 넣는다. 매번 정말로 먹고 싶은 음식과는 왠지 다르다고 생각하면서 되는 대로 먹는다.

식사를 마치면 딱히 꾸물거리지 않고 교실로 돌아간다. 시끌벅적한 교실의 내 자리에 앉으면, 주위에 있던 녀석들이 내게서 조금 거리를 벌린다. 솔직히 고맙다. 서로 적극적으로 엮어봤자 좋은 일이라곤 없다.

그 후로는 아침과 마찬가지로 이렇게 가만히 지루한 통증을 견딘다. 보통은 그렇게 시간 죽이기가 성공한다.

"스즈키, 너는."

그런데 오늘은 태클이 들어왔다. 앞자리에 앉는 여학생 다나카가 의자에 옆으로 앉아, 지루해 죽겠다는 표정으로 나를 바라보았다. 빨대가 입에서 종이팩 주스를 향해 길쭉하게 뻗었다.

"뭐가 즐거워서 살아?"

까불지 말라고 한마디 해주고 싶었다. 아무것도 모르는 주제에 정곡을 찌르는 질문을 던지는 것에도, 마치 뭔가 즐거운 일을 알고 있는 자기가 나보다 존엄한 인생을 살고 있다고 말하고 싫은 듯한 태도에도.

"별로 아무것도."

"괜히 짜증 내지 말고. 학교 끝나면 뭐 해?"

"달려."

"누구랑? 너 동아리 활동 안 하잖아?"

"혼자."

"혹시 너 운동선수야?"

"아니."

"나도 알거든. 좀 더 즐거운 일을 찾아보면 어때? 맨날 책상이나 노려보고 앉아서는, 네 얼굴을 보면 나까지 우울해져."

괜한 참견이다. 남에게 폐를 끼치지 않았다. 그런데 왜 타인의 기분까지 신경 쓰면서 살아야 하는가. 나야말로 아무에게나 친근하게 구는 게 본인의 가치라는 듯이 구는 시시하기 짝이 없는 동급생들이 말을 걸면 지루함이 더해진다.

"즐거운 일 같은 거, 없어."

"으아, 어두워."

있는 대로 얼굴을 구긴 다나카를 향해 나오려고 하는 한숨을 억눌렀다. 반에서 무모하게 적을 만들 생각은 없다. 안 그러면 지루할 뿐만 아니라 귀찮아진다.

"뭐, 지루하다는 건 동감이야. 이런 시골구석, 후딱 나가고 싶지."

이 마음도 언젠가 잊혀질 거야

하찮은 생각이다. 진심으로 하찮다.

여기가 시골이든 도시든 의미 없다. 전철이나 차를 타고 이동하면 도시까지 고작해야 1시간, 오래 걸려도 2시간. 그런 시간은 아무 의미 없다고. 그런 시간으로 우리에게 특별한 게 뭔가 하나라도 생기겠는가. 나도 너도 장소 따위와는 관계없이 그저 시시한 인간일 뿐이다.

대화를 이 이상 이어갈 필요가 없어서 시선을 피했다. 그런데 다나카는 여전히 나로 심심풀이할 생각인지 혼잣말을 하는 척 반응을 요구했다.

"아, 우리 반의 어두운 녀석의 여자 대표가 왔네."

다나카가 목소리를 낮출 의향도 없는 음량으로 교실 뒤를 보며 중얼거렸다. 돌아보지 않아도 누가 교실에 들어왔는지 알 수 있다.

"스즈키, 쟤랑 어두운 동지끼리 수다 안 떨어?"

뭘 어떻게 해야 이 녀석이 만족할까. 이 세상에는 의미 없는 질문이 판친다.

"별로 얘기할 것도 없어."

"말이 잘 통할지도 모르지. 맨날 둘 다 책상만 빤히 노려보니까 어느 책상의 표면이 제일 예쁜지 토론하면 되잖아."

자기가 말해놓고 자기가 웃는 녀석, 나는 싫다.

어두운 동지끼리. 나와 지금 교실에 들어왔을 사이토가 외부에서 보기에는 비슷해 보이는 건 알겠는데, 그걸 하나로 묶어봤자 아무런 의미도 없다.

앞자리의 다나카가 드디어 내게 흥미를 잃어 사라졌고, 가만히 기다리자 점심시간이 끝났다. 점심시간 이후의 청소 시간, 이번 주는 교실 청소 담당이다. 대충 바닥과 칠판을 치우고 대충 책상을 정리한다. 청소는 대신해줄 인간이 없다면 생활에 필요한 일이다. 애초에 재미를 요구하지 않는 작업은 아주아주 편하니까 점심시간보다 훨씬 기분이 안정된다.

그 후의 5교시도 6교시도 버텨내고 종례까지 마친 뒤, 아무런 미련 없이 집에 돌아간다. 동급생 대부분은 수업이 끝나면 자유로워지니 기분이 느슨해지고, 몇 명은 곧 동아리 활동이 시작하니 긴장해서 몇 초간 교실에서 나가는 것을 망설인다. 그러니까 결과적으로 나와 또 한 명만 시간의 손실 없이 교실을 나온다.

어느 쪽이 어느 쪽의 등을 보게 되는지의 패턴 차이는 있어도 복도에서 우리 사이에 뭔가 연관이 생기는 일은 단 한 번도 없었다.

그러나 출석 번호가 가까운 우리는 신발장에서 누구든 먼저 도착한 쪽이 신발을 갈아신는 동안 나중에 도착한 쪽이 기다려야 한다.

오늘은 사이토가 먼저였다. 사이토가 별로 서두르지도 않고

이 마음도 언젠가 잊혀질 거야

신발을 갈아신는 것을 나는 그저 묵묵히 기다린다. 상황이 뒤바뀔 때는 있어도 거의 매일 우리는 이곳에서 몇 초간을 공유한다. 하지만 대화를 나눈 적은 없다.

한마디 말도 없이 이쪽을 돌아보지도 않고 사이토가 사라진 후, 나도 묵묵히 신발을 갈아신는다.

나와 사이토가 말이 통한다고? 저 녀석 안에 있는 것 역시 다른 놈들과 고작 0점 몇 밀리미터 차이가 날 뿐인 시시함에 불과하다. 생각을 공유할 수 있는 녀석이 같은 반에 있어서 도움이 될만한 일은 이 세계에, 적어도 나처럼 아무것도 아닌 인간에게는 생기지 않는다. 기적도 운명도 특별한 일도 있을 리 없다.

/ / / /

"아, 카야. 어서 와라."

집에 도착하자, 엄마가 나가려던 참이었다. 상복을 입고 있었다.

"다녀왔어."

"딱 맞춰서 왔네. 엄마 지금부터 나갈 거야. 너는 만난 적 없지만, 할아버지의 여동생 되시는 분이 돌아가셔서 장례식에 가야 하거든. 형한테도 전해주고."

"알았어."

"늦을 것 같으니까, 저녁은 냉장고에 있으니 데워서 먹어. 그리고 간식도."

"응."

"네 생일까지는 돌아올 거야."

"응. 들키지 않기를."

엄마를 배웅하고, 나는 흔해 빠진 단독주택의 2층으로 올라가 내 방에 가방을 내려놓았다. 교복을 벗어 트레이닝복으로 갈아입고, 1층으로 내려가 냉장고를 열자 도넛 상자가 있었다. 이걸 왜 냉장고에 넣나 생각하며 상자를 꺼내 열고, 제일 칼로리가 나가 보이는 도넛을 집었다. 달리는 만큼의 에너지가 필요하니까.

조용한 집에서 거실 테이블 앞에 앉아 도넛을 먹었다. 우리 집은 어디에나 있는 흔한 가정으로, 아빠는 지금쯤 몸을 갈아가며 일할 테고, 형도 오전 중에는 대학교에 가고 오후에는 아르바이트에 열중한다. 엄마가 없으면 이 시간에 나 이외의 인간은 없다. 가족들은 평범하게 살고, 매일 나름대로 즐거운 것처럼 지낸다. 가장 나이가 어린 나를 향해 10대 시절이 제일 즐겁다느니 뭐니, 빌어먹을 인생에 대한 체념을 입에 담으면서.

문득 정신을 차리고 자리에서 일어나 거실 구석에 놓인 라디오 전원을 켰다. 평소에 엄마가 라디오를 들으며 집안일을 하니까 내가 집에 오는 시간이면 늘 켜져 있다. 그런 환경에서 자란

이 마음도 언젠가 잊혀질 거야

탓에 무음보다 라디오 소리가 울리는 편이 불필요한 것에서 귀를 닫을 수 있는 것 같다. 라디오를 틀었더니 마침 전쟁에 관한 뉴스가 나왔다. 요즘은 죄다 이 이야기다.

입의 수분을 도넛이 흡수해버려서 냉장고에서 우유를 꺼내 잔에 따라 마셨다. 어려서부터 비교적 우유를 좋아해서 평균보다 큰 키로 자랐는지도 모른다. 하지만 아쉽게도 키가 크면 유리한 스포츠에 흥미를 느낀 적은 없다.

배가 고팠으니까 맛있었다. 먹는 건 결국 살기 위해서다. 그렇게 시시하다면 살아있을 의미가 없다고 생각하는 녀석도 있겠지. 그러나 지금 내게 자살이라는 선택지는 없다. 죽음에 대한 공포는 당연히 있다. 하지만 그 이상으로 지금 죽으면, 그것도 시시하다. 지금 죽어봤자 앞자리의 다나카 같은 녀석이, 쟤는 그럴 것 같았다고 말하고 끝이다. 아무 의미도 없다.

소화를 위해 30분쯤 쉬었다가, 라디오와 불을 끄고 운동화를 신고 밖으로 나왔다. 집 앞에서 스트레칭을 한 후, 슬슬 걷기 시작해 서서히 속도를 올렸다. 코스는 매일 똑같이 산 쪽으로 간다. 고민하지 않는다. 무슨 일이 생길 때를 대비해 일단 몸을 단련해두는 것이다. 상쾌함을 다소 느끼기도 한다.

달리는 도중에는 아무것도 생각하지 않는 시간과 뭔가 생각하는 시간이 교대로 찾아온다. 뭔가를 생각할 때는 대부분 어떻게 해야 이 시시한 나날에서 벗어날 수 있을까 생각한다. 중학생 시절부터 달리는 도중에 뭔가 생각해내고, 불량한 행동을 흉내 내거나 갑자기 동아리 활동을 견학하러 가거나 음악과 어울려 생활해보기도 했다. '이게 다인가' 하고 자신에게 실망할 때까지 계속해보고, 다시 달리러 나와 생각한다. 이런 반복이다. 이번에는 뭘 할까.

한겨울의 달리기는 운동 동아리의 괴로운 연습을 견디는 기분이었는데, 2월도 하순쯤 되자 제법 달리기 좋은 기온인 날이 늘었다.

늘 가는 시골길에서 표식이 되는 철탑을 끼고 꺾어서 약 1시간가량 달렸다. 돌아오는 길에는 그럭저럭 숨을 헐떡이는데 라스트스퍼트로 도중에 있는 숲에 들어갔다. 포장되지 않은 길을 올라가면 이윽고 너덜너덜해진 아스팔트 길이 나오고, 도로를 따라 달리면 버스정류장이 하나 나타난다. 거기가 내 달리기의 골인 지점이다.

사람이 사용하지 않아 적갈색으로 녹슨 버스정류장에는 아무리 기다려도 올 리 없는 버스 시각표가 붙어있다. 그 옆에는 쓸모도 없는데 조립식 창고 같은 대기실이 있어서, 나는 늘 슬라이드 형식의 문을 열고 그 안의 벤치에 앉는다.

호흡이 차분해지고 심장의 고동이 진정되면, 대기실에는 새소리 이외에는 들리지 않는다. 눈앞의 아스팔트 도로에는 차가 단 한 대도 지나가지 않는다. 몇 년 전에 이 숲을 우회하는 깔끔

이 마음도 언젠가 잊혀질 거야

한 도로가 생긴 뒤로 다들 그 길을 이용한다.

이곳을 골인 지점으로 삼은 가장 큰 이유는 사람이 오지 않기 때문이다. 이건 나도 이치 있게 설명하지 못하는 감각인데, 나는 달리기를 그만두는 순간을 남에게 보이는 게 싫다. 달리는 도중이나 출발하는 모습을 보이는 건 별로 상관없는데, 그만두는 순간만큼은 나만의 것으로 하고 싶다.

다음으로 중요한 이유는, 이건 내 안의 망상이라고 해야 하려나, 여기에서만큼은 몽상할 수 있기 때문이다. 이런 곳에 앉아 있으면 언젠가 신비로운 버스가 와서 나를 데려가 준다는, 그런 멍청한 생각도 나 혼자 있을 때만은 해도 될 것 같다. 이 현실 속에서 판타지 같은 일은 생기지 않는 것쯤은 안다. 그런 몽상을 하는 내가 교실에서 자기 위안하는 녀석들과 똑같이 하찮은 인간인 줄도 안다. 그러니까 다른 곳에서는 하지 않는다. 여기에서만 용인되는 일로 여긴다. 하루에 두 번, 정말로 혼자가 되는 이곳에서만.

다른 인간들에게도 몽상을 위한 장소가 있을까. 아니지, 필요 없을 거다.

땀이 식을 때까지 가만히 있다가 감정의 리듬이 정돈된 때를 노려 일어나, 또다시 시시한 자신을 알기 위해 대기실을 나선다. 묘하게 구불거리는 아스팔트 길의 오른쪽에도 왼쪽에도 사람 그림자는 없다.

30분 정도 걸어서 집에 돌아오자 형이 와 있었다. 거실에서 대충 인사를 나누고 엄마의 말을 전했다.

"어? 너 생일이 오늘이었나?"

"내일."

시시한 점 이외에는 넘치지도 모자라지도 않는 가족에게 반항할 생각은 없다. 간단히 대답하고 내 방으로 올라가 옷을 갈아입었다. 저녁 먹기 전까지 아까 달리는 중에 다음에 할 도전으로 떠올린 등산을 조사했다. 남과 경쟁하거나 남이 지금까지 낸 기록과 싸우는 스포츠는 역사에 이름을 남길 인간이 아니고서는 해도 아무 의미도 없다고 생각하지만, 자연이 상대라면 괜찮을 것 같다. 그저 평범하게 생활해서는 볼 수 없는 것을 이 눈으로 보게 된다면, 내 안에서 무언가가 달라지는 순간이 찾아올지도 모른다. 물론 아무리 아름다운 절경을 봐도 '이게 다인가'로 끝날 가능성도 충분히 있지만 말이다.

인터넷에서 산을 계속 오르다가 인간이 도달하지 못하는 경지에 오른 스님이 있다는 이야기를 읽을 즈음 배가 고팠다.

1층으로 내려가 엄마가 준비한 밥을 먹고, 그럭저럭 맛있다고 느끼며 형과 또 중요하지 않은 대화를 나누고 내 방에 돌아왔다. 예전에는 내가 방에 틀어박혀 있는 것을 부모님이 걱정하는 티를 냈는데, 요즘은 딱히 그러지도 않는다. 매일 저녁밥을 먹은 후 내게 예정이 있는 걸 알기 때문이다.

이번에는 1시간쯤 방에서 등산에 필요한 물품 등을 조사한 후, 한 번 더 트레이닝복으로 갈아입었다. 그리고 1층으로 내려가 형이 있는 거실로 갔다.

"다녀올게."

"오냐. 들키지 않기를."

무심한 대구를 무시한 채 현관에서 운동화를 신고 밖으로 나오자 역시 추웠다. 그래도 얼마 전까지는 더 껴입지 않으면 밤에 나오지도 못했던 것을 생각하면 쾌적한 편이다.

해 질 녘쯤 달린 방향과 같은 방향으로 한 번 더 걸음을 옮겼다. 가족은 내가 밤마다 경치 좋은 곳을 달린다고 짐작하는 모양인데, 아니다. 방에 틀어박히면 불필요한 걱정과 관심을 받는다는 것을 안 후로, 나는 줄곧 단란한 가족에게서 도망치려는 것처럼 충분히 시간을 들여 어둠 속을 걷는다.

해 질 녘의 달리기와 다른 점이 속도에 더해 하나 더 있다. 이번에는 곧바로 그 버스정류장으로 간다. 이번에는 숲을 통과하지 않고, 드문드문 가로등이 있는 아스팔트 길을 천천히 걷는다.

사람 사는 집이 있는 동안에는 별다른 생각 없이 걸어도 되는데, 서서히 어두워져서 눈에 보이는 게 간격 넓은 가로등과 빈집, 가끔 지나는 자전거뿐이면, 일단은 조심해서 걸어야 한다. 차에 치이지 않게 손목에 은은하게 발광하는 밴드를 꼈지만, 넋을 놓고 걷다가 논이나 밭에 굴러떨어질 수도 있다. 도움을 청하고 싶어도 사람이 언제 지나갈지 모른다.

그래도 기본적으로 거의 매일 지나는 곳이어서 오늘도 문제없이 예의 숲까지 도착했다. 가로등들이 내려다보는 가운데 어두컴컴한 아스팔트를 밟으며 걷다 보면 그 버스정류장이 나타난다.

버스가 오지 않는 이곳에 등은 필요 없다. 가로등과 가로등의 중간 정도 위치에 놓여있어 가장 어두운 지점이다 보니 이 버스정류장을 비춰주는 것은 달뿐이다. 대기실의 슬라이드 문을 열면 안에 형광등 스위치가 있지만, 켜본 적은 없다. 그래서 불이 들어오긴 하는지도 모르겠다.

대기실 안은 바람이 차단되어 겨울에는 체감온도가 밖보다 높다. 나는 문을 닫고, 거기 있는지도 어렴풋한 벤치에 앉았다.

책상다리하고 앉아 손목 밴드를 빼 주머니에 넣었다. 이 어둠 속에서 그런 빛은 방해물이다.

새까만 어둠. 이 말 외에는 다른 표현이 없는 대기실. 밖은 희미하게 밝아서, 이 어둠과 시시한 밖은 다른 세계처럼 느껴진다.

이곳은 유일하게 내 몽상이 허용되는 곳. 하루에 딱 두 번, 내가 시시한 인간으로 있는 것이 허락되는 시간.

나는 데리러 와줄지 모르는 특별한 어떤 것을 기다리기 위해

이 마음도 언젠가 잊혀질 거야

지그시 눈을 감았다.

/ / / /

아무도 사용하지 않는 버스정류장을 철거하지 않고 남겨두
는 데는 이유가 있다. 이 시골 동네에 남아있는 묘한 전설이 그
원인이다. 더는 사용하지 않는 건축물이라도 한동안 부수지 않
고 그냥 둔다. 인적이 끊어진 그곳을 조상이 쓸지도 모른다는
속설이 전해진다. 하계에 내려온 조상이 머물 곳이 필요할지도
모른다는 이유로 우리 동네에는 빈집이 드문드문 불길한 모습
으로 서 있다.

어쩌다가 생긴 전설인지, 또 그게 현재까지 전해 내려오는 이
유가 뭔지는 아무래도 좋다. 그러나 그 바보 같은 옛날이야기
덕분에 나는 매일 혼자 마음을 쉬게 할 수 있다.

한데 아무리 마음을 쉬게 한다지만 너무 방심했다.

대기실에서 그만 깜박 잠들었다.

전에도 꾸벅꾸벅 졸았던 적은 있었는데, 기온이 따뜻해진 탓
일까. 어제 잠을 거의 못 잔 탓도 있을 것이다.

아무튼 눈을 떴을 때는 여기서 잠든 자신에게 놀랐고, 주머니
에서 스마트폰을 꺼내 시간을 확인하고 또 한 번 놀랐다. 열여
섯 살이 되었다.

장례식장에서 돌아왔을 엄마에게서 온 몇 건의 전화와 메시지. 메시지는 걱정과 설교가 뒤섞인 내용이었다. 나는 절반은 솔직하게, 공원 벤치에서 쉬다가 깜빡 잠들었고 당장 집에 가겠다고 입력해서 엄마에게 보냈다.

한밤중이 되어 정적과 어둠이 더욱 짙어진 대기실은 내가 여전히 잠들었나 착각하게끔 몽롱한 기분을 안겨주었다.

내 몸에서 호흡이 조금 엇나간 느낌이어서 정돈했다. 당장 가겠다고 했지만, 몽상의 장소에서 바깥 세계로 나가려면 약간의 준비가 필요하다. 내 안의 리듬을 밖과 맞춰야 한다.

천천히 호흡했다. 조금 기다리면 이윽고 몸이 이 세계에 맞춰지는 감각을 느낀다.

자리에서 일어나, 몸 주변에 달라붙은 암흑 포자를 털어내는 것처럼 한 걸음을 옮겨 슬라이드 문의 손잡이에 손을 뻗었다.

"매번 어디에 가?"

목소리가 들렸다.

손잡이를 잡은 손이 움찔하는 바람에 문이 흔들려 소리가 났다.

갑자기 숨을 과하게 들이마셨다. 폐가 아팠다.

심장이 크게 고동쳤다.

순간적으로 공황에 빠져 암흑 속에서 비틀거리며 벽에 손을 짚었다. 꺼끌꺼끌한 감촉과 함께 먼지인지 벽의 파편인지가 폴

이 마음도 언젠가 잊혀질 거야

폴 지면에 떨어졌다.

진정해, 머릿속으로 내게 말했다.

일단 숨을 내쉬고 다시 한번 들이마셨다.

지금, 뭐였지?

목소리가 들렸다.

목소리가. 오른쪽에서, 아마도 여성의 목소리였다.

기분 탓, 인가? 그럴 수도 있다. 아직 잠에 취한 걸지도 모른다.

이대로 밖으로 나가야 하나.

고민할 때였다.

"오늘은 너도 잠을 잔다는 걸 알 수 있었어."

이번에는 또렷하게 들렸다. 허스키한 여성의 목소리.

등줄기의 신경이 오싹하게 들끓는 느낌이 났다.

대체 뭐지?

제일 먼저 상상한 것은 유령이었다. 귀에 딱지가 앉을 정도로 들은 동네 소문도 한몫 거들었다. 이런 오래된 버스정류장에서, 그것도 한밤중에, 유령이 나온다면 지금이 절호의 타이밍이다. 하지만 의문이 있다. 지금까지 나타나지 않았는데, 왜 갑자기 나타난 거지? 그리고 또 하나, 유령이라면 나 같은 평범한 인간에게 목소리가 들릴까?

다음으로 상상한 것은, 내가 자는 동안 누가 여기에 들어왔다는 추측이다. 그렇다면 무슨 목적으로?

안간힘을 다해 흐트러진 호흡과 심장을 진정시켰다.

뒤를 돌아봐도 될지 고민했다. 지금 순간이 경계선이지 않을까. 뒤돌아본 순간, 위해를 가하거나 하진 않을까.

정말 두렵고 고민도 되었지만, 곧 결론을 내렸다.

바보냐.

나는 왜 이렇게 얼간이 같지.

고민할 일이 아니다.

내가 할 일은 단 하나뿐이다.

매일 내가 무엇을 바랐는지에 생각이 미쳤다.

그토록 기다리지 않았던가.

매일 밤, 매일 밤, 이 적적한 버스정류장에 와서 무언가가 찾아오기를, 시시한 나 자신에게 구역질을 느끼며 기다렸다.

그 일이 예고도 없이 갑자기 벌어졌다. 그게 전부다.

최소한 무슨 일이 벌어졌는지 확인이나 하자. 그러지도 않고 지금 여기서 나가버리고 앞으로 내내 후회하면서 살면 무슨 의미가 있나.

다시금 숨을 크게 들이쉬고, 그만큼 내쉬었다.

무시무시한 상상이 넘치도록 내 머리를 채웠다. 솔직히 다리가 얼어붙었다. 천천히, 상대가 깨닫지 못하도록 신중하게 돌아보았다.

이 마음도 언젠가 잊혀질 거야

어둠 속.

인간 같은 것은 없다.

동물 같은 것도.

다만 거기에, 뭔가가 있다. 뭔지는 모르겠다.

응시한다.

암흑 속에 연한 녹색으로 빛나는 작은 물체가 떠 있다.

이 대기실 안에 뭔가를 비출 광원은 없다. 그 말은 즉, 스스로 빛나는 알 수 없는 게 떠 있다는 것이다.

벤치 위, 수십 센티미터 지점에 두 개. 벤치의 앉는 부분에서 조금 위에 열 개. 지면 가까이에 아홉 개, 아니, 두 개는 겹쳐진 것처럼 보인다. 그렇다면 저기도 열 개.

위의 두 개와 다른 스무 개는 형태가 다르다. 움직임도 다르다. 위의 두 개는 말하자면 타원형에 가깝다. 아몬드 같은 형태에 나란히 있는 그 두 개는 때때로 동시에 사라진다. 다른 것들은 조금 작고 둥글다. 그것은 꿈틀꿈틀 벌레처럼 규칙적으로 움직인다.

저것들이 말을 한 건가.

잠시 지켜봤지만, 이 작은 빛들이 위해를 가하려는 낌새는 없었다. 용기를 내어 그것들에 다가갔다.

"왜 그래?"

또 같은 목소리가 들려서 온몸의 피부가 오싹해졌다.

그쪽으로 향하던 발을 멈췄다. 목소리는 정면에서 들렸다. 분명 내 행동에 대해서 한 말이었다.

의미 있는 말을 내게 던진다. 대화를 나눌 수 있다는 걸까?

꿀꺽 침을 삼키고, 목소리를 내서 내 쪽에서 말을 걸어보기로 했다.

무슨 말을 할지 망설였다.

"누구, 목소리야?"

내가 목소리를 낸 것에 대한 반응이 있었다. 사람이 숨을 들이쉴 때의 소리가 들렸다. 이어서 이십 개의 작은 동그라미가 꿈틀꿈틀 움직였는데, 위쪽의 열 개는 아주 조금 위치가 위로 이동하며 정렬이 바뀌었다. 높은 곳의 두 개는 아까보다 더욱 커다래져서 타원형에서 동그란 원에 가까워졌다.

"뭐라고?"

여성의 목소리가 놀란 것처럼 들렸다. 위의 두 개는 신호등이 점멸하는 빈도로 사라졌다가 나타나기를 반복했다.

질문의 의미를 몰라 입을 다물고 있자, 다시 숨을 들이쉬는 소리가 들렸다.

"내 목소리가 들려?"

"……들려."

위의 두 개가 또 커졌다. 작은 스무 개 중 위쪽에 있던 열 개, 그중 절반이 위의 두 개에 가까워져서 세로로 놓였다.

"왜 갑자기?"

목소리와 함께 위의 두 개가 또 몇 번인가 점멸을 반복했다.
깜박깜박.

깜박깜박.

"너는 살아있어?"

"사, 살아있는데, 그쪽은?"

"아직, 살아있어."

대화가 성립한다.

살아있는지 아닌지 물었다면, 나를 유령이라고 생각했단 소
리일까. 한편 빛만으로는 목소리를 내는 녀석이 생물인지 아
닌지 알 방법이 없지만, 상대의 말에 따르면 그쪽도 살아있나
보다.

가령 어떤 생명체라고 여기고 질문해보았다.

"어디에 있어?"

"어디라니."

여기에, 라고 그 목소리가 대답했다. 그러니까 어디냐고.

"저기, 벌레 같은 거야?"

"벌레? 사람이야."

아무리 봐도 사람으로 보이지 않는다. 꼼질꼼질 빛이 열을 이
루어 흔들린다.

"사람으로 안 보여."

정직하게 말하자, 잠깐 침묵이 있었다. 불쾌하게 여기나 싶어 걱정했는데, 아무래도 생각에 잠긴 듯했다.

"나한테는 네가 사람으로 보이는데."

"난 사람이야."

"너한테는 내가 어떻게 보여?"

내게 보이는 그대로 설명했다. 내 가슴 정도 높이에 있는 두 개의 타원형 빛, 벤치의 앉는 부분보다 조금 위에 작게 이어지는 빛이 열 개, 지면 가까이에 마찬가지로 이어지는 빛이 또 열 개.

"그렇구나."

어떤 반응이 나올지 예상도 못 했는데, 이해했다는 목소리가 들렸다. 위의 두 개가 같은 타이밍에 위아래로 흔들린다.

"네가 보는 건 내 눈이랑 손톱이랑 발톱이야."

"눈이랑 손톱이랑 발톱?"

뜬금없는 대답에 나도 모르게 숨을 삼켰다.

다시 자세히 응시했다.

그 말을 듣고 살펴보니, 위의 두 개 안에는 빛 속에 층이 있는 것처럼 보인다. 흰자와 검은자처럼.

때때로 사라지는 건 깜박임? 커지는 건 눈을 크게 떴으니까?

아까 위아래로 흔들린 건 고개를 끄덕인 건가.

손톱이랑 발톱, 빛이 열 개씩 있는 부위가 손이랑 발?

이 마음도 언젠가 잊혀질 거야

눈과 손발톱이라고 가정하면, 다른 부위가 어둠 속에 녹아있다는 소리다. 자세로 보아 앉아있는 걸까.

순간, 투명인간일지도 모른다고 생각했다. 하지만 그렇게 말하자 곧바로 "평범한 인간이야."라는 대답이 돌아왔다. 어디가, 어디가 평범한데. 애초에 진짜 사람인지 아닌지도 모르겠다.

"설마 너한테도 내 목소리가 들릴 줄이야."

상대는 눈과 손발톱만 보이는 이유는 설명해주지 않고 중얼거렸다. 무슨 의미인지 생각했다.

"내 목소리가 들렸어……?"

"응."

눈이라고 한 빛이 위아래로 흔들렸다. 또 고개를 끄덕였나.

"어제까지는 네 목소리만 들렸어. 내가 뭐라고 말을 걸어도 네가 ××하지 않았어."

"응?"

말 중간을 알아듣지 못했다. 라디오 주파수가 안 맞을 때 울리는 노이즈 같은 것이 방해했다.

"오늘 갑자기 네가 ××해서 놀랐어."

다시, 텔레비전에서 봤던 모래바람 같은 소리. 문맥으로 미루어 아까와 같은 의미의 단어가 들리지 않은 것 같다.

"갑자기 그쪽 목소리가 들렸어……."

솔직히 말하자, 눈앞의 그녀, 그녀라고 해도 되겠지? 목소리는 여성이긴 한데, 아무튼 그녀가 "어떻게 된 거지?" 하고 자연스러운 의문을 표현했다.

"아까 너는 나를 투명인간이라고 했는데, 내 모습은 눈이랑 손톱이랑 발톱 이외에는 ××로 보이지 않아?"

"빛나는 부분 이외에는 아무것도."

손으로 가리키자 위쪽 두 개의 빛이 아래쪽을 향했다. "아하." 하고 알겠다는 듯한 맞장구가 들렸다. 입이 어디 있는지 모르니까 들리는 목소리가 갑작스러워서 의도를 파악하려면 정신을 집중해야 한다. 게다가 이 노이즈까지.

"그, 빛나는 부분 이외에 몸이 있어?"

"물론이지."

정말 믿어도 되는지 모르겠지만 일단 믿고, 저걸 눈과 손발톱이라고 치면 전신의 윤곽을 어렴풋하게 상상 못 할 것도 없다. 눈 위치를 고려하면 손 길이도 다리 길이도 인간으로 보아 부자연스럽지 않다.

"나한테는 네 몸이 ××게 보이는데."

또 노이즈.

"내 몸이, 그다음 부분이 안 들렸어."

"×, ×."

천천히 발음했나 본데 역시 들리지 않는다. 이 노이즈는 대체 뭐지.

"분명히, 똑똑히, 라고 하면 알겠어?"

"아, 응. 그거라면 알겠어. 들리지 않는 부분이 있네. 어, 그러니까 나한테는 네 눈과 손발톱만 보이지만 너는 내 몸이 전부 보인다고?"

"응. 네 목소리가 들리기 전부터. 나는 계속 여기 나타나서 아무것도 안 하고 사라지는 너를 보면서, 그런 식으로 죽은 사람인 줄 알았어. 대답이 없었지만 말을 걸기도 했거든. 그래서 아까는 널 놀라게 한 것 같아."

조금 길게 눈의 빛이 사라졌다. 이렇게 보니 상대방이 나보다 침착한 것 같다.

"왜 나한테는 눈이랑 손톱이랑 발톱만 보이지."

상대의 말을 믿는다면, 이건 뭔가 불가사의하고 또 불공평하다.

"······생각해보면 당연한지도 몰라. 이렇게 어두운 곳에서 빛나지 않는 부분이 안 보이는 게 당연할지도. 오히려 나한테 네 전신이 보이는 게 이상해."

"어두운······."

아니, 그렇지 않다. 눈과 손발톱 너머, 어렴풋하지만 내게는 벽이나 벤치가 보인다. 분명히 지금 저기에 그녀의 몸은 없다.

한 가지 제안해보았다.

"불빛을 밝히고 봐도 돼?"

"불빛은 금지야."

"금지라니, 누가 그래?"

"당연히 국가가. ×××, 모르는구나."

너한테 묻고 싶은 게 아주 많아, 라고 그녀가 중얼거린 다음, 눈이라고 하는 빛을 크게 키우고 이쪽을 바라보았다.

"아아."

그때까지 냉철해 보였던 그녀가 겁에 질린 소리를 냈다. 천천히, 빛을 내뿜는 손톱이 달렸을 손을 눈가 옆에 댔다. 귀를 막은 자세처럼 보였다.

"사이렌이 울려. 슬슬 가야 해."

사이렌 같은 건 울리지 않는다. 밖으로 의식을 기울여도 전혀 들리지 않는다.

"안녕."

사이렌 대신 당돌하게 작별의 말이 들렸다.

"어?"

"가야 해. 살아있으니까."

"잠깐, 아니, 기다려봐."

갑작스러운 만남과 갑작스러운 작별. 아직 아무것도 모르는데, 아직 아무것도 느끼지 못했는데, 영문은 몰라도 이 특별함이 사라지는 것에 나는 순간적으로 두려움을 느꼈다.

"너는 안 가도 돼?"

그녀가 냉정한 음색으로 물었다.

"나는, 어어, 괜찮은데."

부모님이 걱정하는 정도다.

"네가 어디에서 와서 어디로 가는지는 모르지만. 살아있다면 또 여기에서 만날 수 있지 않을까."

정말 그럴까. 이 특별함이 이렇게 끝나고 내 인생에 두 번 다시 일어나지 않는다면?

나는 다시 그 시시한 날들로 돌아가, 어떤 예감만 품에 안고서 살고, 살고, 살아간다면. 그런 나를 상상하자 겁에 질렸다.

눈과 손발톱뿐인 그녀는 전혀 그런 생각을 하지 않는 듯했고, 눈 위치의 움직임으로 짐작하기로 아마도 일어난 것 같았다. 다시 한번 "안녕."이라고 말한다. 손발톱의 움직임으로 보아 내가 있는 곳과는 반대 방향의 벽으로 걸어가는 것 같았는데, 벽에 부딪히기 직전에 사라졌다. 그러나 눈과 손발톱의 빛이 꺼졌을 뿐이어서 사라졌다는 것도 짐작일 뿐이다.

"저기."

대답이 없었다. 다시 한번 똑같이 불렀으나 역시 대답이 없었다.

사라졌거나 혹은 무시하거나. 어느 쪽이든 이제 의사소통을 할 수 없나 보다. 그렇다면 말을 걸어봤자 의미가 없겠지. 그녀가 떠난 걸로 해둘 수밖에 없다.

원래 그랬던 것처럼 나는 다시 대기실에 혼자 남았다.

그녀가 떠나기 직전에 알아낸 것, 아니, 추측한 것은 두 가지다.

하나는, 눈 위치로 미루어 키는 아마도 인간 여성과 크게 다르지 않다는 것. 160센티미터 정도일까. 이마부터 위가 괴상하게 길다면 또 모르지만.

또 하나는, 몸의 다른 부분이 보이지 않아도 그녀의 주장처럼 존재할지도 모른다는 것이다. 그녀가 일어나서 몸의 방향을 바꿨을 때, 한쪽 눈의 빛이 보이지 않았다. 머리가 존재하니까 돌아선 각도 때문에 눈이 숨어서 보이지 않은 것 아닐까.

어둡고 조용한 버스정류장의 대기실. 평범한 조립식 창고 안에 혼자 남아 나는 낙담하고 흥분했다.

내 심장은 염치없게도, 공포나 운동으로 인한 것과는 다른 이유로 높은 소리를 냈다.

몇 분간의 짧은 사건일 뿐이다.

조금 전 그 일은 대체 뭐였지.

내게 어떤 일이 벌어진 거지.

방심한 상태여서 한동안 움직이지 못한 채, 그저 지금 일어난 일을 머릿속으로 반복 재생했다. 또 실제로 일어난 일인지 아닌지를 계속 생각했다. 모르겠다. 꿈일지도 모른다. 그렇다면 최악이다. 동시에 이렇게도 생각했다. 나의 시시한 상상력으로 저

이 마음도 언젠가 잊혀질 거야

런 말도 안 되는 외모의 생물을 만들어낼 수 있을까. 눈과 손발톱만 보이는 인간 여성과 닮은 생물을 말이다.

대체 뭐야. 대체 뭐였어. 내 눈앞에서 대체 무슨 일이 생긴 걸까.

무턱대고 기뻐하기에는 아직 이른 건 안다.

다음이 있을지, 그것조차 아직 모른다. 그녀는 또 만날 수 있다고 했지만, 근거는 전혀 없다. 이걸로 끝나버리면, 지금 실제로 만났더라도 꿈을 꾼 것과 크게 다르지 않다.

어느 쪽이든 지금 여기 계속 있어봤자 해결되지 않는다. 그녀의 말이 사실이라면 내일 여기에 오면 또 무슨 일이 생길지도 모른다.

혹시 가령 이게 꿈이라면, 그렇더라도 눈을 떠서 사실을 깨우쳐야 한다. 언제까지나 특별한 꿈속에 머무를 수는 없다. 나는 결심하고 이번에야말로 대기실에서 나가기로 했다.

손잡이에 손을 뻗어 문을 밀었다. 밖으로 나가자 차가운 바람이 불었는데, 잠에서 깨는 일은 없었다.

나는 아직 이 세계에 서 있다. 아직이다, 아직, 기뻐하기에는 일러, 알고 있는데.

그때 나는 아무에게도 보여줄 수 없는 표정으로 몇 초간 우뚝 서 있었다.

////

잠이 올 리가 없다. 불면에 시달린 채 아침이 되어 거실로 가자, 어제 집에 왔을 때 받은 것과 비슷한 질책과 함께 생일 축하한다는 말을 들었다.

다른 때의 아침과 마찬가지로 라디오를 들으며 아침밥을 먹고 옷을 갈아입고 자전거를 타고 학교에 갔다. 밤을 새우는 건 오랜만이었는데, 평소 체력을 단련해둔 덕분인지 그다지 힘들지 않았다. 정말 졸리면 수업과 수업 사이의 쉬는 시간에 자면 된다.

어젯밤에 특별한 일이 생겼다. 그러나 일상에 변화는 없다. 내 표정이 내 기분을 제대로 표현해주었는지, 자전거 보관소에서 교사(校舍)로 가는 도중에 만난 다나카가 나를 보자마자 관심 없다는 표정을 지었다. 그래도 "저기." 하고 일부러 말을 거는데, 시시한 녀석에게 쓸 시시한 본인의 에너지가 아깝지 않나 보다.

"응."

"왜 그렇게 뚱한 표정을 지어?"

"안 지었어."

거짓말이다. 지었다.

"지었어, 지었어. 그런 표정이면 여자들이 더 피할 거야."

이 마음도 언젠가 잊혀질 거야

부디 바라던 바다. 물론 이런 말은 안 한다.

"상관없어."

"얼굴이 좀 괜찮으면 이런다니까."

너무도 무의미한 의견에 대꾸할 말을 떠올리지 못하는데, 다나카는 어느새 어디론가 사라졌다. 교실에 도착하자, 앞자리의 다나카는 같은 반 동급생들에게 요란스럽게 자기 개 사진을 자랑했다.

평소였다면 자리에 앉은 후의 시간을 그저 따분하게 바라보며 깎아내고 깎아냈다. 그러나 오늘은 다르다. 대기실의 그녀를 생각할 수 있다. 역시 유령이었을까. 이 동네의 전설도 있으니까. 살아있다고 한 건 자기가 죽은 걸 깨닫지 못했다거나. 어쩌면 외계인이나 미확인 생명체일까. 예전에 읽은 이야기나 체험담에도 그렇게 빛만 있는 여성은 나오지 않았지만.

내가 아는 지식 안에서 그녀의 정체에 관해 열심히 고찰해보았다. 애초에 또 만날 수 있기나 한지도 모르지만, 의미 있는 일따위 어차피 일어나지 않는 매일을 산다. 그러니 특별할지도 모르는 사안에 관해 시간을 들여 생각하는 이 순간은 무의미하지 않다. 생각하는 행위는 무의미해지기 전까지는 무의미하지 않으니까.

가장 먼저 생각해야 하는 것은 또다시 만났을 때 어떻게 해야 그 만남을 통해 내 인생을 특별하게 바꿔내는가이다. 인간이 아닌 존재와 딱 한 번 만나고 끝이라면 특별한 인생을 산 것이 되지 않는다. 그보다 나아가, 예를 들어 그녀만이 아는 지식이나 정보를 배워 앞으로의 내 인생에 활용해야만 비로소 의미가 생긴다. 그녀가 유령이라면, 혹시 사후 세계를 보여줄 수 있을까, 하고 언뜻 생각했으나 지나치게 창작적인 생각이다.

아무튼 한 번 더 만나고 싶다.

오늘도 평범하게 수업을 듣고, 오늘은 신발장에서 사이토를 기다리게 하고, 집에 와서 나는 또 달리러 나갔다. 그녀와 만날 가능성 있는 행동이 버스정류장에 가는 것뿐이라면, 평소 생활과 다른 행동을 할 의미가 없다.

늘 그랬듯 정해진 코스를 달려 버스정류장에 도착했다. 거기에는 당연히 늘 아무도 없는 버스정류장이 있고, 아스팔트에 반사된 석양이 비춘 대기실 안에는 유령이 나올 낌새고 뭐고 없었다. 평소와 마찬가지로 실내에서 얌전히 대기해봤으나 딱히 아무 일도 생기지 않았다. 역시 밤의 어둠 속이 아니면 나올 수 없나, 아니면 이미 있지만 밝아서 이쪽에는 보이지 않을 수도 있을까. 그렇게 생각해 말을 걸어봤으나 반응이 없었다. 뭘 해도 이렇다 할 응답이 없어서 저녁밥 먹을 시간 직전까지 있다가 집에 돌아왔다.

집에서는 생일 축하를 받고, 심박수를 측정하는 러닝용 손목시계를 받았다. 지금까지 별로 의식하지 않고 달렸는데, 심박수

이 마음도 언젠가 잊혀질 거야

를 확인하며 달리는 것도 체력을 키울 때 중요하다고 하니까 활용하기로 했다.

저녁밥을 먹은 후, 평소와 똑같이 걸으러 나갔다. 엄마가 오늘은 공원에서 잠들지 말라고 엄포를 놓았으나, 나는 오늘도 비슷한 거짓말을 할 마음으로 가득한 채 집에서 나왔다. 버스정류장에 그녀가 없어도 날짜가 바뀔 때까지 기다릴 것이다. 어쩌면 그녀가 나타나는 시간대가 심야 한정일 수도 있다고 생각했기 때문이다.

대기실에 도착했다. 아무도 없다. 늘 앉는 곳에 앉아서 가만히 그녀를 기다렸다. 나타난다면 어떤 식으로 나타날까. 어제 그녀가 앉아있던 것으로 짐작되는 곳은 입구에서 보아 대기실 안쪽, 슬라이드 문을 정면으로 보는 나의 오른쪽 부근이다. 갑자기 그 빛이 번쩍 나타날까. 아니면 어제 사라졌을 때와 반대로 어딘가에서 이쪽으로 걸어오는 식으로 나타날까.

잠이 부족했으나 졸리지 않았다. 깜박 졸지도 않고 끈질기게 그녀를 기다렸더니 이윽고 자정이 되었다. 아쉬웠지만 집에 돌아가기로 했다. 물론 하룻밤 분의 공포가 층층이 쌓이긴 했다. 어제 일이 꿈이었을 가능성, 두 번 다시는 내게 그녀와의 만남이 찾아오지 않을 가능성이 커졌으니까.

다음 날도 나는 똑같은 리듬으로 생활했다. 그다음 날도. 그러나 그녀가 내 옆에 다시 나타나 주는 일은 없었다.

나는 초조했다. 초조해한들 사태가 달라질 리 없다는 걸 충분히 알지만, 그래도 온몸을 끝없이 간질이는 감각에 몸을 비비꼬았다. 평소보다 유난히 신경이 곤두선 것이 주변에 전해졌을지도 모른다. 요 며칠간 다나카 무리가 집적거리지 않았다.

어떤 질병의 발작과 비슷했다. 마음을 다스려 초조한 기분에서 벗어나려고 해도, 피부 위에서 꿈틀거리는 감각은 다른 데로 가주지 않고 분명히 존재했다. 이 증상이 나으려면 그녀와 한 번 더 만나는 방법밖에 없다. 그러지 않으면 나는 이 감각을 지닌 채 평생 버스정류장에 다닐지도 모른다. 최악의 인생이다.

오늘이야말로 있으면 좋겠다는 바람과 오늘도 어차피 없을 거라고 반쯤 체념한 상태로 하루를 보내고, 평소와 마찬가지로 밤에 집을 나와 버스정류장에 도착해 대기실 슬라이드 문을 열었다 닫았다.

"또 만났네."

갑자기 들려온 목소리와 거기 있는 은은한 빛에 온몸의 꿈틀거리는 자극이 일순간에 늘었다가 거짓말처럼 가라앉았다. 자칫 눈물이 나올 정도로 극적인 치유였다.

"만나서 다행이야."

내가 한 말인 줄 알았는데, 그녀의 말이었다.

"너한테 물어보고 싶은 게 많이 있거든."

"나도 물어보고 싶은 게 있어, 그러니까."

이 마음도 언젠가 잊혀질 거야

다시 만나서 다행이라고, 벤치에 앉으며 흥분에 못 이겨 경박한 말을 해버려서 동요했다. 그녀는 여전히 허스키하게 "응."이라고만 대답했다.

"당연히 너는 더 늦은 시간에만 있는 줄 알았어."

손목시계를 확인하자, 아직 이른 저녁이라 할 수 있는 오후 8시 반이었다.

"항상 같은 시간은 아니야. 게다가 ×××도 몇 개 있으니까 나는 만난다면 더 나중에 만날 줄 알았어."

또 그때와 같은 노이즈가 들려, 그날 일이 꿈이 아니고 오늘과 이어졌음을 똑똑히 느꼈다.

"미안한데, 몇 개 있는 게 뭔지 또 안 들렸어."

"피난소라면 이해해?"

"아, 그거라면."

"자꾸 안 들린다는 말이 있는데, 그건 지식의 문제인가."

이건 대놓고 무례한 말투다.

"아니, 들어본 적 없는 말이어서가 아니라 아예 안 들려. 지지직거리는 노이즈가 지우는 것처럼."

"점점 더 신기하다."

여전히 눈과 손발톱뿐인 그녀는 열 개의 손톱을 인간으로 치면 아랫배 높이쯤에 나란히 놓고 앞뒤로 움직였다. 무릎을 쓰다듬는 걸까. 그녀는 노이즈를 신기하다고 했는데, 신기하다고 하면 저런 외형인 상대를 받아들이고 대화를 나누려는 나 역시 신기할지도 모른다. 그러나 그걸 받아들이지 못하고 머뭇거리면 영원히 내 목적에 도달하지 못하므로 눈에 보이는 것을 억지로라도 이해하려고 노력했다.

"먼저 기본적인 걸 확인하고 싶어."

상대가 이 세계에 실재하는지 아닌지의 이야기는 생략하고, 우선 제일 간단한 것부터 물어보고 싶었다. 시간이 얼마나 있는지 모르니, 이야기를 서둘러야 했다.

"너는 누구야?"

바보 같은 질문이지만 그녀는 웃지 않았다.

그러고 보니 한 개인에게 흥미를 느껴 정보를 알고 싶어 하는 것은 오래전에 잊은 감각이었다.

"나? 예를 들면 어떤 정보를 원해?"

"어, 그럼, 인간으로 말하면 성별은?"

"여자. 너는 남자야?"

'그녀'라는 삼인칭이 틀리지 않았나 보다.

"응. 나이는?"

"태어난 후로 몇 년이 지났느냐는 의미로 이해하면 돼?"

"응. 참고로 나는 16년."

"내가 더 길다. 난 18년 정도 된 것 같아."

고등학교 3학년이거나 대학생일까. 만약 유령이라면 살아있

이 마음도 언젠가 잊혀질 거야

을 때 그 나이였을지도. 지금은 몇 살인지 모르겠지만.

0.1초쯤 존댓말을 해야 하나 고민했지만 괜찮을 것 같아서 어린 나이에 비해 조금 허스키한 목소리의 주인에게 연달아 질문을 던졌다.

"이름은? 나는 스즈키 카야."

"스즈키 카야. 되게 특이하게 들린다. 나는, ××××××××××."

지금까지 들은 것 중 가장 긴 노이즈가 귀를 덮쳤다.

"미안, 이름이 안 들렸어."

혹시 불쾌하게 여길까 봐 사과했는데, 그녀는 딱히 그런 티를 내지 않았다. 어쩌면 보이지 않는 코나 입이나 미간으로는 표현했을지도 모르겠다.

"이름도 안 들리네. 그러면 불편할 수 있겠다."

그런가.

"한번 정해볼까? 뭐든 좋으니까 네가 생각하는 보편적인 여성의 이름이 있으면 그걸로 불러줘."

"보편적."

"정말 뭐든지 괜찮아."

유령인지 아닌지 관계없이 평탄한 목소리로, 타인의 이름이라면 몰라도 자기 이름을 뭐든지 괜찮다고 말하는 그녀는 다소 독특한 사고회로를 지닌 것 같다.

"그런데 스즈키 카야는 개인의 이름이야? 가족 이름은 없어?"

"어어, 스즈키가 성이니까 그렇게 표현한다면 가족 이름이야. 카야가 나 개인의 이름."

"와, 카야라니 짧고 부르기 쉬운 이름이다. 그런데 신기해. 카야는 외국인이야?"

아직 교류가 거의 없는 상대가 갑자기 편하게 이름을 불러서 그런지, 심장 표면이 만져진 것 같은 기분이 들었다. 아니, 그보다.

"외국? 일본인인데."

"일본?"

"일본."

"일본?"

말이 안 통한다.

"어, 이 나라의 이름인데."

일본에 있으면서 이 나라의 이름이 일본이라고 설명하는 날이 오리라곤 상상도 안 해봤다.

그런데 진귀한 체험에 대한 나의 놀라움과는 비교도 안 될 만큼, 그녀가 빛나는 눈을 있는 힘껏 크게 떴다.

"이 나라의 이름? 지금 우리가 있는 여기가 어떤 나라인지 말한 거야?"

이상한 질문이다.

"그런 건데."

"어떻게 된 거지?"

그러면서 그녀는 생각에 잠긴 듯한 눈과 손톱의 움직임을 보이더니, "내가, 적어도 내가 지금 있는 이 나라의 이름은." 하고 보이지 않는 입을 움직였다.

"××××라는 이름이야."

또 들리지 않는다.

"안 들렸어?"

표정을 보고 짐작했을까. 그렇다면 정말로 이런 어둠 속에서도 저쪽은 이쪽이 또렷하게 보이는 것이다. 나는 솔직하게 고개를 끄덕였다. 그러자 "그렇구나." 하고 그녀도 고개를 끄덕였다. 눈의 움직임으로 파악할 수 있다.

"생각해봐야 할 게 많다."

"……뭐가?"

"우선 카야, 너한테 말해둬야 할 게 있는데, 나는 일본이라는 나라 이름을 모르고 내가 있는 세계에는 아마 일본이라는 나라가 없을 거야."

"뭐?"

지금 우리가 있는 일본이라는 나라가 없다니.

그녀가 한 이상한 발언의 의미를 진지하게 생각하고 있는데,

갑자기 "아아!" 하고 조금 크게 소리를 질렀다.

"사이렌이야. 가야 해. 오늘은 시간이 짧았네."

전에도 같은 말을 했었다.

"사이렌이라니?"

"위에서 끝났어."

나는 무심코 위를 보았다. 어두워서 잘 보이지는 않지만, 녹슬고 먼지에 뒤덮인 천장이 있을 뿐이다.

"뭐가 끝났어?"

"역시 이것도 모르는구나. ×××야."

나를 무시하는 건 아니겠지만, 그녀가 이해한다는 듯이 한 말은 무시하는 것처럼 들렸다. 그녀가 곧 일어나는 듯한 동작을 했다.

"어이, 잠깐만."

"전쟁이라면 알아?"

"어?"

나는 의미도 없이 허공에 뻗은 손을 멈췄다.

"다음에 만날 때 설명할게. 지금은 가야 해. 어쩌면 우리는."

그렇게 말한 그녀는, 결국 어떻게 부를지 정하지 못한 그녀는 벽 쪽으로 다가가며 "같은 세계에 있는 게 아닐지도 몰라."라고 말하며 사라졌다.

이 마음도 언젠가 잊혀질 거야

////

다시 초조함에 휩싸였으나 이번 공백 시간은 지난번보다는 나았다. 재회할 가능성이 있기 때문이다.

기다리는 시간 동안, 나는 그녀가 한 말의 의미를 여러모로 생각해보았다. 일본이라는 나라가 없다, 전쟁 중이다, 다른 세계에 산다. 무슨 의미지. 뭐가 뭔지 모르겠지만, 내 부족한 지식 안에서 일단 생각해봤다. 최근 귀찮을 정도로 들리는 그 전쟁이랑 관계있나?

그렇지, 그 노이즈, 그건 대체 뭐지. 마치 라디오 주파수가 전혀 안 맞는 것처럼 들렸다.

"스즈키, 웬일이래?"

"어?"

교실 의자에 앉아있는데, 옆자리에 앉은 다나카가 성가시게 굴었다.

"네가 스마트폰을 보는 게 특이해서. 아니, 가지고 있었네. 지금 뭐 해?"

"너랑 관계없잖아."

평생 다나카와 연락처를 교환할 날은 오지 않을 것이다.

"……딱히 관계있다고 생각해서 물어본 건 아닙니다만?"

관계없다면 참견하지 말았으면 싶지만, 말해봤자 소용없으니 내버려 뒀다. 관계없는 것이나 흥미 없는 것에 무의미하게 참견해서 빈축을 사는 인생을 이 다나카가 살고 싶다면 자유롭게 살면 된다. 그거야말로 나와 관계없다.

스마트폰을 보는 이유는 조사할 게 있기 때문이다. 일단 그러니까 여성의 보편적인 이름, 이 '보편적'은 그녀의 표현인데 한마디로 여성이 많이 쓰는 이름이겠지. 그걸 조사하는 중이다. 그런데 인기 있는 이름은 매년 바뀌어서 보편적이라고 할 이름이 딱히 없어 보였다.

흔히 보편적인 성이라면 다카하시, 사토, 이런 부류겠지. 다나카는 이미 쓰고 있으니까 제외다. 그나저나 애초에 여성용 이름을 이쪽에서 제안하는 것도 왠지 부끄럽다. 뭐든 괜찮다고 했으니까 그냥 사토 정도가 적당하지 않을까.

정말 필요한지도 잘 모르는 것을 조사하고 고민하는 사이, 그녀와 재회하는 날이 찾아왔다. 얼마 전 그녀가 대기실에 나타나고 이틀이 지난 후였다.

"기다렸어, 카야."

대기실에 들어가자마자 은은한 빛보다 먼저 목소리가 도달했다.

"이 ×, 피난소에 매일 오는 게 아니라서 공백이 생기네."

"그 피난소가 뭐야?"

"전에 했던 얘기 이어서 할까. 어디서부터 설명하면 좋을까."

대화가 원활하게 진행되니까 기분이 좋다.

문을 닫고, 나는 평소와 같은 위치에 앉았다. 그녀는 두 손을 무릎 위에 올렸는지 손톱들이 규칙적으로 나란했고 눈만 이쪽을 물끄러미 응시했다.

"나 나름대로 카야가 어떤 사람인지 생각해왔는데 들어볼래?"

"그래."

거절할 이유가 없다.

"음, 먼저 만나지 못하는 동안 ×××로 조사했어."

"미안, 또 안 들렸어. 뭐로 조사했는지."

"그래?"

뭔가 알겠는지 그녀의 눈 위치가 위아래로 움직였다.

"책은?"

"알아."

"책으로 조사했어. 그랬더니 역시 우리 세계에는 일본이라는 나라가 없었어. 지금도 과거에도."

그 말은 즉 개념적인 이야기가 아니라 말 그대로 존재하지 않는다는 소리다. 그녀의 말을 믿는다면 더 이상 유령이라는 가설은 아니겠다.

"이 세계에 없는 나라에 사는 카야는 전쟁과 사이렌을 모르고, 내가 하는 말 중에 못 알아듣는 말도 있고, 또 무엇보다도,

이건 카야랑 대화를 나누기 전부터 계속 신경 쓰였던 건데."

다섯 개의 손톱이 이쪽으로 다가오더니 그중 하나가 이쪽으로 더 길게 내밀어졌다. 손가락으로 가리켰나 보다.

"눈이랑 손발톱이 빛나지 않아."

그 사실이 너무도 신기하다는 듯이 말한다. 빛을 물끄러미 바라보다가 그게 상대의 눈임을 떠올리고 쑥스러워 시선을 피했다.

"그 사실에서 제일 먼저 생각한 건, 카야는 내 상상 속의 존재이고 내 상상이 적당하게 말할 뿐이지 않을까였어."

실은 나도 비슷한 생각을 조금 했다.

"하지만 그 가능성은 확인할 방법이 없어. 지금 여기에서 카야한테 상상 속 인물이 아니냐고 물어보고 아니라는 대답을 들어도 그것 역시 내 상상일지도 모르니까."

"응, 그건 나도 그렇지."

"이해해줘서 다행이야. 이것도 내 상상일지도 모르지만."

눈 형태만으로 판단하기는 매우 어려우니 내 억측일 가능성도 크다. 그러니까 대충 짐작일 뿐이지만 그녀가 웃는 것 같았다. 보이지 않아도 처음으로 느끼는 웃는 얼굴에 진짜 인간일지도 모르겠다고 생각했다.

"다음으로 생각한 건, 전에도 말했지만 카야가 죽었을지도 모른다는 거. 너는 살아있다고 말하지만, 사실은 이미 죽었고 내

이 마음도 언젠가 잊혀질 거야

피난소에 어떤 이유가 있어서 ××가 머물 수도 있지."

이렇게 들리지 않은 부분은 영적인 단어일까. 말을 끊지 않으려고 질문은 나중으로 미뤘다.

"하지만 그러면 카야가 일본이라는 나라 이름을 댄 의미를 설명할 수 없어. 그러니까 죽었다는 가설보다 카야가 지금까지 준 정보에서 가장 정답에 가까워 보이는 가설을 찾아냈어."

과연, 그게 바로 그거였구나.

"전에 말한, 같은 세계에 없다는 거?"

"응. 그게 가장 ××한 답인 것 같아."

"그쪽이 다른 세계에서 내가 있는, 일본이 있는 이 세계에 온다는 거야?"

다른 세계에서 온 여행자가 이 대기실에 도망쳐 들어왔다는 소리인가. 그렇게 생각하는데 그녀는 아마도 고개를 가로저었나 보다.

"그 표현은 적당하지 않은 것 같아. 나는 지금 내 피난소에 있으니까. 그래서 이걸 꼭 물어봐야 해. 카야, 너는 지금 어디 있어?"

여기 있다는 당연한 소리를 묻는 게 아님을 어렴풋이 알면서도 무심코 대답할 뻔했다.

"여기는 버스정류장이야."

"버스? 정류장이라면 교통수단?"

"그렇지, 버스니까."

"역시."

무슨 뜻이지.

"카야, 하나 더 확인하고 싶은데, 오른손을 이쪽으로 내밀어 볼래?"

역시 거절할 이유가 특별히 없었다. 그러니까 시키는 대로 나는 상대를 향해 손톱 이외에도 실체가 분명히 있는 오른손을 내밀었다. 정말 아무렇지 않게, 방심하고 내밀다가 깜짝 놀랐다.

아무런 각오도 못 한 오른손에 차가운 것이 닿았다.

"으악."

나도 모르게 손을 뺐다.

이게 뭐지?

그녀를 보니 눈은 이쪽을 가만히 바라보고 있었고, 아마도 왼손일 손톱의 배열이 조금 전까지 내 손이 있던 곳에 떠 있었다.

"한 번 더 부탁해."

그 말에 나는 흠칫흠칫 다시 오른손을 내밀었다. 어째서인지 손이 자연히 악수하는 형태가 되었으나, 조금 전에 닿은 차가운 것은 내 손을 잡지 않고 대신 질감을 확인하는 것처럼 그저 손바닥과 손등 표면을 쓰다듬었다.

"만질 수 있네. 카야, 만지는 거 느껴져?"

"응."

차갑고 가는, 손가락이겠지, 그게 손 표면을 기어 다니는 감각이 분명 느껴진다. 이번에는 조금 진정하고 시각으로도 확인했다. 만져지는 감각을 빛이 쫓아온다. 등에 번지는 땀을 느꼈다.

그녀의 확인은 한동안 이어졌고, 끝나서 빛이 내 손에서 떠난 후에도 감촉이 계속 남았다.

"고마워. 생각했던 두 가지 가능성 중 하나가 정답에 가까운 것 같아."

나는 내 손을 보고 있었다. 그녀의 이야기를 대충 흘려듣는 나를 깨달았다.

"어, 으응."

"내가 생각했던 것 중에 아마도 틀렸을 가능성은, 나 혹은 카야의 ××만이 상대가 있는 곳에 날아가서 마치 그곳에 있는 것처럼 보이고 목소리도 들리는 거였어. 그런데 그건 아니었네."

자기 생각을 진지하게 설명하는 그녀의 말을 놓치지 않으려고 집중하며, 이번 노이즈도 영적인 의미이리라 추측하고 그녀가 하려는 말을 상상했다. 프로젝터처럼 투영하는 것을 말하는 걸까. 하지만 그녀의 말처럼 그건 아니다.

"왜냐하면 카야를 만질 수 있잖아."

"응. 네가 만지는 걸 나도 알겠어."

감촉이 남아있다.

"그러니까 이거 아닐까 싶어. 어떤 이유로 내가 있는 피난소와 카야가 있는 곳이 연결되었고, 장소는 연결되었지만 서로 어디에 있는지 장소의 인식은 다른 거지. 너한테는 나도 그 정류장에 있는 것처럼 보이지?"

"맞아."

눈과 손발톱뿐이지만.

"나한테는 네가 나랑 같이 지하 피난소에 있는 것처럼 보여."

"그건……."

충격을 받은 건 아니다. 그런 일이 가능한가 싶어 그저 놀랐다. 하지만 그녀의 말이 사실이라면, 예전에 말한 위에서 끝났다는 것은 여기와 다른 세계의 이야기일 것 같다.

"이게 지금 단계에서 가장 ××한 내 생각인데, 카야는 어떻게 생각해?"

어떻게 생각하냐고. 매우 창작적이라고 생각한다. 그녀의 생각은 마치 동화 같다.

그러나 지금 현실에서 보이지 않는 무언가에 닿은 오른손이 그녀의 존재가 진짜로 있다고 내게 주장한다. 그녀의 말처럼 만져진 감촉도 내 상상에 불과할지 모르지만.

"내가 생각한 건."

그녀의 말이 옳은지 틀렸는지도 알 수 없다. 그러니 일단 내가 요 며칠간 생각했던 것을 말해보았다. 유령일 가능성이나 망상일 가능성은 그녀도 생각했으니까 그것 이외에 생각한 여러 가설 중에서 일본이라는 이름이 생기기 전에 살았던 인물이라는 가능성을 제시했다.

"아하, 나는 다른 세계라고 생각했는데, 같은 세계에서 시간이 크게 어긋났을 가능성도 있겠다. 예를 들어 반대로 카야의 세계가 전일 수도 있어. 그 후에 어마어마한 재해 같은 게 생겨서 일본이라는 나라가 사라졌다거나."

굉장히 불길한 소리를 한다. 그러나 그렇다면 전쟁이라는 단어를 설명할 수 있다.

"좀 알아봤는데 과거에 없었던 것도, 예를 들어 전쟁에서 이긴 나라의 사정상 불리하니까 일본을 ××에서 지웠을지도 몰라."

"미안해, 뭐에서 지웠는지 안 들렸어."

"역사라고 하면 알아?"

"응."

"이렇게 들리지 않는 단어가 있는 것도 한번 생각해봤는데. 따지고 보면 카야랑 이렇게 말이 통하는 것도 이상한 걸지도."

확실히 그렇다. 나라가 다르거나 시대가 다르거나 아니면 정말로 세계 자체가 다르다면, 들리지 않는 단어가 있다지만 우리가 거의 비슷한 말을 써서 문제없이 대화를 나누는 건 신기하다. 조금 거리가 떨어졌을 뿐인데도 문화와 언어가 전혀 달라

분쟁이 일어나는데 말이다.

"가설이지만, 시대나 장소도 포함한 의미에서 다른 세계가 무수히 많다고 치면, 그중에 우연히 내가 사는 세계와 카야가 사는 세계에서 같은 언어체계가 성립되었기에 겹쳐졌다고 생각할 수 있어. 우리나라에 이런 말이 있어. '세상은 언어에서 태어난다'라는 말."

"사람이 언어를 만드는 게 아니라……."

"다른 세계를 연결할 정도로 언어가 지닌 힘이 클지도 몰라."

그것이 마치 희망이라고 말하는 듯한 음색이었다. 음색은 냉철한데 의외로 몽상가 같다고 생각하다가, 목소리로 해당 인물의 성격이 정해진다는 터무니없는 생각을 잠깐이라도 한 나의 시시함에 질렸다.

"그나저나 왜 나한테만 들리지 않는 단어가 있지?"

"네 세계에는 없는 말이라서 그러는 게 아닐까? 지금 카야의 말이 나한테 전부 들리는 건 내가 듣지 못하는 말을 네가 아직 안 했거나, 너희 세계가 내 세계에 미치는 영향력이 클지도 몰라. 아까 버스라는 교통수단도 나는 모르지만, 소리는 들렸어. 네 이름도 나한테는 들려."

"아, 그리고 보니 보편적인 이름."

"생각해봤어? 두 음절 정도가 적당할 것 같아. 간단하니까."

그럼 사토는 안 된다. 정확히 발음하면 '사토우'로 세 음절이

이 마음도 언젠가 잊혀질 거야

니까. 모처럼 화제를 꺼냈는데 초장부터 꺾였다.

"그게 조사는 했는데 딱 이렇다 싶은 게 없어서."

"정말 뭐든지 괜찮은데."

뭐든지. 그녀에 관한 정보는 눈과 손발톱이 빛나고 목소리가 허스키하고 전쟁이 벌어진 나라에 살고 지하 피난소라는 장소에 있고 손이 차다는 것.

"치카……는 어때?"

"뜻이 뭐야?"

"지하(일본어로 치카라고 읽는다.)의 피난소에 있으니까."

어찌 보면 바보 같지만, 사람 이름은 전부 바보 같은 이유로 짓는 법이다. 그녀는 눈을 오래 감고 있다가 "좋아." 하고 고개를 끄덕였다.

"그럼 카야의 세계에서 내 이름은 치카. ××하고 좋은 이름이다."

"마지막이 안 들렸어. 좋은 이름 전에."

"간결이라면 알아?"

"응. 그 이름으로 괜찮다면 다행이다."

노이즈 부분에서 부정적인 단어를 써서 대놓고 비아냥거렸을 가능성도 있지만, 그렇지 않다면 괜찮다.

이렇게 이름을 정했다. 그녀, 치카 이야기를 다른 사람에게 할 생각은 없으니까 꼭 필요한 일이었는지는 모르겠다. 그래도 치카가 기뻐한다면 긍정적이다. 앞으로도 이야기를 듣고 싶은 상대의 감정을 상하게 하면 좋을 것 없다.

"카야는 버스라는 교통수단을 타려고 여기 있어?"

암흑에서 들린 갑작스러운 질문. 평소 사람이 얼마나 상대의 입을 보고 대화하는지 알겠다. 집중하지 않으면 드문드문 소리를 놓친다.

"아니, 이 버스정류장은 사용하지 않는 곳이라 그냥 쉬려고 들렀어. 매일 밤 와."

"아, 어쩌면."

"응?"

"시간도 다른가 봐. 여기는 아직 태양이 떠 있어. 지하에 있어서 안 보이지만."

"어, 아직 낮이야?"

"맞아. 우리는 낮이라는 표현은 안 쓰지만, 의미는 그거야."

참고로 어떤 표현을 쓰는지 물었으나 치카의 목소리는 또 노이즈가 되어 들리지 않았다. 낮이라는 단어는 치카의 세계에서는 구어적 표현이 아니라고 했다.

몇 시간쯤 차이가 나는지 확인하려 했으나, 치카의 세계에도 하루라는 단어는 있어도 초, 분, 시간 등의 단위가 이쪽과 조금 다른지 설명을 이해하려면 각종 노이즈 너머의 단어를 이해해야 해서 포기했다. 뭐, 이쪽은 밤이고 저쪽은 낮인 게 중요하다.

이 마음도 언젠가 잊혀질 거야

"시간이 흐르는 방식은 같을까?"

치카가 품은 의문에 감탄했다. 치카는 다른 세계에 있다는 가정하에서 다양한 가능성을 생각하고 있다.

"예를 들어 이쪽에서 태양이 한 번 떠서 지는 동안 카야의 세계에서는 수십 번이나 그럴 수 있잖아? 그런 이야기를 책에서 읽은 적 있어."

나도 있는 것 같다.

"그렇게 표현한다면 내 세계에서는 전에 치카랑 만난 후로 두 번 태양이 뜨고 졌어."

"응. 그럼 횟수는 같다. 여기도 두 번 지고 떴어. 전쟁도 그 후로 두 번째."

전쟁.

"전에도 말했지, 그 전쟁 말인데."

대화의 방향을 그쪽으로 돌려버리고는 뒤늦게 머뭇거렸다. 전쟁에 관해서 도대체 무슨 말을 해야 할지.

이제야 떠올린 가능성. 치카가 사는 곳에서 전쟁이 벌어진다는 것. 어쩌면 내일 당장 치카가 죽을지도 모르고, 오늘 당장 가족을 잃을지도 모른다.

전쟁이라는 단어가 품은 이미지. 거기에 달라붙은 죽음의 그림자에서 자연히 말을 멈췄다.

"지금 전쟁 중이야."

치카가 아무렇지 않게 말했다. 성가시다는 느낌으로 어쩔 수 없다는 듯이.

"카야의 세계에서도 전쟁을 해?"

"지금은 안 하는데 곧 시작할 거야."

최근 신문과 라디오에서도 그 소식만 나온다.

"그렇구나. 어느 나라나 큰일이네."

"뭐, 그런데 너희랑 다르게 우리 동네에서 살상이 벌어지진 않으니까 피난소는 따로 없어."

"그래? 그럼 ×××가 다를지도."

"뭐가?"

치카가 뭔가 깨달았나 보다. 그 머릿속은 표정과 마찬가지로 보이지 않지만 나는 손톱의 위치를 보고 알았다. 좌우 손을 아마도 허벅지 위에 얹고 앞뒤로 비비적비비적 움직인다. 생각할 때의 습관인가 보다.

"규칙이란 말 알아?"

"응."

"규칙이 다를지도 모르겠어. 카야의 세계는 어떤 식으로 전쟁을 해?"

"자세히는 모르는데."

나는 학교 수업에서 배운 내용이나 뉴스에서 본 것, 그 외에 책에서 읽은 우리 세계에서 벌어진 전쟁에 관한 지식을 치카에게 말했다. 전부 들은풍월이고 읽은 풍월이다. 내 눈으로 목격한 진실은 어디에도 없으니 당연히 현실감도 없다. 그래도 치카는 내 이야기를 차분하게 들었고 도중에 괴로운 듯이 숨을 몰아쉬었다.

"카야의 세계에서는 사람이 많이 죽는 전쟁을 해?"

"응, 앞으로는 어떨지 모르지만 한참 전에는 도시가 송두리째 사라지기도 했어."

"너무 심하다."

"치카의 세계에서 하는 전쟁은 그거랑 달라?"

"우리 세계는."

나도 모르게 듣기 전에 마음의 자세를 바로 했다.

"×××라는 게 있는데, 아까 말한 것처럼 규칙을 문명화한 거야. 너희 세계의 전쟁 방식과는 많이 달라."

치카의 음색에는 나와 달리 전쟁을 일상 속 사실로 받아들이는 현실감이 있었다.

"그래도 아주 옛날에는 우리 세계에도 너희 세계에서 하는 것처럼 엄청난 피해가 생기는 전쟁을 했었나 봐. 그래도 규칙이 생긴 후로 우리처럼 그냥 생활하는 사람은 대부분 전쟁을 원인으로 죽는 일은 사라졌어. 오래전에 큰 나라끼리 합의해서 정한 거래. 그렇게 배운 것뿐이니까 역사를 다르게 기록했을 가능성도 있지만. 아무튼 지금 전쟁의 규칙으로 우리는 웬만해서는 죽지 않아."

"그렇다면 다행이다."

지금도 전쟁 중이라는 사실에서 치카의 신변을 걱정했는데, 죽지 않는다면 어느 정도는 안심할 수 있다.

"걱정해줬구나?"

치카의 표정이, 역시 눈의 형태에서 상상했을 뿐이지만 웃는 것처럼 보였다. 치카의 신변을 걱정하는 것과 동시에 치카와 만나는 기회의 상실을 걱정했기에 조금 머쓱해서 "규칙은 뭐야?" 하고 물었다.

"규칙이 다양한데 카야가 알아들을 수 있게 설명하기 어렵다. 가장 알기 쉬운 건, 네가 보는 이 눈이랑 손발톱. 아까 네 눈이랑 손발톱이 빛나지 않아서 신기하다고 말했잖아?"

치카가 각각의 부위를 가리켰다.

"우리 세계에서는 이렇게 하는 게 일반적이야."

그게 알기 쉬운 규칙 중 하나라면, 태어날 때부터 그런 생물은 아니라는 소린가. 적당하게 호응하며 치카의 설명을 기다렸다.

"설명이 너무 간결한데, 우리는 ××를 위해서 눈과 손발톱에 색을 칠해."

"어. 뭘 위해서?"

"식별? 판별?"

이 마음도 언젠가 잊혀질 거야

"아, 알겠어."

표식 같은 거구나.

"나라별로 각각 다른 색을 칠하는 규칙이 있어서, 적과 아군을 나누기 위해서 국민이 태어나면 모두 다 착색해. 그래도 나라끼리 인접했던 시대에 다양한 국적의 사람들이 섞였던 흔적일 뿐이야. 지금은 자국에 숨어들려는 타국 병사를 구분하는 용도로만 쓰여. 태양이 져서 어두워지면 전쟁도 안 하고."

그렇군. 치카가 있는 곳의 지도를 대충 상상해보았다. 각각의 나라를 나누는 것은 황야나 바다일까. 여기에는 없는 어떤 것일 수도 있다.

"병사라면, 군대가 있어?"

"응. 싸우는 일을 하는 사람들이 있어서 그들이 ××의 날과 시간을 정해."

"무슨 날?"

"음, 공격하는 날이랑 수비하는 날. 상대 나라에서 하는 전쟁과 우리나라에서 하는 전쟁이 교대로 있어. 이날은 공격하는 날, 이날은 수비하는 날. 공격하는 날은 병사들이 없어지니까 좋은데 수비하는 날은 이렇게 피난소에 있어야 해."

"그렇구나. 그래서 여기 있는 날과 없는 날이 있구나."

치카의 발톱이 벤치 위로 이동했다. 무릎을 세워서 팔로 안았나 보다.

"그렇다면 오늘 지상에서는 치카 나라의 군대가 수비 측으로 싸우는 중이겠네."

"응, 이제 조금 있으면 끝날 거야."

치카가 조금 있으면 사라진다는 것에 아쉬운 감정이 피어올랐고, 동시에 치카의 음색에서 역시 전쟁이라는 단어에 대한 가치관이 다르다고 느꼈다.

"아, 혹시 카야가 걱정할지도 모르겠는데, 싸우는 사람들도 웬만해서는 안 죽어. 나는 잘 모르지만 ××도 연구해서 요즘은 서로 희생자가 많이 나오는 일은 안 한대."

"아, 그렇구나."

노이즈는 아마도 전술과 비슷한 의미일 테니 묻지 않았다.

"그런데 상대를 죽이지 않으면서 싸우는데, 어떻게 승패를 정해?"

"×××. 음, 그러니까 정해진 목표물이 있어. 크고 동그란 건데, 그걸 공격하는 쪽이 나라 밖으로 운반하면 승리. 시간 안에 운반하지 못하면 수비하는 쪽의 승리."

그게 뭐야. 상상했던 것보다 너무, 뭐랄까, 마치 게임 같은 승패 규칙에 놀랐다. 그런데도 상황에 따라서는 사람이 죽는다고 한다.

"음, 미안한데 멍청한 어른이 생각한 게임 같아."

"멍청한 어른이 생각한 게임 맞아. 죽는 사람은 적다지만 부

이 마음도 언젠가 잊혀질 거야

상자는 훨씬 많아. 집이나 이런저런 것들도 부서지고, 우리 생활도 방해를 받아. 규칙 따위를 정하는 김에 아예 그만두면 좋았을 텐데."

처음 듣는 종류의 감정이 실린 목소리. 보통은 목소리에 표정이 따라오지만, 지금은 소리뿐이라 신선했다. 이건 치카가 분노한 목소리겠지. 목소리만 들리니까 분노가 마치 마음속을 억지로 물들이는 잉크 같은 질감으로 느껴졌다.

"이런 생각을 해봤는데."

분노한 뉘앙스가 사라진 치카의 목소리, 표정이 보이지 않아서 전환하는 타이밍도 진폭도 모르겠다.

"어쩌면 카야는 나에게 전쟁 규칙을 듣고 많은 사람이 죽지 않도록 카야 세계를 이끌게 될지도 몰라. 네 세계에 변화를 가져오기 위해서 나와 대화를 하게 된 게 아닐까? 만약 그렇다면 역시 내 세계가 네 세계의 미래일 가능성도 고려해야겠어."

시간의 축 이야기는 몰라도, 내가 지도자라도 될 것처럼 말하는 게 과하게 창작적인 생각이다. 인간들의 어리석음이 차곡차곡 쌓여 시작된 살상을 막을 정도의 도량이 나에게 있을 리 없다.

그래도 만약 지극히 일부분이라도 진실이라고 치면, 문제가 하나 있다.

"만약 그렇다면, 그걸 목적으로 만난 거라면 더는 못 만날지도 몰라."

나로서는 그럴 가능성도 있다고, 단순한 사실을 말할 생각이었다.

"그러면 나도 아쉽다."

내가 치카와의 이별을 진심으로 아쉬워하는 표정이나 목소리를 냈다는 것을 깨닫고 부끄러웠다. 물론 아직 개인적인 목적을 달성했다고는 도저히 생각할 수 없어서 나온 반응이지만, 치카가 나를 붙임성 좋은 사람이라고 평가한다면 내가 쉬운 인간으로 보이는 것 같으니까 조금 별로다. 그래도 치카 역시 나와의 만남을 나쁘게 생각하지 않는 걸 알아서 좋았다.

"아, 사이렌."

갑자기 치카가 귀를 막았다. 치카는 그 소리를 두려워하나 보다. 전쟁이 끝나는 소리라면 긍정적이지 않나? 내게는 들리지 않지만.

"어떤 소리야?"

"……너는 안 들리지. 부럽다. 진짜 듣기 싫은 소리거든. ××를 뒤흔드는 소리."

"뭘 흔들어?"

"어, 배 속?"

내장을 말하나. 아니면 내장과 조금 다른, 나는 잘 모르는 인간 내면의 마음가짐을 표현할 수도 있다.

이 마음도 언젠가 잊혀질 거야

치카는 자리에서 일어나, 목적이 이루어져서 이제 못 만날지도 모르는 아쉬움 따위 전혀 없는 듯 벽을 향해 한 발자국 걸었다. 발톱의 움직임으로 알았다.

"치카, 또 보자. 들키지 않기를."

저쪽 세계에서 자기 일상을 가진 치카를 붙잡을 수는 없다. 그나마 다음 만남을 끌어당기고 싶어서 온 힘을 담은 말이었다.

불현듯 치카가 이쪽을 돌아보았다. 시선이 마주치자, 그 빛이 아마도 웃는 형태로 달라졌다.

"다음에는 카야의 이야기를 들려줘."

그렇게 어둠 속에 있던 치카는 목소리만 남기고 사라졌다. 혼자 남아 손목시계를 봤다. 오늘은 지금까지 만남 중에 가장 길게 대화했다. 전쟁 같은 불길한 내용뿐이었지만, 치카가 보는 세상 이야기를 들은 만큼 가치가 크다. 그녀가 거짓말을 할 가능성이나 내 망상일 가능성은 여전히 버릴 수 없지만.

그래도 만졌다.

분명히 차가운 손가락이 내 손을 더듬은 감촉이 있었다. 피부를 더듬으면 아직 손가락이 지나갔던 그 길의 흔적이 남아있는 것 같다. 그 감각을 놓치지 않으려고 나는 천천히 일어났다.

대기실에서 밖으로 나왔다. 밖은 대기실 안보다 훨씬 산소가 진해서 숨이 막혔다. 또 이곳으로 돌아오고 말았다.

치카의 말대로 우리가 전혀 다른 세계에 산다면, 치카는 어떤 곳으로 돌아갔을지 상상했다. 그쪽은 아직 낮이라고 했다. 뭔가 전쟁 뒤처리를 하려나. 아니면 늘 있는 일이니까 신경 쓰지 않고 자기 생활로 돌아갈까. 저쪽 세계에 비가 내릴까. 지금 추울까, 더울까.

일단 집에 돌아가서 지금까지 들은 치카의 세상 이야기를 정리해야겠다. 이 세계의 전쟁 방식을 내가 바꿀 수 있을지 없을지는 제쳐놓고, 뭐든 내 인생을 특별하게 해줄 실마리가 있을지도 모른다.

집으로 돌아가는 길을 걸으며 한 가지 사실을 자각했다. 또한 번 나 자신이 시시한 존재라는 것을.

사람과 대화를 나누며 두근거린 건 오랜만이었다. 아직 아무것도 이루지 않았는데, 그렇게 느낀 건 역시 내가 그 정도밖에 안 되는 녀석이기 때문이다.

////

3월에 들어서 열흘이 지나자 계절이 완연한 봄이 되었다. 변화하는 사계절에 이렇다 할 감정을 품은 적은 없지만, 명확한 시간 경과를 느끼고 나는 또 초조해졌다.

그때 이후로 치카와 만나지 못했다. 단순히 타이밍 문제로 못 만났을 뿐일 수도 있으나, 만에 하나 정말로 우리가 목적을 이

이 마음도 언젠가 잊혀질 거야

룬 셈이라면?

이런 걸 걱정해봤자 무의미한 줄은 안다. 그러니 나는 나대로 일단 의미 있는 일을 생각해보았다.

확정을 내리기에는 아직 이르나, 치카가 말한 내용은 적어도 내가 아는 세계는 아니다. 애초에 치카의 말이 전부 거짓말일 가능성도 있으나 확인할 방법이 없다. 나를 속였더라도 지금은 믿을 수밖에 없다. 적어도 그때, 전쟁에 대해 표현한 분노 어린 목소리는 거짓 같지 않았다. 치카는 정말로 나와 다른 공간에서 살고 있을지도 모른다.

문득, 전쟁이 끝났으니 피난소인 그 장소에 오지 않을 수도 있겠다고 생각했다. 이렇게 생각하다 보면, 우리가 재회하기 위해선 치카의 세계에서 계속 전쟁이 벌어지기를 바라게 된다. 남의 불행을 진심으로 바라고 기뻐할 수 있는 성정이라면 몰라도 어중간하게 동정심을 품을 시시한 나 자신을 알기에, 그 가능성에 관해서는 아예 생각하지 않았다.

밤이 아니라 이른 저녁쯤에도 버스정류장에 가봤지만, 역시 치카는 나타나지 않았다. 태양이 저문 후에는 전쟁을 하지 않는다고 했다. 즉 밤에는 피난소에 오지 않을 테니, 이쪽 버스정류장이 낮일 때 그녀가 나타날 가능성은 적다. 다만, 이것도 어느 정도 시간에 차이가 있으므로 확신할 수 없다.

나는 매일 변함없이 달렸다. 예전과 비교해 변화라면, 달릴 때 최고의 심박수를 의식하기 시작한 것과 그 버스정류장으로 가는 달리기 코스를 바꾼 것이다. 심박수는 모처럼 손목시계를 받았으니까. 코스를 바꾼 데는 특별한 이유가 없다. 만약 내가 일기를 쓴다면, 누가 일기를 훔쳐보더라도 금방 싫증 나는 날들을 보냈다.

오늘도 달리며, 속도를 서서히 올렸다. 손목에 찬 시계는 운동강도와 심박수의 균형을 기록해 심폐 능력을 조금씩 향상할 수 있게 만들어진 것 같다. 각종 설정을 이미 입력해두어서 속도를 너무 올리면 심박수가 일정 수치에 도달했다고 소리가 나며 주의를 촉구한다.

심장에 과도한 부담을 주면서 계속 달리는 훈련을 하다 보면 보이는 경치도 있을까. 생명의 위기를 느낄 정도로 단련하면 상쾌함 속에 자리한 지루함을 지워줄 수 있을까.

한번 해볼까? 그렇게 생각해 조금씩 속도를 올리려던 그때 앞쪽에서 안면 있는 얼굴을 발견했고, 나를 알아차리지 않아 줬으면 하는 바람도 상대가 손을 번쩍 들어 허무하게 무너졌다. 어차피 무시할 마음은 없으므로 속도를 낮춰 "여어." 하고 반응했다. 당연히 그대로 지나칠 생각이었는데, 교실에서 앞자리에 앉는 다나카가 "뭐 해?" 하고, 달리는 상대에게 대화를 시도하려고 했다. 나도 모르게 멈췄다.

"뭐 하냐니, 보면 알잖아. 달리고 있어."

이 마음도 언젠가 잊혀질 거야

막 오르기 시작한 심박수도 관계가 있는지 평소보다 빠른 말투로 대꾸했다.

"달리는 거야 아는데 무슨 이유로 달리냐고 물어본 거야."

"그렇게 안 물어봤잖아."

그만두자, 허무하다.

"달리는 목적을 위해서 달려."

"의미를 모르겠네. 아니, 그게 목적이라면 조금은 즐거운 표정이라도 지어라. 나는 강아지 산책 중이야."

안 물어봤고 보면 안다.

그래도 힐끔 다나카 발 옆에 있는 개를 봤는데, 눈이 마주치자 이쪽으로 바짝 다가왔다. 리드 줄 위치를 손으로 잘 고정하면 될 것을, 다나카는 개의 움직임에 맞춰 이쪽으로 팔을 뻗었다.

잠깐 지켜봐도 내 발 옆에서 떠날 생각을 안 해서 혹시 만지라고 독촉하는 건가 싶어 머리를 한 번 쓰다듬었으나, 개는 그걸로 만족하고 다나카 옆으로 돌아가 주지 않았다.

"얘는 줏대가 없어서 아무나 잘 따라."

주인과 닮았다. 나를 따르는 건 아닐 테고, 따라도 곤란하다. 다나카도 개도.

"그나저나 스즈키, 이쪽으로 달리는구나."

얼마 전에 어쩌다 보니 바꾼 코스가 설마 다나카의 산책 코스와 겹칠 줄은 생각도 못 했다.

"나는 이쪽은 오늘이 처음이야."

안 물어봤다만, 그렇다면 정해진 코스는 없나 보다.

"얼마 전에 벼락이 쳤잖아. 나무에 떨어졌다고 하니까 그 불 탄 나무를 보러 가려고."

그거야말로 무슨 목적이지. 그런 걸 봐서 뭘 하냐고 묻고 싶어도 다나카에게서 의미 있는 대답이 돌아오지 않을 걸 알기에 묻지 않았다.

"스즈키, 같이 갈래? 어차피 한가하잖아."

"안 가. 달리는 중이야."

"어차피 할 게 없어서 달리는 거 아니야?"

그러니까 너는 아무 생각도 없으면서 남의 핵심을 건드리는 말을 좀 하지 말라고.

"아, 그러고 보니."

또 뭔가 싶어서 일단 다나카의 발언을 기다리는 점이 어중간하다. 내가 싫어진다.

"이즈미를 봤어."

그래, 싫어진다. 정말로, 아무 생각 없이 말을 늘어놓는 녀석이 싫어진다.

다나카가 내게서 어떤 반응을 바라는지 모르겠으나, 나는 진지하게 상대하지 않기로 했다.

이 마음도 언젠가 잊혀질 거야

"그러냐."

"연락도 하고 그래?"

"안 하는데, 뭐 살아있으면 됐지."

"응, 나도 그냥 목격 보고니까."

하고 싶은 말만 하고 다나카는 개와 함께 가버렸다. 저 개도 일부러 불탄 나무 따위 보러 가다니 성가시겠다. 타인이 저 좋을 대로 흥미 있겠다고 여겨서 마구 들이밀면 반감이 생긴다. 저 개가 그런 감정으로 다나카를 물어뜯어도 할 말 없다.

흥이 깨졌다는 말이 머릿속에 떠올랐으나, 아니다. 애초에 달리는 일에 흥미를 느끼지 않는다. 그저 단순히, 다나카와의 대화로 기력이 깎여서 심박수에 도전하기를 그만뒀다. 평소대로 달려 버스정류장에 들르고 평소대로 돌아왔다.

이즈미.

다나카 때문에 평소 의식하지 않는 그 이름이 자꾸 시야에 아른거리며 방해해서 달리기 어려웠다. 그렇게 대단한 지장은 아니지만.

새삼 오늘만큼은 치카가 있으면 좋겠다고 바라며 밤의 버스정류장에 갔으나, 오늘도 역시 대기실에서 나를 기다리는 것은 무엇에도 비유할 수 없는 암흑과 정적뿐이었다.

/ / / /

치카는 닷새 후에 나타났다. 별로 관계없는 이야기지만, 학교는 시험 기간이다. "들키지 않기를."이라는 평소와 같은 엄마의 목소리를 등으로 들으며 오늘 밤도 버스정류장에 갔다. 대기실 문을 열었을 때, 치카는 없었다. 낙담의 질량과 함께 벤치에 앉자마자 시야 끝이 반짝 빛났다. 그쪽을 보자 기다리고 기다린 빛이 있었다.

"또 만났네, 카야."

치카가 먼저 차분한 목소리를 들려줘서 다행이다. 내가 먼저였다면 지금까지의 기대감이 흥분한 목소리에 섞여 나왔을지도 모른다.

치카는 내가 있다고 해서 특별한 감상에 젖은 기색 없이 벤치에 앉았다. 늘 앉는 정위치, 나의 오른편.

"치카, 지금 뭐에 앉았어?"

허둥거리는 나와 과도하게 기뻐하는 나를 티 내지 않으려고 시시한 질문을 던졌다. 사실 궁금하긴 했다. 나는 긴 목제 벤치에 앉아있는데, 치카는 어떤지 궁금했다.

"××인데."

"미안, 또 바로 이러네."

"음, 긴 의자?"

"알겠다. 그럼 나랑 같네."

어쩌면 치카가 있는 피난소와 이 대기실 형태가 비슷한 것

이 마음도 언젠가 잊혀질 거야

이 우리 둘이 보는 세계가 겹친 것과 어떤 관계가 있을지도 모른다.

"한동안 안 온 건 전쟁이 없어서?"

이번에는 준비했던 질문을 제대로 했다. 치카가 그렇다고 대답하면 내심 전쟁이 벌어지길 바랄 내가 짐작 갔지만, 일단은 치카가 여기 오는 규칙을 알아야 했다.

"음, 아니야."

안심했다. 치카 주변에 불행이 일어나기를 바라지 않아도 되니까. 또 그런 내 욕심을 깨닫고 고민할 시시한 나를 자각할 필요가 사라져서.

"멀리 사는 친척이 죽었거든. 갑작스러운 일이어서 도우러 다녀왔어. 그쪽에서는 다 같이 넓은 피난소에 있었어."

"죽었다니, 전쟁으로?"

"아니, 병. ××였는데, 별로 대화한 적은 없어."

"뭐였다고?"

"할아버지 여동생. 우리 친척 중에 전쟁에 참여하는 직업을 가진 사람은 우리 오빠뿐이니까 전쟁으로 죽을 가능성이 있는 사람도 오빠 정도야."

전쟁으로 죽을 가능성, 그런 일이 가족을 따라다니는 상황을 냉정하게 설명하는 치카에게 되게 침착하다고 한마디 하는 것은 간단한 일이지만 너무 무신경한 것 같다. 같은 세계에 있든 다른 세계에 있든, 사람과 사람이 진정으로 공감하는 일은 무척 어렵다.

"그보다 전에 헤어질 때도 말했는데, 또 만나면 카야에 관해서 물어보려고 했어."

"그래."

아무렇게나 한 대답 같지만 나도 그럴 생각이었다. 내 이야기를 하고 싶어서가 아니라 치카가 원하는 정보라면 뭐든 대답하고, 대신 치카 이야기를 들려달라고 할 생각이었다. 기브 앤드 테이크. 그게 아니라면 내 이야기를 드러내는 취미는 없다.

"우선."

가족 구성일까, 아니면 지금까지 이력일까. 서로 어떤 사람인지 알기 위한 정보.

"카야는 뭘 좋아해?"

일단 대답하려고 마음의 준비를 했는데, 말문이 막혔다.

좋아하는 것. 질문이 너무 추상적이고, 무엇보다 제일 먼저 상대의 기호를 알아봤자 무슨 쓸모가 있나 싶었다.

"좋아하는 거라니, 어, 좋아하는 음식 말이야?"

이쪽에서 질문을 구체화하려고 물었다.

"너는 먹는 걸 제일 좋아해?"

싫어하지는 않는다. 그렇다고 능동적으로, 예를 들어 맛있는 음식을 먹는 게 취미라거나 식사가 하루의 최고 즐거움이라거

이 마음도 언젠가 잊혀질 거야

나, 그렇게 단언할 정도의 깊은 의미는 없어서 나는 고개를 저었다.

"그렇지는 않아. 혹시 취미라면, 굳이 말하면 매일 달리는 정도야."

"달리는 시간이 하루 중 제일 소중한 시간이야?"

"아니……."

제일이냐고 물으면 별로 그렇지 않다. 치카가 취미를 물어보는 줄 알고, 의식주 이외에 매일 자진해서 하는 일을 언급했을 뿐이다.

치카의 질문에 무언가 정말로, 하루 중 가장 소중한 시간을 말하고 싶었는데 생각나지 않았다. 어느 시간이든 제일 소중한지 자문하면 딱히 그렇지 않았고, 애초에 나의 이 시시한 매일 중 어딘가에 가장 소중한 시간이 존재한다고는 생각하지 않는다.

여기에 오는 시간이 가장 소중하다는 것은, 어떤 측면에서는 진실이지만 말하지 않았다. 다른 사람과의 대화를 중요하게 생각하는 시시한 인간이라고 치카가 나를 판단하는 게 싫었다.

"딱히 생각이 안 나는데, 그러면 치카는 하루 중에 가장 소중한 시간이 확실하게 있어?"

상대가 지금 여기 있는 시간이라고 말해주면 피차 목적이 겹치지 않을까, 그런 기대가 전혀 없었다고 하면 거짓말이다. 그

러나 치카가 그런 시시한 소리나 할 존재가 아니길 바라는 마음
도 진심이다.

"나는."

혹시 또 나한테는 들리지 않을지도 모른다고 예감했으나 아
니었다.

"자기 전에 내 방에서 혼자 있는 시간일까?"

그것참 평범한 여자아이 같은 대답이다 싶었다. 아쉽다는, 완
벽하게 내 위주인 기분이 불쑥 이쪽으로 고개를 들이밀어서 뿌
리쳤다. 아직 자세한 이야기도 듣기 전이다.

"왜 그 시간이 제일 소중한지 물어봐도 돼?"

"응, 전부 다 내 거니까."

소설에 나오는 세계의 지배자 같은 대답이다.

"나는 내 방 안이랑 내 머릿속에 있는 걸 좋아해. 방에는 소중
한 ××, 책이랑 음악, 지금까지 쓴 일기. 머릿속에는 다른 사람
에게 보이지 않는 생각이나 감정이 있어. 누가 멋대로 방에 들
어오는 일도 없고 머릿속을 들여다보는 일도 없어. 표정도 남한
테 들키지 않아. 나를 위해서만 있을 수 있는 그 시간이 좋아. 나
의 진정한 세계가 거기 있어."

길게 말했는데 안 들린 단어가 있었느냐고 치카가 배려해줘
서, 나는 방에 있는 것이 책과 음악과 일기와 또 무엇인지 물
었다.

이 마음도 언젠가 잊혀질 거야

"냄새로 이야기를 체험하는 건데, 이걸 뭐라고 해야 하나."

"향수 같은 거?"

"아니, 향수랑 달리 냄새로 배경이나 인물이 떠오르는 거야. 여러 냄새를 조합해서 이야기를 느끼는 건데 그쪽 세계에는 없나?"

없을 거다. 있을지도 모르지만 들어본 적 없다. 최대한 어떤 건지 상상해본 게 맞을지 잘 모르겠지만 일단은 기억해뒀다.

그나저나 치카의 말은 듣기에 따라 너무 내면에 틀어박힌 인간의 사고방식이며 폐쇄적인 것 같았다.

그래도 곧 생각이 떠올랐다.

"너희 동네에서 전쟁이 벌어져서 밖에 자주 나가지 못하니까 네 방을 좋아하는 거야?"

특수한 환경 아래에 성립한 문화 속에서 살기 때문인지도 모른다.

그런데 내 추측은 빗나갔다.

치카는 으음, 하고 말을 찾는 듯한 소리를 내더니 그게 말이지, 하고 입을 열었다.

"전쟁은 그다지 관계없는 것 같아. 내가 방을 좋아하는 이유는, 거기에는 강요받아서 좋아하는 게 단 하나도 없고 그래도 된다고 허용되기 때문이야. 어쩌면 각인된 것처럼 듣는 음악이나 ××, 아까 그 냄새 같은 게 있을지도 모르지만, 알게 된 이유는 다양하더라도 좋아하게 된 계기가 나 이외에 남에게 있었던 것은 하나도 없어. 그래서 소중해."

무슨 말인지 대충은 이해했는데, 방에 대한 가치관이 나와 굉장히 달랐다. 내게 내 방은 단순한 상자일 뿐이다. 비를 피하고 잠을 자고, 일단 다른 인간에게서 모습을 감출 수 있다. 그 대신 내게 일임된 그 공간에 있으면, 결국에는 시시한 나의 감시를 받는 셈이니까 숨이 막힌다.

"소중한 게 생각나지 않는 카야는 전부 가지고 있어? 아니면 아무것도 없어?"

여전히 입만 보이는 데다 말을 시작하는 움직임이 전혀 없이 목소리만 들리니까 뇌가 아무래도 머뭇거린다. 이번에는 소리의 의미를 머릿속에서 잘게 부숴도 질문의 의도를 잘 모르겠다. 그래도 의도를 무시하고 대답해도 된다면, 있는지 없는지는 뻔하다.

"아무것도 없는 쪽이야. 왜?"

"소중한 시간이 생각나지 않는다면, 어떤 한 가지 색으로 가득 채워진 게 아닐까 싶었어. 채워졌거나 텅 비었거나. 아무것도 없는 쪽이구나. 아무것도 없다는 의미를 물어봐도 될까?"

치카가 착각했을 가능성도 있겠다. 그러니 괜한 동정을 피하려고 설명했다.

"가족이 없다거나 집이 없다는 의미는 아니야. 친구나 연인이 없어서 쓸쓸하다는 의미도 아니고. 그저 내 생활 속에 특별하게 소중한 것은 아무것도 없어."

무작정 만들 생각도 없다.

"척을 안 하는구나."

그 말의 의미를 전혀 가늠하지 못하겠다.

"척을 안 한다니?"

"응, 그 전에 카야, 자기 생활에 특별한 게 없는 사실을 어떤 식으로 느껴?"

솔직히 대답할 수밖에 없다.

"시시하다고 진심으로 생각해. 그렇다고 치카가 말한 책이나 음악으로 채워지는 것도 아니니까 그저 막막해."

"정말로 척을 안 하는구나."

반짝이는 눈이 깜박임을 잊은 듯이 나를 빤히 바라본다. 조금씩 치카가 말하는 '척을 안 한다'의 의미를 머리가 받아들이기 시작했다.

"기본적으로 우리는, 사람이라는 의미야. 카야의 세계에서 사람이라는 의미와 정확히 같은지는 모르지만, 음, 적어도 우리 세계의 사람들은 다들 척을 하면서 사는 것 같아. 특히 가장 많은 척은 이해한 척이랑 좋아하는 척."

"······아아, 나도 알겠어."

치카의 말에 공감하고 감탄한다고 말하면 오만방자한 소리일 것이다. 그걸 알면서도 나는 놀랐다. 평소 내가 생각하던 것을 치카도 언어로서 머릿속에 지녔다는 사실에.

"척을 하는 건 생활하는 데 필요하니까 좋고 나쁘고의 문제는 아니지만, 카야는 그걸 안 하니까 놀랍다. 카야의 세계는 다들 그래?"

"아니야, 다들 척을 하면서 살아. 나도 척을 안 하는 건 아니고."

나도 지금까지 수없이 척을 했다. 척인 줄 깨닫지 못했을 뿐, 지금 생각해보니 척이었다. 척이었으니까 '이게 다인가'라는 결말에 도달한다. 치카의 말을 빌리자면, 나는 평생 척을 하지 않고도 특별하다고 느끼는 대상과 만나고 싶어서 살고 있는지도 모르겠다.

"남보다 척을 하는 시간이 짧을 수는 있지만 나도 해. 하지만 살기 위해서 하는 느낌은 아니야."

살기 위해서 할 수 있었다면 트집을 잡아 남을 괴롭히고 싶을 뿐인, 인간으로서 밑바닥인 놈들의 눈에 띄지 않았겠지. 초등학생 때 이야기다.

"나는 척을 하지 않아도 되는 걸 발견하고 싶어서 척을 하는 것 같아."

내 입으로 말했지만 복잡한 소리다.

"치카는 그 책이나 음악을 대하는 기분에 어떤 척을 하려는

이 마음도 언젠가 잊혀질 거야

의도가 있어?"

"아니야, 제대로 좋아해. 하지만 방 밖에서는 나도 많은 것을 좋아하는 척을 해. 응, 그런 척하지 않아도 되는 것만 방에 뒀으니까 방이 좋아."

그렇군, 아까보다 방이 좋다는 의미가 확실히 전해졌다. 물론 방에 있는 것을 좋아하는 그 기분은 깨닫지 못했을 뿐이지 치카의 척에 불과할 것이다. 타인의 창작물로 인생의 공백을 메울 수는 없다.

"그건 그렇고."

그건 그렇고, 같은 분위기를 환기하는 말을 눈과 손발톱만 가진 존재가 말하다니 역시 신기했다. 사람이 품는 감정이나 심정은 상상 이상으로 시각에 지배되는 것 같다.

"응."

"가족이나 친구는 알겠는데 연인은 뭐야?"

"응? 어, 몰라? 뭐라고 해야 하지. 연애하는 두 사람?"

"연애도 모르겠어."

지금까지 대화한 인상으로 보아 설마 치카가 지식으로서 모른다고 생각하기는 어렵다. 그렇다면 다르게 설명해야 하나?

연애를 다른 말로 어떻게 표현하지?

"뭐라고 해야 하지, 어, 진짜 뭐라고 하면 좋을지 모르겠네. 두 사람이 서로 좋아해서 사귀는 거야."

"친구랑은 달라?"

"다르지, 아니 그 경계선은 모르겠는데 단어의 의미는 달라."

결혼이나 가족이라는 단어가 생각났지만, 연인과 반드시 연결되는 건 아니다. 이성끼리라는 설명도 생각났지만, 이성이 아닐 경우도 있다.

"친구와 다른 점은, 많은 경우는 이성과의 관계성이면서 연애에는 성욕이 관련돼."

"성욕은 친구에게도 있을 때 없을 때가 있는 것 같은데."

"확실히, 아니, 뭐, 그런가."

정말로 어떻게 설명해야 할까. 우리말로 우리말을 설명하는 것은, 자신이 평소 그 개념을 어떻게 파악하는지를 드러내는 행위 같아서 사람으로서의 정도가 측정되는 것 같다. 저절로 방어적으로 나가게 된다.

친구라는 개념은 아나 보다. 또 좋아한다, 성욕 같은 키워드를 꺼냈으니까 만약 연애와 비슷한 개념이 다른 단어로 치카의 머릿속에 있다면 깨닫고도 남을 것이다. 내게는 들리지 않는 단어를 또 꺼낼 법도 하다.

혹시 없나? 치카가 지닌 단어에는 연애 같은 개념 자체가 없는 걸까.

"치카, 결혼은 알아?"

"그건 알아. 가족을 만드는 수단 중 하나."

이 마음도 언젠가 잊혀질 거야

"결혼에 이르는 과정이 우리 세계에서는 일반적으로 연애야."

"아하, 그럼 우리랑 다르구나. 우리는 친구 사이이고 서로 싫어하지 않고 형편이 맞는 사람끼리 결혼해."

"형편이라니?"

"일이나 집의 거리? 카야의 세계는 거기에 연애라는 이유가 들어가는구나. 어떤 거야? 과정을 따지자면 뭘 해?"

"뭘 하냐니."

"친구와는 안 하는 일을 해?"

한때 경험 삼아 연애에 몰두해보기로 마음먹었다가 또 금방 척을 하는 나를 깨달았던 때를 떠올렸다. 동시에 아른거리는 이름이 있었지만, 지금은 무시한다.

친구와 하지 않는 일, 나에게도 친구라고 할 만한 녀석이 예전에는 있었으니까 안다. 몇 가지가 생각났고, 내 상식의 범위 내에서 여성 앞에서 해도 될 이야기를 골랐다.

"서로 실제로 접촉한다거나."

"혹시 전에 네 손을 만진 것도 카야의 세계에서는 관계성으로 따져서 하면 안 되는 일이었어? 미안해."

치카가 미안하다고 생각할 때의 습관이겠지. 평소보다 눈을 깜박이는 시간이 길어 빛이 천천히 점멸한다. 묘한 오해를 하게끔 한 것 같아 나는 서둘러 부정했다.

"아니, 그런 건 아니야. 악수는 친구끼리도 할 거야. 그게 아니라, 키스나."

"키스가 뭐야?"

키스라는 단어를 입에 담기만 해도 부끄러운데 행위를 설명해야 한다니.

"아이를 만드는 거?"

그건 아는구나. 아니 자손을 남기는 방법은 치카의 세계도 같을까? 땅 같은 데서 자란다고 하면 어떤 반응을 해야 할까.

"아니, 아니야. 접촉하는 거야, 입술로."

왜 도치법으로 말하냐.

"입술로?"

"응, 서로 입술로."

"무슨 의미가 있어? 마킹 같은 거야?"

"아니, 딱히 자국을 남기는 건 아니니까."

그러게, 진짜 무슨 의미가 있지. 생물학적인 건 모르고 기분 상의 의미도, 연애 자체의 의미도 모르는 나는 설명 자체를 못하겠다.

"이쪽 세계의 다른 나라에서는 인사로 키스를 하는 곳도 있다는데, 우리나라에서는 애정 표현인가. 치카의 세계는 그런 걸 안 해?"

"응, 안 해. 가족이나 친구에게 하는 애정 표현도 그런 건 안

이 마음도 언젠가 잊혀질 거야

하는 것 같아."

그렇군, 사랑이라는 개념도 아는구나. 친구끼리도 성욕은 존재한다고 했으니까 친구라는 범위의 인식이 우리보다 넓은 걸까. 어쩌면 우리가 인간 사이의 관계성을 굳이 너무 많은 단어로 나눠서 귀찮은 일을 늘렸을 뿐일까.

"카야한테는 연인에 해당하는 사람이 있어?"

생각하는 도중에 갑자기 날아온 치카의 목소리. 그러나 "에?" 하고 반응한 것은, 뇌가 인식하지 못해서라거나 다른 뭣도 아니고 동요한 탓이다. 내가 동요한 것에도 동요했다. 과거의 기억과 얼마 전 다나카의 언행에 신경을 빼앗겼다.

"없, 는데."

분명치 않은 대답에 치카는, 적어도 눈과 손발톱으로 인식할 수 있는 범위에서 의심하는 느낌은 없었다.

대신 다른 질문을 계속 던져서, 연인은 통상 일대일 관계이고 여럿을 두면 좋지 않게 본다는 것, 대부분 친구에서 연인이 되는 것, 일평생 바뀌지 않는 건 아니라고 알려줬다.

"나도 예전에는 있었는데 헤어졌어."

굳이 내 입으로 말한 이유는 질문을 받아 동요하기 싫어서다.

"연인이 아니게 되면 친구가 돼?"

"될 때도 있고 안 될 때도 있어."

적어도 나는 아니었다.

이 이상 내 연애 사정을 말해봤자 의미 없을 것이다. 그런 내 생각과 달리 치카는 자기 안에는 없는 연애라는 개념에 흥미진진했다.

"그런 모호한 관계인데 일대일로만 해야 한다는 게 신기해."

"그러게, 뭐 다들 특별하고 싶을 거야, 아마도."

그 녀석들은 바람을 피웠다느니 어쨌다느니, 자기가 자못 특별한 인간이라도 된 듯한 열량으로 지껄이신다.

"한 사람의 연인이 되면 특별하게 되는 거구나."

"그렇게 생각하는 사람이 많을 거야. 연인뿐 아니라 친구 같은 그런 인간관계에서도."

"그렇구나. 나랑 카야의 관계를 친구라고 할 수 있는지 모르겠지만, 여기 있을 때 나는 카야만 보고 있어."

나를 기분 좋게 해주려고 농담을 섞어서 한 말이리라. 그 마음은 받아들이지만 아쉽게도 나는 누군가에게 특별하다는 말을 들었다고 나를 특별하게 여기지 않는다.

"고마워."

나는 요즘 자나 깨나 치카 생각만 한다는 것을, 아무리 상대에게 연애라는 개념이 없어도 말하기 어려웠다.

오늘은 사이렌이 울리기 전까지 우리에게 평소보다 긴 시간이 주어졌다. 나는 궁금했던 치카의 하루 생활 패턴을 물어보았다. 중간중간 안 들리는 단어의 설명도 들으며 치카의 하루를

이 마음도 언젠가 잊혀질 거야

상상했다.

　아침에 일어나 식사하기 전에 이쪽에서 말하는 시장 같은 곳에 장을 보러 가고, 집에 와서 설명을 들어도 뭔지 잘 모르는 것을 가족과 함께 먹고, 집안일을 하고 '수비하는 날'에는 미리 연락받은 시간에 피난소에 들어간다. 전쟁 개시는 점심식사를 하기 전일 때도 후일 때도 있다. 나와 만나는 이곳은 집에서 가장 가까운 치카의 개인 피난소라고 한다. 그날 전쟁이 끝난 뒤 집 주변이 파손되었다면 뒷정리를 해야 하는데, 다행히 치카의 집은 중요한 지역에서 멀어 피해가 생기는 일은 적다. 전쟁이 끝난 후나 전쟁이 없는 날은 나라의 책을 관리하는 일을 하는 아버지를 도우러 가고, 집에 오면 저녁밥을 먹고 잔다. 이쪽에서 말하는 학교 비슷한 곳에 예전에는 다녔는데, 열여섯 살에 졸업했다고 한다.

　그런 나날을 치카는 어떻게 생각할까.

　"아무래도 좋다고 생각해."

　"아무래도 좋다는 게 무슨 뜻이야?"

　'시시하다'와 '아무래도 좋다'가 같은 의미인지 아닌지 추측하기 어렵다.

　"생활은 내가 생각하거나 느끼는 일을 계속하기 위해서 있을 뿐이야. 머릿속에 나만의 생각을 지니고 책이나 음악으로 많은 것을 느끼려면 몸과 목숨이 필요하잖아. 그걸 위해서 생활해.

몸은 내 마음을 유지해주는 그릇 같은 거니까, 그 몸을 살리기 위한 하루하루가 흘러갈 뿐이거든. 그러니까 아무래도 좋아."

'매일매일 시시하다'와는 다르다. 매일매일의 중요성을 꾸며내거나 비관하지도 않고, 그저 처음부터 아무래도 좋다. 그런 식으로 들렸다.

"살아있는 것 자체에 의미가 없다는 뜻?"

"만약 죽은 후에도 생각하고 느낄 수 있다면 그다지 의미 있지는 않겠지? 하지만 죽으면 책을 펼치지 못할 테고 존재 자체가 사라질 가능성이 있으니까, 그러니 지금은 살아갈 수밖에 없어. 죽고 나면 내 방도 없을 테고. 그러니까 만에 하나라도 내게서 생각하는 일이나 느끼는 일을 언젠가 빼앗을지도 모르는 전쟁과 질병을 증오해."

처음 듣는 인생관에 아주 조금 감탄했다. 진심에서 우러난 감탄이 아닌 것은, 어쩌면 치카가 사는 곳에서는 그런 사고방식이 일반적일 수도 있다고 생각했기 때문이다. 단순히 상식을 말했을 뿐일 수도 있다.

"카야 세계에서는 나처럼 생각하는 사람이 특이해?"

"나는 처음 듣지만, 의미는 이해할 수 있으니까 특이하진 않으려나."

스스로 특이한 인간이라고 생각하는 녀석이 나는 싫다.

"다행이다. 이런 이야기를 한참 전에 ××한테 했다가 야단맞

이 마음도 언젠가 잊혀질 거야

은 적이 있어. 우리 세계에서는 살아있는 것 자체를 그 무엇보다 중요하다고 여기거든. 의미를 이해해주는 카야한테 말할 수 있어서, 우리 세계의 뭐가 달라지는 건 아니지만 기쁘다."

치카의, 눈의 빛이 가늘어졌다.

"카야도 평소에 다른 사람한테 안 하는 이야기 있어? 괜찮다면 듣고 싶어."

속마음을 다른 사람에게 보여줘서 좋을 게 없다. 분명 알고 있는데, 치카의 제안에 망설였다. 내 속을 드러내 공감을 얻고 싶거나 재미있다는 소리를 듣고 싶은 건 아니다. 평소라면 남에게 절대 보여주고 싶지 않은 부분을 보여줄지, 들어달라고 할지 잠깐이라도 망설인 이유는 이곳이 버스정류장의 대기실이기 때문이다.

"지금은 생각이 안 나네."

"그래? 뭔가 해줄 수 있는 건 없겠지만, 하고 싶은 이야기가 있을 때 말할 수 있는 상대가 있다는 걸 마음에 간직해두자. 나도, 카야도."

찬성은 하지 않았다. 거짓말을 할 마음은 없다.

아무것도 못 해주는 건 곤란하다. 나도 뭔가를 건네니까 치카에게서도 뭔가를 받아야 한다.

그런데 아무것도 해줄 수 없다고 단언한 치카의 말에 안심하는 자신을 깨달았다. 왜지? 책임의 부재에서 오는 홀가분한 기분이라도 느낀 걸까.

"대신 카야의 생활에서 최근 무슨 일이 있었는지, 사소한 일이라도 좋으니까 말해줄래?"

"별로, 정말로 아무 일도 없었어. 날씨 이야기 정도. 얼마 전에 근처 나무에 벼락이 떨어졌어."

"정말? 우리 집에서 걸어서 갈 수 있는 거리에 있는 나무에도 벼락이 떨어져서, 내가 어려서부터 있었던 나무니까 ××하러 갔었어."

"뭘 하러 갔다고?"

"음, 조각조각 해체한 파편을 집에 있는 ××로 태워. 전쟁 때문에 집 근처 나무가 불탔을 때도 똑같이 했어. 잘 모르겠는데 옛날부터 내려온 관습이야."

자꾸만 말을 가로막으면 불쾌할 테니 집 안에 있는 것이 뭔지 묻지 않았다. 아마 난로 같은 거겠지. 어디나 영문 모를 옛이야기 같은 게 있구나.

"벼락이 떨어졌을 때는 비가 안 왔는데, 내일은 비가 온다더라."

"이쪽은 화창할 것 같아."

"아, 그래? 미안, 나도 모르게 같은 곳에 있는 기분이 들어서."

치카가 조심스럽게 웃어서 생긴, 아주 온화한 분위기를 깨뜨리는 건 내키지 않았지만 궁금했다.

이 마음도 언젠가 잊혀질 거야

"비 오는 날에 전쟁은?"

"비 오는 날은 우리가 피난소에 숨어있을 상황이 아니니까 안 할 때가 많아."

그렇게 국민을 생각한다면 처음부터 전쟁을 안 하는 게 낫다고, 치카가 분노하는 기분도 알 것 같다. 이쪽도 매일 같이 각종 미디어에서 전쟁에 대한 보도를 쏟아내고 있으니 웃기지도 않는다. 전쟁을 안 하면 그만인데 말이다.

사이렌이 울리기 전까지 얼마나 시간이 남았을지 모른다. 치카에게 물어도 그때그때 다르다고 한다. 얼마만큼 시간이 있든 다음이 없을 가능성도 고려해 치카에게서 유익한 것을 흡수해야 하지만, 그 유익한 것을 알아내기가 어렵다.

마지막 몇 분간은 치카의 취미라는, 냄새로 이야기를 느끼는 놀이에 관해 물었다. 만약 이쪽 세계에 없는 것이라면, 어떻게든 효과적으로 활용할 수 있을지도 모르고 내가 몰두할 대상이 될 가능성도 있다. 그러나 받아들이는 개개인의 지각에 의존하는 오락을 말로 설명해도 상상만으로는 이해하기 어려웠다.

"다음에 가지고 올까?"

"가지고 와도 규칙에 어긋나지 않아?"

"괜찮을 거야. 그렇게 강렬한 냄새가 나지도, 않고."

치카가 말하는 도중에 머리 옆에 손톱이 가지런히 섰다. 사이렌이 울린 것이다.

"또 보자."

그 말만 남기고 평소처럼 치카가 사라졌다.

겨우 세 글자 단어로 우리는 재회를 약속했다. 다음이 있을 지 없을지 모르는데, 이대로 우리 둘은 두 번 다시 서로를 인식 하지 못하고 각자의 장소에서 앞으로도 살아갈 뿐일지도 모르 는데. 그러니 약속을 해버렸다고 말하는 편이 옳다. 약속은 성 가신 짐이다. 그런 것을 치카에게 들려서 보냈고 나도 지고 말 았다.

이렇게 걱정해봤자 할 수 있는 게 없으니, 지금은 재회와 다 른 세계의 문화를 체험할 가능성이 있을 미래를 기대할 수밖에 없다.

자리에서 일어나 밖으로 나와서 알아차렸다.

나는 치카가 유령이나 상상의 존재가 아니라 살아있는 생명 임을 느끼기 시작했다.

이것이 좋은 일인지 아닌지는, 지금 시점에서는 판단할 수 없다.

/ / / /

이쪽 세계에서도 전쟁이 시작되었다.

비가 내렸다. 화창하리라는 예보를 무시하고. 이쪽 세계의 전

이 마음도 언젠가 잊혀질 거야

쟁은 비가 온다고 중지되진 않겠지만.

전쟁이 일어나도 국민의 생활이 극적으로 달라지지는 않았다. 따라서 나는 그보다 갑자기 내린 비의 의미를 생각했다.

시시한 나는 생각한다. 비도 벼락도 할아버지의 여동생도 어쩌면…….

내가 있는 장소와 치카가 있는 장소 사이에는 버스정류장 이외에도 겹치는 관계성이 있을지 모른다.

다음에 만나면 이것저것 확인해봐야겠다. 언제가 될지는 모르지만.

비가 오는 날은 보통 달리러 나가지 않고 집에서 묵묵히 근력 운동을 한다. 그러나 치카와 만날 기회를 놓치면 안 되니까 밤만이라도 버스정류장에 확인하러 가야 한다.

맑음 예보가 일변해 많은 비가 내린다. 아침에는 내리지 않았으니까 학생 대부분은 허둥지둥 가족에게 연락하거나 그칠 때까지 학교에서 비를 피할 생각인 듯했다. 나는 사물함에 접이식 우산을 넣어뒀기에, 그걸 쓰고 냉큼 돌아가기로 했다. 오랜만에 존재 가치를 발휘해 이 녀석도 우산으로 태어난 보람이 있으리라. 비는 우산에 존재 가치를 주고, 치카 세계에서 전쟁을 막아준다.

그러고 보니 이즈미는 '비를 몰고 다니는 여자'나 '태양을 부르는 남자' 같은 말을 싫어했다. 날씨처럼 영향력이 대단한 대상을 인간들이 예측하거나 하늘의 의사를 헤아리려는 시도의 어리석음까지 포함해서 이즈미가 그 말을 부정했다고 생각하면 과대평가일 것이다. 우리는 어차피 시시한 인간이니까.

오늘은 나보다 사이토가 먼저 교실을 나섰다. 매번 한쪽이 그러듯이 나는 그 등을 따라가 별다른 일 없이 신발장에 도착했다.

사이토가 신발을 갈아신고 비키기를 기다린 후에 나도 신발을 갈아신는, 평소와 같은 흐름. 그런데 실내화를 신발장에 넣고 입구로 가자, 평소와 다른 현상이 벌어졌다.

어째서인지 사이토가 서 있었다. 입구 근처에 우뚝 서서 하늘을 바라본다. 무슨 일이지, 하고 내가 생각할 시간도 주지 않고 녀석은 곧 멈춰 선 게 부끄럽기라도 한 것처럼 빗속으로 곧장 나아가려고 했다.

"저기."

반사적인 행동이지만 호칭이 난폭했다. 그렇지만 눈앞에서 흠뻑 젖으려는 녀석을 무시하는 건 폭력과 다르지 않다고 생각했다. 만약 사이토가 멈추지 않는다면 어쩔 수 없다. 굳이 쫓아갈 의리는 없다. 아주 잠깐이라도 자신을 부른 줄 알고 돌아보면 좋겠다고 생각했는데, 실제로 돌아보자 왠지 의외라고 여겼다.

"이거 써도 돼. 나는 하나 더 있어."

이 마음도 언젠가 잊혀질 거야

사이토에게 다가가 접이식 우산을 내밀었다. 상대 역시 내 행동이 의외였는지, 눈을 크게 뜨고 나를 바라보았다.

그 후 이것 또한 내게는 의외였는데, 사이토가 "고마워."라고 생각보다 또렷한 목소리로 발음하고 우산을 받아 펼치고 빗속을 걸어갔다. 우산을 빌리겠다 말겠다는 입씨름이 벌어지거나 완전히 무시하리라 예상했었다. 사이토가 나와 제대로 의사소통을 한 것이 의외였고, 나아가 그 의사소통의 근본에 깔린, 귀찮으니까 받아들인다는 분위기를 느낀 것도 마음에 걸렸다. 그것은 삶을 살아가는 내 행동 원리 중 하나였기 때문이다.

참고로 우산이 하나 더 있다는 건 거짓말이다.

푸른 하늘은 그날부터 딱 일주일이 지나서야 나타났고, 학교는 봄방학에 들어갔다. 봄방학이 끝나면 2학년이 된다.

학년은 아무래도 좋은데, 치카와 처음 만나고 한 달이 지난 것을 놓고 진지하게 생각했다. 처음에는 한두 번의 기회로 전부 끝날 줄 알았는데, 요즘은 이렇게 몇 번이나 만나는 것에 역시 뭔가 의미가 있지 않을까 싶었다. 여전히 우리 둘의 관계가 언제 끝날지 모르는 건 맞지만, 우리의 연결이 무언가 특별한 것을 만들 것만 같은 기대랄까. 이것도 몹시 창작적인 생각이다.

치카는 푸른 하늘이 드러나고 이틀 후에 나타났다.

"갑작스러운데 가지고 왔어. ××, 어, 냄새로 하는 그거."

다른 표현이 잘 떠오르지 않았는지, 보이지 않는 입가에서 웃느라 숨이 새는 소리가 났다. 처음 만났을 때 이후로 치카의 인상도 조금 달라졌다.

"아, 고마워."

"원래 천에 묻혀서 하는 건데 너는 안 보일 테니까 내 손가락에 묻혀서 맡아볼래?"

"응, 치카가 괜찮다면."

옆에 놔뒀으리라, 그걸 손으로 집는 치카의 동작을 지켜봤다. 작은 병을 상상했는데, 역시 손톱 움직임만으로 형상을 이해하기는 어려웠다. 분명 계속 쳐다봤는데, 잠시 후 치카가 손끝을 비비는 동작만 보여서 어느새 손가락에 묻히는 작업이 끝난 걸 알았다.

나는 일어나서, 내 코가 치카의 손에 닿을 위치에 가도록 조금 오른쪽으로 비켜나 다시 앉았다. 가까이 다가가자 인기척이 훨씬 짙어졌다.

"비 오는 장면으로 해봤어. 자."

반짝이는 손이 나란히 이쪽으로 내밀어진다. 치카의 손가락에 눈이 찔리지 않게 주의하며 고개를 가까이 대고 조심스럽게 코로 숨을 들이쉬자, 정말 냄새가 났다.

형용할 수 없다는 말이 바로 이건가 싶은, 경험한 적 없는 냄새였다. 치카의 말대로 분명 강한 냄새는 아니고, 불쾌한 느낌도 아니다. 그러나 좋은 냄새인가 하면 잘 모르겠다. 달콤하거나 시큼하지도 않고, 비라는 말을 듣고 상상할 만한 것도 아니다. 이건 무슨 냄새인 걸까.

"어때?"

질문을 받아 손톱에서 얼굴을 뗐다.

"처음 맡아본 냄새야."

"비 오는 장면은 어땠어?"

"전혀."

치카가 팔을 뒤로 뺐다. 눈 각도가 달라졌으니 고개를 갸웃거렸나 보다.

"전혀 떠오르지 않았어. 네가 말한 것처럼 머리에 장면이 떠오르거나 하지 않았어."

"조금 더 많이 묻혀볼까?"

치카가 또 아까와 같은 동작을 반복하고 이쪽에 손가락을 내밀었다. 대충 상상이 가는 결과와 그 상상이 틀렸기를 바라는 마음 사이에 서서, 나는 한 번 더 치카의 손가락에 얼굴을 가까이 댔다.

"음, 신기한 냄새인 건 알겠는데, 이걸 뭐라고 해야 하지? 가려운 부위가 있는데 어딘지 모르는 느낌이랑 비슷하게 무슨 냄새인지 파악이 안 돼. 내 머리가 적응하지 못하는 느낌?"

"혹시 이쪽 문화에 카야의 세계가 적응하지 못하나?"

"그럴 가능성도 있겠다."

이 냄새를 느끼지 못한 것은 아쉽다. 이것에 빠져들지 말지 판단하기 이전에 나로서는 치카와 같은 즐거움을 느끼지 못하는 놀이임이 밝혀졌다. 그래도 느끼지 못하는 감각을 알게 되었으니까 귀중한 체험이었다. 또 하나, 치카가 정말 이 세계에 존재하지 않는 가능성을 높이는 사실이기도 했다.

"참고로 묻는 건데, 치카는 이 냄새에서 어떤 장면을 느껴?"

치카가 묵묵히 자기 손가락을 눈 아래쪽으로 가져갔다. 그 부근에 코가 있는 걸 실제로는 처음 확인했다. 얼굴 생김새는 역시 이쪽 사람과 비슷한가 보다.

"숲속."

"그렇구나."

"울창한 숲속을 여자아이가 걷고 있는데 비가 부슬부슬 내려. 약한 비니까 빗방울 대부분 여자아이에게 닿기 전에 나뭇가지와 잎이 받아줘. 그런데 잠시 후 어디선가 큰 소리가 나. 그 소리의 진동으로 잎과 나뭇가지에 고인 빗물이 일제히 떨어져서 여자아이를 적셔. 그런 장면이 떠올라."

치카의 상상을 같이 떠올려보았다. 나름대로 장면을 그릴 순 있지만 치카의 상상과는 잎사귀 색도 여자아이의 표정도 비의 양도 다르리라. 바로 그런 점이 이 놀이의 본질일지도 모른다. 무릇 창작물이란 받아들이는 자에게 언제나 일정한 여백을 맡기는데, 아마도 냄새로 이야기를 받아들이는 이 오락은 소설과 비교해봐도 자유도가 높은 창작물이지 않을까. 아니면 치카 세계의 주민들은 냄새를 우리가 모르는 차원에서 받아들이고 즐길 뿐일 수도 있다.

"너희 세계에서는 다들 이 냄새에서 비를 상상해?"

"비슷하게 느끼는 것 같은데, 나는 이야기를 자세히 느끼려고 하는 편이야. 그래서 상상한 것을 글로 적는다고 치면 다른 사람 것보다 내 건 늘 훨씬 길어. 평균보다 시간을 오래 들여 즐기는 편일 거야."

지금까지 파악한 치카의 성향과 비슷한 것 같아 이해할 수 있었다.

"이건 어떻게 만들어?"

"××××라고 냄새를 만드는 사람이 있는데, 그들이 시간을 들여 이야기를 만들어. 아주 특별한 일이야."

들리지 않은 부분은 아마도 직업 이름이고 두 번 다시 들을 일이 없을 테니 넘어갔다. 문득 치카도 그런 일을 하고 싶은지 궁금해서 물어보자, 짐작하기로 치카는 고개를 기울였다.

"모르겠네. 예를 들어 이 이상은 없을 만큼 내 방에 완벽하게 맞는 걸 아무도 만들어주지 않는다면 직접 만들고 싶긴 한데, 업으로 삼아서 하려면 받아들이는 사람이 어떻게 느낄지 상상해야 하니까 나랑 안 맞을 것 같아. 나는 내가 생각하고 느끼기 위해서 살아있으니까."

"그렇구나."

치카의 생각이 바람직하다고, 아니 그 정도까지는 아니어도 흥미롭게 여기는 나 자신을 인식했다. 치카와 내 사고방식은 어떤 의미에서 겹치는 부분이 있다.

그러자 갑자기 생각났다.

"그러고 보니 너한테 하고 싶은 말이 있었어."

"응. 뭔데?"

"날씨랑 또 친척 이야기인데."

비 오는 날에 문득 떠올랐고, 이후로 줄곧 머리를 굴린 생각을 치카에게 말했다.

간단히 말하면, 내가 있는 장소와 치카가 있는 장소에는 이 버스정류장 이외에도 겹치는 부분이 있다는 것. 그것이 주변에 생기는 사건에도 영향을 미치고, 어쩌면 두 개의 다른 세계가 거울 구조일지도 모른다는 생각까지 했다. 너무 창작적이라 처음 생각했을 때는 부끄러웠는데, 가능성 중 하나로 치카에게 말해볼 가치는 있었다.

예상대로 치카는 무시하거나 비웃으려는 기색을 전혀 보이지 않았다. 눈에 보이지 않을 뿐일 수도 있지만.

"우리 동네에서도 구름은 태양이 일곱 번 질 때까지 하늘을 뒤덮었었어. 그러니까 가능성은 있어 보여. 벼락도 그렇고. 하지만 좀 더 확실한 게 있으면 좋겠다. 요즘 카야 주변에는 무슨

이 마음도 언젠가 잊혀질 거야

일이 있었어?"

"학교 방학이 시작된 것 정도야."

"내 쪽은 방학처럼 쉬는 일 같은 건 딱히 없는데."

그러고 보니 전에 치카는 학교를 졸업했다고 들었다. 그렇다면 학교에 다니지 않는 치카 주변에서 일어날 법한 일이 아니면 파악하기 어려울 것 같다. 복사해서 붙여넣기 같은 내 일상에서 물어볼 만한 일이 뭐가 있을까.

"평소에는 안 하는 일을 한 적 없어?"

그 질문에 제일 먼저 떠오른 기억은, 치카에겐 별 의미 없는 일이어서 그런 생각을 한 나 자신이 못나 보였다.

"아니, 뭐, 음, 없나."

"그래? 으음."

치카는 눈을 감고, 두 손을 허벅지 근처에서 앞뒤로 움직였다. 버릇이라고 짐작했는데, 혹시 추운 걸까? 어쨌든 정체되는 대화. 조금 생각하다가 시간을 무의미하게 쓰느니 하나라도 가능성을 발굴하는 편이 좋겠다고 생각해 아까 떠오른 기억을 치카에게 말해보기로 했다.

"저기, 우산이라고 알아?"

"응. 비 올 때 쓰지."

"별로 중요하지 않은 이야기인데."

"카야가 하는 이야기에서 중요하지 않은 건 없어."

순간 말문이 턱 막혔다.

"정말로 신경 쓸 만한 이야기는 아니야. 전에 치카랑 만난 다음 날, 비가 많이 내렸는데 평소에 거의 대화를 나누지 않는 녀석이 우산이 없길래 말을 걸고 빌려줬어."

그래서 뭐가 어쨌다는 거냐고, 내심 생각했다.

내 주변의 시시한 세계는 여간해서는 내 예상을 배신하지 않는다.

그런데 여기가 버스정류장 대기실이기 때문일까. 아니면 치카가 상대이기 때문일까. 내 예상과 전혀 다른 말이 어둠 속에서 들렸다.

"그것 봐, 중요한 이야기잖아."

놀라움을 억누르고 미소를 연출하는 듯한 목소리였다. 눈이 동그래져서 나를 바라본다.

"나도 그날, 전쟁에서 싸우는 일을 하는 사람이 우연히 근처를 지나가서, 평소에는 절대로 말을 걸지 않는데, 비가 내리고 있어서 우산을 빌려줬어."

"그건."

두 세계가 일치했다고 결론짓기에는 너무 이르다. 아직 우연일 가능성도 충분히 있는 이야기다. 그렇다고 곧바로 부정할 수도 없다.

"평소에 말을 걸지 않는 이유는 뭐야?"

이 마음도 언젠가 잊혀질 거야

내가 물어봐 놓고서 근본적으로 불필요한 질문이라고 생각했다. 그 이유에 신경이 쓰인 까닭은 행동의 이유가 차별적인 것이 아니기를 바랐기 때문이다. 그렇다면 처음부터 물어보지 않으면 만사 평화로운데, 한 사람을 인정하고 사귀고 싶다면 관계를 끊지 않을 기회와 함께 관계를 끊을 기회도 있어야 한다.

"나는 서로에게 각자 의식의 냄새가 묻는 게 두렵거든."

"의식의 냄새?"

"응, 냄새. 내가 가진 생각을 위해 살아가는 의식, 그 입자 비슷한 게 그들에게 부착했다가 혹시 정말 목숨이 위험할 때 그 냄새 때문에, 그들이 누군가를 위해 살아남겠다는 생각을 방해하면 어떡하나 싶어서 두려워. 또 그들이 다른 사람을 위해 싸우며 살겠다는 의식이 내 방이나 머릿속에 불순물을 집어넣을까 봐 두렵고. 이기적이지만, 그래서 평소에는 말을 걸지 않아."

"그럼 왜?"

말을 걸었어, 라는 부분은 필요 없었다.

"비 냄새밖에 안 났거든."

그 목소리를 듣고 나는 처음으로, 정보를 제대로 얻지 못하는 이유를 넘어 왜 지금 치카의 표정을 볼 수 없는지 아쉬움을 진하게 느꼈다.

목소리가 전해주는 정보량이 내가 상상하는 수준을 훌쩍 뛰어넘었다.

가늘어진 눈, 그 주변이 도대체 어떤 식으로 움직이는지 궁금했다. 변명과 참회와 다정함과 즐거움을 치카가 어떤 표정으로 뒤섞는지 궁금했다.

혹은 보이지 않으므로 그만큼의 감정이 말에 담겨서 듣는 쪽도 감지하게 되는 걸까.

잘 모르겠지만 아무튼.

치카의 얼굴이 보고 싶어졌다.

"카야가 우산을 빌려준 사람은 어떤 사람이야?"

"어, 그러게, 뭐라고 해야 하나. 매일 같은 장소에서 만나지만 대화해본 적 없고 대화할 생각도 없었어. 늘 조용하고 고개를 숙이고, 필요한 것 이외에는 입을 열지 않으니까 어떤 녀석인지 잘 몰라."

이래서야 마치 나와 동종의 인간이라고 설명하는 것 같다는 생각이 들었다. 철회하려고 했는데, 치카가 먼저 말했다.

"카야와 전혀 다른 사람이네. 오히려, 역시 내가 우산을 빌려준 사람이랑 비슷해."

"그런가, 응."

그 녀석과 나는 당연히 다르다고 생각하지만, 반면에 치카가 생각하는 나는 대체 어떤 인간일지 불안해졌다. 앞자리 다나카의 말대로라면, 외부에서 보기에 나는 우리 반 사이토와 똑같은 인간이리라.

이 마음도 언젠가 잊혀질 거야

"그나저나 나와 치카가 있는 장소가 서로 관계를 맺더라도 이런 사소한 일까지 영향을 미칠까?"

"만약에 나와 카야가 출발점이라면, 나와 카야 사이에 일어난 사소한 일치가 멀리 갈수록 커다란 일치가 될지도 몰라."

만약 그 말이 사실이라면, 사소한 일치가 어느 정도의 사안에 까지 영향이 미치는지 알아야 한다. 예를 들어, 우연한 일에만 작용하는지 혹은 의도적으로 영향을 미칠 수 있는지. 즉, 둘 다 우연히 우산을 빌려줬을 뿐인지, 아니면 어느 한쪽이 우산을 빌려줬으니까 다른 한쪽도 우산을 빌려줬는지, 이런 문제다. 만약 후자라면 서로가 하는 행동 하나하나에 의미가 생긴다.

다만 서로의 세계를 관련짓는 부분이 있더라도 그게 우리 둘이 시작점이라는 치카의 의견에는 찬성할 수 없다. 이쪽 세계를 뒤흔들 만한 일의 계기가 나 같은 시시한 인간일 리 없기 때문이다.

그러니 사실이더라도 기점은 우리가 아니라 이 버스정류장이고 치카의 피난소다. 이 두 장소가 어떤 이유로 두 개의 세계를 연결했다. 이렇게 생각하는 편이 훨씬 그럴싸하다. 장소에는 시시함도 뭣도 없으니까 그냥 선택되어도 이상하지 않다.

"다음에 만날 때까지 우리 둘 다 평소 안 하는 행동을 해보자."

"그러게, 알기 쉬운 행동을 몇 가지 생각해보자."

이렇게 또, 언제 끝날지 모르는 관계를 잇는 약속을 해버렸다. 사람과의 관계란 지금 당장이든 몇십 년 후든, 언젠가는 반드시 배신한다는 규칙 위에서 성립된다. 그러니 가능한 한 많이 만나고 싶다. 그렇지만 내 의사 따위, 언젠가 찾아올 이별에는 별수 없지만.

이를테면 아무런 관계도 없는 사건이나 인물로 인해 관계가 부서지는 일이, 언제 어느 때 일어날지 모른다.

그런 일은, 마음의 준비도 전혀 하지 않았을 때 찾아온다.

덜컹덜컹 소리가 귀에 닿았다. 처음에는 무슨 소리인지 몰랐다. 나는 멍청하게도 여러 가능성을 생각해내지 못했다.

그래서 다음 소리가 귀에 도달하고 뇌에 도달하는 것이 내가 위기를 깨닫는 것보다 빨랐다.

"이런 데서 뭐 하냐?"

의자에서 엉덩이가 붕 뜰 정도로 심리적 충격이 몸을 덮쳐, 치카를 숨기기에 앞서 반사적으로 목소리가 들린 쪽을 보고 말았다. 신기하게도 의식이 향하지 않는 동안에는 이렇게 간단히 타인의 개입을 허용하는데, 정신을 차린 후로는 신경이 예민해져서 모든 것이 슬로모션처럼 느껴졌다. 문을 열고 말을 건 존재의 얼굴을 볼 때까지, 나는 상대가 누구일지 다양한 가능성을 생각했다.

얼굴을 마주 보고 내가 말을 잃자, 상대도 겸연쩍은지 마치

이 마음도 언젠가 잊혀질 거야

혼자 문답하는 것처럼 "아니." 하고 부정의 언어부터 말을 시작했다.

"카야, 요즘 늦게 돌아오니까 엄마가 걱정해서, 미안하긴 했는데 뒤를 쫓아왔거든. 그런데 이런 곳에 들어가서 한참이나 안 나오니까 위험한 약이라도 하나 싶었어. 그런 건 아닌 것 같아서 다행이다, 응."

형은, 엄마를 걱정하는 형은 정말 면목 없다는 기분과 동생이 이런 곳에서 시간을 보낸다니 너무도 의아하다는 기분 사이에서 나오는 쑥스러운 미소 비슷한 표정을 지었다.

나도 "아니."라는 말로 입을 연 건 역시 형제이기 때문일까. 죽어도 그렇다고 인정하기 싫다. 형에 대한 반발, 그런 것이 아니라 DNA로 다양한 사항이 결정되는 데에 대한 거절이다.

"쉬고 있었을 뿐인데."

머리를 핑핑 돌린 끝에 한 대답이었다.

평정심을 가장하고 진짜 속내를 형에게 손톱만큼도 들키지 않으려고 노력했다.

그러면서 나는 필사적으로 바랐다.

형이 치카의 눈과 손발톱을 깨닫지 못하기를. 또 치카가 말하지 않기를.

형은 나와 다르다. 아마도 치카의 존재를 깨달으면 즉시 오컬트라고 믿고 도망칠 테고, 나도 두 번 다시 여기 오지 말라고 난리 칠 것이다. 또 틀림없이 이곳의 존재를 주위에 퍼뜨릴 것이다. 그게 제일 성가시다. 그러니 지금은 무사히 형이 떠나기를 기다려야 한다.

"항상 여기나, 조금 더 가면 있는 공원에서 쉴 뿐이야."

"그건 그렇고 왜 하필 이렇게 어두운 데를 달리냐. 위험한 놈이랑 만나는 줄 알았어."

'만나는 줄 알았다'라고 했으니 형은 못 알아차린 것이다.

"생각을 좀 하고 싶으니까 사람이 없는 게 좋지. 또 가족이 쉽게 미행할 수 있는 곳이니까 위험한 일을 하면 금방 붙잡힐걸."

"그런가, 하긴 그러네."

만에 하나라도 깨달을 꼬투리를 형에게 주지 않으려고 치카 쪽으로 잠깐도 시선을 주지 않았다. 그래도 치카는 내가 아무 말 안 해도 가만히 있어 주었다. 느닷없는 방문객을 경계하고 있을까. 치카라면 그런 기지를 발휘할 것이다.

"그럼, 벌써 늦었으니까 집에 가자."

잠시 고민하는 척하다가 고개를 저었다.

"아니, 조금 있다가 갈게. 같이 가면 내가 형을 구워삶은 것처럼 보이잖아? 먼저 가서 엄마한테 나는 무죄라고 말해줘."

전혀, 정말이지 전혀 말이 안 되는 이유지만, 형은 "그러네, 알았어."라고 고개를 끄덕이고, "너무 늦지는 마. 들키지 않기를." 하고 나를 걱정하며 대기실을 나갔다. 형이 치카처럼 생각이 깊은 사람이 아니라 다행이다.

형이 다시 돌아올 가능성도 고려해 금방은 입을 열지 않고, 가만히 눈을 감고 내 심장을 진정시켰다. 순간적으로 형을 원망하는 말이 나올 뻔했지만, 이런 사태를 대비하지 못한 내가 사려 깊지 못했다. 긴장감을 지녔어야 했다.

한참 시간이 지나 형이 돌아올 낌새가 없어지자, 나는 일어나 활짝 열린 문을 닫았다. 그 후에야 비로소 치카 쪽을 돌아보았다.

하지만.

거기에 치카의 눈과 손발톱의 빛은 없었다.

"치카."

대답이 없다.

"치카, 없어?"

역시 빛이 없다. 그 어디에도.

순간 세 가지 가능성을 생각했다. 가장 바람직한 가능성은 치카가 기지를 발휘해 눈을 감고 손발톱을 몸의 다른 부분에 감춘 것. 그러나 반응이 없다.

다음으로 기대하는 가능성으로, 내가 형과 대화하는 사이 사이렌이 울린 상황을 생각했다. 조용히 자리를 뜬 치카를 내가 못 알아차렸다면 형도 알아차렸을 리 없고, 오늘은 더 대화를 나누지 못해 아쉽긴 해도 다음 기회를 또 기다리면 된다.

그러나 또 하나, 최악의 가능성도 머리를 스쳤다.

타인의 개입이 이 대기실과 치카가 있는 피난소의 연결을 끊었다는 가능성.

만약 이쪽과 저쪽을 연결하는 조건에 이 대기실과 치카의 피난소, 그리고 나와 치카가 관련되어 있어, 그곳에 타인이 개입함으로써 이 겹침이 단절되었다면.

핏기가 싹 가셨다. 현기증을 느꼈다.

"치카."

이미 여기 없는 건 알고 있다. 그래도 부르게 된다.

당연히 대답은 없다.

아직 모른다. 내가 생각한 것, 전부가 틀렸을 가능성도 물론 있다.

그러나 어떤 이유로든 두 번 다시 만나지 못한다면.

고작 이런 일로.

생각만 해도 눈앞이 캄캄해졌다.

무엇이 우리를 연결했는지 아직 모른다. 어쩌면 그런 건 처음부터 없었을지도.

아무것도 할 수 없는 나는 떠나기 전에 최소한 기도만이라도 해야 했다.

할 수 있는 일이라곤 고작 그 정도다.

아직 아무것도 이루지 못했는데.

이 마음도 언젠가 잊혀질 거야

////

"카야."

한평생 동안, 단순히 이름이 불렸을 뿐인데 이렇게나 안도하는 날이 앞으로 오긴 할까. 적어도 지금 순간까지는 없었다.

버스정류장 대기실에 형이 난입한 후로 2주가 지나 나는 2학년이 되었다.

이제 재회는 없을지도 모른다고 진심으로 걱정했다. 주변 사람에게 하찮은 화풀이를 마구 해버릴 뻔하기까지 했다.

그러니 치카와 만날 수 있다면, 기쁨과 걱정을 분명하게 말하고 그때 이쪽에 어떤 일이 일어났는지 설명하고 치카가 돌연히 사라진 이유를 묻고, 또 무엇보다 재회를 축하할 예정이었다. 꿈까지 꿨다.

그런데 정작 이름이 불린 나는 전혀 예상하지 않았던 소리를 했다.

"치카, 그거 뭐야?"

내가 가리킨 부분을 치카는 자리에 앉기 전에 보지 않았다. 대신 그 부분, 치카의 발톱에서 조금 위의 지난번까지만 해도 보이지 않았던 강렬하게 빛나는 부분에 손을 댔다.

"아하, 보이는구나?"

보인다. 또렷하게.

눈과 손발톱처럼 균등하고 가지런한 형태는 아닌 그것은 인간으로 말하면 정강이 근처일까, 다소 들쭉날쭉하게 긁혀 부푼 것 같은 형태의 선이 나란하게 겹쳤다. 눈이나 손발톱보다 강렬하게 빛나서 마치 생명력을 주장하는 것 같았다.

"다쳤어. 방목해서 기르는 ××한테 물려서."

방목해서 기르는 개와 유사한 생물을 말하나. 그렇겠지, 아마도.

"괜찮은 거야?"

"응, 이 정도는 별것 아니고 금방 나을 거야."

"그럼 다행인데, 그래도 저기."

치카가 다쳤다는 말을 듣고 걱정한 마음은 진짜다. 그런데 그보다.

"왜 빛이 나?"

개 비슷한 생물의 이빨에 그런 독이 있거나 약품의 색이거나, 여러 가능성을 생각했는데, 아니었다.

"카야의 피는 빛이 안 나?"

나는 고개를 가로저었다.

고개를 저으며 놀라 숨을 멈췄다.

이때 나는 비로소 이해했다.

치카는 나와 같은 생물이 아니다.

시간이나 장소 같은 사소한 것을 넘어 분명, 정말로 다른 세

이 마음도 언젠가 잊혀질 거야

계의 존재다.

지금까지 치카에게 들은 정보와 가설이 뚜렷한 윤곽을 지니고 내 마음속에 자리 잡았다.

물론 치카가 다른 세계에 사는 미지의 생물이라고 해서 그걸 구실로 차별하려는 생각은 절대 없다.

치카의 피는 빛난다. 그 사실도 분명히 받아들이고 내 상식이 통하지 않는다는 것을 생각의 전제로 삼아야 한다.

그다음에 나는 또 하나의 놀라움에 시선을 주었다.

그 놀라움을 당장 치카에게 보고하고 싶어서 안달이 났다. 그냥 아이 같았다. 너무 안타깝지만 나는 그냥 아이다.

"우리 피는 빛나지 않아."

"그렇구나, 정말 다른 세계구나."

"이거 봐."

나는 치카의 말을 가로막고 입고 있는 트레이닝복 바짓단을 걷어붙여 내 다리를 보여주었다. 치카가 다친 것과 반대쪽, 오른발이다.

"그거 다친 거야?"

어두워서 보이지 않으려나 걱정했는데, 치카의 눈에는 내 상처가 제대로 보이나 보다.

"이게 우리의 피야."

치카와 달리 인간의 굳은 피.

"무슨 일이야? ××가 공격했어?"

"아니, 나는 달리다가 조금 넘어졌어."

거짓말이다. 사실은 그래봤자 시시할 걸 알면서도, 아무 의미 없는 줄 알면서도 화풀이로 길바닥에 떨어진 목재를 걷어찼는데, 그게 종아리를 들이박았다. 거기에 못이 있었다.

"다친 이유는 중요하지 않은데, 그나저나 놀랐어. 설마 너도 다쳤을 줄이야."

"이런 것까지 영향을 주고받는다니."

"그럼 나, 네가 아프지 않게 주사 맞는 것도 조심해야 하나."

서로의 세계가, 다른 세계에 있을 우리 두 사람이 영향을 주고받는다. 그 특별한 상황에 흥분해서 농담 같은 소리를 했다. 바로 쑥스러워져서 얼렁뚱땅 넘기려고 바짓단을 원래대로 내렸다.

내가 서 있는 것도 흥분한 티를 내는 것 같아서 조금 부끄러웠다. 평소의 자리에 앉아 평정심을 가장하며 치카를 보았다.

그러자 치카도 나를 말없이 바라보고 있었다. 혹시 뭔가 실례되는 말이라도 했나 당황했다.

"아, 같이 다쳐서 싫다고 하는 게 아니야. 오해 안 했으면 해."

엉겁결에 치카가 뭐라고 말하기 전에 변명했다.

"아니, 그런 생각은 안 했어."

눈이 가늘어지는 건 치카가 주는 미소라는 유일한 정보다. 아

이 마음도 언젠가 잊혀질 거야

마도.

"그럼 뭐였어?"

치카는 내 얼굴에서 시선을 살짝 내렸다. 이게 어떤 반응인지 생각할 시간은 충분했다. 내가 시선을 내릴 때를 생각하면 저건 말을 찾을 때의 동작이다. 이윽고 치카의 시선이 내 눈으로 되돌아왔다.

"만나서 다행이다, 카야."

"아, 응, 또 만나서 다행이야. 나도 그렇게 생각해."

솔직한 말에 평범하게 수줍어졌고, 수줍은 감정을 느끼며 대꾸한 것이 또 부끄러웠다. 대화의 흐름으로 수줍음을 감추기에 적절했으리라 여기며, 나는 "그런데 말이지." 하고 만나기 전부터 하려고 했던 이야기를 꺼냈다.

"지난번에는 미안해. 갑자기 사람이 와서."

"역시 누가 왔었구나."

"응, 내 형이었어."

그날 후로 나는 형을 평범하게 대하려고 노력했다. 만약 형에게 불편한 태도를 보이면, 그 대기실에 있는 걸 들켜서 뭔가 문제가 생겼다고 의심을 살지도 모른다. 간신히 치카와 재회해도 또 방해를 받을 수도 있다. 그러지 않으려면 지금 상태에서는 평소처럼 형과 너무 가깝지도 않고 멀지도 않은 관계여야 한다.

"와, 어떤 사람인지 보고 싶다."

그 말은, 제대로 볼 여유도 없이 치카는 이곳을 떠났던 걸까.

"치카가 들키면 안 되겠다 싶어 네 쪽을 쳐다보지 않았어. 그러던 중에 네가 가버린 것 같았는데, 그때 어떻게 된 거야?"

"마침 사이렌이 울렸어. 네가 다른 사람이랑 대화하는 것 같아서, 방해하지 않으려고 아무 말 없이 갔는데 미안해."

"아니야, 전혀 사과할 일이 아니지."

그때는 걱정에 걱정이 쌓였으나, 이제는 아무래도 좋은 일이다. 다음에 같은 일이 생길 때를 위해 대응책이 필요하겠다고 생각했으나, 불필요한 행동으로 침입자에게 치카의 존재를 알리는 일은 피하고 싶다.

"사이렌은 신성시되니까 우리는 반드시 따라야만 해. 그러니까 또 여기 누가 왔을 때 사이렌이 울리면 나는 똑같이 행동할 거야."

"아무튼, 결과적으로 형이 너를 발견하지 못했으니까 다행이야. 대책을 세울 수 있다면 그게 제일 좋겠지만."

이렇게 말하면서 깨달았다. 전에는 아무런 망설임이나 미련도 없이 이곳을 떠났던 치카였는데, 지난번에 아무 말도 없이 사라져서 미안하다고 생각하고 이렇게 말로 표현해주었다. 치카가 그렇게 생각해줘서 그저 기뻤다. 이 정도의 우호적인 관계여야 각종 목적을 달성하기 위해서 당연히 좋을 것이다.

치카가 "으음." 하고, 우리 인간이 생각할 때 내는 소리를 암흑 속에서 냈다. 벌써 대책을 고민하고 있나?

"그거 말인데, 있잖아, 카야의 형한테 내가 보였을 가능성이 있을까."

"무슨 뜻이야?"

"나한테는 카야의 형이 안 보였거든."

"뭐?"

치카가 한 말의 의미를 곱씹어보는데, 이지적인 치카가 "한번 설명해볼게." 하고 먼저 나서주었다.

"카야 쪽에 누가 온 걸 알아차린 건, 네가 내가 없는 쪽을 바라보고 말했기 때문이야. 하지만 말을 건 상대가 보이진 않았지."

"뭐……."

"카야는 혼잣말을 잘 안 하니까."

우호적인 감정과 비밀의 공유, 그리고 아주 조금 농담이 섞인 목소리. 그걸 어떻게, 하고 생각하다가 바로 알아차렸다. 치카는 이 대기실에서 혼자 생각에 잠긴 나를 지켜봤다. 순간 부끄러움이 엄습해왔지만, 지금은 그럴 상황이 아니다.

"형이 보이지 않았다면 그쪽에서도 네가 보이지 않았을 거라는 뜻이야?"

"응, 또 어쩌면 여기 피난소에 나 이외에 사람이 와도 카야한테는 보이지 않을지도? 그쪽 정류장에 온 카야의 형이 나한테 안 보였으니까."

"치카만, 보인다."

"나는 여기에서는 카야만 보여. 전에 기분에 관해 이야기하면서 비슷한 말을 했는데, 카야의 형 사건을 통해 정말로 그럴지도 모른다고 생각했어."

연결된 것은 장소가 아니다. 연결된 것은 우리 두 사람이다.

우리 둘만.

그런 관점이 제시되자, 등줄기를 지나는 오싹한 긴장감과는 모순되는 기쁨도 있어 멈칫거렸다.

나에게 우호적인 감정을 보여주는 치카에게 말하기는 좀 그렇지만 말해야 한다.

"그렇다면 치카의 존재가 내 공상일 가능성도 커져."

"응, 그렇지."

치카의 성격을 고려하면 예상 밖의 반응은 아니다. 그러나 치카가 순순히 고개를 끄덕여서 맥이 빠진 것도 사실이다.

"나한테 카야도 그렇지. 그걸 증명할 길은 없지만. 그래도 설령 카야의 존재가 내 공상이어도 나는 괜찮아. 나는 내 안의 카야를 소중히 여길래."

그 말도 지금까지 들었던 치카의 방이나 삶의 방식에 관한 생각과 이치에 맞게 잘 연결된다. 이해할 수 있다.

하지만 나는 그러면 안 된다. 치카가 내 망상 속 생물이라면 치카의 존재는 내 내면에 있는 것을 무엇 하나 뛰어넘지 못한다. 그러면 안 된다. 이렇게 만난 의미가 없다. 이 만남 자체가 부정될 수도 있다. 안 된다.

"정말로 증명할 방법이 없나."

"없지 않을까. 어디까지가 공상인지, 어디까지가 머릿속에서 벌어진 일인지 어떻게 확인하겠어. 만약 내가 카야를 칼로 찔러도."

되게 위험한 소리를 하는데, 나도 치카와 비슷한 생각을 하나의 수단으로 떠올렸다. 물론 내가 다치면 치카도 다칠 가능성이 있는 걸 안 이상 기각이다.

"그런다고 카야에게 내 존재를 증명할 수 있는 것도 아니야. 카야는 찔렸다고 생각하지만, 사실은 직접 찌르고 잊었을 수도 있어. 이렇게 생각하면 한도 끝도 없어. 이 세계도 사실은 내 공상일 뿐이고 실제로 없을지도 모르고."

너무 창작적인 생각이라고 잘라낼 수는 없다. 아무것도 아닌 시시한 나도, 태연히 살인이 벌어지는 하찮은 세계도, 내 뇌가 만들어낸 환상이라고 하면 완전 부정은 어렵다. 우리는 모두 흡사 현실처럼 꿈을 꾼다. 태어나서 지금까지가 깨지 않는 꿈일지도 모른다. 만약 그렇다면 이렇게 된다.

"죽을 때까지 깨지 않는 꿈을 꿈이라고 깨달아도 딱히 의미가 없겠지."

"응, 그렇지. 카야, 손을 이쪽으로 내밀어 봐."

언젠가 그랬던 것처럼 나는 순순히 치카 쪽으로 손을 내밀었다.

치카의 차가운 손이 내 손가락을 붙잡았다. 내 손은 여전히 악수 형태를 취했다. 이것도 전부 꿈일지도 모른다. 이를 언젠가 이해하고 납득하는 날이 온다면 그건, 너무 심하다.

"의미 없을지도 모르지만 한 번 더 말할게."

새삼스레 뭐지.

이게 꿈이라고 증명하지 못한다는 소린가.

"꿈속이라도 너랑 만나서 기뻐. 나는 그걸로 좋아."

치카의 목소리는 허스키하고 다정하다.

목소리가 둥실둥실 다가와 내 귀에 닿고, 이어서 온몸으로 스며드는 이미지를 그린다.

몸 각 부위에 촉촉이 목소리가 도달할 때마다 그 부분의 피부가 붕 뜨는 감각을 느끼고 가벼운 저릿함이 파도처럼 온몸에 흘렀다.

이윽고 그 감촉이 치카와 닿은 손끝에 도달한 순간, 내가 먼저 손을 뺐다.

"자, 작별 인사?"

이 말이 지금 정말 하고 싶은 말이 아닌 줄 알면서도 하게 되는 이유는 뭘까.

이 마음도 언젠가 잊혀질 거야

치카가 공기 빠지는 소리를 내며 살짝 웃었다.

"아니야. 그래도 정말 소설 속 작별 인사로 나올 법한 말이다."

그래, 그렇다. 그런 식으로 생각하고 한 말이지만, 내가 하고 싶었던 말은 아니다. 그렇다면 방금 정말로 하고 싶었던 말이 무엇인지 자문했으나, 조금 전에 느낀 온몸이 파도치는 신비로운 감각과 함께 이미 어디론가 사라졌다.

"소설이라면 여기가 딱 꿈에서 깰 시점이네."

왠지 뭔가 치카가 기뻐할 만한 말을 하고 싶었다. 조금 전까지 느꼈을 내 의지에 조금이라도 부응하기 위해 치카의 말을 받았다.

"그러네, 그래도 깨지 않았으니까 이게 꿈이 아닐 가능성도 조금은 커졌어. 이렇게 차근차근 진실의 농도를 높여갈 수밖에 없겠다."

진실의 농도, 우리가 여기 있다는 증명의 점도(粘度). 전쟁도 타인도 상식도 상관없이, 다른 누구도 아닌 진짜인 우리. 이 세계를 꿈에서 현실로 바꿔갈 방법. 나만이 아는 치카라는 진실.

그렇지, 생각났다.

"그러고 보니 전에 치카가 말한 거 해봤어. 그, 치카의 세계와 영향 관계를 확인하려고 평소에는 안 할 행동을 몇 개쯤. 이 상처보다 명확한 영향이 있을지는 모르겠지만."

"나도 해봤어. 카야가 먼저 얘기해줄래?"

"그래."

새 학기가 시작하고 벌써 일주일, 치카를 걱정하면서 나는 해야 할 일을 해왔다. 단순히 할 일을 정하지 않으면 불안에 짓이겨질 걸 자각했기 때문이지만, 아무튼 할 일은 했다.

"으음, 먼저."

내가 의식적으로 한, 평소에는 안 할 행동은 세 가지다.

첫 번째, 남을 대하는 행동. 이건 간단한데, 인사를 했다. 지난번에 들은 치카와 군인 이야기를 생각하면, 서로 주변에 제각각 대응하는 존재가 있을지도 모른다고 상상하고 특정한 인간을 상대로 행동을 시작했다.

"안녕."

처음에는 무시당해서 다시 큰 목소리로 말했다.

"안녕."

"뭐?"

우리 학교는 반이 달라지지 않는데, 1학년 때는 앞자리에 앉았던 다나카가 이번에는 옆자리에서 말 그대로 의심쩍은 얼굴로 나를 바라보았다. 평소라면 사흘에 한 번, 다나카가 집적거릴 뿐인 관계를 내가 갑자기 무너뜨리려고 한 것이니 그런 표정도 이해된다. 그래도 처음 이삼일은 기분 나빠했던 다나카도 나흘째가 되자 인사부터 시작해 대화를 나눴고, 닷새째에는 아침에 찍었다는 개 사진을 자랑했다. 이 정도까지는 바라지 않았지만 뭐 괜찮다.

두 번째는 물건을 대하는 행동. 나는 집에 있는 모든 신발을 무심히 닦았다. 이 행동을 선택한 이유는 치카의 발톱이 늘 보이기 때문이다. 치카의 세계에는 신발이 있을까. 없다면 내 행동이 어떤 식으로 영향을 줄지 흥미로웠다.

마지막은 장소를 대하는 행동을 해볼 생각이었는데, 이건 조금 망설였다. 실험장으로 제일 편한 건 집이지만, 치카가 소중히 아끼는 방에 영향을 줄지도 모를 행동은 조심스럽다. 결국 첫 번째 행동과 다소 겹치는 면이 있지만, 학교에서 행동하기로 했다. 방과 후, 학교에 1시간쯤 오래 머무는 행동을 했다. 인사에 이은 내 부자연스러운 행동에 옆자리의 다나카는 실로 의아한 표정을 지었으나, 곧 그 시간에 대화를 나누는 일이 늘었고 마지막에는 "들키지 않기를."이라고 제대로 인사하고 헤어지게 되었다. 여전히 사이토는 냉큼 교실에서 나갔다.

사이토야 어쨌거나, 기간 중 했던 행동을 보고하자 치카는 "과연." 하고 중얼거리며 생각에 잠긴 시늉을 했다. 내가 아는 범위 내에서 눈과 손발톱으로.

"우리도 신발은 신어. 여기에서는 안 신는데 밖에서는 전쟁 때문에 물건이 부서지기도 하니까 위험한 걸 밟지 않으려고. 그래도 신발을 닦지는 않았어. 또 평소 가지 않는 곳에 갈 기회는 있었지만, 학교랑은 상관없네."

"참고로 어디 갔는데?"

"××××, 아마 안 들릴 거야."

"그러네. 왜지?"

"전쟁이랑 관련 있는 장소거든. 사이렌을 울리거나 부상자나 가끔 나오는 사망자를 확인하는 곳이 있어. 당번제로 피해 상황을 보고하러 갔었어. 카야가 평소 안 하는 인사를 했다는 것도 나는 거기서 같이 당번을 맡은 모르는 사람 여럿한테 인사했으니까 관계있는지 모르겠어."

"그렇구나."

불특정 다수인 누군가와 인사를 했다는 소리다.

"병이나 부상만 영향을 미치나 싶어 잠깐 생각해봤는데."

"그럼 우산은 뭐지?"

"우산을 빌려준 일이 아니라 비에 젖은 게 영향을 줘서 모르는 사이에 몸 상태가 나빠졌을 가능성도 있잖아. 하지만 벼락도 있었으니, 그것도 아니지 싶어."

그건 아닐 것 같다. 하지만 그렇군, 그런 식으로도 생각할 수 있구나.

행동 이외에 그 앞뒤의 경위에도 주목하는 시야가 내게는 없었다. 내게는 없는 생각을 지금 함께 있는 존재가 가진 것이 든든했고, 동시에 나는 왜 떠올리지 못했는지 분통했다.

이 마음도 언젠가 잊혀질 거야

나도 뭔가 치카에게 유익한 생각을 전해주고 싶다. 서로의 세계를 넘나들지 못하는 상황에서 가장 단순하게 좋은 영향을 주고받는 게 생각일 테니까. 그러나 적절한 생각이 떠오르지 않아 안타깝다. 무심코 한숨이 한 번 나왔다.

"치카 세계랑 이쪽 세계 사이에, 어떤 관계의 법칙을 발견하면 서로 여러모로 도움이 될 것 같은데."

예를 들면, 한쪽 세계에서 뭔가가 길을 막아서 가지러 가지 못하는 소중한 물건이 있다면 다른 한쪽 세계에서 이에 해당하는 것을 움직임으로써 가지러 갈 수 있게 하는, 이런 수준이라도 좋다. 예전에 시험 삼아 해본 게임 중에 그런 시도를 해서 공략하는 게임이 있었다. 저쪽 세계에서 벽을 움직이면 이쪽 세계의 장애물이 사라져 보물상자를 가질 수 있다.

"그러게, 만약 내가 행복해지고 카야도 행복해질 수 있다면 정말 좋다."

그건 그렇다. 서로 만족스러운 인생을 사는 데 일조할 수 있다면 가장 좋다. 그렇다고 치카에게 내 소원을 일방적으로 이뤄달라고 요구할 마음은 전혀 없다.

관계의 법칙에 관한 상상은 일단 보류했다. 우선은 여러 판단을 하기 위한 자료를 모아야 한다. 이번에는 치카가 지난 일주일간 해본 특별한 행동을 들어보았다.

"하나는 식사."

"식사?"

"응, 살아가는 데 꼭 필요한 행동이 서로에게 영향을 미치면 큰일이니까 확인해보고 싶었어. 구체적으로는 하루 동안 물을 안 마셔봤어."

"뭐, 물이라니. 그럼 물 이외에 뭔가 마셨어?"

"아니, 수분을 전혀 섭취하지 않았어. 카야, 그런 날 있었어?"

"아니, 없었, 는데."

"그래? 그럼 다행이다. 적어도 먹는 건 자유롭겠다."

아무렇지 않게 치카가 말했다. 나는 검증하려는 치카의 의욕이 믿음직스러우면서도 걱정되었다.

"굳이 몸에 무리가 가는 일은 안 해도 돼."

"걱정해주는 거야? 전혀 문제없었어. 사람은 물 없이 30번의 일출을 볼 수 있다고 하잖아."

"진짜?"

이 진짜는 인간이 물 없이 한 달을 살 수 있다는 정보를 지금 처음 알아서 나온 말이 아니다. 내가 아는 한, 사람은 물 없이 그 정도로 살지 못한다. 나와 치카, 역시 생물로서 근본적으로 다르다는 것을 새삼 알게 되어 나도 모르게 나온 반응이었다.

"너희는 아니야?"

"응, 그렇게 오래 못 버텨."

"피도 그렇고 나랑 카야, 역시 조금 다른 생물 같아."

치카의 음색도 언어도 지극히 평안했다. 어쩌면 애초에 놀라움이라는 감정을 잘 느끼지 않을 수도 있다. 연애라는 가치관을 이해하지 못한다고 한 것처럼.

"또 하나는 카야가 걱정할 일은 아니야."

미리 언급해주는 치카의 배려에 내가 그렇게 걱정이 많아 보이나 싶어 불안했다. 진짜 자신과 다른 평가를 받으면 사람은 두려워진다.

갑자기 괜한 생각이 떠올랐다. 그저께 그런 일이 있었으니까. 그래도 지금은 상관없는 일이다.

"오래전에 싸우고 만나지 못한 친구를 만나러 갔어."

치카가 시선을 한 번 천장 쪽으로 향한 뒤 금방 내 쪽으로 되돌렸다.

"저번에 카야, 연인 이야기를 해줬잖아? 그때 특별하지만 소원해졌고 앞으로 어떤 관계가 될지 알 수 없는 사람이 생각났어. 다시 친구가 되면 좋겠다고 생각했지. 하지만 시간이 지나도 서로의 생각은 전혀 달라지지 않은 걸 확인하고 결국 내가 친구로 돌아가는 걸 거부했어. 내 결정에 후회는 안 해. 그래도 이걸로 관계가 끝났을지도 모른다고 생각하니까, 미래가 없다는 게 조금 두렵더라고."

치카는 지금까지 몇 번인가 자신의 두려움을 서슴없이 드러내 보여주었다. 용기 있는 행동이다.

"저기, 치카."

내가 말을 걸자, 치카가 눈을 가늘게 뜨고 기다려주었다.

"그거, 영향이 있는 것 같아."

치카의 눈이 조금 크게 벌어졌다. 나는 눈을 있는 대로 부릅떴다. 놀랐기 때문이다. 상관없다고 생각한 사건이 단숨에 중요한 사건으로 가치가 달라졌기에.

"사실은 나도 같은 행동을 했어."

"친구였던 사람을 만나러 갔었어?"

만약 능동적인 행동이었다면 이미 설명했을 것이다. 그러니까 그건 아니다.

"내가 만나러 간 건 아니고 전화가 왔어. 전화, 치카 세계에도 있나? 멀리 있는 사람과 대화할 때 쓰는데."

"×××인가 보다."

일정한 언어가 들리지 않지만, 의미가 통했다면 됐다.

"응, 전화가 걸려왔어."

분명 이 한마디로 치카는 말하지 않은 내용까지 이해했을 것이다.

계속 이어가려고 했는데, 아주 잠깐 머뭇거렸다. 그사이 치카가 "누구한테?" 하고 질문을 던졌다.

이름을 말하려다가 아니다 싶어 멈췄다. 지금은 두 세계의 관계성을 묻는 거다.

이 마음도 언젠가 잊혀질 거야

"한때 연인이었던 여자한테서."

창피하지는 않다. 그저 그 아이의 이야기를 여기에서 하는 게 잘못된 것 같다. 그러나 어차피 말할 텐데 죄책감을 느끼는 것도 이상하다. 이 역시 어중간한 내 자의식일 뿐이다.

"내가 치카랑 같은 행동을 했다는 건, 관계를 회복하는 미래를 내가 스스로 닫았거든."

"그래."

"응."

"두려웠어?"

목소리와 마음 사이, 약간 벌어진 틈새에 머리카락 한 올을 끼워 넣는 듯한 질문이다.

"나랑 그 친구의 미래를 닫아버린 건 두렵지 않아. 그 친구도 나랑 엮이면 안 되고, 나도 더는 엮이면 안 되니까."

그건 아니다.

"두려웠다고 한다면."

이 이상은 나의 시시한 인간성에 발을 들이는 부분이다. 자신을 다 드러내어 보여주는 취미 같은 건 없다. 치카가 실망할 위험성도 있다.

하지만 이렇게 마음이 연관된 부분까지 서로 영향을 주고받고 있을지도 모르는 치카라면 언젠가 알게 될 것 같기도 하다.

그러니 자신의 두려움을 보여준 치카에게 나의 공포를 공평하게 보여주는 것이 맞을 것 같다.

"두려웠다고 하면, 내가 상대 안에 남긴 것 때문에 그 친구가 불행해지거나 죽게 된다면, 그 사실을 알았을 때 아무것도 안 한 나 자신을 자책하지는 않을까, 그게 무서워."

이건 상상이 아니다. 경험했기에 예측 가능한 공포다.

조금 예전 일이다.

그녀와 내가 그런 관계였던 건 중학교 3학년 때 고작 석 달이다. 겨우 석 달이라고 그녀가 말했는데, 당시 나는 또 지금의 나도 그렇지만 석 달이나 치카가 말한 '척'에 시간을 낭비했다고 생각했다. 지금 돌이켜보면 그렇게 솔직히 말하는 게 나았다. 어중간하게 상대방을 배려하는 척 굴어 파국의 분위기를 만들고, 상대에게서 작별의 말을 끄집어내 이해심 있는 모습을 보여주며 어디까지나 표면상으로는 서로 이해하는 형태로 다른 길을 갔다. 그리고 그녀는 자기 목숨을 끊으려 했다.

동급생 중에 그런 쪽을 유난히 잘 아는 녀석이 그건 죽지 않는 방법이라고 말했다. 조사해보니 정말 그랬다. 어느 쪽이었을까. 그녀는 죽지 않을 줄 알았을까. 설령 죽지 않는 방법이라도 본인이 죽지 않을 줄 몰랐다면 죽으려는 의사가 명확했던 게 아닐까.

무책임하게 사죄하거나 걱정하는 나를 용납할 수 없었다. 이윽고 나는 인간관계에 무의미한 시간을 투자하지 않게 되었고,

학교에서 내게 접근하는 유별한 녀석들도 극단적으로 줄었다.

"감정까지 영향을 줄 리는 없겠지만, 내 행동은 치카가 한 행동과 비슷해."

"카야, 상대에게 뭐라고 말했어?"

치카의 질문이 영향을 확인하려는 목적인지 아니면 나 개인에 관해 알려는 목적인지 모르겠다.

그 친구와 미래를 정리하기 위해 뭐라고 말했는가.

"딱히 특별한 말은 아닌데."

특별하지 않다. 그냥 뻔한, 누구에게나 해당하는 소리를 했다.

'어이, 이즈미, 우리 진짜 시시하다.'

이렇게 말했다.

"그건…… 특별했을 거야."

"……아니."

특별 따위 전혀 없다. 우리는 모두 정말로, 빌어먹게도 시시한 존재다. 그렇게 말했을 뿐이다.

시시하다. 과거의 연애에 의존하는 것도 질질 끌려다니는 것도 상처받는 것도 신경 쓰는 것도, 전부 다 스스로 정당화하려는 변명이고, 자신이 특별한 인간이라고 착각해서 전 세계 인간들이 해온 짓이다. 연애라는 사고방식을 모르는 치카는 알 수 없을 것이다.

"특별하지 않아."

"연애는 모르지만, 친구의 연장선이라면 그렇게, 당연하지만 아무도 말하지 않는 말을 해주는 카야는 그 사람에게 특별할 거야."

당연한 말.

의미를 받아들이려고 치카의 눈을 가만히 응시했다.

내가 받아들이기 전에 목소리가 들렸다.

"그 사람한테 좋은 일인지 나쁜 일인지는 모르겠지만. 이렇게 살아있는 우리 중 대부분은 특별한 존재가 되지 못하고 죽어. 근데 많은 사람이 그걸 깨닫지 못하는 것 같아. 적어도 내 주변에는. 그런 말을 입에 담으면 사람을 경시한다고 비난을 받아."

"그래, 그렇겠지."

"하지만 아니야."

마지막까지 이야기를 들을 생각이었는데 무심코 끼어들었다. 반성하고 입을 꾹 다물었다. 그런 내 동작이 눈에 보였는지 치카의 눈이 가늘어졌다.

"그걸 깨닫는 사람만이 진짜로 살아갈 수 있어. 스스로 특별한 사람이 되려고 노력하게 되지."

"……그래."

나는 늘 그런 생각을 하며 산다.

"그러니까 시시하다고 말해주는 카야는, 거기에서부터 시작

이 마음도 언젠가 잊혀질 거야

하려고 한 카야는 그 사람에게 특별해."

"시작하려고, 했나?"

나와 이즈미 사이에서는 전진하는 이미지가 떠오르지 않는다.

"뭔가 달라지면 좋겠다고 바라면서 말했지?"

"……맞아."

그래, 그랬다.

고개를 끄덕인 그 순간, 머릿속에 빛이 하나 켜졌다.

이미지와 말이 일치하는 순간이 있다. 마음속에 있던, 말로 표현하기 어려운 것에 지금 치카가 이름을 주었다.

달라지길 바랐다. 그렇구나.

이즈미에게 품은 마음의 정체가 그것이다. 드디어 보였다.

아무리 척이었어도 내가 좋아했던 사람이었던 그 친구가 달라지길 바랐다.

내게 불편하지 않은 인간이 되길 바라는 시건방진 바람은 절대 아니었다.

그저 시시한 나나 시시한 과거 연애에 인생이 휘둘리는 그 상황에서 이즈미가 빠져나오기를 바랐다.

우연의 연속일 뿐이라도, 이즈미를 개인으로 인식하려 했다. 최소한 이즈미는 특별해지고 싶다고 진심으로 바란 것 같으니까. 그 점만은 나와 닮았다. 나와 조금이라도 닮은 그 친구가 특별해지고 싶어서 꼴사납게 발버둥 치는 모습을 그냥 두고 볼 수 없었다.

그러나 내 바람은 제대로 형태를 만들지 못하고, 또 이즈미에게 상처를 줬다.

"그래도 만약 카야가 그걸 무섭다고 느끼고 죄라고 생각한다면, 나도 같은 죄를 짊어질게."

"……치카도 비슷한 이야기를 그, 소원해진 친구에게 했어?"

치카는 긍정도 부정도 하지 않았다.

대신 몇 초간 눈의 빛을 내게 향하지 않고 숨을 크게 들이쉬었다.

"같은 죄를 범한 사람을 찾는 건 누군가와 손을 잡는 거랑 비슷하네."

치카의 목소리는 허스키하고 다정하다.

보통 생물의 몸에 이런 일은 생기지 않겠지만.

그런데 나는 분명히 느꼈다. 심장이 딱 한 차례 강하게, 아마도 지금까지 살아온 중에 가장 강하게 고동쳤고 다음 순간 평상시로 돌아갔다.

또다시 찾아온 이 신기한 감각이 대체 뭔가 불안해지는 반면, 머릿속에 너무 창작적인 해석이 떠올랐다.

나와 치카가 마음의 손을 붙잡았다고, 심장이 고동으로 알려준 것이다.

전부 내 상상에 불과할지 모르나 아까 순간적인 고동이 내 안에 있는 진실의 농도를 높였다.

////

하아, 진짜 구역질 난다. 마음의 손을 붙잡긴 뭘 붙잡아. 치카와 단순히 친해져서 어쩌겠단 건지. 어떤 목적을 이루기 위한 우호적 관계라면 괜찮다. 그게 아니라 단순히 좋은 관계라면 뭐가 되냔 말이다. 아직 아무것도 이루지 못했다. 아무것도. 마음 한구석이라도 이 상황에 충족감을 느끼면 안 된다.

그런 건 알고 있다.

그 후로 사이렌이 울릴 때까지 나와 치카는 다음 일상을 보낼 방법을 여러모로 의견을 나누었다.

먼저 크게 다치지 않게 조심하며 생활하는 것을 전제로 했다. 치카는 농담처럼 말했지만, 어쩌면 상처가 서로 생명의 위기로 이어질 가능성이 있다. 만약 똑같은 데미지를 준다면, 한쪽이 반죽음 상태가 되었을 경우 체력이 부족한 다른 쪽은 죽을 수도 있다.

부상에 대한 경계 의식 이외에도 구체적인 지침을 정했다.

저번에는 쌍방으로 평소 잘 하지 않는 행동을 해보았다. 이번에는 치카만 적극적으로 뭔가 특별한 행동을 하고, 나는 최대한 평소와 똑같이 생활하기로 했다. 이는 언어와 마찬가지로 행동의 영향력도 서로 다르게 작용할 가능성이 있다고 가설을 세운 치카의 제안이었다. 이즈미 사건에서 나는 전화를 받았을 뿐인데 치카는 소원해진 친구를 직접 만나러 갔다. 비나 벼락이나 죽음은 별개로 치더라도 만약 행동과 결과에 대한 능동성이 영향을 준다면, 내 화풀이가 원인이 되어 치카를 다치게 한 것이 된다. 이미 벌어진 일은 사과할 수밖에 없다. 그래도 능동성이 서로 영향을 준다면, 이건 괜찮은 사실이다. 서로 의도해서 영향을 주고받으면 이득이 될 만한 것도 많아질 것이다.

내가 할 일은 국내 기상정보와 사건 정보, 또 눈에 띄는 세계 정세를 최대한 실시간으로 조사하는 것. 이 일은 치카도 하기로 했는데, 두 세계의 겹침 현상을 확인하려는 게 목적이다. 시간이 비면 나는 학교에서든 집에서든 계속 스마트폰을 붙잡고 뉴스를 뒤졌다.

그 결과라고 해야 할까, 필요한 일이 없으면 내가 말을 걸지 않자 옆자리의 다나카는 또 예전 태도로 돌아간 나를 보고 이해가 안 된다는 표정을 지었다. 인사를 받으면 대답하고 개 이야기를 하면 반응하지만, 이제 내 쪽에서 말을 걸지 않는다. "너 뭐냐."라는 소리를 들어도 원래대로 돌아갔을 뿐이다. 내가 요 몇 주간 다나카에게서 얻은 새로운 정보는 개 이름이 아루미인 것뿐이다.

　　　　　　　　　　　이 마음도 언젠가 잊혀질 거야

다시 돌아왔다. 원래 생활로. 치카가 없는 이 세계의 생활로. 시시한 나와 하찮은 타인만 있는 이 생활로.

치카와 만난 후로 그녀와 보내는 그 몇십 분을 중심으로 생활 전부가 돌아간다.

그렇다고 그 시간이야말로 진짜이고 이쪽 생활은 몽땅 꿈이나 환상이라고 치부한다면 그것만으로도 내가 특별한 날들을 살았다는 기분이 들겠지만, 그러면 안 된다. 나는 내 세계에서 특별함을 찾아야 한다.

그러니까 치카와 단순히 만나기만 해서는 의미가 없다. 물론 그건 알고 있다.

그러니 운 좋게 또 치카와 만나면 가슴이 뛰는 것도 특별한 무언가를 발견할 기회가 적어도 1회분 더 마련됐다는 이유일 뿐이다.

"확인할 방법은 없는데, 만약 나와 카야가 태어난 세계가 반대였다면 우리의 사고방식이나 생활상은 달라졌겠지."

서로 보고한 결과, 치카의 행동이 내 세계에 미치는 영향을 따져봤지만 이렇다 할 성과는 없었다. 아쉽지만 어쩔 수 없다. 아직 정보가 너무 적다.

그러니 그 일은 잠깐 접어두고 치카 세계 사람들의 일반적인 생애 이야기를 듣는 도중에 치카는 갑자기 이런 말을 꺼냈다.

나는 나 자신이니까 어디에서 태어나든 다를 리 없다, 라고 생각하진 않는다. 시시한 나는 분명 태어난 장소나 환경이나 인간관계에 좌우되어 인격을 형성하리라. 다른 장소에서 태어나고 자라면 또 다른 시시한 인간이 되었을 테고, 만약 적국에서 태어났다면 지금쯤 이 나라를 적으로 여길 것이다.

"나는 그렇게 생각하는데, 치카는 자신의 영혼이나 확고한 인격이 있다고 믿는 줄 알았어."

"어디에 있든 내 안에 변하지 않는 게 있다고 생각하지만, 그거랑 사고방식과 생활, 취향은 다르니까. 카야의 세계에 내가 있어도 외모나 목소리가 전혀 달라서 바로 나인 줄 모를 수도 있어. 그렇지 않을까 싶어. 카야가 내 세계에 있어도 그렇고."

애초에 눈과 손발톱의 형태밖에 모르는 치카의 전신을 이쪽 세계에서 보더라도 분명 못 알아볼 것이다.

"그렇게나 다르면 이미 다른 존재지."

"겉모습은 그럴지도? 하지만 우리가 선택하지 못하는 깊은 곳에 달라지지 않는 게 있지 않을까?"

성격도 외모도 목소리도 다르다면, 그건 이미 100퍼센트 내가 아니라고 생각한다. 그래도 어쩌면 저항할 수 없는 무언가가 안에 남아 있다는 사고방식이야말로 치카가 그 세계에서 태어났기에 습득한 이쪽 세계와는 다른 사고방식일 수도 있다.

"달라지지 않는 부분은 예를 들면 뭐야?"

내가 말했지만 어려운 질문이다. 치카의 대답을 나름대로 기

이 마음도 언젠가 잊혀질 거야

다릴 생각이었는데, 시간이 필요하지 않았다.

"만약 내가 카야의 세계에 태어났더라도 분명 카야와 만났을 거야."

"……운명 같은 건가?"

운명은 체념과 같은 의미의 말이다.

"운명과는 달라. 내 안의 달라지지 않는 부분이 만나는 방법을 알고 있다는 표현이 더 가깝겠다."

여전히 치카의 생각은 창작적이다.

그런데 사실 최근 나는 무의미한 몽상에 젖곤 한다.

물론 일상생활에서는 그러지 않는다. 치카가 나타나지 않는 버스정류장에서 보내는 밤에만 생각에 젖는다.

만약 치카가 이쪽 세계의 주민이면서 나와 만났다면 과연 어땠을까. 나는 치카가 말하기 훨씬 전에 그런 생각을 했다.

그렇게 가정해봤자 아무 소용없지만 궁금했다. 치카가 나와 같은 생명체이고 이쪽 세계에서 평범하게 생활한다면 서로의 존재를 알아차리지 못했을까.

혹은 어쩌면 우연히 만나서 짧은 시간이라도 어떤 형태로든 서로를 인식하고 우리 두 사람이 관계를 맺기도 할까. 치카와 나누는 대화를 즐겁게 여기는 이 기분은, 만약 치카가 다른 세계의 주민이 아니더라도 샘솟을 가능성이 아주 조금이라도 있을까.

의미 없는 상상이다. 아까 대화에서 나왔듯이 이쪽 세계에서 자랐다면 치카는 지금과 전혀 다른 가치관을 지닌 인간일 것이다.

저쪽 세계에서 사는 치카와 이쪽 세계에서 사는 내가 만났다. 그러니 의미가 있고, 거기에서 무언가 이루지 못하면 의미가 없다. 그게 현실이니까 가능성조차 없는 만약을 생각해봤자 무의미하다. 애초에 그런 생각을 하는 것도 나답지 않다. 알고 있다.

잘 알고 있으면서도 생각하게 되는 이유는 치카 곁에서 살아가는 존재에게만 주어지는 자격 같은 것을 어쩔 수 없이 부러워하는 기분이 마음속에 싹트기 시작했기 때문이다.

그 자격 자체에 의미는 없다. 그것도 알고 있다.

하지만 매일 같이 지루하고 갈증을 느끼는 나는 생각하게 된다.

치카라는 특별함에 '언제든지'라는 요소를.

시시한 날들 속에서 기다리지 않아도 되는 것을.

"사이렌이다. 그럼 또 보자, 카야."

"응, 또 보자."

이별 후 일상으로 돌아오면 나는 금세 한 가지 생각에 지배된다.

빨리 치카와 만나고 싶다.

이유는 모르겠는데, 정신을 차리면 치카가 손가락에 묻힌 비

오는 장면의 냄새를 항상 떠올린다.

/ / / /

버스정류장 대기실에서 보내는 시간만 순식간에 지나간다.

"야, 스즈키."

점심시간인가, 아, 벌써 점심시간이다. 옆자리의 다나카가 질리지도 않고 말을 걸었다. 전에 내가 인사를 건넨 며칠 이후로 이 녀석은 조금 친근한 표정을 짓는다. 후회해도 늦었지만 좀더 부작용이 없는 방법을 생각할 걸 그랬다.

"쟤, 위험한 약을 하나?"

내가 고개를 돌리자, 다나카가 우리에게서 멀리 떨어진 자리에 앉은 사이토를 가리켰다.

이 인간이나 저 인간이나 위험한 약 같은 걸 그리 쉽게 구입할 수 있다고 생각하지 말라고.

"알 게 뭐야."

"종교는?"

"더욱더 몰라."

"왜 약보다 종교가 더욱더야?"

"약은 실물이 있지만 종교는 사고방식이니까 안 보이잖아."

"아하."

조금 감탄한 듯 고개를 끄덕인 다나카를 보고 뭘 진지하게 대답했나 싶어 진절머리가 났다. 사이토가 약을 하든 종교에 빠졌든 알 바 아니다. 만약 한다면 있는 힘껏 일시적인 꿈에 속아 넘어가면 된다.

전에 치카와 했던 이야기가 머리를 스쳤다. 영원히 깨지 않는다면 꿈을 꿈이라고 깨달을 필요는 없다. 만약 정말 그렇다면, 약이나 종교도 적어도 본인에게는 의미가 있으려나.

설마 있겠냐. 잠깐이라도 그런 생각을 한 게 바보 같다.

치카가 이쪽의 시시한 일상에 점점 스며들어 온다.

내가 뒤흔들린다.

"아니, 쟤 말이야."

묻지도 않았는데 다나카가 말을 이었다. 말을 끊으려다 옥신각신하기 귀찮아서 그냥 뒀다.

"요즘 이상하지 않아?"

다나카의 질문에 나는 최대한 입 근육을 쓰지 않고 "글쎄." 하고 대답했다. 사이토에게 흥미 없음을 보여주려는 대답이었지만, 사실 속으로는 다나카의 질문에 마지못해 수긍한 것이다.

흥미는 전혀 없다. 그러나 내게 대답할 의사가 있었다면 분명히 대답했을 것이다. 요즘 사이토는 이상하다.

이즈미와의 일이 있고 두 달이 지났다. 교복은 하복으로 바뀌었고 계절로 말하면 장마철. 신문이나 라디오가 시시각각 전환

이 마음도 언젠가 잊혀질 거야

이 달라진다고 국민에게 알려주었고, 인터넷에서는 여전히 과장된 사상을 내건 인간들이 천박하게 욕설을 주고받는다. 예전에 가설로 세운, 내가 이쪽 세계의 전쟁 방식을 바꾼다는 소리를 한번 실험해보려고 여러 SNS에 치카 세계의 전쟁 방식을 올리고 퍼뜨려봤으나, 무시당하거나 혹은 나보다 더욱 한가해 보이는 인간들에게 비난만 당했을 뿐이다. 이렇게 진심으로 아무래도 좋은 세월을 보내던 중, 나는 일주일쯤 전에 사이토의 변화를 깨달았다.

"내, 내일 또."

소리가 갈수록 쪼그라든 그 말을 끝까지 듣지 못했으나 아마도 "내일 또 보자."라는 말이겠지. 그건 안다. 알면서도 내 입에서 "하?"라는 반응이 나온 이유는 평소처럼 방과 후 교실에서 나와 곧바로 신발장으로 가서 먼저 신발을 갈아신은 사이토가 이쪽을 돌아보고 인사 비슷한 걸 하리라고는 눈곱만큼도 상상하지 않았기 때문이다. 그런 인사에 대고 하기에는 부적절한 반응이지만, 갑작스러워서 대처할 수 없었다. 과연, 내가 인사했을 때 다나카의 기분을 조금 알겠다. 다행인지 불행인지 모르겠지만, 사이토는 말만 던지고 성큼성큼 가버렸으니 내 의문문은 듣지 못했을 것이다.

대체 무슨 생각이지, 녀석의 기이한 행동을 의아하게 여기다가 다음 날 또 같은 상황이 왔다.

"내, 내일 또 보자."

그날은 제대로 끝까지 들렸고 나도 대비했으니 "어, 들키지 않기를."이라고 대답했다. 정면에서 처음으로, 한쪽 입술만 올라간 사이토의 미묘한 웃음을 봐서 말이 제대로 전달된 걸 알았다.

나한테 뭔가 할 말이 있나, 귀찮지만 않으면 좋겠는데, 같은 생각을 한 나는 자의식 과잉이었고, 그 후로 일주일이 지난 지금 사이토의 변화를 깨달은 사람이 나만은 아닌가 보다. 딱히 약이나 종교를 시작한 것은 아니겠지만, 누군가 조금은 밝게 행동하라고 조언했을지도 모른다. 어제도 나는 또 사이토에게 인사를 받았다.

다나카는 내 대답은 아무래도 상관없는지 말을 이었다.

"그게 쟤, 예전과 달리 소소한 일로 말을 건단 말이야. 지금까지 그러지 않았으니까 대놓고 물어본 녀석이 있었나 봐. 무슨 일이 있었냐고. 그랬더니 뭐라고 대답했는지 알아?"

혈액형이나 별자리처럼 정보가 없으면 알 턱이 없는 문제를 내고 재미있어하는 인간이 나는 싫다. 또 그런 녀석은 결국 스스로 대답한다.

"만나게 됐어, 하더래."

무슨 대답이 이래. 확실히 종교적인 뉘앙스를 풍기는 말투다. 단순히 누군가와 사귀기 시작해 사교성을 익혔을지도 모르고,

그쪽이 훨씬 더 있을 법하지만 사이토의 화법이 별로다. 게다가 그 자리에서 "뭘 만났는데?"라고 한마디 더 캐묻지 않은 인간은 사이토보다 더 별로다.

그러나 근본적으로 사이토가 무엇과 만났건 알 바 아니다. 녀석의 태도가 달라질 만큼의 만남이라니 조금 마음에 걸리지만, 어차피 내 마음을 채워줄 것은 아닐 테니. 나는 사이토보다 훨씬 더 신경 써야 하는 게 있다.

벌써 두 달이 넘었다. 이즈미 이야기를 한 후로 다섯 번, 치카와 그 대기실에서 만나 많은 이야기를 나눴으나, 각자 세계의 관계성을 도출하지 못했다. 그나마 알아낸 사실은 아무래도 두 개의 세계에서 최소한 내가 사는 이 지역과 치카가 사는 지역의 날씨가 같다는 점. 여기가 맑으면 그쪽도 맑고, 여기에 비가 오면 그쪽도 비가 온다. 어쩌면 양쪽 세계에서 대응하는 지역의 기후가 전부 같을 수도 있지만, 치카의 세계와 우리 세계의 세계지도가 전혀 다른 듯했고 어느 나라가 어느 나라와 대응하는지 공연히 품이 드는 고찰을 검증할 시간은 우리에게 없었다.

또한 치카가 말했던, 우리 두 사람이 개인적으로 영향을 준다는 가설도 꼭 옳다고 하긴 어려워 보였다. 우리는 계속해서 평소 안 하는 행동을 해봤으나, 반영된 것은 그중 몇 가지에 불과했고 많은 부분에서 우리는 전혀 다른 생활을 했기에 영향의 규칙성을 발견하지 못했다.

예전에 생각했던 능동적 행동이 상대에게 영향을 줄지 모른다는 가설도 역시 틀린 것 같았다. 좌우 신발을 일부러 바꿔 신고 등교하고, 평소 사지 않는 과자를 대량으로 사재기하고, 그다나카의 개에게 멋대로 먹이를 줘도 아무 의미 없었다. 내 양말이 해진 이틀 후에 치카와 만났더니 역시 같은 날 마침 신발을 새로 샀다는 미묘한 일치는 있었다. 도대체 뭔지 모르겠다.

한마디로 알아낸 게 아무것도 없다. 두 달간을 무의미하게 흘려보냈다.

무의미. 그래, 무의미하게 흘려보냈다고 생각해야 한다.

아무런 진전이 없어도 즐거웠다고 그저 좋기만 했다고, 그렇게 생각하면 안 된다. 마냥 노는 기분으로 있으면 안 된다.

한때의 즐거움 같은 감정에는 아무런 의미도 없다. 부정해야 한다.

슬슬 내 목적과 본심을 치카에게 밝혀야 한다는 생각이 들었다. 치카와의 만남을 통해 뭔가, 내 인생을 특별하게 만들 수 있는, 지루하다고 생각하지 않아도 될 무언가를 손에 넣고 싶다. 그러니 시시덕거릴 상황이 아니고, 우리가 더는 못 만나게 되기 전에 그 무언가를 빨리 찾도록 협력해주길 바란다. 이렇게 치카에게 말하면 전면적으로 협력해줄지도 모른다. 이를테면 치카 세계의 문화를 하나둘 소개해주고, 그 결과 지극히 낙천적으로 생각하면 내게 특별한 무언가를 금방 찾을 가능성도 있다.

이 마음도 언젠가 잊혀질 거야

최근 들어 이것이 선택지로서 늘 머릿속을 차지한다. 그렇게 하지 못하는 건, 하지 못하는 건…….

단순한 연약함은 아니라고 믿고 싶다.

치카가 실망하는 게 무섭다는 이유만은 아니라고 믿고 싶다.

믿고 싶다. 그러나 만남을 타산적으로 생각하는 걸 들키면 치카에게 미움을 살까 봐 두려워서 말을 꺼내지 못하는 자신을 지금 나는 부정할 수 없다.

이지적이고 상상력 풍부한 다른 세계의 주민과의 우호적인 관계를 그저 잃기 싫을 뿐인 시시한 내가 있다는 걸 무시하지 못한다.

그 결과, 장황한 검증의 날을 이어가며 우리 둘은 무엇을 위해 만났느냐는, 마치 야합하는 것처럼 의미를 계속 모색하는 수밖에 없다.

"왜 그래? 내 눈 안에 뭐가 있어?"

그 말을 듣고서야 내가 치카의 눈을 들여다보고 있다는 걸 알았다. 급하게 시선을 피하는 행위는 실례이고, 또 나의 시시한 자존심을 지키는 의미도 있었을지도 모르는데, 서서히 먼지 자욱한 바닥으로 시선을 옮겼다.

"미안, 아니야. 잠시 생각에 빠져서."

"네 세계에서는 사람의 눈을 계속 바라보는 거 실례야?"

단순히 도덕적 관념에 대해 물어봤을 뿐인데, 마치 나의 부정을 폭로 당한 것 같아 등에 땀이 뱄다.

"명확하게 실례는 아니지만, 계속 바라보면 치카가 물어본 것처럼 뭔가 나 생각할 수 있으니까 너무 빤히 쳐다보지는 않아. 그래서 미안하다고 했는데, 네 세계는 어때?"

"우리 세계에서도 뭔가 말하고 싶은데 말을 꺼내기 조심스럽거나 할 때 눈을 빤히 보긴 해. 카야, 무슨 생각을 했어?"

"아니, 어떻게든 맛을 알 방법이 없을까 생각했어."

"그러게, 만약 어떤 타이밍에 내가 카야의 세계에 가서 그쪽에서 생활하게 되면 맛을 느낄 수 없는 걸 계속 먹어야 하겠지."

치카의 눈이 가늘어져서 농담인 줄 알았다. 평소보다 선명하게 보이는 눈빛의 그러데이션에서 치카의 표정을 상상했으나, 어디까지나 상상이고 아무리 응시해도 코도 눈도 보이지 않는다.

오늘 밤 우리는 평소보다 가깝게, 몸 두 개 정도의 사이를 두고 각자 공간의 의자에 앉았다. 이유는 각자 세계의 음식을 먹어보는 실험을 하기 위해서다. 그것뿐이라면 평소와 같은 위치에 앉아 음식을 교환하면 되는데, 내가 치카에게 칼로리바 같은 걸 건네려고 했을 때 문제가 발생했다. 칼로리바가 치카의 손을 빠져나가 벤치 위에 떨어졌다. 동시에 치카가 준비해준 보이지 않는 고형 보존식을 내가 손으로 받는 것도 불가능했다. 그런데 치카가 직접 손으로 내 입에 넣어주면 신기하게도 그쪽 세계의

이 마음도 언젠가 잊혀질 거야

음식을 먹을 수 있었다. 어떤 법칙의 의미가 있는지 도무지 모르겠지만, 일단 그걸 씹었다.

맛을 느껴보려고 하자 경험한 적 있는 감각이 되살아났다. 아무리 씹고 삼켜도 무슨 맛인지 모르겠다. 냄새 놀이를 체험했을 때처럼 뇌가 맛을 받아들이지 않는 느낌이다. 식감은 느껴졌는데, 어렴풋하게 기억에 있는 것 같다. 뭐지, 마카다미아 같은 건가. 그런 감상을 말하고, 이번에는 치카에게 내 손의 칼로리바를 받아먹게 했다. 치카가 보이지 않으므로, 내 손이 그녀의 얼굴에 부딪히면 안 될 것 같아 얼굴 근처에 손을 고정하고 그녀의 입을 기다렸다. 치카의 눈이 내 손으로 서서히 다가와 차가운 냉기를 손가락이 느낄 정도가 되자, 곧 칼로리바가 짧아졌다. 이가 있다는 건 미리 들어서 알고 있었다.

"맛, 알겠어?"

씹는 모습은 보이지 않지만 아무래도 치카의 입은 우리와 비슷한 위치에 있나 보다.

"모르겠어. 그런데 카야가 말한 거랑 느낌이 달라. 정말로 아무 맛도 안 나. 냄새도 안 나고."

맛을 느끼는 방식이 다른가 본데, 어쨌든 맛보지 못한다면 음식을 나누는 의미는 없겠다.

냄새도 안 되고 맛도 안 된다. 서로의 문화를 교류하기에는 너무도 척박한 이 상황에서 우리는 도대체 뭘 할 수 있을까. 그런 생각에 잠겨서 한동안 멍하니 치카의 눈을 바라보고 말았다.

"만약에 치카가 내 세계에 왔을 때, 아까 그렇게 말했잖아, 물론 농담인 건 아는데, 만에 하나 서로의 세계로 갈 수 있는 가능성이 정말 있을까?"

치카의 눈과 손발톱 이외에는 볼 수 없는 상황으로 미루어 보아, 우리가 같은 장소에 함께 있을 수 있는 가능성은 현저히 낮을 것 같아 반쯤 포기하고 말했다.

"전혀 없다고 단언할 순 없지. 방법은 모르겠지만 우리가 연결된 것과 마찬가지로 어떤 계기로 가게 될 수도 있어."

그렇다면 그보다 더 좋을 수 없다. 다른 세계에서 지내는 특별한 체험을 할 수 있다면, 그곳에서 발견할 수 있는 것도 치카에게 전해 듣는 정보와 비교도 안 될 것이다. 만약 갈 수 있다면 가고 싶다고 강렬히 바랐다. 가보고 싶은 게 아니라 가고 싶었다. 다시 돌아오는 걸 전제로 삼지 않은 강렬한 바람이었다. 그 세계에는 치카가 있다.

"카야는 어느 쪽이 좋아?"

"응?"

"카야가 이쪽에 오는 거랑 내가 그쪽에 가는 거."

"그건."

그야 당연하지, 그야 물론…….

"그쪽에 가고 싶어. 나는 여기가 시시해서 미치겠으니까."

이 마음도 언젠가 잊혀질 거야

잠깐이었다. 정말로 생각이 멀리서 언뜻 떠오른 정도였다. 그러나 나는 잠깐이라도 그런 생각이 떠오르는 것을 용납할 수 없었다.

잠깐이지만 내가 그쪽에 가는 것과 치카가 이쪽에 오는 것, 둘 다 큰 차이는 없다고 생각했다.

치카가 키득키득 웃었다. 어리석은 나를 꿰뚫어 본 것만 같았다.

"여기도 시시할지도 몰라."

어째서 그런 당연한 상상을 하지 못했을까. 너무 정보가 적다 보니 미처 생각하지 못했다.

"나는 어느 쪽이든 좋아. 내가 그쪽에 가도 좋고 카야가 이쪽에 와도 좋아. 내 방이 있고."

치카의 눈이 가늘어졌다. 이 정도 거리이다 보니, 치카 눈 속에 분명 눈동자가 있다는 걸 알겠다.

"카야가 있어 준다면."

치카는 내 안의 비뚤어진 마음을 보고 말했는지도 모르겠다. 그게 아니라면 분명 가둬두었을 그 마음에 그녀의 목소리가 닿을 리가 없다.

"그래도 카야 세계의 음식 맛을 못 느끼는 건 문제다."

"서서히 맛을 느끼게 되면 좋을 텐데."

"갓 태어난 것과 같을지도 몰라. 서로 세계에 적응하면 맛을 알 수 있을지도. 그런 날이 올까?"

"어떨까?"

"가능성은 다방면으로 열려 있으니까 어쩌면 우리 세계 사이에서는 무리여도, 미각이 서로 응하는 다른 세계가 있다면 가능할 수도 있겠다."

이런 실현 가능성도 희박한 미래에 관해 대화하면서 시간을 낭비한다. 이렇게 대화하는 순간에 깨달아야 하는데, 나는 나중에 깨닫고 후회를 한다.

결국, 미각 확인 이외에 의미 있는 일은 하지도 못한 채 치카와 헤어져, 다시 그저 그런 다음 날을 맞이했다.

"알바 지겨워."

"노동이니까."

오늘도 옆자리 다나카와 의미 없는 대화를 나누고 여전히 더듬거리는 사이토의 작별 인사를 받고 집에 돌아왔다. 물론 그 후에는 달리러 나간다.

평소와 똑같다.

평소와 똑같다, 평소와 똑같다, 평소와 똑같다. 매일, 평소와 똑같음을 일상에서 반복하며, 내 안의 초조함은 하루하루 짙어졌다.

그쪽의 음식이 내 미각을 진화시키지 못했다.

이대로는 치카와의 만남에 의미가 사라진다. 이렇게 큰 기회

이 마음도 언젠가 잊혀질 거야

를 손에 넣었는데 시시한 내가 무의미하게 만든다. 그게 너무도
두렵다.

아니, 그리고 보니 예전과 달라진 점이 한 가지 있다. 다나카
가 아르바이트를 지겹게 여기든 말든 상관없는데, 그 녀석이 약
한 달 전부터 아르바이트를 시작한 탓에 나는 달리기 코스를 변
경했다. 원래 반환 지점으로 삼았던 편의점이 다나카가 아르바
이트하는 곳이다. 나는 그 녀석과 만나지 않으려고 달리기 코스
를 바꿨다.

그런데 이걸 인연이라고는 죽어도 부르기 싫지만, 얼마 전에
새로운 코스로 정한 길을 달리다가 아는 얼굴과 만났다. 사람이
아니라 개. 고풍스러운 전통 가옥의 뒷마당에 해당할까. 그곳에
서 달리는 나를 아무나 잘 따르는 개가 지켜보고 있었다. 무심
코 멈추자, 목줄에 묶인 줄을 한계까지 당기며 나에게 접근한
개가 짖지도 않고, 그때와 마찬가지로 머리를 쓰다듬어 달라고
재촉하듯 내 다리 근처에서 폴짝폴짝 움직이기 시작했다. 앞으
로 돌아가 문패를 확인해보니, 그곳은 틀림없이 아르바이트하
러 갔을 다나카의 집이었다.

이곳을 알고 있었기에, 치카와의 실험으로서 멋대로 먹이를
주는 시도도 할 수 있었다. 다나카의 부모님이 맞벌이인 걸 어
쩌다가 들어서 다행이었다.

저렇게 사람을 쉽게 따르는 개를 혼자 남겨두면 누가 훔쳐 가

지는 않을까 걱정도 되는데, 적어도 현재까지는 그런 특이한 놈은 없나 보다. 이곳을 지나는, 아무렇게나 정한 코스를 거의 매일 달리니까 안다.

오늘도 운동화 끈을 단단히 묶고 평소와 같은 방향으로 달렸다.

요즘 달릴 때는 좀 더 구체적으로 어떻게 하면 내 인생을 특별하게 만들 수 있는 무언가를 치카에게서 얻어낼지 고민한다. 내게 부여한 과제라고 해도 좋다.

미각과 후각으로는 그쪽 문화를 체험하기 어렵고, 시각은 애초에 안 된다. 그렇다면 남는 것은 촉각과 청각인데, 무언가를 만져서 마음이 움직이는 일은 없을 것 같다. 그렇다면 귀로 듣는 수밖에 없다. 말이나 생각을. 그렇지, 치카 세계의 종교는 어떤 교리일까. 종교에 빠진 나를 상상하기 어렵지만, 새롭게 종교적인 사고방식을 접하고 내 인생의 가치관이나 세계를 송두리째 바꾸는 일이 꼭 없다고 단정할 순 없다.

아니, 전에 말한 전쟁 방식을 바꾸는 것도 그랬지만, 고등학생이 할 수 있는 일에는 한계가 있다. 이를 실현하려면 상상도 못 할 시간과 노력이 필요하리라. 그것 하나에 전부를 거는 건 너무 위험한 발상이다.

치카에게 이것저것 마구 질문을 던지고 무조건 대답을 요구한다면 효율적이지만, 역시 그러진 못한다. 즐거운 시간을 무너

이 마음도 언젠가 잊혀질 거야

뜨리지 못하는 내가 있다.

상대를 가치 있는 존재라고 인정하는 것은 참 불편한 감정이다.

치카와 만나기 전의 생활에서는, 목적이 있으면 미움받기 싫다는 생각 따위 무시했다. 예전에도 이런 생각을 한 적이 있을지 모르겠는데, 척이라는 걸 깨달은 순간 바로 이즈미와 이별을 결심한 것도 감정을 무시했기 때문이고, 중학교에서 아무도 내게 말을 걸지 않게 된 걸 썩 괜찮다고 생각한 것도 모든 일에 목적을 우선했기 때문이다. 고등학교에 입학하면서 또 인간관계가 달라졌으나, 전원 똑같이 시시한 녀석들이기에 나는 누가 어떻게 생각하든 내 목적을 위해서만 살 수 있었다.

그런데 지금은 그러지 못한다.

우리의 관계성을 목적이라고 믿다니, 바보 같다. 그런데 내 안에는 치카에게 거절당하기 싫다는 공포가 분명히 있다.

상대가 다른 세계의 주민이든 말든 상관없이 이건 너무 어리석다.

이렇게 잘 알고 있으면 공포 따위 전부 없애버리면 될 텐데.

나 자신의 목적을 추구하려는 의지로 어떻게든 찍어누르려고 노력하는 것 자체를 지금은 못 하고 있다.

"안녕."

생각에 잠겨 달리다 보니, 금방 아르바이트 중인 다나카의 집에 도착했다. 내가 말을 걸자 그 개, 아루미는 오늘도 내 발 근처까지 다가왔다. 나는 한 걸음만 뒷마당에 발을 들이고 팔을 뻗어 머리를 쓰다듬어주었다. 건강에 문제가 생길지 모르니 이제 멋대로 먹이를 주진 않지만, 나는 왠지 모르게 아루미에게 말을 걸었다.

웅크려 앉아서 손을 달라고 명령했다. 개를 싫어하지 않는다. 반려동물을 키움으로써 자기 인생을 유의미하고 특별하다고 착각하는 녀석들을 하찮게 여기지만, 그 생각과 내가 개를 귀여워하는 것은 별개의 문제다.

치카와의 관계도 별개의 문제로 생각하면 될 텐데, 도무지 그런 식으로는 생각하지 못한다.

그런 식으로는.

…….

"응?"

그런 식?

그런 식이 뭔데?

나는 뒷발로 선 아루미의 앞발을 쥐고 굳어졌다.

지금 뭔가, 무서운 것이 심장 옆을 지나간 느낌이다.

숨을 들이마시고 내쉬고, 옆을 지나간 무언가의 뒤를 쫓았다.

주장이나 목적과는 별개로 아루미는 귀엽다.

다른 예를 들면, 먹는 것에 흥미가 없어도 도넛은 맛있다.

이 마음도 언젠가 잊혀질 거야

달리는 행위 자체를 좋아하지는 않지만 상쾌함을 느낀다.

목적이나 특별함이나 뭔가 이루고 싶다거나 내 인생을 어떻게든 하고 싶다거나 무엇을 위해 만났거나 의지로 찍어누를 수 있거나, 그런 것과 일절 아무런 관계도 없이.

치카를 생각한다.

마음에 둔다.

"아."

나도 모르게 소리가 나왔다.

아루미가 놀랐는지 내 앞에서 처음으로 작게 짖어서, 앞발을 너무 세게 잡은 것을 알았다.

"미안……."

아루미에게 한 말이었다. 그런데 그 사죄는 지금까지의 내 모든 것에 도달해 깊이 박혔다.

온몸에서 운동과 전혀 관계없는 땀이 분출되었다.

체온이 올라갔다.

내 감정이 있는 곳에 대고 비명을 지르고 싶었으나 꾹 참았다.

필사적으로 머릿속의 기억을 더듬고 살피고 되짚었다.

어째서.

언제부터, 도대체 어디에서부터.

순서를 확인하고 버리는 작업 도중에 생각났다.

그때, 이즈미 이야기를 치카에게 하던 때의 감각.

그 고동. 그 들뜬 감촉.

그건, 그게, 이런, 이건, 이 마음은.

의지와 목적으로 찍어누르지 못하는 감정이 싹트기 시작했다.

"설마."

아무도 대답해주지도 않는다.

마음 깊숙이 들어앉은 지루함 이외의 감정이 새롭고 거대한 감정의 탄생을 돕기라도 하는지, 몸을 찢어발길 듯이 으르렁거렸다. 절대 그것에 내 몸을 빼앗기지 않겠다고 온몸에 힘을 주었다. 뇌의 혈액을 그런 작업에 빼앗기는 감각이 있다.

이 감각.

아니, 아니다. 그럴 리 없다.

이건, 이 감정은 이미 내가 흥미를 잃은 것이다.

그러니까 이건 치카 개인에게 향한 것이 아니리라.

다른 세계의 존재, 특별한 존재를 향한 그런 작은 감정에 불과할 것이다.

당연히 그렇다.

……하지만.

만약에.

예를 들어, 만약에, 그렇다면, 큰일이다.

이 마음도 언젠가 잊혀질 거야

내가, 나 자신이 나를 방해한다.

최악이다.

……아니 사실은 딱 한 가지 불행 중 다행이라고 할 게 없진 않다.

나에게는 구원이다.

만약 정말로 이 감정이 치카 개인을 향한 마음의 자그마한 발아라도.

치카는 모른다.

아무리 말로 설명해도 전해지지 않을 것이다.

내 안에서 성장해갈지도 모르는 그것의 정체를 치카는 절대 보지 못할 거다.

그래서 정말 다행이다.

/ / / /

차분하게 대처하자.

아무리 위험한 사상을 품었더라도 주변에 들키지 않고 남을 도우면 감사를 받듯, 만약 내 안에 어떤 감정이 있더라도 행동으로 들키지 않으면 아무 문제도 없다. 그럴 것이다.

하지만 이상하다.

지금까지와 전혀 다른 긴장감이 등줄기에서 역력하게 느껴진다. 귀 안쪽이 찌릿찌릿하다.

몇 번째인지도 모르겠는데, 나의 어중간함을 저주했다. 아니, 이제는 저주고 실망이고 그 자체가 이미 뭐랄까, 못 해먹을 지경이다.

"왜 그래, 카야?"

치카가 숨을 쉰다. 치카가 옆에 앉는다. 치카의 눈이 이쪽을 향한다.

대답을 깜박했다. 얼버무리지도 못한다. 치카의 등장에 동요한 탓이리라.

"미안, 생각을 좀 했어."

"무슨 생각?"

치카를 생각했고, 또 그 사실을 직시하는 어리석은 나를 생각했다.

"치카 생각."

마치 실험하듯, 나 자신을 떠보듯 그 기분 그대로 말했다.

"어떤 거?"

지금은 정직하게 생각한 바를 그대로 드러내도 괜찮을 거다. 어차피 상대에게는 전해지지 않을 테니. 다른 선택지를 고르기로 한 이유는, 정직하게 털어놓으면 아마도 오늘 대화가 그쪽으로 치우쳐서 시간을 허비하리라 예상했기 때문이다. 굳이 이해할 가능성이 없는 일을 들려줄 필요는 없다.

이 마음도 언젠가 잊혀질 거야

그렇다고 거짓말을 할 마음도 없다. 단지 생각했던 내용을 가공했다.

"치카랑 만나는 이 시간에 즐거움이나 뭐 그런 것 이외에 의미가 있을지 생각했어. 서로 인생을 바꿀 만한 뭔가."

"아하, 카야는 그런 걸 바라는구나."

"바란다고?"

"응. 나는 카야와 만나서 같이 시간을 보내는 것 이상의 의미를 별로 바라지 않아. 서로 세계에 미치는 영향을 검증하는 것도 그 자체가 즐거우니까 하는 거야. 그런데 카야는 거기에서 다른 의미를 찾으려고 하잖아."

"혹시 치카는 불편했어?"

"아니, 지적하려는 게 아니라. 아마도 이 세상은 무언가를 추구하는 사람에 의해 움직인다고 생각해. 그러니 카야가 내 세계와 카야의 세계를 움직이게 될지도 몰라."

"그렇게 거창한 건 아니어도 좋은데, 음, 아아, 그래도 비슷한 말이지만 나도 치카와 만난 것 자체를 소중하게 생각해."

정말로 그렇게 생각한다.

치카와의 만남도 특별하고 치카와 보내는 시간도 특별하다. 내 인생을 바꿀 만남일지도 모른다. 다만 어떤 형태가 되기를 바라는지, 이런 미묘한 감정이 내 시야를 불투명하게 만든다.

치카의 존재 자체가 나를 무미한 나날에서 멀어지게 해준다면 그걸로 충분하다는 생각도 있다. 만약 이 만남이 영원히 이어진다면 그것만으로 좋을지도 모른다.

그러나 영원하지 않으리라. 사람이 맺는 관계란 언제 끊어질지 모르는 것이다.

나는 중단되지 않을 특별함을, 영원한 고양감을 원한다.

그러니 만약 오늘 깨달은 감정의 발아가 언젠가 치카 개인을 향한 커다란 감정으로 성장해도 그건 행복이 아니다. 만남 이상의 무언가, 치카가 없어도 괜찮은 무언가를 찾아내야만 한다.

사람을 향한 감정은 일시적인 위안에 불과하다. 게다가 많은 결단을 방해한다. 그리 쉽게 받아들이면 안 된다.

"우리 시간의 의미, 카야만의 대답을 찾았어?"

"서로의 세계에 미치는 영향력을 아직 잘 모르니까 지금 상태로는 직접 무언가를 전달하는 것 이외에는 할 수 있는 게 없어. 그리고 냄새와 맛은 전달이 안 되니까 목소리로 전하는 것, 언어가 세계를 만든다고 치카가 말했듯이 뭔가 말로 전해야 하는 게 있지 않나 생각했어. 서로에게."

전해야 하는 말. 다정함이나 뜨거운 상념처럼 형태 없고 적당한 것이 아니라 서로의 가치관에 파고들어 인생 자체를 상승시켜주는 무언가. 지금은 그게 뭔지 모르겠지만, 서로의 말과 정보를 모아 이야기를 나누다 보면 지름길을 찾아낼지도 모른다.

치카의 반응을 기다리는데, 치카가 손톱, 순서로 보아 검지일 것 같은 손톱 하나를 아마도 본인의 뺨일 위치에 댔다.

"목소리로 전하는 거라. 이야기 같은 거라면 전할 수 있겠지만 시간이 좀 걸리겠다."

"그렇지. 옛날이야기 정도라면 금방이겠지만."

"어떤 거?"

가장 전형적인 옛날이야기라고 생각해 설화 『모모타로』를 치카에게 들려주었다. 이야기를 마치자, 치카는 『모모타로』가 지닌 의미에 대해 고민했다.

"도와주려는 사람의 도움은 받는 게 좋다는 이야기인가?"

"동물도 없는 것보다는 낫다는 이야기인가?"

이 이야기, 대체 뭐지.

이번에는 치카 세계의 옛날이야기를 들었다. 전통적인 이야기를 요청하자, 치카는 물가 마을에서 물을 팔아 큰돈을 벌려고 한 사람의 이야기를 들려주었다. 뭔가 해내려면 머리를 쓰라는 교훈을 담은 이야기로, 『모모타로』와 비교하면 어느 정도 들을 가치는 있었으나 뭔가 새로운 것을 얻지는 못했다. 비슷한 이야기는 이쪽 세계에도 널려있다.

"그럼 이야기 쪽은 일단 미뤄두고, 또 전할 수 있는 게 뭐가 있을까?"

역시 역사나 종교일까. 잠시 고민하는데 옆에서 치카가 "아." 하고 뭔가 깨달은 소리를 냈다.

"노래일지도 몰라."

"노래?"

"응, 냄새나 맛으로는 문화를 전하지 못해도 노래라면 전할 수 있지 않을까."

"음."

노래라면, 예전에 푹 빠질 만한 음악과 만나면 인생이 바뀔지도 모른다고 생각해 미친 듯이 들었던 적이 있다. 책을 열심히 읽던 시기 전후에 해당했었다. 그나마 남의 창작물에 기대를 품었던 시절이다. 결과는 물론 '이게 다인가'로 끝이었지만.

"노래는 싫어?"

하지만 생각해보니 노래의 의미 자체가 치카의 세계와 내 세계에서 다를 가능성도 있고, 치카가 제시한 생각을 무턱대고 부정하는 것도 이상하다.

"전에는 들었는데 금방 흥미를 잃었어. 그래도 네 세계의 노래는 듣고 싶어."

이러면 노래를 불러 달라고 재촉하는 것 같아서 좀 부끄러웠다.

"그럼 불러볼게."

다른 세계의 노래를 듣다니, 그저 기대하게 된다.

"갑자기 미안한데 조금만 이쪽으로 올래? 크게 노래를 부르는 건 금지거든."

이 마음도 언젠가 잊혀질 거야

그러니 작은 소리여도 들리게 다가오라는 의미다. 마음속에 자라려는 어떤 싹이 길게 뿌리라도 내렸는지, 예전에 같은 동작을 했을 때보다 내 몸무게가 두 배는 무겁게 느껴졌다. 그래도 한심하게 머뭇거리는 티를 내지 않으려고 단단히 의지를 북돋아 치카의 지시대로 오른쪽으로 이동했다.

치카도 비슷한 거리만큼 이쪽으로 다가왔다.

사람이 이동하는 기척을 오른팔로 느꼈다. 평소 내가 그런 걸 느낄 만큼 섬세하지 않다는 걸 아는데, 치카의 움직임으로 생긴 공기 흐름이 이쪽으로 전해지는 것만 같았다.

치카의 다가오는 기척이 과도하게 의식되어서 나는 치카가 아닌 정면을 바라봤다. 그게 안 좋았다.

"부를게."

치카의 성대 진동이 직접 내 고막의 진동이 될 정도의 거리였던 것이.

비명 비슷한 것을 순간적으로 삼키고, 치카가 있는 쪽에서 몸을 물리며 그쪽으로 고개를 돌렸다. 조금 전까지 내 귀가 있었을 부근에 치카의 눈이 있었다.

"왜 그래?"

치카가 의아하게 고개를 갸웃거렸다. 들키지 않도록 입술 가장자리로 천천히 심호흡했다. 손톱 위치를 보고 치카가 지금까지 중 가장 가까운 자리에 앉은 걸 알았다.

"생각보다 가까워서 놀랐어."

"그랬구나, 미안. 노래하다가 목소리가 커질지도 모르니까 가까이에서 작게 부를게. 물어뜯지 않으니까 안심하고 이리 와."

치카의 가늘어진 두 눈에서 시선을 피하고, 나는 천천히 몸을 원래 있던 위치로 되돌렸다. 눈의 움직임만으로 옆을 보자, 바로 거기 치카가 있었다. 치카의 표정 중 유일하게 알아보는 부분이 동동 떠 있다.

보이지 않는 부분으로는 어떤 감정을 나타낼까.

"그럼 부를게."

쓰읍, 숨을 들이쉬는 소리가 들리고, 다음으로 내 뺨을 입김이 스쳤다.

텅 빈 세계에서
텅 빈 마음을 채워가네
함께 나눈 죄의 무게만큼
사랑의 윤곽을 더듬듯이

노래라기보다 속삭임이나 혼잣말 같은 목소리가 내 몸에 스며들었다. 혹시 가사가 그쪽 특유의 표현이어서 노이즈가 될지도 모른다고 걱정했는데, 괜찮았다. 그런데 멜로디는, 이걸 뭐라고 표현하면 좋을까? 귀와 뇌가 상상하지 못한 것을 들은 듯

이 마음도 언젠가 잊혀질 거야

따끔거렸다. 지금 따라서 흥얼거리려 해도, 머릿속에서는 울리지만 입으로는 표현하기 어렵겠다고 확신했다.

그래도 기분 좋은 노래였다. 치카 목소리의 새로운 측면을 느낄 수도 있었다.

노래를 마친 치카의, 표면을 뒤덮은 체온이라고는 할 수 없을 존재의 막이 내 곁에서 멀어졌다는 걸 느꼈다. 고개를 신중히 옆으로 돌리자, 치카의 눈이 바로 앞에 있었다.

"잘 불렀는지는 모르겠어."

치카가 겸손하게 말했고, 나는 조금 전 느낀 감각을 그대로 설명했다.

"아하, 그런 방식으로 느껴지는구나."

"응, 지금 노래는 치카 세계에서는 어떤 노래야? 예를 들어 아이들이 부르는 노래야, 유명한 가수의 노래야?"

"요즘 집 밖을 돌아다니면 자주 들리는 노래. 몇 번이나 들어서 외웠어."

왠지 치카라면 동요나 예전부터 내려오는 노래를 고르지 않을까 싶었는데 우연히 들은 노래여서 의외였다. 그래도 잘 생각해보면 태어난 장소나 자기 자신의 생활에도 그다지 흥미가 없는 치카이니 어린 시절에 들었다는 이유로 무언가를 선택하지 않는 게 어쩌면 당연하다.

"카야 세계의 노래도 들려줄래?"

"아, 그래."

나는 예상했던 일이어서 흔쾌히 승낙했다. 기브 앤드 테이크를 거절할 이유는 없다.

"아까랑 똑같이 하면 돼?"

"응. 너무 소리가 커지지 않게 해줘. 카야는 괜찮을 것 같지만."

하긴 나는 애초에 말할 때의 목소리도 그렇게 크지는 않다.

"그럼 귀, 손가락으로 가리켜줄래?"

"여기야."

눈의 빛이 사라지고, 검지로 보이는 손톱의 빛이 하나만 움직여 앉아있는 내 시선보다 조금 아래에 멈췄다. 손톱 위치가 잘 보이게 눈을 감아주었다.

머뭇거리며 시간을 끌면 결국 나한테도 안 좋을 테니, 마음에 압도되어 몸이 굳어버리기 전에 해치우기로 했다. 아까는 상상 이상으로 가까운 치카에 놀랐지만, 비슷한 음량으로 전하려면 비슷하게 가까이 다가가야 한다. 치카의 귀가 있는 위치에 고개를 기울였다.

어둠 속에서 단 하나의 표식을 향해 신중히 다가갔다. 그리고 불쾌하지 않도록 약하게 호흡했다.

이쯤이면 적당할까, 가늠하는 게 조금 늦었다.

내 코가 부드러운 것에 닿았다.

이 마음도 언젠가 잊혀질 거야

"미안!"

얼른 고개를 뒤로 빼자 치카가 눈을 조금 크게 뜨고 나를 보았다.

"왜 그래?"

"아니, 거리감을 몰라서. 귀, 였지? 닿아서 진짜 미안해."

"카야 세계에서는 남의 귀에 닿는 게 그렇게 실례야?"

"실례라고 해야 하나, 네가 싫을까 싶어서."

"갑자기 닿으면 놀라겠지만 네가 다가오는 걸 알았고 상상도 했고 너는 모르는 사람도 싫어하는 사람도 아니니까 괜찮아."

그러더니 치카는 다시 조금 전과 같은 자세로 돌아갔다.

"거리를 가늠하기 어려우면 미리 카야 손가락으로 내 귀의 위치를 확인해두면 어떨까?"

그 제안에 정확히 2초쯤 망설였으나 나는 조심스럽게 치카가 손가락으로 가리킨 곳에 손을 내밀었다. 손톱을 세우지 않으려고 조심하는데, 잠시 후 손끝이 만져본 기억이 있는 듯한 것에 닿았다. 실례일지 모르나 그게 귀의 어느 부분인지 몰라서 손가락으로 더듬었다. 아래로 움직이자 차갑고 부드러운 부분이 있었다. 아마도 귓불이겠지. 그럼 아까는 귀 위쪽 연골이라고 치면, 귀는 인간과 같은 형태인가.

치카에게 가장 덜 충격을 주는 부위라고 믿고, 최대한 약한 힘으로 귓불을 쥐었다. 어둠에 녹았어도 치카의 몸이 분명 거기 있다. 머리카락이 닿지 않으니까 쇼트커트거나 포니테일처럼 묶었을까. 아니면 머리카락이 없을 가능성도 있다. 갑자기 머리를 만져 확인하는 건 적어도 이쪽 세계에서는 대단한 실례이니 타이밍이 좋을 때 물어봐야겠다.

치카는 자기 귀를 가리키던 손을 내렸다.

나는 내 손을 표식으로 삼아 이번에는 부딪히지 않도록 치카의 귀에 입을 가져갔다.

"그럼 부를게."

이렇게 속삭이는 게 당연한데 왠지 부끄러워서 목이 잠겼다. 다른 쪽을 보고 한 번 헛기침하고, 치카의 귓불을 잡은 손가락을 뗐다.

다른 사람 앞에서 노래한 적은 음악 수업이나 중학교 시절, 적극적으로 친구를 사귀었던 시기에 어울려서 간 노래방 정도가 전부다. 누군가 한 사람을 위해 노래하는 날이 올 줄은 상상도 못 했다.

치카에게 답례로, 가능하다면 나도 요즘 자주 듣는 곡을 부르면 좋겠지만, 음악은 라디오에서 나오는 걸 BGM 정도로만 듣는다. 동요를 부르면 기브 앤드 테이크가 아닐 것 같아 예전에 음악을 좋아하는 척하던 시기에 외웠던 곡을 골랐다. 너무 길면 지루할 것 같아 후렴 부분만 불러봤다.

노래를 마치고 치카의 귀에서 얼른 입을 떼자, 치카가 천천히 눈을 떴다. 내가 감상을 물으면 마치 노랫소리를 평가해달라는 것 같아서 치카가 말하기를 기다렸다.

내심 치카가 내 목소리를 어떻게 느꼈을지 궁금하다는 생각도 있었다.

"카야 목소리는 마음을 제대로 전달하려는 것처럼 투명하고 강하다."

내 본심이 우리 둘의 몸을 통과해 치카에게 전해졌을 리 없지만, 가슴이 뜨끔했다.

"아까 네가 말한 것처럼, 들리는 방식은 단어는 전부 이해하겠는데 음악으로서는 되게 신기하게 들려. 카야 목소리의 색을 더욱 강하게 느낄 수 있어서 좋았어."

"아, 그건 나도."

비겁하다. 아까 나는 치카의 목소리에서 느낀 것만큼은 말하지 않았다. 치카가 지닌 것들에 대해 말하게 되면 치카를 치카 그 자체로서 바라본다는 사실이 더욱 진해질 것 같아 겁이 나서 말하지 않았다. 그랬으면서 치카의 말을 뒤쫓는 형태로 말하다니. 내 목소리가 어떤지는 모르겠지만, 내 의사는 절대 투명하지 않고 강하지도 않다.

"카야 세계의 노래, 단어의 나열이 정말 아름다운데, 우리 쪽에도 있는 단어니까 의미를 찾는다면 멜로디일 것 같아. 그런데 카야 말처럼 신기한 감각이라서 지금 불러보려고 해도 목소리로 음을 잘 내지 못할 것 같아."

"그렇지. 그러니까 노래에도 그다지 의미가 없을지도 몰라."

"응, 그래도 즐거웠으니까 나한테는 의미가 있어."

나도, 라고 말하면 지금은 치카와 함께 웃을 수 있다. 그러나 그것만큼은 말하면 안 된다.

"그래, 뭐든지 시험해보면 손해될 건 없지."

그렇다. 이렇게 실험을 통해 교감할 수 없음을 알게 된 음악에 의미는 없다. 예를 들어 서로의 세계에 소중한 가사를 품은 노래가 있어도 전달할 때는 가사만 가르쳐주면 그만이고, 굳이 서로의 노랫소리까지 들려줄 필요는 없는 것이다. 그렇다면 치카의 노랫소리를 듣는 건 이번이 마지막이 될 수도 있어 조금 아쉬웠다.

"카야, 주변이 이렇게 되면 좋겠다고 바라는 게 있어?"

노래하기 위한 거리 그대로, 갑자기 옆에서 질문이 날아왔다. 이 거리에 앉는 일도 이제 없겠다는 생각 자체를 곧바로 지웠다.

"주변이 어땠으면 좋겠다는 건 없어. 다들 알아서 하면 되니까."

시시하다고 생각하지만, 나랑 상관없는 한 다들 좋을 대로 살면 된다. 어떻게 살든 죽든 폐만 끼치지 않는 한 내 알 바가 아니다.

이 마음도 언젠가 잊혀질 거야

"왜 그런 걸 물어봐?"

"아까 말한 것처럼 너는 목적이 있는 것 같으니까. 서로의 세계에서 뭐가 영향을 미치는지 모르지만 카야를 위해 이쪽 세계에서 뭔가 해주고 싶어서."

"……아, 응, 고마워."

치카는 다정하다. 다정함이 인간의 시시함을 감소시켜주는 하나의 요소가 되지 못한다는 것은 안다.

"치카는 있어? 그, 주변이 이렇게 되면 좋은 거."

"음."

이 거리에서는 망설임의 색도 심장에 도달하는 것 같다.

"나도 카야랑 똑같이 다들 각자 생활을 살면 된다고 생각해. 서로 과도하게 폐를 끼치지 않도록. 그러니까 만약 있다면 ×× 정도?"

요즘 들리지 않는 단어를 치카가 말하는 빈도가 줄었다. 치카가 배려해서 모를 듯한 단어를 쓰지 않는지도 모르겠다.

"미안, 마지막에 뭐였는지 안 들렸어."

"동물인데, 전에 내 다리를 문 동물. 근처에 살면서 가끔 짖거나 따라오니까 어디든 가주면 좋겠어."

순간 귀여운 고민이라고 여긴 이유는 내 상상력이 곧바로 작동하지 않았기 때문이다. 그놈의 크기나 사나운 정도를 모르고 추측하면 안 된다. 치카는 특별히 감정을 담지 않고 말하지만,

어쩌면 굉장히 두려워할 가능성도 있다.

뭔가 해줄 수 있다면 해주고 싶다. 다정한 치카에게. 이건 지극히 평범한 인간적인 감정일 뿐이다.

"그냥 이 정도야. 그래도 내 방이랑 카야나 다른 친구와 만나는 시간이 있으니까 그쪽으로는 뭔가 달라지길 바라지 않아."

지금 치카 주변에선 전쟁이 벌어지고 있다. 사실은 전쟁이 사라지기를 바랄 테지만, 그런 거창한 일은 이쪽에서 뭔가 영향을 주고 싶어도 아마 안 될 것이다. 치카가 그런 바람을 말하지 않아서 어쩌면 나는 조금 마음이 놓였을 것이다. 내 무력함을 느끼지 않아도 되니까. 비겁하다. 아까부터 난 대체 무슨 생각을 하는 걸까.

"그, 동물은 어떻게 할 수 없나 생각해볼게. 치카 주변이 나아지면 좋겠다."

이렇다 할 아이디어도 없으면서 일부러 이런 소리를 한 건.

"고마워. 그래도 카야가 뭔가 해주지 않아도, 그냥 있어 주기만 해도 나한테는 의미가 있어. 그건 알아줬으면 좋겠어."

치카가 이렇게 말해줄 줄 알았기 때문이다. 분명히.

이 기분을 언제까지 속일 수 있을지, 이제 나도 모르겠다.

////

이 마음도 언젠가 잊혀질 거야

하룻밤 고민하고 다음 날, 나는 곧바로 치카를 위한 행동을 시작했다. 치카를 괴롭히는 동물에 대응할 것 같으며 나와 관계 있는 동물은 아루미뿐이다. 전에 몰래 먹이를 줬을 때는 치카 세계에 영향이 없었다. 그래도 어차피 서로 세계 사이의 법칙을 전혀 모르니까 뭐든 해본다고 손해는 아니다.

주인인 다나카가 오늘도 방과 후에 아르바이트하는 걸 알고, 나는 얼른 아루미를 만나러 갔다. 이번 목적은 아루미의 머리를 쓰다듬는 게 아니다. 아루미의 목줄을 살펴보고 이에 연결된 줄의 상태를 알아보고, 어떤 상황일 때 짖는지 조사하러 갔다.

즉 유괴 준비다.

이런 강렬한 말을 떠올리긴 했지만, 딱히 거창한 일은 아니다. 이게 영향이 있을지 없을지 모르겠지만, 하루나 이틀 밤 아루미를 다른 데 묶어두면 치카에게서 그 동물을 떼어놓을 수 있는지 실험하고 싶을 뿐이다. 그리고 한 번 도망친 줄 알면 다나카의 집에서도 뒷마당 입구에 울타리를 설치하게 될 것이고, 그게 치카의 세계에도 영향을 미쳐 그 동물이 제대로 관리를 받게 된다면 만사형통이다.

아루미는 내 발소리를 들으면 언제나 담 아래로 코끝을 불쑥 내밀고 내가 도착하기를 기다린다. 아루미 앞에 걸음을 멈추고, 재회 인사로 머리를 쓰다듬으며 나는 주위의 개집과 목줄에 연결된 줄을 관찰했다. 만약 가능하면 아루미가 도망친 형식으로 연출하고 싶다.

목줄을 살폈다. 사람의 벨트를 자그마하게 만든 모양으로, 목에 느슨하게 감겨있다. 이거라면 한 번 풀어서 다시 잠가두면 아루미 스스로 목을 빼낸 것처럼 보이지 않을까.

어떻게 데려갈지 생각하며 나는 아루미 복부에 손을 넣어 들어 올렸다. 대형견이 아니라 다행이다. 혹시 요란하게 짖을지도 모른다고 예상했는데 그러지도 않고 아루미는 얌전히 내가 하는 대로 있었다. 내가 고려할 사항은 아니지만, 이 녀석은 집 지키는 개로서 제 역할을 하긴 하나 모르겠다.

목줄을 느슨하게 풀었는데, 그러는 동안에도 아루미는 전혀 날뛰지 않았다. 맥이 빠진달까, 이렇다면 문제없이 아루미를 빌렸다가 여기 되돌려놓을 수 있겠다 싶었다. 다시 목줄을 채우는 동안에도 아루미는 내 팔에 코를 대고 킁킁거리기만 할 뿐 물지 않았다. 조금은 더 경계심을 가지는 게 좋겠다고 말해주고 싶다.

이제 밤에 한 번 더 여기 와서 다나카 집의 불이 꺼지는 시간대를 확인해야겠다.

이 집의 생활 습관에 따라 어쩌면 오늘 밤에라도 아루미를 데려갈 수 있을지도 모른다. 아루미를 묶어둘 장소를 본격적으로 생각해야 한다.

이렇게 계획 실천을 결정하고 그날과 다음 날과 또 그다음 날

이 마음도 언젠가 잊혀질 거야

밤에 1시간씩 시간을 늦추며 버스정류장에서 돌아오는 길에 들렀으나, 다나카 집의 불이 전부 꺼진 모습을 못 봤다. 가장 늦은 시간에 갔을 때는 2층에만 불이 켜져 있었다. 저기가 그 녀석 방인지는 모르겠으나 수업 중에 맨날 졸지 말고 일찍 자란 말이야, 하고 화풀이하듯 생각했다.

일단 귀가하고 한밤중에 다시 집을 나와야 할까. 우리 가족이 깨면 귀찮은데.

치카가 없는 날이 이어지길 나흘째, 평소와 같은 시간에 등교하자 교실 구석에서 사이토가 다나카 무리와 웃으며 대화 중이었다. 딱히 흥미는 없으나 익숙하지 않은 광경에 무심코 시선이 갔다.

자리에 앉아 빤히 책상을 바라보았다. 평소에는 그렇게 내면에 몰두하는데, 오늘은 옆자리 다나카의 대화를 엿들었다. 뭔가 아루미를 데려가는 데 유익할 만한 정보를 말한다면 횡재다.

그러나 내 바람대로 옆자리 다나카가 행동할 리 없으니 아침부터 집중력을 낭비했다.

"아하하하하, 아루미, 진짜 귀여워."

점심시간, 평소와 마찬가지로 시간이 흐르기를 가만히 기다리는데 옆에서 다나카 무리가 소란을 피웠다.

보아하니 옆자리의 다나카가 아루미 동영상을 자랑하는 모양이다. 다른 데 가서 하라고 생각하면서도 최근 사흘간 다나카가 아르바이트를 가지 않아 아루미의 상태를 확인하지 못해 살짝 훔쳐봤다. 그러다가 눈이 마주쳤다.

"뭐야? 아루미를 보고 싶어?"

"……시끄러우니까 불평할 생각이었어. 다른 데 가서 해."

"뭐야? 점심시간이잖아. 조용히 있고 싶으면 도서실에 가시지?"

말투가 불쾌했지만, 다나카의 말에도 일리가 없지는 않다. 자리에서 일어나려고 다리에 힘을 주는데, 스마트폰 화면이 이쪽을 향했다.

"짠, 귀여운 우리 멍멍이."

무심코 보자, 스마트폰 속 아루미가 낡은 목욕수건에 감싸여 뒹굴고 있었다. BGM처럼 주인인 다나카의 웃음소리가 들린다. 건강해 보여서 좋다. 물론 아루미가 말이다.

"귀엽지?"

고개를 끄덕여도 좋겠으나 당연히 그러지 않고 나는 자리에서 일어났다. 등 뒤에서 "너 뭐냐."라는 소리가 들렸다. 동시에 "스즈키는 누가 말을 걸어도 저러잖아."라는 옆자리 말고 주변의 목소리가 들렸다.

그로부터 한동안 아루미를 데려갈 타이밍이 오지도, 치카와 만나는 일도 없이 평소와 같은 생활을 보냈다. 이제 곧 장마가 끝난다. 그리고 보니 장마가 끝나기 전에 전쟁이 끝날 수 있다

이 마음도 언젠가 잊혀질 거야

는 보도를 전에 들었는데, 요즘은 전쟁의 영향이 국내에까지 미칠지 모른다고 걱정하는 보도가 들린다.

내게 유익한 정보를 손에 넣은 것은 치카에게 시건방진 선언을 한 2주 후였다. 옆자리 다나카가 다음 토요일 친구 집에 자러 간다는 소리를 들었다. 그 녀석이 없다면 그 집의 모든 불이 꺼지는 시간도 빨라질 것이다. 이 정보를 본인에게 직접 듣지 않은 것도 좋았다. 다나카 무리가 떠드는 소리를 주워들은 거니 나중에 내가 의심받을 일도 없다.

계획을 실행하는 밤, 평소와 다를 바 없는 바람이 불었다. 오늘은 자전거를 타고 나왔다. 미리 사둔 목줄, 리드 줄, 또 아루미의 먹이와 물을 담기 위한 접시는 버스정류장 대기실에 뒀다. 지금부터 버스정류장에서 시간이 가기를 기다리거나 확률은 낮겠지만 치카와 대화하다가 12시 전에 다나카의 집에 갈 것이다.

비가 내리지 않아서 다행이다. 아루미가 젖지 않아서 좋고, 비가 오면 애초에 아루미가 집 안에 있을 가능성도 있다.

암흑 속, 대기실에 도착해 자전거를 멈추고 평소처럼 슬라이드 문을 열었다. 치카는 없다. 가능하면 오늘 계획을 말하고 내일 치카 동네에 사는 사나운 동물이 어떻게 되었는지 확인해달라고 하고 싶었는데 나중에 해야겠다.

벤치에 앉았다. 그러고 보니 이번 계획은 치카와의 관계로 이쪽 세계에 처음으로 피해가 생기는 일이 아닐까 싶다. 물론 다나카를 염려하는 건 아니고, 내가 걱정하는 건 아루미다. 이틀 정도라지만 죄도 없는데 익숙한 집에서 떨어져 있어야 하면 스트레스일 것이다. 간식이라도 좀 더 사두는 게 좋을까. 일단 데려오는 데 성공하면 고민하자.

요즘 들어 깨달았는데, 대체로 저녁 11시 반을 지나도 치카가 나타나지 않는 날은 그 이후에도 이곳에 오지 않는다. 조용한 시간을 혼자 보내다가 시계를 봤을 때, 11시 반이 지나면 아쉬운 기분이 든다. 솔직히 고백하자면 요즘은 조금 안도한다. 묘한 감정에 번뇌하는 나 자신을 보고 싶지 않아서.

오늘도 11시 반을 넘겨 나는 짐을 들고 대기실을 나왔다.

우리 동네가 시골이라 다행이라고 처음으로 생각했다. 사람이 많은 거리에서 개를 훔쳐 간다면 즉각 신고당한다. 치카가 사는 곳은 사람이 많이 사는 동네라고 전에 들었다. 아무래도 지리적으로는 연결되지 않았나 보다.

자전거를 몰아 오르락내리락하는 길을 달렸다. 몸을 단련하기에 아주 좋은 경사다. 자전거로 달리면 내리막길의 바람이 기분 좋다.

도중에 오도카니 있는 자판기에서 물을 사고, 머릿속으로 아루미를 데려갈 시뮬레이션을 하며 자전거를 몰자 금방 목적지에 도착했다.

주변에는 아무도 없다. 조금 떨어진 곳에 자전거를 세우고 최대한 발소리를 내지 않으려고 주의하며 전통 가옥으로 접근했다. 언뜻 보니 1층에도 2층에도 불이 켜져 있지 않았다. 슬금슬금 집 주변을 한 바퀴 돌고 정면에서 안을 들여다봤는데 역시 어두컴컴했다. 그렇다고 안심할 수 없다. 보통 낮에는 세워져 있지 않은, 다나카 부모님의 것일 차가 두 대 있다. 아루미가 소란을 피우면 냉큼 도망쳐야 한다.

뒷문으로 가자 아루미가 멋진 자세로 엎드려 하늘을 보고 있었다. 오늘은 보름달이 떴다.

내가 말을 걸기도 전에 코를 움찔 움직인 아루미가 나를 알아차리고 다가왔다. 가로등도 전혀 없지만, 보름달이 아루미의 표정을 알려주었다. 건강해 보여서 다행이다.

문제는 이제부터다. 낮에 종종 연습했지만, 한밤중에 목줄을 벗기려는 나를 아루미가 수상하게 여겨도 이상하지 않다. 아니, 실제로 수상한 놈이니까 짖어도 할 말 없다.

그렇게 걱정했지만, 아루미는 목줄을 벗기는 동안 얌전히 기다렸다. 게다가 스스로 빠져나간 것처럼 보이려고 목줄을 다시 잠가놓는 동안에도 앉은 자세로 기다렸다. 다른 의미로 걱정이다.

그래도 계획 수행을 위해서는 이보다 더 좋을 수 없다. 나는 아루미를 안고 살금살금 주인인 다나카의 집에서 떠나 자전거가 있는 곳까지 와 아루미를 바구니에 천천히 실었다. 좁아 보였지만 스스로 다리를 접어 안에 잘 앉았다. 아루미가 날뛰지 않게 오래 씹는 형태의 먹이를 줬다. 만족스럽게 먹는 아루미에게 미리 준비한 목줄을 채우고 바구니에 연결한 뒤, 다시 자전거를 몰았다.

유괴는 얼이 빠질 정도로 간단히 성공했다. 올 때보다 사람이 없을 길을 골라 목적지로 달렸다. 멀리 데려갈 생각도 했는데, 우선 치카 세계와의 영향력을 조사하는 게 목적이니 근처에서 해결하기로 했다. 그러나 우리 집과 너무 가까워서 혐의를 받으면 곤란하므로 달리기 도중에 들르는 장소를 골랐다.

낮이라면 선명한 초록빛이지만 지금은 그저 어둠이 짙을 뿐인 산속으로 들어갔다. 아루미도 이쯤 되니 처음 와봤을 길에 불안해졌는지 나를 올려다보고 작게 짖었다. 나를 비난하기보다는 "어쩔 생각이야?" 하고 묻는 정도의 성량이어서, 나를 함께 도망치는 파트너라고 여기는지도 모른다는 또 창작적인 생각에 빠졌다.

급한 언덕길에 접어들어 서서 페달을 밟아 단숨에 올라가면, 그곳에 버스정류장이 하나 있다. 많이 낡았고 주변은 어둡고, 금방이라도 무너질 것 같은 대기실이 같이 있다. 환경은 비슷하지만 내가 치카와 만나는 버스정류장은 아니다. 아루미를 묶어둘 곳을 찾아 이리저리 달리다가 최근에 발견한 장소. 예의

이 마음도 언젠가 잊혀질 거야

버스정류장처럼 이미 정류장으로서 기능하지 않는다. 저녁 무렵에 달리며 몇 번 와봤는데 저쪽 버스정류장 앞 도로와 마찬가지로 사람도 차도 본 적 없다. 아루미를 숨겨둘 장소로 아주 적합했다.

평소와 다른 대기실 문을 열고 아루미를 안으로 옮겼다. 아루미는 여기에서도 얌전히 벤치에 목줄이 연결되는 걸 기다렸다.

"잠깐만이야, 미안해."

편의점에서 산 깊이 있는 플라스틱 접시에 간식을 붓고, 똑같이 생긴 다른 접시에 페트병의 물을 따라 아루미 앞에 놓았다.

이로써 목적은 달성했다. 나는 대기실을 떠났다. 문을 닫고 자전거에 타려고 했을 때, 한 번 더 아루미의 목소리가 들렸다. 나는 곧바로 자전거를 몰아 집으로 가는 길을 달렸다. 처음에는 아루미를 2박쯤 거기에 둘 예정이었다. 그러나 개가 느끼는 시간의 흐름은 인간과 다르다고 한다. 내일은 집에 돌려보내는 게 좋지 않을까. 나는 계획 변경을 검토했다.

집에 도착해 잠을 자고, 아침이 밝아 일요일이다.

다나카는 이미 집에 왔겠지. 집에 왔다면 아루미가 사라져서 대소동이 벌어졌을지도 모른다. 같은 반 녀석에게 불필요한 걱정을 끼치는 것도 본의는 아니지만, 치카의 안전을 위해서니 어쩔 수 없다.

주말에는 오전부터 달리러 나간다. 그러니 평소의 루틴을 딱히 어기지 않고 아루미를 보러 갈 수 있었다. 먹이와 물만 가지고 나와 달리기를 20분. 어제부터 아루미가 있을 대기실 문을 열자, 밖과 그다지 다르지 않은 공기가 얼굴에 달라붙어 안심했다. 대기실 위를 나뭇잎이 두툼하게 뒤덮어 지붕이 햇볕을 바로 받지 않는 점도 여길 아루미의 숙박 장소로 정한 이유 중 하나다.

나를 보자 엎드려 있던 아루미가 일어났다. 쪼그리고 앉자 머리를 쓰다듬었다. 복부 털에 먼지가 들러붙었다. 접시에 먹이를 담고 물을 보충해주자, 아루미는 딱히 불평하지 않고 기쁘게 먹었다.

조금쯤 운동을 시키는 게 좋지 않을까. 일요일 오전이다. 사람이 이런 곳을 지날 일은 적을 테고 자동차를 타고 가며 봐도 개와 산책하는 중이라고 여길 것이다. 벤치에 묶어둔 줄을 풀어 아루미와 함께 밖으로 나왔다. 아루미가 자기 집 방향으로 달려갈지도 모른다고 예상했는데 그러지 않아서, 버스정류장 주변을 같이 잠깐 걷고 나는 다시 대기실에 아루미를 들여보냈다.

오늘 밤에 한 번 더 보러 와서 그때 아루미의 상태를 보고 1박 더 할지 말지를 판단하자. 그렇게 정하고 나는 버스정류장을 나왔다.

밤이 되어 나는 자전거를 타고 첫 번째 버스정류장에 갔다.

"안녕, 카야."

이 마음도 언젠가 잊혀질 거야

아직 규칙성을 이해하지 못해서 어떻게 예측할 방법이 없지만, 오늘 밤 치카가 버스정류장 대기실에 있는 게 나는 의외였다.

만나자마자 그 말을 하자, 치카가 진지하게 의미를 생각했다.

"사실 오늘은 다른 피난소에 갈 예정이었는데 해야 할 일이 있어서 갑자기 집 근처로 돌아와서 여기 있는 거야. 이것도 관계가 있나?"

"네 예정이 내 의식에 영향을 미쳤나? 그렇게 세밀하게 영향이 있을까?"

영향이 있어도 아무 도움이 안 될 것 같다. 애초에 예감 따위 사실이 판명된 후에 뇌가 날조한 가짜 기억일지도 모른다.

"만약 그렇더라도 아무런 도움은 안 되겠지만 의식 안쪽까지 카야랑 연결된다면 살아가면서 마음이 든든하겠다. 그런데 한편으로 무섭기도 하네."

치카가 표현하고자 하는 느낌을 이해했다.

누군가와 의식이 연결되다니 무섭다. 치카를 어떻게 생각하는지와는 전혀 무관하게 내가 나만의 것이 아니게 되면 무섭다. 동시에 상대가 확고한 개인이 아니게 되면, 그건 진실의 농도를 낮춘다.

아무튼 단순한 의식과 일정의 이야기일 뿐이니 우연일 가능성이 크다. 좀 더 의미 있는 대화를 하는 편이 현명하다.

"그렇지, 전에 말했던 무서운 동물에 미치는 영향을 조사하려고 내 근처에 있는 동물을 이동시켰어. 치카 세계에 뭔가 영향이 있었어?"

"아아."

이해와 놀라움 중간 정도의 조심스러운 음성과 함께 치카 눈의 빛이 커졌다.

"요즘 안 보인다 싶었는데 카야의 행동이 영향을 미쳤나?"

"음, 그런데 최근이라면 며칠 전부터지? 내가 행동한 건 어제부터야."

그렇다면 혹시 치카 세계에서 벌어진 일이 나를 움직여 아루미를 유괴하자고 결심시킨 걸까. 또 자기 확립이 흔들리는 이야기, 오싹해진다.

"영향을 받은 건 나인가?"

"나중에 일어난 쪽이 영향을 받았다고 확정하기에는 조금 일러. 날씨는 같았지만 사실 카야의 세계의 언제가 내 세계의 언제에 해당하는지 모르고, 조사할 수도 없어."

나중에 일어났다고 생각한 쪽이 영향을 미쳤다면 SF 같은 이야기다.

"역시 사람의 의지를 믿고 싶어. 그러니까 나는 카야 덕분에 무서운 일을 안 겪는 거야. 고마워."

"그건, 응, 다행이다."

이 마음도 언젠가 잊혀질 거야

고마워할 것까지는 없지만, 치카가 조금이라도 안심하고 생활할 수 있다면 그걸로 됐다.

"그럼 영향이 있는지 없는지 시험 삼아 일단 이쪽의 동물을 원래 자리로 돌려놓을게. 어쩌면 또 치카가 무서운 일을 겪을지도 모르지만……."

"아니야, 괜찮아. 원래대로 돌아갈 뿐이니까 괴롭지 않아."

"그래?"

그런가.

다시 생각해본다. 생각할 것도 없다.

나는 원래대로 돌아가는 게 괴롭다. 치카와 만나는 이 시간이 없는 생활을 생각하면, 특별함이 내 곁에서 사라지는 순간을 생각하면, 심장에 혈액이 부족해지는 감각이다. 그러니까 직접 내 인생을 만족시킬 무언가를 찾으려고 한다. 직접 내 심장을 움직일 무언가를. 그렇지 않으면 두려워서 못 견딜 것 같다.

치카는 언젠가 그날이 와도 그 목소리로 괴롭지 않다고 말할까.

"요즘 카야 주변에 뭔가 행복한 일 있었어?"

"아니, 특별히 없는데. 치카가 뭔가 해줬어?"

검증 결과가 궁금한 줄 알았다. 그런데 치카의 눈이 가로로 흔들렸다.

"아니야, 영향을 조사하려는 질문이 아니야. 그냥 나를 위해 행동해준 카야에게 뭔가 하나라도 그쪽 세계에서 행복한 일이 일어나면 좋겠다고 바랐어."

치카 세계에서 내 세계에 미치는 영향이 아니라, 내 세계에서 내 세계에 미치는 영향.

내 행동이 치카에게 좋은 영향을 주는 것이 아니라 나에게 좋은 영향을 주면 좋겠다. 다른 누구도 아닌 내가 나를 행복하게 한다. 치카의 말은 바로 그것이었다.

그렇게 생각해주는 치카의 마음을 솔직히 기뻐하고 받아들일 수도 있다.

그러나 그러지 못했다.

모순일지 모르나, 치카의 말은 나를 내 세계라는 현실로 되돌렸다.

치카와의 만남에 탐닉하면 안 된다고 치카 본인이 알려준 것 같았다.

"고마워."

한 가지, 사실은 예전부터 깨달았을 가능성이 마치 손바닥 위로 떠오른 느낌이 들어 손을 움켜쥐었다.

어쩌면.

치카라는 존재에 의미를 구하는 것. 치카에게 특별한 감정을 품기 시작했을지도 모르는 것. 그 전부는 내가 나에게서 도망치는 시도일지도 모른다.

결국 치카와 내가 어째서 만났는지, 이 정도로 시간을 들여도 알 수 없었다.

알 수 없다는 건, 애초에 이해할 것이 없어서가 아닐까.

치카는 그저 거기 있을 뿐, 내 인생을 행복하게 해주는 존재고 뭐고 아닐지도 모른다. 그 가능성에서도 나는 시선을 피하려던 것 아닐까.

이대로 서로 영향을 조사하다가 시간이 흘러 언젠가 만나지 못하게 되고, 보낸 시간만큼의 상실감을 느끼고 보낸 시간만큼의 무의미함을 깨달았는데, 그때 내가 나를 지루함에서 구하지 못한다면 의미가 없다.

치카에게 말해야 할 중요한 사항이었다. 나라는 인간이 지닌 의사를 표명하기 위해 매우 중요한 사항이다.

그런데 우리의 만남에 의미가 없을지도 모른다는 겨우 그 말을, 치카가 사이렌을 듣고 떠날 때까지 꺼내지 못했다.

대기실에 혼자 남았다.

치카와의 만남은 무의미, 머리가 그 가능성을 생각하기 시작했다.

동시에 감정이 어리석은 생각은 용서 못 한다고 나를 힐난했다. 찍어누르지 못할 정도로 큰 소리가 귓전에서 울린다.

또렷하게 들리는 그 마음의 소리를 나는 더는 무시할 수 없다.

저절로 한숨이 나왔다.

일단 지금부터 아루미를 데리러 가서 주인 품에 돌려줘야 한다. 나는 지금 할 일이 있다. 다행히 지금까지 치카가 이틀 연속으로 나타난 적 없으니까 다음에 만날 때까지 시간이 있다. 앞으로의 행동 방침을 생각할 시간을 확보했다고 여기자. 지금은 여기에서 나가야 했다.

자리에서 일어나 문을 열었다 닫고, 자전거를 타고 또 다른 버스정류장으로 향했다.

바람이 조금 쌀쌀했다. 내일 비가 온다는 일기예보를 봤다. 오늘 아루미를 돌려놓으려고 한 것에 그런 이유도 있다.

만약 내 감정을 입 다물게 하고 다시는 치카와 만나지 못하게 되더라도 최소한 치카를 위협하는 동물에 관해서는 마지막까지 지켜보겠다고 자전거를 몰며 생각했다. 최소한 그때까지는 치카와 헤어질 가능성을 생각하지 않아도 된다고 머리와 마음이 기뻐한다. 헛된 기쁨이다.

복잡한 생각을 안 하면 편하다. 감정에 맡긴 채 질질 끌려가며 단순히 숨만 쉬면 고민하지 않아도 된다. 고민하기 위한 에너지를 쓰지 않아도 된다.

그걸 살아간다고 말할 수 없다.

의문을 품어야 한다, 의문을 품어야 해. 내 감정이나 생각이나 존재까지도 확실하지 않다.

이 마음도 언젠가 잊혀질 거야

머릿속으로 복창하며 아루미를 숨겨둔 버스정류장 전의 마지막 언덕을 서서 페달을 밟아 단숨에 올라갔다. 갑자기 운동해서 몸이 놀랐는지 아니면 폐 근처, 치카가 있는 마음이 산소 공급을 방해했는지, 손목시계가 전자음을 한 번 울렸다.

자전거를 세우고 천천히 폐에 공기를 들여보냈다. 바람에 흔들리는 나무 소리 이외에는 아무 소리도 들리지 않아, 자전거에서 내리는 소리나 스탠드로 자전거를 고정하는 소리가 마치 중대사라도 되는 듯 울렸다. 대기실에서 아루미의 소리가 들리지 않는다. 얌전하게 자기만의 시간을 보내는 모양이라 다행이다.

아루미를 포함한 개나 다른 동물이 실제로 어느 정도 지능이나 감정을 가졌는지 나는 모른다. 인간보다 낮은 수준이라고 누가 정했는지 모르겠는데, 어쩌면 실제로는 인간 앞에서만 멍청한 척 구는지도 모른다. 인간은 자기보다 어리석다고 여기는 대상을 귀여워하니까.

내가 주변 사람들을 귀엽게 생각하지 않는 이유는 나도 그들과 동족임을 알고 있기 때문이겠지, 하고 나 자신에 또 진절머리를 내며 대기실 슬라이드 문을 열었다.

아루미가 없다.

심장이 뛰었다. 이전과 비슷한 종류의 현기증을 느꼈다.

몇 초간 움직이지 못하고 굳어졌다.

곧바로 제정신을 차리고, 놀라봤자 의미 없다는 걸 깨달았다.

아루미가 없다. 대기실에는 내가 아루미에게 묶어둔 목줄과 리드 줄, 또 먹다 남은 먹이와 물뿐이다.

분명하다, 도망쳤다. 어쩌면 어두운 대기실 구석에 웅크리고 있을지도 몰라 안을 둘러보았지만, 없다.

목줄을 너무 여유롭게 채웠나 보다. 아니면 아루미의 힘을 너무 얕봤나? 어느 쪽이든 일단 찾아야 한다.

밖으로 나와 주저하지 않고 이름을 불렀다.

"아루미!"

그렇게 사람을 잘 따르는 개이니 주인이 아닌 내가 불러도 반응할 가능성이 충분히 있다. 달려와 주진 않더라도 대답만이라도 해주면 곧바로 그쪽으로 갈 생각이었다.

그러나 기다려도 아루미의 모습이나 목소리가 내 곁에 도달하지 않았다.

숲으로 들어가 주위를 살폈다. 아루미가 아니라도 좋다. 아루미가 남긴 뭐라도 좋으니 발견하고 싶어서 눈을 크게 뜨고 둘러보았다. 스마트폰 손전등을 켰으나 밝히는 범위에 한계가 있었다.

"아루미!"

한 번 더 외쳐봐도 울려 퍼지는 내 목소리에 대답은 없다.

어쩌지, 도대체 어떻게 해야 할까.

물컹물컹 으깨진 머리에 한 가지 생각이 떠올랐다.

이 마음도 언젠가 잊혀질 거야

자기 집에 돌아갔을까?

개는 귀소본능이 있다고 한다. 주인도 아닌 어떤 놈 때문에 이런 곳에 끌려왔으니 아루미가 너무 돌아가고 싶어서 안간힘을 다해 목줄을 벗었을 수도 있다.

그러면 좋겠다. 인간이든 개든 상처 입힐 생각은 없다. 정말로 그런 건 바라지 않는다.

그 집에 돌아가 있어 주기를 바랐다. 태평한 얼굴로 자기 개집에서 자고 있어 주기를 기도하며 나는 자전거에 올라타 다나카의 집까지 날아갔다.

평소 어떤 일도, 그 누구의 일도 거들떠보지 않고 자신을 위해서만 살던 내가 기도라니 웃긴 소리다.

목적지에 도착했다.

아루미는 집에 없었다.

2층 불이 켜져 있다.

너무 지나치게 낙관적이지만, 아루미를 찾던 다나카가 버스 정류장에서 발견하고 데려왔을 가능성도 생각했다. 불가능한 이야기는 아니다. 불가능한 이야기 같은 건 애초에 없을지도 모른다.

갑자기 사라졌으니까 지금은 집 안에 들였을 가능성도 있을까. 어쩌면 앞으로 2층에서 주인과 사이좋게 지낼 가능성은 없을까.

어쩌면 목줄에서 풀려난 아루미가 어딘가로 멀리 가버렸을 가능성. 멀리 가지는 않더라도 빙빙 돌아서 느긋하게 자기 집을 찾아갈 가능성. 어느 빈집에 숨었을 가능성. 누가 데려갔을 가능성.

전부 불가능한 일은 아니다. 그러나 전부 그저 불가능하지 않을 뿐이다.

일단 다나카의 집 근처를 자전거로 돌아보았다. 그러나 아루미가 주변을 돌아다니거나 앉아있지는 않았다.

해결이 안 된다. 고민해봤자 소용없는데 초조함이 위장을 조여온다. 이런 상황에서 얻을 수 있는 성과는 뻔하다. 또 내일, 날이 밝아지면 찾는 편이 당연히 낫다.

그런데도 나는 좀처럼 집에 가지 못하고 의미 없이 다나카의 집과 버스정류장을 몇 번이나 왕복하고 말았다. 하고 말았다는 표현은 다시 말하면, 당연히 아무 성과도 없었다는 뜻이다.

결국 일찌감치 이럴 걸 그랬다고 포기하고 집에 돌아왔고, 방으로 올라가 평소처럼 자려고 노력은 해봤다.

월요일, 가족에게 아침식사 전 운동이라고 둘러대고 집을 나섰다. 아직 비가 내리지 않는다. 자전거로 다나카의 집까지 갔지만, 아루미는 돌아오지 않았다. 차라리 초인종을 눌러 아루미의 안부를 물어볼까 생각했으나, 그런 짓을 하면 수상해 보인다. 나중에 학교에서 물어보면 된다.

이 마음도 언젠가 잊혀질 거야

더는 할 수 있는 일이 없으니 어제와 마찬가지로 주변을 달리기만 했다. 주인과 산책하는 개를 봤지만, 당연히 아루미는 아니다. 아루미를 묶어둔 버스정류장에도 가봤지만, 아루미의 모습은 없다. 만약을 위해 준비해 간 비닐봉지에 리드 줄과 목줄을 넣어 돌아왔다.

아루미는 어디로 갔을까, 어디에서 뭘 하고 있을까, 이대로 멀리 가버리면 어떻게 해야 하지. 최근 이렇게까지 누군가를 생각한 적은 치카 이외에는 없었다.

어쩔 수 없이 집에 돌아와 아침식사를 하고 등교하기로 했다. 학교에 가면 적어도 옆자리에 다나카가 있으니 상황 파악 정도는 할 수 있다. 등교하면서 의심을 사지 않고 아루미에 관해 물어볼 대화 흐름을 생각했다.

학교에 도착했는데 내 오른쪽 옆에는 아무도 없었다. 아침 종소리가 울려도, 선생님이 들어와도, 1교시가 시작한 후에도.

왜 하필 이런 날 쉬느냐고 짜증이 났다. 이런 날이니까 쉰다는 가능성은 말도 안 되니까 묻어두려 했다.

그러나 곧 나는 도망칠 수 없게 되었다.

점심시간, 식당에서 급식을 먹었다. 오늘도 정말 먹고 싶은 것과는 어딘가 다른 음식을 먹었다.

교실로 돌아와 책상을 빤히 쳐다보는데 목소리가 들렸다. 속닥속닥하는 목소리는 평범하게 성량을 낮출 때보다 잘 들린다는 사실도 모르는 녀석 덕분이다.

"들었어?"

"뭘?"

"아루미, 죽었대."

갑자기 교실 내의 모든 소리가 사라진 이유는 오른쪽 무릎이 튀어 올라 책상을 걷어찼기 때문이다. 악의는 없었다.

무슨 일이냐며 나를 쳐다본 녀석도 있겠지.

나는 그 누구도 돌아보지 않았다.

그저 책상 나뭇결을 바라보았다.

……어어.

뭐야.

뭐냐고.

그런가…….

죽었구나, 아루미.

그저 그것만 생각했다.

그저 그것만.

떠올리거나 하지 않았다.

그 무엇도 떠올리지 않았다.

처음 본 내게 조심성 없이 다가온 아루미를 떠올리지 않았다.

내가 머리를 쓰다듬으면 가만히 있는 아루미를 떠올리지 않았다.

이 마음도 언젠가 잊혀질 거야

내가 몰래 먹이를 주자 신나서 먹는 아루미를 떠올리지 않았다.

내 발소리를 듣고 고개를 내미는 아루미를 떠올리지 않았다.

내 팔의 냄새를 맡는 아루미를 떠올리지 않았다.

나를 믿고 품 안에 얌전히 있는 아루미를 떠올리거나 하지, 않았다.

그렇게 떠올리지 않았으니 하교 시간이 될 때까지 학교에는 잘 있었다. 귀를 막지 않았으니 교통사고였다는 소문이 들렸다.

방과 후, 평소처럼 복사해 붙여넣기로 신발장에 갔다.

그런데 요즘 늘 내게 어리숙하게 작별 인사를 하던 사이토가 내 얼굴을 보자 의아한 표정을 짓더니, 예전에 그런 것처럼 말 없이 귀가했다.

나도 묵묵히 집에 돌아갔고, 그 후에 한 번 더 밖으로 나왔다. 교복을 입은 채, 필요 없으니까 갈아입지 않았다.

비가 내렸다.

그렇다면 치카의 세계에서도 비가 내릴지도 모른다. 그쪽에 어떤 영향을 미칠지 모르니까 우산을 잘 쓰고 계단을 조심해서 밟았다.

초인종을 누를 생각이었고 다른 가족이 있으면 인사도 할 생각이었다.

그런데 누를 필요가 없었다.

혹시 몰라 먼저 뒷마당을 보러 가자, 아루미의 주인인 다나카가 뒷마당에서 우산을 쓰고 텅 빈 개집을 물끄러미 바라보고 있었다.

뒷마당 입구까지 접근했다. 발소리가 들렸을 텐데, 다나카는 돌아보지도 않고 여전히 자기 무릎보다 아래를 바라보았다. 등이 이쪽을 향해서 표정은 안 보인다.

정확하게 이름을 불렀는데 그녀는 아무런 반응이 없었다. 한 번 더 불렀다.

천천히 고개와 허리를 움직여 돌아본 다나카의 표정은, 치카의 목소리와 비슷하게 중첩된 감정을 알려주었다.

"뭐야."

무슨 일이야, 왜 여기 있어, 왜 말을 걸었어.

왜 아루미는 죽었는데 너는 살아있어.

그 모든 말이 들렸다.

얼른 목적을 완수했다.

"할 말이 있어서 왔어."

아루미의 주인인 다나카는 표정에서도 아무런 반응을 보이지 않았다.

내 멋대로 말을 잇기로 했다.

"아루미는 내가 죽였어."

아무런 반응도 없었다. 그저 나를 물끄러미 바라보았다.

이 마음도 언젠가 잊혀질 거야

"밤에 여기 와서 아루미를 데려갔어. 다른 곳에 묶어두었는데 내 관리가 소홀했던 탓에 목줄에서 빠져나와 어디론가 도망쳤어. 그래서 죽었어."

"뭐?"

작은, 빗소리에 지워질 것처럼 작은 목소리였다.

"신고해도 돼."

"너 뭐야."

다나카의, 입 이외의 부분이 전혀 움직이지 않는다.

"용서 안 해도 돼."

"뭐."

다나카의 목에서 새어 나오는 목소리.

가만히 얼굴을 바라보았다. 반쯤 벌어진 입술이 정지 상태에서 떨리기 시작했고, 이윽고 얼굴 전체로 떨림이 퍼지는 모습을 나는 빤히 바라보았다.

"뭐냐고."

바라보았다.

"뭐냐고, 너는!"

다나카가 들고 있던 우산을 내게 던졌으나, 펼쳐진 우산은 공기 저항을 받아 내 눈앞에서 땅에 떨어졌다.

동시에 아루미의 주인인 다나카는 그 자리에 무너지듯 무릎을 꿇고, 울음을 터뜨렸다. 굵직한 빗줄기가 다나카의 노란 티셔츠에 동그란 얼룩을 연달아 만들었다.

비에 젖을 줄 알면서 인간을 이대로 두는 건 폭력이다.

울고 있는 다나카에게 이 이상 말할 마음도, 말할 필요도 없어진 나는 그대로 넓은 전통 가옥의 뒷마당을 떠났다.

/ / / /

집에 돌아와 근력 운동을 하고, 엄마가 만든 저녁밥을 먹었다. 방에 올라와 창밖을 내다보니 비가 그쳤다. 가능성은 적다고 생각하면서도 만약을 위해 버스정류장에 가보았다. 물론 아루미를 숨겨둔 곳이 아닌 버스정류장에.

여기 오는 건 이미 습관이나 마찬가지여서, 오늘은 다른 때보다 치카와 만나고 싶은 감정이 더 강하거나 하진 않았다. 물론 아루미가 사라져서 치카의 세계에도 어떤 일이 생겼을 가능성은 있으니 다음에 만날 때 확인해보자고, 반쯤 오늘이라는 날은 이미 포기한 예상을 가지고 대기실 문을 열었다.

그래서 반짝이는 눈과 손발톱이 안에 있으면 놀라겠다고 생각했는데, 실제로 내 마음은 그러지도 않았다.

이틀 연속으로 치카를 보는 건 처음이었다.

"아, 치카."

"응, 저기."

내 인사가 짧았으니까 치카의 대답도 그에 맞춰 짧은 줄 알았다. 그런데 이어진 치카의 말이 착각을 일깨워주었다.

"주변에서 누가 죽었어?"

나를 향한 두 개의 눈 사이에서 걱정스러운 목소리가 던져졌다.

동요를 드러내지 않으려고 노력하며 나는 "사람은 안 죽었어."라고 대답하고 일단 앉았다.

"왜 그런 걸 물어봐?"

치카가 흐읍, 하고 내가 들을 필요 없는 음량으로 숨을 들이쉬었다.

"우리 집 근처에서 사람이 몇 명이나 죽었어. 자세한 사정은 모르는데 근처에서 전투가 있었어. 그래서 싸우는 일을 하는 사람들이 죽어서 우리가 묻었어. 혹시 카야 세계에 영향을 미쳤을지도 모른다고 예상해서 왔는데."

치카가 잠깐 말을 끊더니 길게 눈을 깜박였다.

"지금 카야가 너무 슬픈 얼굴이어서."

슬퍼 보이는 게 아니라 슬픈 얼굴인가 보다.

감정을 숨기지 못한다는 것을 단언할 수 있을 정도로 짙은 색이 내 표정에 드러났다는 의미일까. 아니면 보기만 해도 치카를 슬프게 할 정도의 표정을 지었다는 의미일까. 어느 쪽이든 한심하다.

"무슨 일 있었어?"

말할 필요가 있을지 잠깐 생각했다.

이어서 영향을 조사하기 위해 말한다면 의미가 있다고 판단했다.

"개가 죽었어."

"개라면 사람이랑 같이 사는 동물이었지."

"설명한 적 있었나. 그래, 내가 죽였어."

"그랬구나."

치카는 비애나 비난의 낌새를 보이지 않았다.

대신 "무슨 일을 당했어?"라고 추가로 질문했다.

그렇군. 죽여도 어쩔 수 없는 짓을 하는 동물이라고, 그런 동물이 아니라면 내가 죽일 리 없다고 생각했나 보다.

"아니야, 좋은 녀석이었어."

치카의 착각을 정정했다.

"개는 야생에 사는 개도 있지만, 기본적으로 우리나라에서는 치카가 말한 것처럼 사람이랑 살고 가족이나 친구처럼 여기는 생물이야. 나는 친구의 집에 살던 개를 죽였어. 사납지도 않고 아무나 잘 따르는 무해한 녀석이었어. 내 손에서 먹이를 기쁘게 받아먹었고."

"왜 그런 일을?"

"데려와서 방치한 사이에 사고를 당해 죽었어."

"아, 미안. 내가 물어본 건."

"데려온 이유는, 내가 멋대로 두 세계의 영향을 조사하기 위해서였고 녀석이 도망친 건 내 부주의야."

치카가 최대한 자기 책임이라고 여기지 않게, 그래도 이미 말했던 내용과 어긋나지 않도록 설명했다.

"그렇구나, 어제 말했던."

치카가 한 번 고개를 끄덕이더니 이어서 가로저었다.

"그런데 내가 왜 그런 일이냐고 물어본 건 네가 개에게 어떤 일을 했는지도, 그 행동의 이유도 아니야."

"……그럼?"

그럼 뭔데.

말없이 의문을 담아 치카의 눈을 보았다. 그 빛은 전혀 움직이지 않았고 목소리만이 내 감각에 도달했다.

"왜 그 개를 동정하게끔 하려는 이야기를 나한테 해?"

소리가 나지 않는다. 무음에는 질감도 질량도 없다.

그런데 질문 다음에 찾아온 치카의 침묵에 머리카락을 세차게 붙잡힌 기분이었다.

몸에서 마음이 질질 끌려 나오는 기분이었다. 그럴 리가 없다. 몽상이다. 창작적이다.

나는 대체 뭐지.

"동정하게 하려던 게 아니야. 그저 사실을 말했을 뿐이야."

거짓말이 아니니까 치카의 눈을 똑똑히 바라보며 말했는데. 치카가 길게 깜박이더니 시선을 내렸다.

"카야, 많이 괴롭구나."

"……뭐?"

아니다.

"아니야."

"괴로워 보여."

"아니라니까. 괴로운 건 내가 아니야. 아루미야. 그리고 가족 같은 녀석을 잃은 친구야. 내가 빼앗았어."

아루미라고 말해도 치카는 모른다.

"그 사람들도 괴로울 거야."

"그 녀석들만 괴로워."

나는 괴롭지 않다.

"그 사람들의 괴로움을 나는 몰라."

그야 그렇겠지, 치카는 아무것도 모른다.

"그래도 지금은 생각하잖아. 그 개나 가족과는 무게가 다를지 몰라도, 그래도 카야 역시 괴롭다고."

"아니, 괴롭지 않아."

"괴로워 보여."

"그러니까 아니야!"

그게 아니란 말이다.

"내가 죽였어."

나쁜 건 나다.

괴롭다는 생각 따위 하면 안 된다.

아루미의 아픔을, 주인의 고통을, 한 톨만큼도 이해하지 못하는 내가 조금이라도 괴롭다고 생각하면 안 된다.

내가 한 짓을 전부 알고 있는 내 머리에는 치카의 언뜻 다정해 보이는 말이, 나를 편들어주는 말이 성가시고 갑갑해서 미치겠다.

"치카는 아무것도 몰라!"

그래, 치카는, 아무것도.

아루미에 대해서도 전혀 모른다.

지금은 그런 치카의 무의미한 위로는 필요 없다.

"그만해."

진심으로 하는 부탁이었다.

"카야가 좋지 않은 방향으로 걸어가는 게 느껴져."

"그래, 내가 나빠, 그러니까."

"그렇다고 자기가 나서서 더 괴로운 곳으로 가지 않아도 돼."

"그만해."

그런 말을 해주길 바라지 않았다.

아니다. 사실은 좀 더 해야 할 말이, 외쳐야 할 목소리가, 내게 던져야 할 감정이 있을 것이다. 그 이외의 것이 마음에 도달하게 두면 안 된다.

도달한 것을 받아들여서는 안 된다.

"여기 있어도 괜찮아."

"나는 아루미를 죽였다고!"

악인이다.

다정한 말을 들려줘도 될, 구원의 손길을 내밀어도 될 인간이
아니다.

내가 알고 있다.

그러니까 그만해.

"카야가 그쪽 세계에서 얼마나 좋지 않은 사람이 되었어도
여기에 있는 카야는 카야일 뿐이야."

"어째서."

나는 자각하고 있다.

악인이라는 것. 심판을 받아야 한다는 것.

동시에 알고 있다.

내가 구역질이 날 정도로 시시하고 약한 인간이라는 것도.

그러니까 안 된다.

벌을 받아야 한다는 생각이 설령 진심이더라도 약한 인간은
손을 내밀어주면 그쪽을 보고 만다. 조금이라도 편해지고 싶어
서. 꼴사납게.

그러니까 그만해, 그러지 않으면 나는.

이 마음도 언젠가 잊혀질 거야

추잡한 나는.

내밀어준 손을 보고 만다.

지금 당장이라도 매달리고 싶어서.

그 손, 치카의 마음이 내민 보이지 않는 그 손.

그 손을 잡고 싶어진다.

잡아버리면 수많은 소중한 것이 끝나버릴 것을 알고 있다.

보면 안 된다고 잡으면 안 된다고 마음이 경종을 울린다.

귀를 막으라고 시끄럽게 사이렌처럼 들린다.

하지만. 그래도, 그런데도 나는.

나는.

지금 질식할 것 같다.

좋아하고 싫어하고, 흥미가 있고 없고, 내게 이익이 되고 안 되고, 그런 가치관과는 별개로 생명 활동에 연관된다면 행동하기를 마다하지 않는다. 내 행동 원리.

밥을 먹는 것처럼, 자는 것처럼, 달리는 것처럼, 숨 쉬는 것처럼.

약하고 약하고 약한 나는.

치카의 손을 보고 만다.

"아루미는."

마침내 잡고 만다.

한심한 나를 이해하면서도 목소리가 멈추지 않는다.

"아루미는 좋은 녀석이었어!"

"죽어서 슬퍼?"

나는 고개를 저었다.

"주인 정도는 아니야."

"그래도 슬프면 슬프다고 말하는 게 좋아."

의사와 상관없이 이미 입에서 말이 마구 쏟아질 뿐이다.

"슬퍼. 응, 슬퍼. 나 같은 놈한테 마음을 주다니. 짖었으면 좋았을 텐데, 도와달라고 하면 좋았을 텐데. 그런데 그러지 않아서 나 때문에 죽었어."

"카야는 너 자신을 용서할 수 없구나."

"맞아."

"그럼 내가 용서할게."

눈과 손발톱만 보이는 두 살 연상의 소녀는 내 앞에 말을 하나 내밀었다.

눈과 손발톱만 보이는데, 이상하게도 우리 사이에 놓인 그 말이 다정하고 달콤한 것임을 알았다.

"카야에게 의미가 없을지도 몰라. 그래도 나는 카야를 용서해."

"용서할 일이 아니야. 다정하게 굴 필요 없어."

"카야."

치카가 사과할 때 늘 그러듯이 길게 눈을 깜박였다.

"이건 다정한 게 아니야."

두 개의 눈이 나를 꿰뚫어 본다.

"내가 카야를 용서하고 싶어. 나도 우리가 생활할 수 있도록 일해준 사람들을 죽게 내버려 뒀어. 진지하게 인식하려고 하면 할수록 나라는 존재를 어떻게 파악하면 좋을지 모르겠어. 그러니까 최소한 뭐든 내가 할 수 있는 걸 하고 싶어. 카야를 용서하고 싶어."

너무도 슬프고 아름다운 것을 어루만지는 듯한 목소리였다.

그 덧없는 목소리를 무시할 수 없어서 나는 우리 둘 사이에 놓인 그 달콤하고 부드러운 말을 잘 생각해보지도 않고 즉시 입에 넣었다.

"그렇다면."

그대로 삼켜버렸다.

"……나는 치카를 용서할게."

내 안에 고여서 영원히 빠져나가지 않을 줄도 모르고.

아니, 어쩌면 알았다. 아마 그래도 괜찮다고 순간적으로 생각했다.

"나도 치카를 용서하고 싶어."

"또 같은 죄를 짊어지게 되겠네."

"……괜찮아."

눈 이외에는 보이지 않지만, 치카는 기뻐하지도 슬퍼하지도 않는 것 같았다.

"그러고 싶어."

목소리로만 전해진다.

서로 세계의 사정이나 가치관에 관해서는 아주 일부만 안다.

다른 세계에 사는 우리가 멋대로 부여한 면죄.

용서하기, 고작 그것뿐.

그것뿐인데 신기했다.

조금은 숨쉬기 편해진 것 같다.

"카야가 괜찮다면 그러자."

그 말에 퍼뜩 깨달았다.

마침내 알아차린 느낌이다.

어쩌면.

그녀는, 치카는 나의 일상을 바꿔주지 못할지도 모른다.

치카는 그저 약한 나를 위해 있는 것 아닐까.

내가 나인 채 이 세계에서 목적을 이루도록, 용인해주는 존재로서 여기에.

치카가 없다면 나는 내가 아니게 되니까.

보통의 시시한 인간의 죄책감이니 뭐니 하는 것에 짓눌리고 질식해서 겁에 질릴 테니까.

돌이켜보면 치카는 지시도 설득도 질타와 격려도 하지 않았다.

이 마음도 언젠가 잊혀질 거야

그저 거기에서 자기 자신을 위해 자기 생각을 말했다.

그러니까 카야도, 나도 그대로 있으면 된다고 용인해준다.

고작 그것에 의미가 있을지도 모른다.

그런 치카가 확고하게 있어 준다는 사실이 나를 지탱해준다.

분명 그거다.

알고 나니 간단했다.

나는 처음 만났을 때처럼 치카의 눈을 똑바로 바라보았다.

아무 의미 없이 가만히 보기만 해도 괜찮다. 지금 거기 눈과 손발톱이 있고, 치카가 나만을 바라봐주어서 구원받는 내 마음을 똑똑히 느꼈다.

사람은 사람을 구하지 못한다고 생각했다.

달콤하고 부드러운 말 조각이 목에 걸린 기분이었지만 금방 넘어갈 테니 무시했다.

"고마워."

말로 표현할 생각은 없었는데 또 입에서 흘러나왔다.

"치카가 있어 줘서 다행이야. 정신 차릴게."

진짜 마음은 분명 질량을 동반한다. 입술이 그 무게를 버티지 못하고 떨어져 나와 상대의 눈앞으로 굴러간다. 지금까지 살면서 품어본 적 없는 생각이라면 더욱더 무게가 늘어난다.

누군가가 그저 있어 주는, 단순히 그것에 행복을 느낀 적은 없었다.

처음으로 그런 하찮은 일이 기뻤다.

"치카가 있어 주기만 하면 나는 내 목적에 접근할 수 있어. 아까는 큰 소리를 내서 미안해."

고개를 숙이며 깊이 반성했다.

목적을 이루고 싶다면, 그저 후회하고 슬퍼하는 데 그쳐선 안 된다.

이번 일은 아무리 애석하게 여겨도 끝이 없다.

아루미에게 아무리 사과해도 끝이 없다.

그러니 무의미하게 두면 안 된다.

아루미의 죽음을. 그저 슬퍼하는 게 아니라 내 목적을 이룸으로써 그 녀석에게 보답한다. 내가 할 수 있는 가장 정당한 일이다.

어쩌면 아루미는 상징적인 사건에 불과하다.

아루미의 죽음만 슬퍼하면 자기기만이다. 이즈미의 자살 미수를 걱정한 것도 그렇다. 눈에 보이는 내 죄에만 과도하게 슬퍼하는 척하고 자각 없는 죄에는 시선을 주지 않는다면 전부 거짓이다.

나는 특별해지기 위해서 많은 녀석에게서 특별함을 빼앗는다. 내가 살기 위해서 많은 녀석에게서 식량을 빼앗는다. 눈에 보이지 않을 뿐 인간은 그렇게 산다. 그러니 어느 세계에나 전쟁이 존재한다. 상처를 준 모든 것에게 용서받으려면 인생 전부

이 마음도 언젠가 잊혀질 거야

를 쏟아부어도 부족하다. 이 점은 이해한다.

하지만 나약한 나 혼자서는 분명 다 받아내지 못한다.

치카가 있어 주면 다르다. 용인해주는 치카만 있으면 나는 다시 싸울 수 있다. 시시한 인생을 뒤집으려고 항쟁한다.

나를 구해주는 치카.

나에게 치카가 다른 세계의 주민이라는 사실을 뛰어넘은 존재가 된 것을 이제는 의심할 수 없다.

다만 그 마음에 어떤 이름을 붙여야 좋을지 판단이 안 선다.

뭐 괜찮다. 그건 내 목적이지 치카와는 관계없는 일이다.

치카가 거기 있는 것이 더할 나위 없이 소중하다.

그런 마음을 인정하자 동시에 불안이 고개를 들었다.

치카는 존재 자체로 나를 숨 쉴 수 있게 한다.

하지만 내 존재가 치카의 무언가를 도와줄 수 있을 것 같지 않다.

나도 치카에게 뭔가 돌려주고 싶다.

치카의 눈을 가만히 바라보자, 치카가 몇 번인가 깜박인 후에 중얼거렸다.

"다치는 게, 쉽게 영향을 주는 것 같아."

"다치는 거?"

"응. 어느 쪽이 먼저인지는 모르지만 내 근처에서 목숨이 다쳤어. 벼락이 떨어져서 나무가 다쳤어. 전에 우리가 다친 것 역시 그렇고."

"다치거나 혹은 부서지는 게 영향을 준다."

"내 액세서리가 부서졌을 때도 영향이 있었나?"

"아니, 지금 처음 들어."

"그래?"

치카가 착각했다는 듯이 웃었다.

"이런 방향으로 뭔가 카야의 목적을 이룰 수 있을지 시험해 볼까?"

"……아니, 일단은 괜찮아."

지금까지의 나라면 당장 달려들 제안을 거부했다. 적어도 오늘은 조금 전 도착한 내 본심이 절대 거짓이 아님을 나 자신에게 보여주고 싶었다.

그러니까 이어진 말은 치카를 향한 것이 아니었다.

"내 목적은 치카와 만나는 거야."

치카와 함께 서로의 눈을 지그시 바라보았다. 치카는 깜박이지도 않고 나를 응시했다.

"예전에 치카가 한 말을 따라 하는 건 아닌데, 네 이야기를 들려주면 좋겠어."

치카가 몇 번 짧게 깜박임을 반복하더니, 서서히 눈의 빛이 가늘어졌다.

"그럼 그러자. 다음에 여기서 만날 때는 세계에 관해서가 아니라 나랑 카야 이야기를 하자. 나도 그게 좋아."

약속은 저주일 뿐이라고 여겼다. 그러나 지금은 솔직히, 그저 기쁨을 느끼며 "응, 그러자." 하고 끄덕일 수 있었다.

치카의 말에서 슬슬 사이렌이 울릴 예감을 느꼈다. 그러니 지금은 시간이 없다는 말투를 썼으리라.

그런데 아니었다.

"그럼 가족이 걱정할지도 모르니까 슬슬 가볼게."

치카가 일어났다. 평소처럼 사이렌을 질색하는 표정이 아니어서 의아했다. 내 의문이 표정에 드러났나 보다.

"오늘은 전쟁이 없어. 그래도 사람이 많이 죽었으니까 카야가 걱정되어서 온 거야."

놀랐다.

"내가 여기 와서 뭔가 달라졌을지는 모르겠지만, 괴로워 보였던 카야 얼굴이 조금은 밝아져서 다행이야."

치카가 나를 위해서, 전혀 자기 이익이 되지 않을 행동을 해준 것에 놀랐다. 물론 기뻤고, 그 사실을 곧이곧대로 받아들이면 뭔가 나쁜 일이 하나라도 일어날 것 같아서 내 입에선 엉뚱한 말이 나왔다.

"혹시."

"응?"

"혹시 치카, 내 마음이 어떤지 전부 아는 거 아니야?"

마음, 치카를 향한 정체를 분명하게 말할 수 없는 감정 전부를 치카가 알지도 모른다고 생각했다.

말하고 나서 후회했으나, 정말 그럴지도 모른다고 의심했다.

치카는 고개를 가로저었다.

"잘 몰라, 사람의 마음이 어떤지. 그러니까 들려줘."

내 마음을 마구잡이로 섞어 하나로 뭉친다면.

"치카를 좋아하는, 걸지도 몰라."

지금 무슨 소리를 한 거야. 내가 한 말을 이해했을 때는 이미 늦었다.

"고마워. 나도 카야를 좋아해. 그럼 또 봐."

"아, 응. 또 봐. 들키지 않기를."

치카의 반응에 이번에는 정말로 아무것도 전해지지 않아서 안도했다.

눈과 손발톱의 빛이 암흑 속으로 사라졌다.

의지의 힘이 우리 관계에 어느 정도 작용하는지 모른다.

모르지만, 그래도 나는 또 치카와 만나고 싶다는 생각을 넘어 반드시 또 치카와 만나겠다고 결의했다.

그러려고 약속했으니까.

그건 그렇고 대체 왜 당돌하게 그런 소리를.

자꾸 떠올리면 가슴을 갈기갈기 찢고 싶을 테니 얼른 그 생각을 머릿속에서 쫓아버리고 이곳을 떠나기로 했다.

이 마음도 언젠가 잊혀질 거야

대기실 문을 열자 가랑비가 내렸다.

다치는 게 영향을 주고받는다는 치카의 가설이 옳다면, 내가 감기에 걸리면 치카도 감기에 걸린다.

나는 서둘러 집으로 돌아갔다.

다음에 만날 때는 서로의 이야기를 하자는 치카와의 약속은 이루어지지 않았다.

/ / / /

사람인 우리에게는 의지만으론 어떻게 할 수 없는 일이 있다. 저항할 수 없는 가장 강력한 것은 죽음이다. 이유는 다양하겠지만 죽는다는 사실에서 우리는 도망칠 수 없다.

죽음 이외에는 뭘까. 병은 어떨까. 도망칠 수 없으니까 병은 마음먹기에 달렸다는 말이 있는 것 아닐까. 노화는 어떨까. 도망칠 수 없으니까 인간은 그 거대한 힘을 계속 두려워하는 건지도 모른다.

그 밖에 더 있다.

예를 들어 인간의 어리석음이 불러온 불상사.

이른 새벽. 나는 엄청난 소리에 화들짝 놀라 깼다.

깨자마자 바로는 반응하지 못했다. 벌떡 잠에서 깨어나 어둠 속을 둘러보고, 불을 켜야 한다는 당연한 발상을 떠올리고 일어나자마자 발바닥에서 예리한 통증을 느꼈다.

"아야."

뭔가 찔린 감촉에 주춤했다. 간신히 조금 전의 소리가 유리창이 깨진 소리인 걸 깨달았다. 침대에 앉아 발바닥에 박힌 작은 조각을 뽑았다. 베개를 바닥에 내려 발판으로 삼아 간신히 다치지 않고 불을 켜는 스위치에 도착했다.

밝아진 실내에는 예상대로 유리 조각이 어지럽게 퍼졌다. 종종 커튼을 치지 않고 자는 내 습관을 먼저 저주했다. 유리 조각뿐 아니라 바닥에 CD 따위도 떨어졌다.

그 옆에 철판 같은 게 있었다. 내 방에는 애초에 저런 물건이 없었으니 저게 창문을 깼으리라. 대체 뭔가 싶어 줍는데 방문을 두드리는 소리가 났다.

"카야, 무슨 일이야?"

형의 목소리에 아무 생각 없이 문을 열었다.

"뭐가 창에 충돌했어."

손바닥 크기의 철판을 보여주자 형도 어리둥절한 표정이었다. 정체는 모르지만, 우리는 일단 청소를 시작했다. 형이 빗자루와 쓰레받기를 이용한 청소와 임시방편으로 창문에 골판지를 붙이는 작업을 도와줬다.

청소 도중에 CD를 주웠는데 떨어진 곳이 안 좋았는지 두 장쯤 케이스가 깨졌다. 예전에 듣고 아무렇게나 놓아두었다. 문제

없다. 책장 위의 아루미 목줄이 그대로 있다.

아무리 생각하지 않으려고 노력해도 역시 인간인 이상 무리여서, 머릿속에 한 가지 불안이 부풀었다.

치카에게 영향은 없을까.

걱정이었다. 물론 치카 몸에 무슨 일이 있으면 안 된다는 생각이 먼저였는데, 치카 본인은 무사하더라도 나와 치카에게는 방의 중요도가 전혀 다르다.

다치는 게 영향을 미친다고 치카가 말한 가능성이 머리를 스쳤다.

만약 치카의 방에 영향이 있어도 내 방과 마찬가지로 이미 무용지물인 CD가 깨진 정도의 피해로 그치면 괜찮겠지만.

내 방은 조금쯤 부서져도 괜찮다. 다치는 것도 목숨에 지장이 없으면 괜찮다.

하지만 슬퍼하는 치카를 보고 싶지 않다.

눈과 손발톱만 보이는 치카에 대해 진심으로 그렇게 생각했다.

걱정이지만, 지금은 치카와 그녀의 방이 무사하기를 바랄 수밖에 없다. 최소한 치카의 방에 긍정적인 영향을 줄지도 모르니 무질서하게 놓아둔 책과 CD를 가지런히 다시 정리했다.

통풍이 좋아진 방에서 조금 자고, 아침에 부모님게 창문 이야기를 했다. 아빠에게 철판을 보여주자 반신반의하며 자신의 생각을 말했다.

"비행기 부품은 아니겠지."

진실이야 어떻든 불가능한 소리는 아니다. 아빠가 그런 말을 한 이유는 최근 우리 동네 위를 전투기가 툭하면 날아가기 때문이다. 아무리 하루하루가 평탄해도 나라는 전쟁 중이라 어수선하다. 비행기 한 대쯤은 정비 불량이 생겨도 이상하지 않다.

학교에 가자, 옆자리의 다나카가 이미 자기 의자에 앉아있었다. 다른 녀석들과 뭔가 대화 중이다. 나를 거들떠보지도 않는다. 혹시 뭔가 집어던질지도 모른다고 예상했는데 빗나갔다. 될 수 있는 한 감내할 생각이었는데 아무 일도 생기지 않았다.

마치 그 누구에게도 아무 일 없었던 것처럼 1교시가 끝나고 2교시가 끝났다.

한 가지 가설을 세웠다.

다나카는 나를 애초에 인식할 필요 없는 다수 중 하나로 여길지도 모른다. 혼잡하게 오가는 인간 중 하나. 그러면 아루미를 죽인 놈이 사라지니까. 그렇게 증오를 조절하려는 걸까. 옆자리의 다나카는 내게 프린트를 넘길 때, 전혀 주저하지 않고 건넸다.

만약 가설이 옳다고 치면 드디어, 라고 생각했다. 마침내 옆자리의 다나카도 나를 한 명의 인간으로 인식하지 않는구나. 이제야 간신히 대등해졌다.

이 마음도 언젠가 잊혀질 거야

의미는 없어도 이게 옳다. 앞으로 서로 각자 인생을 완수할 수 있다.

집에 돌아와 평소대로 달리고, 밤에 버스정류장에 갔다. 치카는 없었다.

치카의 방이 걱정이지만, 이쪽에서 만날 타이밍을 잡지 못한다. 잡을 수 있을지 몰라도 지금은 그 법칙을 모른다.

평소대로 끈기 있게 기다릴 수밖에, 각오는 했다.

그러나 역시 사흘이 지나고 닷새가 지나고 한 주가 지나고 두 주가 지나고, 창문도 완전히 복구되고 학교생활이 여름방학에 들어갈 시기가 되자 초조함이 강해졌다.

다친 것 아닐까.

소중한 것이 망가졌거나.

설마 방 문제와 관계없이 치카가 나에게 질렸거나.

그때 한 조심성 없는 발언 때문에? 아니, 전해지지 않는 의견에는 조심성이고 뭐고 없다.

불안한 감정은 다양하게 모습을 바꾸며 마음을 바짝 태웠다. 두 번 다시 만나지 못한다는 상상은 무슨 일이 있어도 안 하려고 했다. 어느 정도는 성공했다.

정신이 소모되는 줄 알면서도 매일 밤 나는 마음 전부를 바치듯이 간절하게 기도하며 대기실 문을 열었다.

그래서 오늘 치카 눈의 빛을 본 순간, 나는 쓰러지듯이 벤치에 손을 짚으며 부자연스러운 자세로 앉았다.

"아, 미안해."

치카가 몸 상태를 걱정할까 봐 선수 쳐서 사과했다. 사실 지금 내 몸은 안도감에 가득 찼다. 그 목소리에도 기쁨이 섞이지 않았을까.

"아니야."

치카는 그 말만 했다. 음색으로 무언가를 감지해내는 섬세한 면이 있으면 좋았을 텐데, 어쩌면 평소에는 있을지도 모르나 안심과 기쁨에 휩싸인 지금 내 안에는 존재하지 않았다.

"계속 걱정했어. 그래도 치카가 무사해서 다행이야. 이쪽 세계에서 내 방의 창문이 깨졌거든, 그래서 치카가 다치지 않았을까 걱정했어."

"나는 괜찮아."

눈이 이쪽을 향하지 않는다. 나는 그걸 의아하게 여기지 않았다.

"그렇다면 정말 다행이다."

치카는 내 말을 무시했다.

내가 간신히 위화감을 품은 것은 오늘 치카는 말수가 적다고, 맹하다 못해 멍청한 생각을 하며 몸을 기울여 치카의 보이지 않는 얼굴을 조금 들여다본 시점이었다.

바로 이 위화감의 정체를 짐작하지 못했다. 내 몸짓을 깨닫고 치카가 시선을 주어서 간신히 알았다.

"치카, 눈, 어떻게 된 거야?"

"어?"

"빛이 흐릿해."

말 그대로다. 자세히 보니 치카 눈의 빛이 평소보다 약해 보였다. 마치 형광염료를 쓱쓱 닦아낸 것처럼 색이 변화했다.

치카의 반응도 이상했다. 치카는 일단 즉각적으로 내게서 시선을 피했다. 그러더니 봤으니까 이제 무의미하다고 체념한 것처럼 다시 이쪽을 봤다. 눈의 움직임만으로 치카의 감정을 느낄 수 있었다.

"다시 돌아오니까 괜찮아."

"역시 다친 거야?"

조금 전 시선을 피한 치카를 생각하며 물어봐도 될지 내심 고민했지만, 걱정이 앞섰다.

"다쳤, 다기보다는."

치카가 더듬거렸다. 말과 말의 틈이 1초 정도 빌 때마다 역시 물어보지 말아야 했다는 후회가 짙어졌다. 이미 지나간 일이니까 "말하지 않아도 괜찮아."라고 제안하려는데 말이 가로막혔다.

"울다가 눈이 붓는 일, 네 세계에도 있어?"

"아, 응."

"그런, 거야."

울었다는 소리다. 눈물의 원인이 무조건 슬픔에서 유래하지는 않는다. 그래서 치카의 이야기를 들은 나는 동정이나 걱정보다 먼저 눈물이 눈의 빛을 반사하며 뺨을 타고 흐르는 광경을 상상하고 아름답다고 생각했다.

곧바로 후회하고, 치카의 눈물이 슬픔일 가능성을 생각했다.

"혹시 방에 있는 물건이 부서졌어?"

치카는 바로 대답하지 않았다. 질문과 대답하는 사이의 시간은 대답하는 쪽의 의사를 표현한다. 기다릴 수밖에 없다. 평소보다 섬세한 눈의 빛이 말없이 흔들려 보였다.

"카야 방은."

"응?"

"네 방은 창문 이외에는 무사했어?"

"아, 응. 조금 어질러진 정도인데 무사했어."

"그래. 그럼 어떻게 영향을 미쳤는지는 모르겠다. 사라졌어."

사라졌다? 뭐가 없어졌다는 의미인가? 어느 쪽이지. 내가 대답을 찾거나 질문할 시간도 없이 치카가 알려주었다.

"방이 사라졌어."

"……어?"

"아무것도 안 남았어."

"안 남았다니."

이 마음도 언젠가 잊혀질 거야

말 그대로의 의미일까. 그렇다면 피해의 표현이 너무 거창해서 놀랐다.

내 방은 겨우 그 정도였는데.

언젠가 텔레비전에서 봤던, 화재로 전소한 집의 모습이 생각났으나 아마도 옳은 상상은 아니리라. 원인이 뭘까. 내 방처럼 비행기 파편이라도 떨어졌을까. 전쟁일까. 불에 탔나, 부서졌나, 빼앗겼나.

어떻게 대답할지 고민하는 동안에도 치카의 옆얼굴을 지켜보았으므로 결국 내 안에 있던 빈약한 몇 가지 생각은 이어진 놀라움과 함께 흘러갔다.

치카의 뺨과 턱이, 인간과 똑같은 것을 알았다.

빛이 흘러간다.

내 상상은 틀렸다.

눈물이 눈의 빛을 반사하는 게 아니라 빛이 눈물에 섞여 떨어졌다.

한 방울씩 흐를 때마다 아주 조금씩 눈의 빛이 약해졌다.

"치카."

그 어떤 위로나 용기를 줄 말도 준비하지 못했으면서 가만히 있기 두려워 그저 이름을 불렀다.

치카가 이쪽으로 고개를 돌렸다.

부른 책임이 있으니 내가 대화를 시작해야 한다.

"무슨 일이 있었는지 물어봐도 돼?"

"······응."

거부당할 수 있다고 생각했는데, 치카가 고개를 끄덕이고 무슨 일이 있었는지 알려주었다.

원인은 역시 전쟁이었다.

최근, 평소에는 전투에 거의 쓰이지 않았던 치카가 사는 지역까지로 전장이 넓어졌다. 아루미가 죽었을 때, 치카가 말한 싸우는 일을 하는 사람들이 가까이에서 죽은 것도 그 이유였다. 그러다가 결국 치카의 집까지 말려들었다. 치카도 자세한 설명은 못 들어서 제대로 알지 못했다. 소문 수준이지만 들은 바에 따르면, 치카 나라에서 싸우는 인간이 자국민의 생활을 지키기보다 적의 살상을 우선한 무기를 사용한 탓에 가옥에 엄청난 파손을 초래했다. 여기와는 다른 피난소에 갔다가 집에 돌아온 치카를 기다린 것은 벽이 날아가고 내부가 파괴된 방이었다.

"전투 도중에 숨는 용도로 썼을 거라고 해."

일부러는 아닐 것이다. 누군가의 목숨을 구하는 역할을 했을 수도 있다. 지금까지 운 좋게 전쟁에 휘말리지 않았을 뿐이다. 하지만 그런 건 전부.

"아무래도 좋아."

작은 목소리지만 비명처럼 들렸다. 억누르지 않으면 너무 비통해서 자기 자신을 파괴할 정도인지도 모른다.

"내 세계가 사라져버렸어."

치카의 약해진 빛에서 또 한 줄기 빛이 흘러내려 턱을 따라 떨어졌다.

곧바로 뭐라고 말할 수 없었다. 단순히 뭐라고 대답하면 좋을지 모르기도 했다. 그렇게 소중한 것을 잃은 경험을 나는 한 적 없고, 내 세계가 사라진 적도 없다. 아루미 때가 그에 해당할지 모르나, 나는 이렇게 정신 차리고 돌아왔다.

마음이 아팠다. 치카의 가늠할 수 없는 슬픔을 목격하고 마음이 격렬하게 아팠다. 그러나 공감할 리 없는 내가 마찬가지로 상처를 받았다고 말해봤자 아무 의미도 없으므로, 표정이나 음색을 통해 치카에게 전해지지 않도록 필사적으로 억눌렀다.

무슨 말을 해야 하지. 뭘 할 수 있을까.

곰곰이 생각했지만, 뭘 하든 내가 치카에게 다시 방을 줄 수 없다. 방에 있던 치카의 세계를 돌려줄 수 없다.

최소한 뭔가, 치카가 뭘 바라는지 하나라도 알면 좋겠는데 지금 내가 무엇을 건네더라도 치카의 슬픔을 절대 감싸주지 못한다.

내가 정말 무력하다는 걸 느꼈다.

"그래도 치카가 무사해서 다행이야."

이 정도는 말해도 괜찮겠다고 생각한 한마디도 근본적으로 틀렸음을 곧바로 알아차렸다. 치카는 전쟁으로 민간인이 죽지 않는다고 했다. 그렇다면 이런 말은 전혀 위로가 안 된다. 전쟁은 자연재해가 아니다. 인간이 아무리 지혜를 짜내도 거역할 수 없는 그런 것과 다르다. 어리석은 인간이 일으킨 것. 애초에 일어날 이유가 없는 것이 전쟁이다. 무사하니까 만족한다는 감상이 나올 리 없다.

게다가 치카에게 삶이란 곧 좋아하는 것을 느끼는 것이다.

그저 무사히 살아남아봤자 그게 무슨 의미가 있단 말인가.

"치카, 죽지 마."

가슴을 찌른 공포가 말이 되어 흘러나왔다.

후회하기도 전에 치카가 고개를 저었다.

"안 죽어."

강인한 의지에서 나온 부정이 아님을 표정이 보이지 않아도 알 수 있다.

"그래도 나는 어디에서 살아야 하나 싶어."

모르겠다.

내가 살아가는 의미나 장소도 여전히 모르는데 알 리가 없다.

"저기, 지금은 그럴 마음이 안 생길 수도 있겠지만 방을 다시 지을 수 있어?"

"자세히는 모르는데 당분간은 전쟁 때문에 복구 작업을 못 할 거래. 지금은 근처 ×× 집에 사는데, 살 곳이 있으면 나라에서 복구 작업을 나중으로 미뤄. 이상하지. 사는 건 그런 게 아

이 마음도 언젠가 잊혀질 거야

닌데."

"그, 지금 사는 곳에 치카의 방은?"

"없어. 사는 데 개인 방은 필요 없대."

자기 세계를 잃은 슬픔, 자기 세계를 에워싼 어찌할 수 없는 상황에 대한 절망. 치카의 말에는 그런 것이 무겁도록 담겼다.

나는 생각했다. 생각이 마음을 부서뜨릴 정도로 가슴을 때렸다.

지금, 같은 세계에 있어서 실제로 손을 내밀어 치카를 도와줄 수 있다면 얼마나 좋을까.

만약 내가 치카의 세계에 있다면, 방을 다시 지어주지는 못해도, 전쟁을 멈추지는 못해도 최소한 참상을 파악하고 치카 옆에 있을 수 있는데.

망상에, 몽상에, 공상에 의미는 없다.

망상도, 몽상도, 공상도, 치카의 방을 되살리지 못한다.

현실뿐이다. 지금 여기에 나와 치카가 있고, 각자의 세계에서 살고 있다. 각자의 세계에 갈 수 없다. 방법이 있을지 몰라도 지금은 모른다.

우리가 아는 것은 두 개의 세계가 있고 아무래도 영향을 주고받는다는 것뿐이다.

그것뿐, 인데…….

"있잖아."

뇌 속에서 들어본 적 없는 그 소리가 울리는 것 같다.

"전쟁이 없어지면 치카의 집을 다시 지어주는 거야?"

"……아마 승패가 확실해져서 다음 전쟁을 곧바로 시작하지 않거나, 전쟁이 끝나지 않더라도 비가 계속 내리면 그렇겠지. 하지만 전쟁이 끝나기를 기다리거나 비가 오래 내리기를 기다리려면 시간이 걸려."

문득 떠오른 발상을 질문으로 던지려면 용기가 필요했다.

"그거 말고 전쟁이 멈출 때는 없어?"

치카가 화를 내면 어떡하나 두려웠다. 모욕하지 말라고, 강 건너 불구경처럼 여기지 말라고, 당사자도 아니면서 동정하지 말라고 하면 어쩌지.

"싸우는 사람들 사이에 병이 유행하거나, 그리고."

그래도 치카를 위해 뭐든지 해주고 싶은 이 기분은 진심이다.

그저 거기 있음으로써 나를 구원해주는 치카에게 뭔가 되돌려주고 싶은 마음에 거짓은 없다.

"그리고 사이렌이 울리지 않을 때."

"그러고 보니 전에 신성한 거라고 했지."

"응. 흔하지 않은데 몇 번인가 사이렌 소리가 시간 맞춰 울리지 않은 적이 있었어. 카야 말처럼 신성하니까 대신할 게 없어서, 사이렌의 상태가 이상하면 복구될 때까지 시간이 걸려. 그럴 때는 그날 전쟁이 사라져."

"사이렌이 망가지면 어떻게 돼?"

"지키고 있으니까 망가지는 일은 없는데, 책에서 읽기로 사이렌은 아주 오래된 복잡한 기술로 만들어졌대. 그래서 이제는 쉽게 고칠 수가 없대."

"……그래."

당돌한 발상이었다.

발상이 의지로 바뀌었다.

사람은 이런 식으로 행동을 선택한다.

"그거인가."

"응?"

그거일지도 모른다.

모든 것이 한 가지 목적에 집약되었는지도.

"내가 할 수 있는 일."

"뭘……."

"세계가 연결된 의미야."

"어, 어?"

당황하는 치카를 두고, 나는 내 안에서 눈부시게 빛을 내뿜는 의지에 눈이 어두워졌다.

이어서 얼른 사과하고 얼버무렸다. 치카가 그냥 넘어가 줬는지는 모르지만, 적어도 알겠다는 태도를 보여줘서 다행이었다. 지금은 그거면 된다. 괜히 기대하게 할 순 없다. 그러니까 다음에 하면 된다. 다음에 만약 내 생각이 옳았다고 증명되면 그때 손을 맞잡고 기뻐하면 된다. 만약 틀렸다면 또 다른 가능성을 탐색하면 그만이다.

이렇게 생각했지만, 사실은 억지로 그런 척했을 뿐이다.

사실 나는 이게 분명하다고 믿었다.

망상도, 몽상도, 공상도 아니라고 믿었다.

그래, 만약.

치카 세계의 전쟁을 멈출 수 있다면.

그게 모든 것의 의미가 될 것이다.

왜냐하면 지금, 이토록 강렬한 의지를 지녔으니까.

영향.

치카가 나를 절망에서 구해줬으니, 나도 치카를 절망에서 구할 수 있다고 믿었다.

그저 막연한 기대에 불과할지도 모르지만.

/ / / /

사이렌을 망가뜨린다.

이쪽에서 사이렌에 해당하는 물건을 부수면, 저쪽 세계에서는 손대지 못하는 사이렌이 부서질 가능성을 믿는다.

나와 치카 사이에서 종종 논의했던 문제, 영향이 나와 치카

이 마음도 언젠가 잊혀질 거야

사이에서 일어나는가 아니면 장소에 따라 일어나는가에 관해 생각했다. 나는 장소에 의한 영향 쪽에 힘을 실었다. 그러나 다리 부상이나 신발에 뚫린 구멍, 또 이번에 벌어진 방 사건을 생각하면, 건방진 생각일지 모르지만, 그쪽 세계와 이쪽 세계의 연결 고리는 우리 두 사람인 것 같다.

만약 그렇다면, 아루미 때와 마찬가지로 이쪽 세계에서 사이렌을 찾아내기는 쉽다.

내가 매일 듣고 그 소리에 행동을 지배받는 대상은 하나뿐이다.

종이다. 학교 종을 부수자.

더 큰 죄를 지어야 하니까 주저하긴 했다. 그러나 이번에는 종을 부술 뿐이고 어떤 생명체가 죽는 것은 아니다. 반대로 부숨으로써 생명을 구할지도 모른다.

도구를 갖추기까지 하루.

밤중에 학교에 숨어들어 경비원이나 야근 중인 교사의 모습을 관찰하는 데 이틀.

들키거나 붙잡히거나 비난을 사는 그 전부를 각오하고 행동을 벌일 생각이었으니 바로 실행에 옮겨도 괜찮았지만, 목적을 이루기 전에 방해 요소가 있으면 전부 물거품이 되니 준비를 철저히 했다.

결행하는 날까지 치카와 만나지 못했다. 그저 평소와 똑같이 판에 박힌 생활을 했다. 그동안 방송기기를 부수는 법을 확인했고, 한때 비슷한 짓을 한 멍청이가 받은 처분도 조사했다.

기본적으로 항상 치카를 생각했고, 그러기를 바란 면도 있다. 앞으로 할 행동이 잘못되었다는 생각은 조금도 없었다.

다만, 동시에 나는 가족에게 어중간한 미안함도 느꼈다.

시시하지만, 선량한 우리 가족은 이제부터 아들이 학교 비품을 부수는 소동을 일으킬 줄은 꿈에도 모른다. 이제 곧 이 가족은, 최소한 학교 측의 호출과 엄중한 주의, 이웃 사람들의 호기심 어린 시선, 마지막으로 아들에 대한 불신을 맛보게 될 것이다. 유쾌한 일은 아니다.

그러나 생각해보면 이것도 아루미의 일과 다르지 않다. 그냥 우연히 그들이 내 가족이었을 뿐이다. 사람은 누군가에게 폐를 끼치고 누군가에게 상처를 주며 산다. 그걸 인정하고 뛰어넘어 목적을 이루어야 한다.

소중한 것을 위해서.

"잘 먹었습니다."

결행하는 날, 저녁밥을 먹고 자리에서 일어났다. 엄마는 자식들이 밥을 먹고 인사하면 반드시 "천만의 말씀."이라고 대답한다. 그러면 나는 반드시 "응."이라고 대꾸하고, 형은 좀 더 맥빠진 목소리로 대꾸한다. 틀에 박힌 매일. 아무도 이런 일상을 진심으로 즐겁다고 여기지 않을 텐데 왜 계속하는지 의아하다.

이 마음도 언젠가 잊혀질 거야

"아, 그렇지, 카야."

방에 돌아가려는데 엄마가 불러세웠다. 돌아보자, 아직 식사 중인 엄마가 새콤달콤한 양념장을 끼얹은 전갱이 튀김을 젓가락으로 쥔 채 나를 바라보았다. 텔레비전은 틀지 않는다. BGM으로 라디오 소리가 들린다.

"오늘 할머니랑 통화했는데 보고 싶어 하시더라. 전쟁도 있으니까 걱정되신대. 명절 때라도 만나러 오래."

"생각해볼게."

"그거 생각하지 않겠다는 소리지."

기가 막힌다는 듯이 웃으며 엄마가 전갱이를 한입 먹고 "가끔은 할머니한테 효도해도 좋잖니."라고 말했다.

할머니한테 효도. 그런 거 흥미도 없고, 앞으로 할 일을 알면 할머니도 나와 만나기 싫을 것이다. 내가 다시 "생각해볼게."라고 대꾸하고 방으로 가려는데, 등 뒤에서 "날 닮아서 저러나?" 하는 말이 날아왔다. 이렇게 키워주는 것에는 감사하지만, 사람을 유전자나 DNA로 정의하는 건 싫다.

1시간쯤 방에서 쉰 후, 나는 평소와 똑같이 밖으로 나왔다. 이번에는 빈손이다. 내 계획으로는 심야에 다시 집을 빠져나와 실행할 예정이다.

평소처럼 걸어서 버스정류장에 가서 치카의 부재를 확인했다. 혼자뿐인 대기실에서 벤치에 앉아 그저 가만히 있었다.

그저.

치카를 생각했다. 치카가 어떤 사람인지, 치카와 만난 의미가 무엇인지, 그런 것이 아니라 그저 치카를.

시간은 금방 지났고, 특별한 일도 생기지 않아 나는 집에 돌아왔다.

그리고 날이 바뀌고 집이 고요해진 후, 나는 몇 가지 도구를 넣은 가방을 짊어지고 다시금 방에서 나왔다. 복도가 고요했다. 형이 깨어있나 살펴봤는데 방에서 불빛이 새어 나오지 않았다.

계단을 내려가 곧장 현관으로 갔다. 그대로 바로 집을 나설 생각이었는데, 운동화에 발을 내밀다가 문득 한 가지 가능성이 머리를 스쳤다.

망설였다. 예정에는 없었다. 그래도 약간의 가능성이라도 있다면, 하고 나는 거실로 향했다.

가족이 단란하게 어울리는 장소, 그곳에는 초등학생 시절부터 라디오가 놓여 있었다.

나는 라디오를 들고 다시 현관으로 갔다. 이번에는 운동화를 신고, 가족의 수면을 방해하지 않게 천천히 문을 열었다.

그때 뒤에서 목소리가 들린 것 같았는데, 내 창작적인 기우일 뿐이었다.

밖으로 뛰어나와 문을 잠갔다.

한밤의 공기가 폐를 서서히 채웠다.

이 마음도 언젠가 잊혀질 거야

몸이 가볍게 느껴진다. 고양감도 동반했다.

자전거 바구니에 가방과 라디오를 담고 달렸다. 도중에 빈집 뒤편의 대형 쓰레기 두는 곳에 들렀다. 콘크리트 땅바닥에 오래된 라디오를 내동댕이치자, 부품이 마구 튀어 딱 봐도 망가진 상태가 되었다. 큰 소리가 났지만 누가 달려오지는 않았다. 나는 다시 자전거를 몰았다.

우리 학교가 오래된 공립 고등학교이고, 설비도 최신 방범 시스템과는 거리가 멀어서 정말 운이 좋았다. 물론 창문을 깨면 바로 경보가 울릴 테지만, 내 작업은 순식간에 끝난다.

구체적으로는, 1층 방송실 뒷담을 넘어 창문을 깨고 방송기기를 파괴한다. 그것뿐이다.

경보도 감시카메라도 순순히 감수할 것이다. 죄를 피할 생각은 없다. 나에게 소중한 것을 위해서 이 일을 한다. 전혀 양심의 가책을 느끼지 않는다. 이 일이 이 세계에서 죄가 된다면 어쩔 수 없다.

그쪽 세계의 전쟁이 멈추면 이쪽 세계의 전쟁 또한 멈출지도 모른다는 생각은 추호도 없었다. 아무래도 상관없으니까.

그저 치카를 생각하면 저절로 몸이 움직였다.

학교를 에워싼 담을 따라가 눈독 들인 위치에 도착했다. 자전거를 세우고 가방에서 작은 도끼를 꺼내 학교 안으로 던져넣고, 훌쩍 담을 넘었다.

도끼를 줍고 시간을 확인했다.

전부 잘 풀릴지는 모른다. 혹은 비참하게 실패할지도 모른다.

그래도 나는 내 의지에 따라 행동하겠다.

감당할 수 없이 흥분했다.

창문에 대고 도끼를 겨눴다.

한밤중에 학교에 숨어들어서 창문을 깨고 이제부터 나쁜 짓을 할 텐데, 그 어떤 것에도 나는 긴장하지 않았다.

단 한 가지, 그 한 가지가 내 마음을 지배했다. 달아오르게 했다.

아마도 나는 평생 그걸 바랐다.

그래, 나는 그 아이의 영웅이 될지도 모른다.

달빛을 받아 창에 비친, 내 만면의 미소.

거기에 대고 나는 도끼를 휘둘렀다.

////

누군가와 만나고 싶어 미치겠을 때는 절대로 뛰면 안 된다.

그럴 것 같다.

몸의 진동으로, 흘러내리는 땀으로, 거친 호흡으로, 생각이 흐트러진다는 그런 몽상이 진실 같다.

이산화탄소와 함께 감정을 내뱉지 않으려고 호흡도 최소한으로 억제했다.

지금, 늘 치카가 나타나는 그 버스정류장을 향해 천천히 걷는 중이다.

귀에는 발소리와 바람에 흔들리는 나뭇가지 소리만 들릴 뿐.

자전거는 아루미를 묶어뒀던 버스정류장에 버려두고 왔다.

계획은 잘 풀렸다. 신속하게 실행하고 도망쳤다. 그러나 학교는 지금쯤 난리가 났을 테고 이미 범인을 특정했을지도 모른다.

그러나 나도 이 장소도 그런 소란스러움과는 지금 아무런 관계도 없다.

만약 정말로 학교 종과 사이렌이 영향을 주고받는다면, 전부 파괴하지 않아도 되리라 예상했다. 양말과 신발, 창문과 방 전체, 아루미와 몇 명의 사람. 분명 이쪽 세계의 파괴와 치카 세계의 파괴에는 차이가 있다. 이쪽의 작은 피해도 그쪽에서는 큰 피해가 되어 사람과 물건을 망가뜨린다. 부상은 체력이나 몸 면적이 다르니까 치카 쪽이 크게 다칠 수 있을 것이다.

물론 희망적인 관측일 뿐이나 왠지 나는 이 법칙을 믿을 수 있었다. 근거는 없다. 그냥 왠지 믿게 된다.

계획을 무사히 해내자 나는 무턱대고 치카와 만나고 싶었다.

이 역시 희망적인 관측이었는데, 지금이라면 당장 치카와 만날 수 있을 것 같다.

하늘이 군청색으로 바뀌기 시작한다. 이런 시간대에 버스정류장에 간 적은 없다.

치카가 정말로 있으면 무슨 이야기를 할까. 웃으면 좋겠다. 기뻐하면 좋겠다.

그렇게 바라며 버스정류장에 도착했다.

생각 이상으로 지쳤는지, 슬라이드 문의 손잡이에 손가락을 걸다가 한 번 미끄러졌다. 다시 손가락을 제대로 걸고 문을 열었다.

치카가 있었다.

"어떻게……."

만나고 싶어 했으면서도 무심코 이 말이 나왔다. 왜 이런 시간에? 왜 내가 바란 대로 여기에? 왜?

"카야랑 빨리 만나고 싶었어."

"나도."

거짓이 아니다.

"그래도 카야가 정말로 와줄 줄은 몰랐어."

나도다.

벤치에 앉았다. 전력을 다해 자전거를 탄 탓에 허벅지가 뻣뻣하게 굳었다.

치카를 보았다. 치카의 눈이 평소와 다른 감정으로 가득 찬 것 같다. 전부 읽어낼 수 없지만, 동요하는 기색이 들어있다.

"저기, 카야."

목소리가 떨린다. 또 무언가 치카가 울 일이 생겼을까?

걱정하고 있는데, 치카는 몇 번 눈을 깜박이고 말했다.

"사이렌이, 망가졌어."

온몸에서 힘이 빠져나갔다.

몸의 경직도, 역시 나도 모르게 했던 긴장도, 불안도 걱정도 전부 다 몸에서 빠져나가, 나를 지탱하는 심지가 사라지기라도 한 양 그 자리에 무너질 것 같았다. 그래도 곧바로 마음을 채우는 것을 느끼고, 그것을 예비전원으로 삼아 몸을 지지하며 입을 움직였다.

"다행이다. 성공했어."

치카의 눈이 커다래졌다.

"카야가 했어? 아니, 카야가 뭔가 했을 것 같아서 여기 온 거야."

"응, 맞아. 짚이는 게 있었어. 사이렌에 해당하는 거. 그걸 부쉈어."

"세상에. 소중한 거 아니었어?"

"아니야, 이쪽 세계에서는 중요하지 않은 거였어. 조금은 죄가 되겠지만. 어쩌면 열흘 정도 여기 못 올 수도 있어. 그보다는 성공해서 다행이야."

치카가 눈을 깜박이지 않는다.

"이제 전쟁이 멈췄어?"

유심히 지켜보는데 치카가 똑똑히 끄덕였다. 더할 나위 없이 행복한 1초에 못 미치는 시간.

"내일부터 한동안 전쟁은 없어. 그런 알림이 있었어."

"치카 집은?"

"전쟁이 없는 동안 부서진 집을 복구할 거래."

"그거 정말 다행이다."

마음에 기쁨이 차올랐다. 치카의 방이 돌아온다. 치카의 세계가 돌아온다. 치카가 살아갈 의미가 돌아온다. 치카가 슬퍼하지 않는다. 그래서 진심으로 기뻤다.

그런데 왜지.

치카는 안도한 목소리도 기뻐하는 목소리도 내게 들려주지 않았다.

"카야."

내 이름을 부르는 목소리가 갈라졌다. 왜 그러지?

혹시, 하고 머릿속에 최악의 예감이 스쳤다.

내 행동이 실수였으면 어떡하지. 나는 치카에게 상의도 안 하고 사이렌에 해당하는 학교 종을 부쳤다. 만약 신성한 사이렌이 치카에게 중요한 것이었다면. 치카는 자기 자신에게만 흥미를 느끼니 신성함과 그다지 관계없을 거라고 짐작했는데, 그게 내 착각이었다면 어쩌지?

갑자기 불안이 온몸을 휘감았다.

이 마음도 언젠가 잊혀질 거야

"나, 나, 내가."

입술이 떨리는지 말을 제대로 잇지 못했다. 나는 꿀꺽 침을 삼키고 치카가 또렷하게 말하기를 기다렸다.

"카야."

"……응."

"내가 너한테 뭘 해줄 수 있을까?"

나의 온갖 예상들과 전혀 다른 질문에 입술에서 무의식적인 말이 튀어나왔다.

"어?"

"내 세계를 지켜준 카야를 위해서 내가 뭘 해줄 수 있어?"

치카가 길게 눈을 깜박였다. 빛이, 오른쪽에서 한 줄기 흘렀다.

"아니, 어, 뭐를? 치카, 미안해, 내가 슬프게 했다면."

두 줄기의 빛이 격렬하게 좌우로 흔들렸다.

"슬프지 않아."

지금까지 들은 말 중에서 가장 강렬한 치카의 목소리였다. 슬프지 않다면 그걸로 괜찮다.

"그렇다면 다행이야."

"……왜? 어째서 카야, 나를 위해서. 다른 세계에 있는 나를 위해서."

똑같은 감정을 느끼지도, 전신을 볼 수도 없는 치카를 위해서.

아무리 생각해도 이유는 딱 하나뿐이다.

"네가 기뻐하길 바랐거든."

숨을 크게 삼키는 소리가 들렸다.

"카야."

"응."

"나, 네가 원하는 걸 할게."

나는 고개를 살짝 기울였다.

"카야가 이쪽 세계에 관해서 알고 싶은 게 있다면 뭐든지 알려줄게. 네가 해준 걸 조금이라도 돌려주고 싶어. 소중한 카야가 보여준 다정함을 조금이라도 갚고 싶어."

"아아, 뭐야."

치카가 기뻐한다는 걸 간신히 깨달았다.

게다가 나를 소중하다고 말해주었다. 그보다 더 중요한 게 있을까. 내 의지가 치카를 행복하게 했다. 그보다 더 중요한 게 있는가.

당연히 없다.

그러나 마음에 걸리는 게 있었다.

딱 한 가지, 치카의 말에 틀린 점이 있었다.

내 행동은 다정한 마음에서 우러나지 않았다.

그런 적당한 것이 아니다.

그걸 증명하고 싶었다.

아마도 묘한 흥분감이 진정되지 않았을 것이다. 도취했다. 내 행동과 치카의 기쁨에. 제정신일 때 회상하면 얼굴을 붉히고도 남을 나였다.

"치카."

"응."

"그렇다면 한 가지 부탁이 있어."

"응."

"조금만 치카를 만지게 해줘."

"어, 하지만 그건 너무 간단한걸."

"그걸로 충분해."

그러자 치카는 뭐가 뭔지 모르겠지만 이해했다는 듯이 고개를 끄덕이고 이쪽을 가만히 바라보았다. 나는 엉덩이를 들어 치카에게 다가갔다.

몸 두 개만큼, 한 개만큼, 그렇게 지금까지 중에서 가장 가까이 다가갔다. 서로 몸을 비스듬하게 바라보며 앉았기에 먼저 내 무릎과 치카의 무릎으로 짐작하는 부위가 닿았다.

"싫으면 말해줘."

고개를 끄덕이기를 기다려 나는 치카의 보이지 않는 몸에 천천히 오른손을 내밀었다.

당연하지만, 치카가 인간 여성과 같은 몸 구조를 지녔다고 가정하고, 성욕에 취해 가슴을 만질 생각 따위 없다.

그저 거기 있는 존재를 확인하고 싶었다. 그렇게 나 자신에게
알려주고 싶었다.

나는 다정한 마음으로 치카를 행복하게 해주고 싶다고 생각
하지 않았다. 다정함 같은 모호한 감정으로 움직이지 않았다.

이미 속일 수 없다.

치카가 내게 특별한 존재니까 했다.

다른 세계 사람임을 넘어 치카의 말이나 생각이나 마음을 진
심으로 소중하게 여겼으니까 했다.

결국 내 의사에 따른 이기심일 뿐이다.

그걸 행동으로 나 자신에게도 깨우치고 싶었다.

정의감이나 자비심은 전부 거짓말이라고 입력하고 싶었다.

작게 빛나는 치카의 손톱을 손끝으로 건드렸다.

내 손에 느껴지는 것은 변함없이 차가운 치카의 손. 인간이라
면 손등에 해당하는 그 부분은 인간과 마찬가지로 힘줄이 불거
졌다.

손가락으로 더듬어 손을 타고 올라갔다. 손목 부근일까. 더
올라가자 부드러운 천 같은 것에 닿았다. 소매가 긴 옷인가 싶
었는데, 그 천은 팔을 감싸지 않고 퍼졌다.

"어떤 옷을 입었어?"

"×××라고 하는데, 네 세계에는 없는 옷일 거야. 위에서부

터 덮어쓰는 형식이야."

로브나 망토 같은 옷일까. 감촉으로는 가볍고 부드럽다.

"정말로 싫으면 바로 말해줘야 해."

"응. 그래도 네가 만지는 거 싫지 않아."

나라는 사람을 믿어줘서 순수하게 고마웠고 동시에 두려웠다.

옷 위로 아마도 치카의 팔을 조심조심 쥐듯이 붙잡고 천천히 올라갔다. 도중에 닿은 뼈 같은 불룩한 관절은 팔꿈치일까. 이어서 치카의 팔이 조금 통통하고 부드러워졌고, 더욱 위로 올라가자 또 불룩한 뼈가 있었다. 어깨 같다.

"나랑 몸 구조가 같네."

"응. 나는 네가 보이니까 알고 있었어."

재미있는지 치카의 눈이 가늘어졌다. 그건 내가 아는 한 치카의 웃는 얼굴이다. 아주 가까운 거리에서 보자 가슴이 뛰었다.

이제 목적은 이뤘다. 그만해도 되는데. 이제 됐다는 말이 나오지 않는다.

손가락을, 목 쪽으로 더듬어 옮겼다.

목 비슷한 것을 건드리자 치카의 눈이 조금 흔들려서 얼른 손가락을 뗐다.

"왜 그래?"

"혹시 네가 싫어할까 봐."

"……카야, 상냥하다."

치카는 다시 눈을 가늘게 뜨고, 손톱을 움직여 조금 전까지 치카에게 닿았던 내 손을 가볍게 쥐었다. 그대로 자기 목으로 이끌어 내가 아까 도달한 곳에, 마치 사랑스러운 생물을 길들이는 것처럼 나란히 올렸다.

치카의 목은 인간처럼 맥박쳤다. 이 안에 나와 다른 빛나는 혈액이 흘러도 역시 생명이다.

나는 손가락을 턱 쪽으로 올렸다.

얼굴 윤곽이 있다. 자그마한 윤곽을 더듬자, 치카가 간지러운 듯이 소리를 냈다. 치카의 숨결이 만든 공기 움직임을 손가락으로 느꼈다.

뺨에 손가락을 댔다. 손톱을 세우지 않으려고 살짝 감촉을 확인하고서 손바닥을 대보았다. 치카의 뺨이 내 손바닥 온도로 변한다. 다른 세계에 있어도 체온을 나눌 수 있다.

치카가 거기 있다.

"있잖아, 치카."

그 자리의 분위기라느니 취한 탓이라느니 입이 멋대로 움직였다느니, 그런 변명은 이제 가져다 댈 수 없다.

"응, 왜?"

말하지 않아도 분명 체온과 함께 감정도 금방 전해질 것이다.

그렇다면 내 의지로 전하고 싶어서 마음을 단단히 먹었다.

이 마음도 언젠가 잊혀질 거야

"치카는 이해 못 할 테고 이해해달라고 부탁할 생각도 없어. 그래도 나는, 내가 그렇게 하고 싶다는 이유만으로 지금부터 너한테 들려주고 싶은 이야기가 있어. 미안해."

처음에는 무슨 소리인가 의아했으리라. 그래도 치카는 나를 분명 소중한 친구라고 인식하고, 뺨에 얹은 내 손에 자기 손바닥을 겹치고 "들려줘."라고 대답했다.

나는 도대체 얼마만큼의 용기를 짜냈을까.

"나는 치카를 좋아해."

"응, 나도 널 좋아해."

"그게 아니야."

고개를 갸웃거리는 대신인지, 치카가 겹친 손바닥을 조금 움직였다.

"전에 말했었지. 우리 세계에는 연애라는 개념이 있어. 친구와도 다르고 가족과도 달라. 솔직히 말해서 나는 연애의 정의를 너에게 설명할 수 없어. 무언가의 연장선이라고도 말할 수 없어. 성욕과의 명확한 관계성도 모르겠어. 그래도 내 마음에 지금, 분명히 있어."

한 번 침을 삼킨 이유는 단순히 내가 한 호흡만큼 겁쟁이이기 때문이다.

"연애라는 종류의 감정으로 나는 치카를 좋아해. 그러니까 치카를 만지고 싶었어. 하지만 치카는 그걸 모르지. 내가 때때로 치카의 말을 못 알아듣는 것처럼. 미안해, 그러니까 나는 말하고 싶었을 뿐이야."

내가 얼마나 한심한 표정을 지었을까.

"내 멋대로여서 미안해."

치카는 나를 근거리에서 가만히 바라보았다.

눈만 보이는 치카가 무슨 생각을 하는지, 전부 읽어낼 만큼 나는 민감하지 않다. 동요했을까, 모르는 감정이 다가와서 두려울까, 그쪽 세계에는 내가 모르는 부정적인 감정이 있어서 지금 치카가 그걸 느끼진 않을까.

걱정하고 염려해도 진실은 알 수 없다. 그러니 그저 기다릴 수밖에 없다.

물끄러미 치카의 눈을 보면서.

"카야."

이름이 불리는데 이렇게나 긴장한 적이 없다.

둘 다 시선을 피하지 않았다.

"키스하는 법을 가르쳐줘."

언제던가 그날, 경험한 것처럼 심장이 한번 강하게 떨렸다.

"뭐?"

"미안해. 카야의 말처럼 나는 연애라는 감각을 모르겠어."

"응."

"아무리 강렬한 감정이라도 이해할 수 없어. 그래도 카야랑

이 마음도 언젠가 잊혀질 거야

같이 너의 그 마음을 소중히 여기고 싶어. 그러니까 가르쳐줘. 연애하는 사람들은 키스라는 행위를 한다며?"

민망할 정도로 대놓고 당황하고 말았다.

"아니, 하지만 그게, 키스는."

"입술을 맞추는 게 다야?"

"아니, 그렇긴 한데."

치카가 내게서 시선을 떼지 않는다.

"나는 어떻게 하면 돼?"

"저기, 치카는 그게 싫지 않아?"

이것만은 묻고 싶었다.

"혹시 내가 사이렌을 부렸으니까 그 대가로 참는 거라면, 그러지 말아줬으면 해."

"그게 아니야."

치카가 단호하게 부정했다.

"입술을 맞추는 문화가 우리에겐 없어. 그러니까 그걸 참는다는 정도의 감각도 없어. 내가 하고 싶은 이유는 카야와 너의 그 마음이 소중하기 때문이야. 그래도 카야가 싫다면 안 해도 돼."

그 말과 동시에 치카가 내 손등에 닿았던 자기 손을 무릎 위로 옮겼다.

내게 맡겼다.

치카의 세계에 없는 개념이니까, 모르는 문화니까, 어떻게든 이유를 대서 회피할 수도 있었다.

그래도 나는, 이미 치카를 향한 연애 감정에서 도망치지 못하는 나는, 거부하면 치카에게 한 내 말에 조금이라도 거짓이 섞였다고 여겨지기 싫었다.

아니, 그런 건 전부 변명이다.

치카를 만지고 싶었다. 최대한 가까이 다가가고 싶었다.

입술 감촉을 알고 싶었다.

내 의지로 그러기로 정한다.

목이 들러붙어서 시작하겠다는 말을 미처 못했다.

처음에는 치카의 뺨에 대고 있던 손가락으로, 눈의 위치로 따져 짐작한 코를 더듬었다. 내 손가락이 떨렸다.

"무서운 일이야?"

떨림이 전해졌다.

"아니, 어어, 음, 무서울지도 모르겠다. 진짜 다시는 이 기분에서 돌아오지 못할 것 같아."

"거기에서 돌아오지 못하면 싫어?"

"치카가 있어 준다면 싫지 않아."

"있을게."

눈이 가늘어진 치카의 얼굴 움직임을 느꼈다. 코를 만지던 손가락을 아래로 내리자, 훨씬 부드러운 부분이 닿았고 치카의 눈이 원래대로 동그래지는 것과 동시에 그 부분이 움찔하는 것을 느꼈다. 입술을 올렸다가 내렸나 보다.

처음으로 치카가 눈을 가늘게 하는 그 표정이 정말로 웃음인 걸 알고 기뻐서, 눈시울에 묘한 것이 차오르려 해서 필사적으로 참았다.

"여기가 입술이야?"

"응."

"그럼 치카, 눈을 감아줘."

곧바로 빛 두 개가 사라졌다.

내 눈에 보이는 것은 오로지 거기 있는 어둠.

그러나 만져진다. 거기 분명히 있다.

옆에서 보면 우스꽝스러운 광경이다.

그러나 상관없다. 우리에게는 둘만의 진실 이외에는 아무것도 필요 없다.

"입을 어떻게 하면 돼?"

"다물고 있으면 돼. 아, 너무 세게 다물지는 않는 게 좋아. 힘은 빼고."

"잘 때랑 비슷한 느낌인가?"

손끝에 닿는 부분에서 모든 의식이 사라진다. 부드러운 부분을 더듬자, 인간의 입술과 같은 형태였다. 위아래를 완전히 닫지 않고 살짝 사이가 벌어졌다.

"가만히 있으면 돼?"

"응, 그대로 기다려줘."

내 입술을 기다려달라니 정신 나간 소리를 지껄인다 싶어 웃음이 나올 뻔했다. 물론 긴장을 누그러뜨리려고 억지로 지은 웃음이지 진짜로 웃지는 못했다.

심장 소리가 한 음 한 음 강하게 울렸다. 이대로는 입술로도 긴장이 전해지지 않을까 걱정이다.

걱정된다고 해서 지금 그만둘 수는 없을 것 같다. 의지가, 고집이, 연심이, 성욕이, 그 전부가 그러데이션을 이루어 지금 그만두면 물러날 수 있을 거라는 현명한 나를 내다 버렸다.

"그럼, 저기 싫으면."

"괜찮아."

나는 말을 가로막히자 이 이상 괜한 소리를 하지 않기로 했다. 각오가 말과 함께 달아날까 봐 두렵다.

치카의 입술에 올려둔 오른손 중지와 약지를 뺨 쪽으로 옮겼다. 그러나 표식이 없으면 입술 위치를 모르니까 손바닥을 치카의 뺨에 대고 엄지로 입술 끝을 만졌다.

치카는 방법을 알려달라고 했다. 일단은 설명할 필요는 없겠지. 해보면 된다, 딱 한 번.

키스하는 방법.

근데, 어떻게 하더라.

경험이 없진 않은데, 그러고 보니 키스하는 방법을 의식한 적이 없다. 상대의 윗입술에 해야 하나 아랫입술에 해야 하나, 내 건 어느 쪽이 먼저 닿아야 하나, 시간은, 강도는.

나도 키스하는 방법을 모른다.

내 의지로 해본 적이 없으니까 그럴 것이다.

좀 고민해봤지만 결국 모르겠다. 치카를 너무 오래 기다리게 해서 곤란하게 할 수도 없다.

지식 따위, 경험 따위, 지니고 있을 뿐이면 모르는 것과 그리 다르지 않다.

모른다고 지금 와서 후회해도 소용없다.

아래를 보며 한 번 심호흡했다.

다시 한번 치카의 얼굴이 있을 곳을 바라보고, 입술을 가까이 가져갔다.

내 입 모양은 어떻게 해야 하더라.

잘 때랑 비슷한 느낌이라고 치카가 말했다. 나도 따라 해야 겠다.

침을 삼키고 입술에서 힘을 뺐다. 위아래에 아주 조금 사이가 생긴다.

천천히, 내 엄지 위치를 확인하며 접근한다. 코가 부딪히지 않게 살짝 고개를 기울인다.

둘 다 이제 완전히 말이 없고, 소리가 없다.

치카는 무슨 생각을 할까. 문화 체험 같은 기분일까.

그 이상의, 긴장이든 뭐든 그런 강렬한 감정을 내심 품어주면 좋겠다고 바란다. 같은 기분을 가져주면 좋겠다고 바란다.

내 긴장과 심장 소리는 이제 이 공간의 어둠을 위협할 정도였다.

왼팔에서 들리는 시계 소리는 무시한다.

그리고.

닿는다.

윗입술끼리 부딪쳤다.

치카의 입술이 반사하듯이 살짝 움직였다. 순간 주춤했으나 거부하는 태도가 아니어서 조금 전의 괜찮다는 말을 믿었다.

치카와 함께 호흡한다.

윗입술이 그저 닿은 상태에서 서로 조금 짓이기듯이 움직이자 아랫입술도 닿는다.

온몸이 마비되는 감각. 몇 초간 그 상태에서 움직이지 못한다.

치카의 체온을 가까이에서 안다. 닿은 입술 너머로 또 다른 열기와 습기를 느낀다.

온몸의 힘을 모아 내 아랫입술을 치카의 아랫입술에서 떼고 윗입술을 쫀다. 치카는 반응하지 않는다. 그저 치카의 입술, 그 표면만이 아닌 부분을 건드린다. 매끈한 감각에 또 한 번 몸이 마비된다.

이 마음도 언젠가 잊혀질 거야

진부한 감상만 나온다.

치카의 입술은 달다.

혀 위에 아무것도 없는데, 분명히 단맛을 느끼는 나를 안다.

치카의 입술이 조금 벌어진다.

슬슬 때가 됐구나.

이제 끝이라니 솔직히 헤어짐이 아쉬웠다. 분명 이번 생의 헤어짐일 테니까.

그래도 치카가 너무 곤란한 건 싫다.

나는 치카의 윗입술을 가볍게 사이에 끼우는 것처럼 둔 내 입술을 살짝 뗐다.

하는 김에 치카의 뺨에 얹은 오른손도 떼어 아까부터 시끄러운 시계를 풀어 벤치 위에 놓았다.

치카의 얼굴이 있는 곳을 바라보며 티 나지 않게 심호흡하며 기다리자, 두 개의 빛이 물이 샘솟는 듯이 나타났다.

내 쪽에서 뭔가 말하면 적절하지 않은 것 같아서 치카의 반응을 기다렸다. 심장은, 도무지 차분하지 못하다.

치카는 첫 경험을 어떻게 생각할까. 불쾌하게 여기지 않았으면 좋겠다고, 키스라는 문화를 지닌 생물의 한 사람으로서가 아니라, 치카를 좋아하는 나로서 생각했다.

"조금 빠는구나."

예고 없이 조금 전까지 닿았던 입술에서 나온 말은 그것이었다. 나는 심장이 맹렬히 가동해 얼굴로 혈액을 보내는 걸 느꼈다.

입을 잘 때처럼 벌리는 것도 포함해 결국 내가 치카에게 키스하는 방법을 배우는 형태가 되었다. 한심하다.

"어땠어, 카야?"

어땠냐고?

"어어, 응, 치카는 모르는 감각이겠지만 기뻤어."

상대에게 전해지지 않을 테니까 아슬아슬하게 솔직히 대답했다.

그건 그렇고 새벽이 아직 멀어서 다행이다.

"치카가 불쾌하지 않았다면 좋겠는데."

"불쾌하지 않았어. 신기한 감각이었어. 친구랑 끌어안다가 힘이 넘쳐서 얼굴이 부딪치는 것과 비슷한 걸 카야가 아주 천천히 소중하게 한 것 같았어."

과연. 나는 친구라는 생물과 부둥켜안은 적이 없으니까 그쪽을 모르겠다.

"규칙이 있어? 정해진 거나."

"아니, 없을걸. 그냥 대충 지금 한 걸 이쪽 세계에서는 키스라고 불러."

"시간이나 강도도 정해지지 않았고?"

"응, 딱히."

이 마음도 언젠가 잊혀질 거야

"그럼 나도 할 수 있겠다."

"응? 아니."

내 설명 부족을 깨달았다.

치카는 아마도 착각했나 보다.

입술을 가까이 대고 누르는 쪽의 행동이 키스라는 이름. 받는 쪽은 키스하는 쪽의 행동을 받기만 하니까 키스를 했다고 할 수 없다. 상처를 주고 상처를 받는 것이 다르듯이 키스를 하고 키스를 받는 것에 명확한 선이 그어져 있다. 분명 치카 머릿속의 사고 흐름일 것이다.

즉, 치카는 아마도 자기가 아직 키스를 하지 않았다고 생각한다.

"카야, 얼굴을 가까이해줄래?"

또 엄격한 규칙이 없다면 자신도 지금 배운 키스를 할 수 있겠다고 생각한다. 게다가 내가 기쁘다는 소리까지 했으니.

"뺨에 손을 대는 건 뭔가 의미가 있어?"

"아니, 입술이 보이지 않으니까 표식으로 삼은 거야."

"그럼 내 이미지대로 해도 되겠다. 잠깐 이쪽으로 몸을 숙여줄래?"

교활한 나는 치카가 시키는 대로 한다. 치카에게 한 마디, 키스는 받는 쪽의 행위도 함께 가리키는 거라고 설명하는 것을 망설였다.

치카에게 온몸을, 입술을 맡겼다. 앞으로 벌어질 일을 안다. 어리둥절한 척했다.

"그럼 카야."

"응."

"눈을 감아봐."

이것도 어떤 규칙이라고 착각했으리라. 나는 치카의 착각을 정정하지 않고 눈을 감는다.

입가에 의식을 집중한 탓에 처음 몸에 닿은 감촉이 의외여서 정말로 놀랐다. 목에 기억하는 부드러운 천이 닿았고, 이어서 양쪽 어깨와 목 중간쯤에 각각 가느다란 물체가 놓였다. 팔이다.

놀랐지만 눈을 뜨지 않은 이유는, 규칙이 아닌 걸 들켜서 치카가 행동을 멈추는 게 싫었으니까. 꿈에서 깨기 싫은 어린아이 같은 이유로 나는 눈을 뜨지 않았다.

목 뒤에서 치카가 손깍지를 꼈다. 치카의 팔에 힘이 들어가고, 그 연약한 힘에 의지해 치카의 몸이 다가온다.

천천히 1초씩, 마치 틀리지 않았는지 내게 확인하는 듯이 부드럽게, 내 입술에 치카의 입술이 겹쳐졌다.

부드럽고 달다.

가만히 닿은 뒤, 치카가 아랫입술을 떼어 가볍게 내 윗입술을 쪼았다. 나를 흉내 내는 걸 곧바로 알아차렸다.

그렇다면 이제 곧 이 시간이 끝나겠다는 생각이 들었다.

처음에 했을 때는 그대로 포기할 수 있었는데.

어째서인지 두 번째는 포기할 수 없었다.

치카의 입술이 내 곁에서 떠나기 전에 나는 이쪽에서 치카의 입술을 살짝 쪼았다.

그러자 치카가 따라 하는 듯이 입술을 움직여 나를 쪼았다.

다시 한번 똑같이 하자, 역시 똑같이 돌려주었다.

몇 번이나 이어가자 침 같은 것이 섞였다.

정신을 차려보니 내 쪽에서 입술을 살짝 뗐다.

"치카."

목소리 진동이 치카의 입술을 떨리게 할 만큼 가까운 거리에서 이름을 불렀다.

아직 눈은 뜨지 않았다.

"응, 왜?"

내 목에 팔을 두른 치카의 목소리가 내 뇌와 마음을 흔든다.

"좋아한다고 몇 번 말해도 아마 전해지지 않을 건 알지만."

누가 듣는 것도 아닌데 목소리를 낮춘다.

"응."

"어쩔 수 없이 역시 슬프다. 그러니까 나는 이기적이지만, 치카를 향한 이 마음을 잊지 않을게. 아무리 희미해지고 번지고 언젠가 만나지 못해도, 설령 죽어서 영혼만 남더라도, 내 마음속에 있는 이 기분을 절대로 잊지 않을래. 그걸 허락해주면 좋겠어."

특별함이 오래도록 이어져가기를. 지루함이 다시 오지 않기를.

그렇게 바라왔다.

그게 지금 내 안에 있기에 전했다.

"응, 허락할게. 그렇다면 나는 카야의 세계에 있는 특별한 기분을 내게 준 걸 잊지 않을게. 연애는 모르겠어. 그래도 카야가 소중한 마음을 내게 향해줘서 기뻐. 거짓말이 아니야."

"치카, 왜 같은 세계에 없는 거야."

"그러게. 언젠가 경계선을 넘으면 좋겠다."

같이 살 수도 없다.

"치카."

"나의 소중한 카야."

항상 만날 수도 없다.

"좋아해, 치카."

"응."

상대의 말을 제대로 이해하는지도 불확실하다.

진짜 이름조차 모른다.

그저 서로 세계가 교차하는 이 장소에서, 서로 존재를 확인할 뿐이다.

이 마음도 언젠가 잊혀질 거야

나보다 치카와 가까운 인간이 저쪽 세계에 있다.

나보다 치카와 자주 만나는 인간이 저쪽 세계에 있다.

나보다 치카를 더욱더 이해하는 인간이 저쪽 세계에 있다.

그런 건 알고 있다.

그래도 치카와 공유하는 이 순간, 지금, 살아있는 지금만큼은, 내가 그 누구보다도 치카와 연결된다.

그렇게 믿는다. 절대로 착각이 아니다.

치카의 등일 부위에 눈을 감은 채 팔을 둘렀다. 힘을 주어 끌어당겨도 치카는 저항하지 않고 내게 몸을 맡겼다. 자기 팔에 힘을 주기도 했다.

누군가가 목숨이 섞일 정도로 가까이에 있어 주기를 바란 것은 처음이다.

온몸의 마비가 풀릴 때까지 나는 계속 그러고 있었다.

· / / / /

이쪽 세계의 전쟁은 끝날 낌새가 전혀 없었다.

여름방학이어서인지, 평소 품행이 바르다고 잘못 알려진 덕인지, 감시카메라 때문에 금방 범인으로 밝혀진 내가 받은 처분은, 많은 양의 반성문과 일주일 자택 근신, 또 생활지도 담당 교사와의 면담, 외부 의사와의 상담 정도로 그쳤다. 아빠에게는 호되게 혼났고, 늘 온화한 엄마에게는 한 대 맞았다. 혹시 얻어 맞은 영향이 치카에게 미칠지 걱정했는데, 엄마 주먹은 내 몸에 상처 하나 내지 못했으므로 괜찮기를 기대한다.

　가족이 눈을 번뜩여서 뭘 사거나 달리러 나가지도 못하는 건 아쉽다. 한번은 밤중에 집을 나가려다가 형에게 들켜 "엄마를 슬프게 하지 마."라는 소리를 들었다. 이미 가족의 인생을 더럽힌 짓을 한 나는 강행 돌파까지는 내키지 않았다.

　물론 달리기 따위는 아무래도 좋다. 치카와 만나고 싶었다.

　그날, 그 후로 우리는 앞으로 어떻게 할지 정했다. 대단한 것은 아니다. 치카가 전쟁 없는 생활 속에서도 정기적으로 피난소에 다녀주는 정도다.

　현실적으로 언제 사이렌이 복구되어 치카의 생활에 전쟁이 돌아올지 모른다. 그렇다면 지금은 피난소에 안 와도 되는 생활을 만끽하게 두는 편이 좋을 것이다. 그래도 나를 만나고 싶으니 찾아오겠다고 해줘서, 내 기분을 배려해줬을 뿐이지만 기뻤다.

　집에서는 아무 일도 없는 것처럼 얌전히 지낼 생각이었다. 그런데 잔뜩 혼난 날부터 나흘 후, 단둘이 있을 때 딱 한 번 엄마가 그날 일을 언급했다. 부엌에서 우유를 마실 때였다.

　"카야."

　방 한쪽에 놓인, 예전 것보다 음량이 훨씬 좋은 라디오가 소리를 냈다.

　　　　　　　　　이 마음도 언젠가 잊혀질 거야

"어떻게 말을 꺼낼지 망설였는데, 너 반성 안 하지?"

망설였다면서 돌직구네.

생각하다가 솔직히 대답했다.

"반성해. 엄마랑 가족한테 괜한 폐를 끼쳐서 미안하다고 생각해."

"그 말은 학교 비품을 부순 일은 반성하지 않는다는 소리네?"

반성, 안 한다. 미안하다고 생각하지만, 만약 그때로 돌아가더라도 같은 행동을 할 것이다. 그러니 반성한다고 할 수 없다.

다만 곧바로 끄덕이면 또 엄마의 걱정거리를 늘릴 뿐이니 어떻게 대답할지 고민하는데, 엄마가 한숨을 쉬었다.

"반성하지 않는다면, 그런 짓이라도 네 안의 무언가를 지키는 의미는 있었다는 거니?"

"으음, 있었어."

솔직히 대답했다.

"뭔지는 모르겠지만 신념이 있었던 거네."

"맞아."

엄마, 생각보다 나를 잘 이해하고 있는 것 같다.

그러나 역시 유전자나 혈연 같은 걸로 마음까지 연결되지는 않는다.

"네 신념을 따르기 위해서라면 뭔가에 상처를 줘도 된다고 생각하면 안 돼."

내가 대답하지 않자, 엄마와 아들의 대화 사이를 메우려는 듯 라디오 진행자가 음악을 틀었다.

"무언가를 마음으로 강렬하게 결심하고 행동할 때, 다른 사람에게 상처를 주지 않는 건 불가능해. 그렇게 남에게 상처를 주면 언젠가 카야의 소중한 것, 지키고 싶었던 신념도 상처를 받게 돼. 예를 들어, 내 가족을 위해 타인에게 쉽게 상처를 주는 사람은 결국 자기 자신을 위해 가족에게 상처를 주게 돼. 그리고 자기 자신도 상처를 받지. 엄마는 카야가 그렇게 될까 봐 걱정하는 거야."

"알겠어."

결국 그런 이야기인가.

"그러니까 폐를 끼친 건 미안하다고."

"얘가 진짜."

엄마가 크게 한숨을 쉬자, 나는 우유를 냉장고에 넣고 떠나려고 했다. 폐를 끼친 건 진심으로 면목 없다. 그러나 엄마는 치카에 대해서도, 치카의 세계에 대해서도 전혀 모른다. 내 행동의 의미를 제대로 이해하지 못한다. 누군가에게 상처를 주더라도할 가치가 있어서 그렇게 했다고 말해도 이해 못 할 것이다.

게다가 엄마가 말로 설명하지 않아도 나는 이미 목적을 위해 소중한 것에 상처를 주었고 이를 학습했다. 엄마의 설교는 시시하다.

"엄마도 영원히 살지 않아."

방으로 돌아가려는 내 등에 마지막으로 뻔한 말이 들렸다. 그야 그렇겠지. 인간은 언젠가 죽는다. 당연하다.

엄마와 둘이서 얼굴을 마주 보고 대화한 것은 그날이 마지막이었다.

일주일간의 근신이 풀리고, 나는 스타트 신호를 애타게 기다리던 경주마처럼 오전부터 집에서 뛰쳐나왔다. 달리는 리듬을 되찾는 데에 조금 시간이 걸렸지만, 기쁘게도 체력 저하는 느끼지 않았다. 식사와 마찬가지로 달리기 역시 몸이 원했다.

치카가 낮에 있을 리 없으니 버스정류장에 갈 필요는 없지만, 아는 사람과 만나 호기심 어린 시선을 받으면 불쾌할 테니 산으로 향했다.

수분 보충을 하며 달려 늘 가는 곳에 도착했다. 그곳에 아직 예전 그대로 버스정류장이 있어서 안심했다. 그리 쉽게 없어지지는 않겠지만, 마음의 심지를 지탱해주는 곳을 눈으로 볼 수 있어서 달리는 다리에 또 힘이 들어갔다.

집에 돌아왔을 때는 역시 땀범벅이어서 샤워하고 옷을 갈아입고, 엄마가 삶은 소면을 먹었다. 오후에도 오전과 거의 똑같은 일을 하다 보니 어느새 밤이 되었다. 저녁밥을 먹고 외출하려 하자 가족이 노려봤으나, 일찍 돌아오고 학교에 접근하지 말고 스마트폰을 가져가라는 조건으로 허락받았다. 일단은 무엇 하나 어길 생각은 없다.

8월쯤 되면 밤바람이라도 그렇게 기분 좋지 않다. 버스정류장까지의 길을 등을 축축하게 적시는 땀을 느끼며 걸었다. 탈수 증상을 일으키지 않게 엄마가 건네준 페트병 물을 마셨다.

있을지 없을지 모른다. 그래도 있을 가능성만으로도 오랜만의 재회를 기대하며 벌써 가슴이 요동쳤다. 기대감과 부끄러움에 긴장했다.

없어도 어쩔 수 없다. 그걸 알면서도 왠지 오늘 있을 것 같다는 몽상을 했다.

속으로 시시하기 짝이 없는 남고생이라고 나를 야유하자 조금은 호흡에 여유가 생겼다. 대기실 문에 손가락을 걸고 열자, 이 세계에 유일무이한 빛이 있었다.

"아, 카야, 다행이다."

내 마음의 안도와 기쁨을 대신 표현해주는 치카의 안심한 목소리. 나와 만나 기뻐하는구나, 하고 부끄러운 기대를 품으며 대기실 문을 닫았다.

"미안해, 그동안 못 와서."

대답하며 벤치에 앉았다. 어느 정도 거리감으로 앉아야 하나 고민하다가, 결국 이성이 수많은 것에 이겨 평소와 같은 위치에 앉았다.

"여기 오지 못하는 동안 집에 갇혔었어. 전에 조금 설명했

이 마음도 언젠가 잊혀질 거야

는데, 학교에서 처분을 받았거든. 그동안 여러 번 왔었다면 미안해."

"여러 번 오긴 했는데, 아니야, 괜찮아. 네가 여기 오는 게 한참 나중이면 어쩌나 걱정했으니까 지금 정말 기뻐."

그 말을 듣고 나도 당연히 기쁘다고 말하고 싶었지만, 역시 수치심이 말을 삼키게 했다. 무슨 짓을 하든 눈감아주기에는, 아직 그때처럼 이성을 잃지 않았다. 그래, 그때. 암흑 속에서 얼굴이 빨개졌다.

"걱정 끼쳐서 미안해. 전쟁은?"

이렇게 보니 치카 눈의 빛은 예전의 강인함까지 되찾은 것 같다.

"아직 사이렌을 고칠 계획이 없는 것 같아. 우리 집은 조금씩이지만 완성되는 중이야. 전부 카야 덕분이야."

"아니, 그런 건 아니지만 그래도 잘됐다."

일주일간 죄책감도 있었다. 치카는 아니라고 말했지만, 그때는 마치 사이렌을 부순 것을 구실로 삼아 치카에게 만져도 된다는 허락을 구한 셈이다. 그러니 이렇게 고마워하면 난처하다. 그래도 기뻐하니까 좋았다.

"카야, 갇혔다고 말했는데 그동안 뭐 하면서 지냈어?"

"별로 아무것도. 반성문을 쓰고 운동을 하고. 아, 맞다. 엄마한테 얻어맞았는데, 치카는 괜찮았어?"

"맞았다면 폭력을 당한 거야? 나는 아무 일 없었는데, 괜찮아?"

"아아, 응. 나는 아주 멀쩡하고 내가 잘못한 거니까 괜찮아."

"네가 괜찮다면 다행이지만."

걱정이 담긴 음색에 미안해진다. 화제를 바꾸자.

"치카는 뭐 했어?"

"나는 집을 다시 짓는 걸 돕고, 새로 생길 방을 위해서 안에 둘 것들을 모았어. 책이나, 전에 가져온 냄새 그거랑."

"오오, 나는 볼 수 없겠지만 방이 완성되는 거 기대된다."

치카가 다시 자기 세계에 대해 적극적이어서 기쁘다. 말했듯이 볼 수 없지만, 나도 치카의 세계가 완성되기를 기대할 수 있다.

"또 뭔가 있었어?"

치카의 대답을 기다리며 나는 손에 든 페트병 물을 머금었다.

"그러게, 키스에 관해서 생각해봤는데."

뿜었다. 물이 아깝다. 일부는 내 몸, 수분을 받아들이는 부위가 아닌 곳에 들어가서 몇 번이나 기침했다.

"카야, 괜찮아?"

"미, 미안. 괜찮아."

당연한 일이지만 역시 그렇다, 부끄럽다는 인식은 나만 있다. 문화도 문맥도 일맥상통한다고 착각하게 된다.

이 마음도 언젠가 잊혀질 거야

"혹시 생활하면서 키스에 관해 생각하는 거, 카야 세계에서는 이상한 일이야?"

어떠려나.

"아니, 이상한 정도는 아닐 거야. 지금은 물이 조금 잘못 들어 갔을 뿐이야."

변명 한번 어설프다.

"물은 천천히 마시는 게 좋아."

"나도 그렇게 생각해."

"아무튼 키스에 관해서 생각했는데, 그건 연애라는 감정을 표현하는 거라고 말했지?"

"응, 뭐 대충 그렇지."

"그럼 혹시 연애를 모르는 내가 카야한테 키스한 거, 그쪽 세계의 문화에서는 너한테 실례인 행동이 아닌가 걱정했어."

치카가 길게 눈을 깜박였다.

"그때 말했던, 카야의 기분을 함께 소중히 여기고 싶다는 내 마음은 진짜야. 그러니까 조금이라도 연애가 뭔지 알고 싶어서 부탁했는데, 너는 다정하니까 사실은 내 행동이 실례인데도 키스하는 방법을 가르쳐준 걸까 싶어서. 만약 그랬다면 미안해."

"실례 아니야."

곧바로 강한 말투로 부정했다. 놀란 정도가 말투에 드러났다. 그때 일로 치카가 걱정하리라고는 전혀 상상 못 했다.

새삼 깨달았다.

서로 문화를 전혀 모르면 이렇게 되는구나. 자기 문화와 맞춰 생각하면 때때로 상대의 생각을 무시하게 될 수 있고, 상대의 문화를 존중하면 자기 행동 전부가 상대에게 이상해 보일지 모른다고 의심한다. 그 조절이 너무 어렵다.

이러니 전쟁이 끝나지 않지. 그런 점에서 나는 운이 좋다.

치카와 가치관을 맞춰볼 수 있다.

"전혀 실례 아니야. 오히려 나야말로 치카 세계의 문화에 없는 일을 네가 고마워한다는 이유로 시키는 바람에 기분 나빴으면 어쩌나 걱정했어."

"나는 전혀 기분 나쁘지 않았어. 그때도 지금도 고마운 마음은 진짜고, 나는 모르지만 연애 감정에서 일어나는 행동을 카야와 공유해서 기뻤어."

"그, 래. 나도 기뻤어."

나는 그저 수줍어할 뿐이다.

"실례가 아니었다면 정말 다행이야."

"괜히 걱정하게 해서 미안해. 그래도 정말 치카가 나한테 실례일까 봐 걱정할 일은 아무것도 없어."

하지만 치카도 나와 마찬가지로 걱정해주어서 기뻤다. 물론 치카와 내 감정에 차이점이 있는 건 알지만, 다른 세계의 가치관을 잘 몰라도 어떻게든 받아들이려고 해준다.

"잘됐다. 음, 그럼 혹시 괜찮다면 연애에 관해서 더 묻고 싶은
게 있는데 괜찮아?"

"응, 내가 아는 거라면."

대답하면서 생각한다. 내가 아는 게 있나.

"연애 감정은 상대에게 다가가고 싶은 마음이랑 비슷해? 키
스라는 문화는 최대한 상대와 몸을 가까이하고 싶어서 생긴 건
가 생각했거든."

"비슷, 할지도 모르겠다. 키스의 기원은 모르지만 그럴 것 같
아. 친구와의 차이가 아마 정신적으로 신체적으로 가까워지면
기쁜 점도 있을 거야."

"카야도 그래?"

"응."

"그럼 가까이 갈게."

말하자마자 치카 눈의 빛이 높은 위치로 이동했다. 어리둥절
한 사이, 치카가 내 바로 근처까지 와서 내 옆, 어깨가 닿을 위치
에 앉았다. 치카가 앉을 때, 걸친 옷을 사이에 두고 서로의 팔꿈
치가 스쳤다.

"카야, 싫지 않아?"

"으, 응. 싫지 않아."

싫을 리 없다. 이 거리에서 서로 얼굴을 바라보기는 민망해서
나는 정면을 봤다. 아마도 치카의 팔뚝일 부위가 내 몸의 체온

에 맞춰져 간다.

"손이 닿았을 때 생각했는데 카야, 따뜻하다."

"치카는 이쪽 세계의 인간보다 조금 차가운 것 같아."

"내 몸의 온도가 특별히 낮은 편은 아니니까 우리 쪽이 차가운 거겠다."

맛과 냄새는 전혀 와닿지 않는데 온도는 닿는다. 이 차이는 뭘까, 이런 생각을 하며 심장을 진정시켰다.

"내 체온은 평균보다 조금 높을지도 몰라."

"그렇구나. 확인해보고 싶지만, 여기서는 카야 외에 다른 사람을 만나지 못하니까 동시에 만져볼 수 없겠네."

만약 다른 인간이 여기에서 치카와 만날 수 있더라도 내가 과연 데리고 올까. 연애 감정을 깨닫기 전이라면 아마 검토 정도는 했으리라.

"맞다, 혹시 카야가 원하면 다음에 내가 다른 사람을 데려올 테니까 만나볼래? 나랑 만날 때와는 다른 지식을 얻을지도 몰라."

이야기의 흐름으로는 자연스러운 제안이고, 어쩌면 시험해보는 것도 괜찮을 것이다. 그러나 나는 고개를 저었다.

"아니야, 치카와 만나는 걸로 만족해."

진심이었지만, 그 말 뒤에는 치카가 아직 나를 유일한 한 명의 특별한 사람으로 인식해주지 않은 것에 의기소침해진 마음

이 마음도 언젠가 잊혀질 거야

이 자리했다. 표정에는 드러나지 않게 감췄다.

"만약 시험해보고 싶어지면 언제든 말해줘. 이건 카야에게 고마운 마음에서 하는 제안이니까. 내 마음속에선 늘 카야를 소중히 여기고 있어. 그러니까 나도 카야랑 같이 있으면 만족해."

나의 대단치 않은 비굴함 따위, 치카의 말 한마디에 전부 날아갔다.

나는, 나를 포함해 연애를 아는 인간은 어쩜 이렇게 단순한 생물일까 싶다. 치카는 연애가 뭔지 모르는데도 내 기분을 송두리째 아는 듯한 말만 골라서 전해준다. 어쩌면 모르니까 사랑에 빠진 인간이 기뻐할 말을 부끄러워하지 않고 할 수 있는 걸까? 내면에서 연심을 감지한 나는 치카에게 차마 못 하는 말이 아주 많다.

그것들을 피하고, 치카의 고마워하는 마음을 무시하면 미안하므로 나는 한 가지 제안을 했다. 이것은 만나지 못하는 동안 생각했었다.

"그럼 대신에 치카에게 하나 부탁해도 될까?"

"그래."

"그림을 그려줄 수 있을까."

"어? 하지만 전에 실패했잖아?"

사실 전에 치카 세계의 문화, 들리지 않는 이름이나 그쪽 문자를 적어달라고 펜과 노트를 가져온 적이 있었다. 결과는 치카의 말처럼 실패. 치카는 이쪽 세계의 펜이나 노트를 손에 쥘 수 없었다.

"그때는 내가 펜을 건넸더니 바닥에 떨어졌었지. 근데 음식으로 실험했을 때 치카가 직접 쥐지 않고 내 손에 쥔 상태로 먹었었잖아. 그렇게 하면 괜찮지 않을까?"

"아하. 시험해봐도 괜찮겠다. 그런데 이번에는 글자가 아니고 그림이네."

"응, 그려줬으면 하는 게 있거든."

"뭔데?"

이 말이 실례인지 아닌지 판단할 수 없지만, 만약 실례라면 사과할 각오로 말해보았다.

"치카 초상화."

"으음."

"아, 미안."

거의 반사적으로 사과해 버렸다. 그러면서 이 거리에서는 오늘 처음으로 치카 쪽을 봤는데, 치카가 의아한 듯 눈을 기울였다. 알고는 있었지만, 정말 가깝다.

"왜 사과해?"

"아니."

이 설명을 차분하게 잘 전할 수 있을까.

깊이 생각하면 도저히 못 할 것 같아서 생각할 틈을 주지 않

이 마음도 언젠가 잊혀질 거야

고 대답했다.

"치카의 외모를 보고 연애 감정을 품은 게 아닌데, 초상화를 그려달라는 것이 마치 치카의 외모에 대해 어떤 감상을 품으려는 행동으로 비쳐서 혹시 실례이려나 싶어서."

"아하, 그렇구나. 근데 내가 곧바로 그리겠다고 말하지 않은 건 다른 이유가 있어. 그러니까 여러 의미에서 네가 사과할 필요는 없어."

"여러 의미?"

내가 되묻자, 치카가 머뭇거리는지 시선을 내렸다. 뭔가 그림을 그리면 안 되는 중대한 이유라도 있을까. 그런 사정도 모르고 내가 실례되는 부탁을 했을까. 걱정하며 대답을 기다리는데, 잠시 후 치카가 내 눈을 보지 않은 채 "그게 말이야." 하고 보이지 않는 입술을 움직였다.

"나, 그림을 진짜 못 그리거든. 그래서 초상화를 그려도 내 진짜 외모랑 하나도 안 닮았을 거야. 그게 그러니까 카야가 어떤 감상을 지닐 만한 그림조차 못 될 거야."

"그림조차 못 된다."

"그림조차 아닐 거야."

"후후."

실례인 줄 안다. 그러나 치카의 진지한 말투, 또 문화적 소양이 있는데 그림을 못 그리는 의외성, 순간 말할지 망설이며 신경 쓰는 귀여운 면과 얼마나 못 그리는지 상상하자 복합적인 이유로 웃었다.

물론 치카가 불쾌하면 안 되니 얼른 사과했다.

"미안, 결점을 비웃으려던 게 아니라 네 말투가 재미있어서."

바로 사과했지만, 치카는 기분이 상했는지 눈을 크게 뜨고 내 쪽을 바라본 채 아무 말이 없었다. 어쩌지, 진짜로 화가 났을까.

그러나 언제던가 치카의 분노한 목소리를 들었을 때와 눈의 느낌이 달라 보였다. 물론 사람 보는 눈을 키웠을 리 없는 내 직감은 미덥지 못하니 거듭 사과했다.

"정말로 불쾌하게 해서 미안해."

"아니야, 불쾌하지 않아. 내 그림을 보면, 아마 더 웃을걸. 입을 다문 건 그게 아니라 기뻐서야."

"기뻐서?"

자기 결점을 비웃었는데 기뻐하는 취미를 가졌다면 굉장히 의외인데, 그건 아니었다.

"카야가 웃는 얼굴을 처음 봐서 기뻤어."

"……처음 웃었나?"

별로 웃지 않는다는 자각은 있다. 다만 치카와 함께하며 이토록 충족된 기분인데도 지금까지 한 번도 웃지 않았다니.

"응. 내가 기억하는 한은 처음이야. 카야 세계에서는 어떤지 모르는데, 우리 세계에서는 소중한 사람의 미소를 보는 건 아주

기쁜 일이야. 처음으로 웃음을 볼 수 있어서 말이 안 나왔어."

"그렇구나. 우리 세계에서는 말이 안 나올 정도는 아니야. 그래도 치카가 웃으면 나도 기뻐."

그때, 가늘어진 눈이 웃음임을 확인했을 때, 내 몸이 기쁨을 표현했던 기억이 났다.

지금도 역시 소중한 사람이라고 치카가 자연스럽게 말해줘서 말이 안 나올 정도나 눈물이 날 정도는 아니어도 기뻤다.

"그럼 앞으로는 조금 더 웃어볼게."

"무리는 안 해도 되지만 웃는 모습을 보면 좋을 것 같아."

"평소에도 신경 쓸게."

인생 최초로 웃는 얼굴을 의식하면서 산다. 어떤 날들이 될까?

치카의 그림 실력이 어느 정도인지는 확인하지 않으면 모를 일이고, 그 이전에 실험이 성공할 수 있을지 모르겠지만, 다음에 만날 때 내가 펜과 노트를 준비해오기로 했다.

그때 주머니가 떨렸다.

내 연락처를 알고 이렇게 연락할 사람은 가족뿐이다. 확인하지 않아도 안다. 엄마가 '슬슬 집에 돌아와.'라고 보냈으리라. 평소라면 무시하겠지만, 가족에게 폐를 끼친 나는 지금 가족에게 빚이 있다.

"치카, 오늘은 슬슬 가야겠어."

"네가 먼저 가다니 드문 일이네."

정말 그렇다. 사실 나도 먼저 가기 싫다.

"응, 가족이 불러서."

"그렇구나. 저기, 카야."

치카와의 시간이 끝나는 걸 알자 증폭되는 아쉬움과 반비례로 긴장이 풀리려고 했다. 처음 알았다. 좋아하는 사람과 있으면 체력과 정신력이 필요하다. 아쉬운 마음은 진짜인데 안심하는 순간이기도 하다.

"키스는 어떤 계기로 해?"

일단 빠졌던 힘을 맹렬한 속도로 다시 몸에 되돌려야 했다. 막 돌리려던 시선이 치카에게 흡수되었다.

"계기라니, 어어, 분위기나 흐름 아닐까?"

"그건 나는 모르겠네."

그렇지, 다른 세계의 분위기를 이해하라니 문화를 이해하는 데도 고생고생하는 우리에겐 어렵다.

"그럼 어떤 기분일 때 해?"

"그건, 하고 싶을 때나?"

밥을 먹는 건? 배가 고프니까. 이런 멍청한 문답이다.

그래도 달리 어떻게 말하겠나.

"하고 싶을 때라면 나는 못 느끼겠는데, 연애 감정이 아주 강해졌을 때라는 의미? 가족에 대한 마음이 강해지면 서로 끌어

이 마음도 언젠가 잊혀질 거야

안는 것처럼."

나는 가족과 그런 일을 한 경험이 없어서 모르겠다.

"그럴지도. 상대가 너무 좋아서 어쩔 줄 모르는 느낌?"

"카야는."

이런 흐름이 되리라고는 생각도 안 했지만, 지금 이 상황을 부정할 수 있는 나는 어디에도 없다.

"카야, 지금 어떤 기분이야?"

치카가 지닌 가치관에 성실해지고 싶은 바람과 내가 지닌 연심에 성실해지고 싶은 이기심은 사실 모순이어서 적확하게 맺고 끊지 못하고 고민이 이어진다.

결국은 그저 솔직하게 대답했다.

"상대가 너무 좋아서 어쩔 줄 모르겠어."

"키스에는 제한 횟수가 있어?"

"없어."

아까 모르겠다고 했지만, 그 후로는 흐름과 분위기였다.

서로 눈을 감으면, 치카의 모습이 보이지 않는 것도 내 모습이 보이는 것도 상관없어진다.

어둠 속에서 그저 서로의 존재를 확인했다.

"교활하게 굴어서 미안해."

얼굴을 원래 거리로 되돌린 후, 순간 내가 말했나 싶은 말을 치카가 했다.

"횟수를 늘리고 싶었어. 익숙해지면 잘할 수 있을까 싶어서. 그런데 카야의 기분을 이용한 게 되니까."

한 방 맞았다는 표현은 너무 거칠고 바보 같아서 하기 싫다.

"치카가 싫지 않다면 나는 괜찮아."

결과적으로 어리석은 대답만 했다. 그리고 또 배려심과 열렬한 마음 사이에서 딱 맺고 끊지 못하는 나를 보듬은 채, 입술을 몇 번 겹친 후 나는 집에 돌아왔다.

/ / / /

밀월.

이런 말, 알고는 있어도 떠올리는 날은 없을 줄 알았다. 그래도 치카와의 시간에 이름을 붙인다면, 부끄럽지만 그 말이 딱 어울린다.

여름이 지나고 가을이 와도 우리는 뭔가 특별히 새로운 정보를 얻지 못하고 그저 둘만의 시간을 보냈다. 아무도 모르는 곳에서, 많은 시간과 장소에서 모아온 응축된 꿀을 맛봤다.

그림 그리는 실험은 성공했다. 우선 내가 펜과 노트를 들고 치카에게 위에서 잡으라고 하고, 두 사람의 손가락이 펜과 노트에서 떨어지지 않게 동시에 손을 이동하는 상태로 그림을 그렸다. 어떤 그림이 완성되었는지는 웃음이 나오니까 생각하지 말자.

이 마음도 언젠가 잊혀질 거야

글도 적어달라고 했다. 당연히 그쪽 언어를 읽을 수는 없었다. 신기하게도 치카가 적어준 모든 것은 치카가 펜을 놓고 내가 노트에서 시선을 떼면 사라졌다. 스마트폰으로 촬영도 불가능했다. 사실 예전에 몰래 치카의 목소리를 녹음한 적도 있었는데, 공백에 맞장구를 치는 멍청한 내 목소리만 남았을 뿐이었다. 아쉽게도 두 세계를 초월해 무언가를 기록하지는 못하나 보다. 문자의 형태를 외우고 집에 돌아와서 조사해봤으나, 치카 세계의 언어가 이쪽 세계에 없다는 것만 확인할 수 있었다.

결국, 노트를 통해서는 치카의 외모가 인간 여성과 비슷하고, 치카 세계의 건물은 아마도 네모나게 생겼다는 정보 이외에 얻지 못했다.

그림을 그려달라고 내 쪽에서 부탁했으면서 치카의 외모를 자세하게 알 수 없자 왠지 마음이 놓인 나 자신을 알 수 있었다.

눈과 손발톱만 보일지라도 치카를 소중히 여기기에는 과분한 정보라고 확신할 수 있었다.

그저 즐거운 날들이었다.

평범한 친구나 연인 사이에서 생길 법한 대화 내용의 고갈도 우리 사이에서는 생기지 않았다. 굳이 화제를 찾지 않아도 서로의 생활이 전부 다른 세계의 사건이니 흥미가 떨어질 리 없다. 치카가 해주는 말 구석구석에 내가 모르는 문화가 있고 사고방식이 있다. 그걸 치카의 입에서 나오는 소리로 알 수 있다. 특별한 시간이었다.

언제나 치카는 이쪽 세계에 관해 풍부하게 상상하며 대화를 해주었다.

그 증거라고 하면 오버지만, 내가 말하는 내용이나 내 외모에서 다양한 정보를 얻어, 내가 전하지 않은 것도 깨닫는 상황이 몇 번이나 있었다.

"카야 세계에서는 기온이 크게 달라지는 기간이 있어?"

"기온? 계절에 따라 달라져."

"계절이 그 기간을 말해?"

"응. 아, 치카 세계에는 계절이 없나? 전체 세계로 따지면 우리나라에는 계절이라는 게 네 종류 있어. 지금은 가을이라는 계절이고 너랑 만났을 때는 겨울이라는 계절이었어. 지금은 더운 계절이 지나서 조금 시원해졌고, 우리가 만났을 때는 추웠어."

"아, 그래서구나."

"그래서?"

"옷의 개수나 보이는 무게가 조금씩 달라졌거든. 우리는 기온이 높은 장소와 낮은 장소, 비 오는 날과 맑은 날, 태양이 떴을 때와 가라앉았을 때, 그밖에 일에 따라 복장을 바꾸는데 기간에 따라 바꾸지는 않아. 그래서 우리 세계보다 기온 변화가 큰, 그 계절이라는 게 있겠다고 짐작했어."

"아하, 우리도 상황에 따라 복장을 바꾸긴 해도 기본적으로는

이 마음도 언젠가 잊혀질 거야

계절에 맞춰. 그럼 나는 안 보이지만 너는 여기 올 때 대체로 비슷한 옷을 입겠네?"

"색이나 무늬는 달라. 그래도 너희처럼 다양한 종류를 가진 건 아니야."

"나는 옷이 그렇게 많은 편은 아니긴 해. 여기 올 때는 움직이기 편한 복장일 뿐이고. 낮에는 보통 교복이야."

그러고 보니 교복이라는 말이 치카 세계에 있을까, 하고 설명 부족을 걱정했는데, 곧바로 "학교에 갈 때 입는 옷이지."라는 목소리가 들렸다.

"응, 너희 세계에도 학교에 갈 때 입는 옷이 있어?"

"없어. 평소 입는 옷을 입고 가."

솔직히 놀랐다. 낮에 학교에 간다는 정보와 그 시간에 입는 옷이라는 점에서 교복이 어떤 역할을 하는지 치카는 금방 알아차렸다. 나였다면 간단히 추리하지 못했을 거다.

치카는 역시 존경할 만한 인물이라는 사실과 만나지 않을 때도 내 생각을 해주고 있다는 것이 기뻤다.

"너희 세계는 남자보다 여자가 차가워?"

"음, 사람에 따라 다를걸. 치카 세계는 그래?"

"체감 온도는 여자 쪽이 낮다고 읽은 적이 있어. 체온은 남녀 비슷하려나."

"여기도 아마 여자 중에 추위를 잘 타는 사람이 많을지도."

"역시 그렇구나."

"남자여서 내 체온이 높다고 생각할지도 모르겠는데, 전에 말했듯이 나는 운동을 하니까 다른 남자와 비교해도 좀 높을 거야."

"그렇구나."

"혹시 치카, 추워?"

"아니야, 괜찮아. 네가 여기 있는 동안에는 하나도 안 추워."

사실 그런 말을 들을 만한 거리였다.

치카 본인에게는 나를 사로잡으려는 의도가 전혀 없겠지만, 그런 의사와는 상관없는 결과가 초래될 때도 있다. 그 점은 우리와 같다.

그 점은, 이라고 표현한 데는 이유가 있다.

이미 중요하지 않은 일인데, 역시 치카는 생물로서 우리와 다른 존재였다.

어느 날, 치카의 머리카락을 처음으로 제대로 만진 순간이 있었다. 어쩌다가 그렇게 되었는가 하면, 서로 좀 더 가까워지려고 했을 뿐이었다. 아무튼 치카의 뒤통수 같은 부위에 손을 둔 순간이 있었는데, 그때 나는 머리카락일 부분의 감촉에 놀랐다.

"왜 그래?"

"치카 머리카락, 묶은 부분부터 뻗은 부위도 진짜 머리카락이야?"

"응. 진짜야. 뭐 이상해? 네 머리카락이랑 달라?"

달랐다.

손으로 만져보니 치카의 머리카락은 이쪽 세계에서 말하는 아마도 포니테일로 묶은 것 같은데, 머리카락 뿌리 부분의 질감과 묶인 부분부터 머리끝까지의 질감에 분명히 차이가 있었다. 머리카락 한 올이 부위에 따라 질감의 차이가 크게 나는 점도 우리에게는 없는 특징인데, 그 이상으로 평범한 머리카락보다 조금 딱딱한 정도인 뿌리 부분과 비교해 머리끝에서 느껴지는 특수한 감촉에 놀랐다.

치카의 머리카락은 끝에서부터 10센티미터 정도, 현시점에서 내가 아는 가장 비슷한 재질로 표현하면 낭창낭창하고 부드러운 철사 같았다.

철사라도 그냥 딱딱하게 고정된 형태로 존재하지 않는다. 우리 머리카락과 마찬가지로 다발로 묶여 휘어지고 흔들린다. 지금까지 우연히 치카의 머리카락에 닿은 적도 있었겠지만, 이질감을 깨닫지 못한 이유가 이 낭창낭창함 때문이다. 그래도 찌르려고 마음먹으면 피부도 꿰뚫지 않을까 상상이 갔고, 그런 이유로 치카가 뒤로 묶었을지도 모른다고 생각했다.

과연 이와 비슷한 감촉이 나는 물건이 이쪽 세계에 존재할까.

"카야가 불쾌하다면 닿지 않게 할게."

어떻게 받아들였는지, 내가 생각에 잠긴 사이에 치카가 묘한 신경을 써서 진심으로 후회했다.

"만져본 적 없는 질감이지만 전혀 불쾌하지 않아. 오히려 좋았어. 아직 모르는 부분이 있다는 게."

물론 모르는 부분만 잔뜩 있긴 하다. 그래도 모르는 부분을 점점 알아가서 기쁜 건 진심이었다.

치카에게 전하지 않았으나 더 이어지는 말이 있었다.

기뻤다. 또 좋아하게 될 부분을 새롭게 발견해서.

"나도 카야 머리카락, 만져봐도 돼?"

"응, 물론이지."

날씨가 시원해졌다는 핑계로 이발을 게을리해 길게 자란 내 머리카락을 치카가 만졌다. 누가 머리를 만지면 마음이 편해지는 경험이 처음이어서 그 느낌이 강렬했다.

"머리카락 끝까지 부드러워서 기분 좋다. 확실히 전혀 다르네."

그래, 전혀 다르다. 전혀 다른 생물인데도 불구하고 이렇게 서로 만지고 이해하려고 할 수 있다.

정말 아무래도 좋다. 치카가 인간이든 아니든.

그날, 우리는 또 두 가지 세계가 가장 근접하는 경험치를 쌓았다.

밀월.

말 그대로 밀월이다.

원래는 허니문을 직역한 말이다. 결혼한 후의 한때, 가장 달콤한 꿀 같은 시간을 표현한 말이라고 한다.

나는 행복했다.

달콤한 꿀의 존재를 믿고 살아갈 수 있으니까.

……라는 세상에 통달한 듯한 소리를, 감히 잘도 지껄였다.

/ / / /

"치카, 생일이 언제야?"

"태어난 날이라는 의미지? ××××××××인데."

"미안, 전혀 못 알아듣겠어."

"으음, 뭐라고 말해야 하지? 이제 곧이야."

자세히 물어보니, 대략적이지만 치카의 생일은 2주쯤 후인 것 같다. 치카 세계에서의 감각이라 아무리 확인하려고 해도 일치하지 않을 가능성도 있다.

"왜?"

"최근 아빠 생일이어서 치카 세계에서도 생일을 축하하는 풍습이 있나 궁금했어."

"아하. 있어, 가족이 ×××라고 특별한 기도를 잠에서 깼을 때 해줘."

"호오. 이쪽에서는 케이크를 먹고 선물을 주는데."

"케이크가 뭐야?"

케이크의 형상과 원재료를 설명하자, 치카 세계에도 다른 이름으로 불리는 거의 비슷한 음식이 있다고 했다.

"카야 세계에서는 태어난 날이 아주 중요하구나?"

"어떨까. 그냥 의식 같은 거라 태어난 날을 구실로 삼아서 소란을 떠는 것 같아."

"즐거우면 좋은 일이지."

치카가 웃으면 내 안의 선택지 중에서 "그러게." 하고 긍정하는 행동을 취하는 우선순위가 현격히 높아졌다.

"치카한테도 뭔가 선물하고 싶은데, 케이크는 준비해도 맛을 모르고, 선물도 줄 수 없겠어."

"고마워. 항상 카야랑 함께 보내는 시간을 받으니까 충분해."

몇 번을 들어도 이 말은 질리지도 않고 내 내장을 달군다.

"뭐, 내가 줄 수 있는 것 중에 갖고 싶은 게 생각나면 말해줘."

"그러게. 아, 그럼 부탁 하나 해도 돼?"

"물론."

드문 일이다. 치카가 하는 부탁. 나를 원해줘서 자연히 목소리가 들떴다. 다만 과연 내가 치카의 바람을 이뤄줄 수 있을지 걱정스럽다. 소원을 물어봐 놓고서 이뤄줄 수 없다고 대답하면 치카가 실망할 테니까. 나도 나에게 실망할 것이다. 내가 할 수 있는 일이 많지 않겠지만.

이 마음도 언젠가 잊혀질 거야

그래도 전부 쓸데없는 걱정이어서 정말 다행이었다.

"전에 각자 세계의 노래를 불러준 적 있었지?"

"응."

벌써 몇 달 전 일이지만 생생히 기억한다.

"카야 노래를 한 번 더 들려줬으면 좋겠어."

"뭐."

"싫으면 안 해도 돼."

"아니, 아, 지금 건 싫다는 의미가 아니라, 싫을 리 없다고 하는 거였는데, 그러니까 노래하는 건 딱히 싫지 않아."

조금 창피하긴 해도 부탁하는데 거부할 정도는 아니다. 그보다 지금은 이상하게 허둥거린 게 한심해서, 치카의 표현을 빌린다면 그런 내가 싫었다.

"그래도 그런 시시한 걸로 괜찮겠어?"

"시시한 게 아니야. 다른 세계의 노래를 들을 수 있고, 또 평소와 다른 카야의 목소리를 들을 수 있으니까 아주 특별한 일이야."

그렇게 말해주면 기쁘지 않을 리 없다.

"그렇다면 괜찮은데. 그거라면 지금도."

"아니야, 모처럼이니까 조금 더 지나서, 내가 태어난 날이 다가왔을 때 하면 좋겠어. 가족뿐 아니라 카야도 축하해주는 게 기뻐."

나도 축하할 수 있어서 기쁘다고 치카에게 말하면서, 치카의 가족을 생각했다. 자연스럽게 눈과 손발톱만 빛나는 사람들이 암흑 속에서 생활하는 모습을 상상하게 되는데, 물론 그쪽 세계에서는 치카를 포함해 모두의 몸이 제대로 보일 것이다.

치카의 모습을 볼 수 있는 가족이 정말 부러웠다. 그러나 보이지 않기에 나와 치카 사이에 유일무이한, 뻔하지 않은 인연이 있다고 자랑스럽게 여길 수 있다.

세상에 달리 없는 관계성. 절대 닿을 수 없기에 존재하는 것.

한동안 생일 이야기를 나누다가 치카가 가족에게 돌아갈 시간이 왔다. 치카를 배웅한 후, 나도 대기실에서 나왔다.

시계를 봤다. 오늘도 조금 늦어졌다. 여름방학이 끝나고 이미 한참 지나서 요즘은 가족 사이에서도 나를 향한 관심이 식었는지, 조금 늦어도 혼나거나 걱정하지 않는다. 그걸 기회 삼아 나는 치카와의 시간을 걱정 없이 즐겼다.

돌아가는 길, 치카에게 부탁받은 노래를 생각했다. 그러고 보니 전에 부른 것과 같은 노래로 괜찮은지 확인하는 걸 잊었다. 어쨌든 전의 노래도 포함해 몇 곡을 들어보고 머릿속에 입력해 둬야겠다.

2주는 금방이다. 치카가 옆에 없는 동안의 생활을 나는 변함없이 고교생답게 보냈지만, 맛이 너무 연해서 그런 것이 2주분 쌓여 봤자 금방 삼켜버린다. 치카라는 특별한 존재를 얻어 내 세계를 이루는 다른 부분의 색이 점점 흐릿해진다. 애초에 일상을 달리는 도중에 시야 끝을 가로지르는 풍경에 불과했던 가족도 반 동급생도, 전부 다 언젠가 새하얘질지도 모른다고 생각할 정도로 흐릿해진다.

나 이외의 인간, 뭔가 자신만의 특별함을 발견한 인간에게도 세계가 이런 식으로 보일까. 아니지, 아마 그건 아니다. 만약 그렇다면 무언가와 만난 덕분에 세계가 반짝인다는 말이 버젓이 쓰일 리 없다.

이 세상에서 유일한 특별함을 지닌 나는 안다. 반짝이는 것은 세계 같은 모호한 게 아니다. 나 자신의 마음뿐이다. 그 이외에는 없다.

매번 버스정류장 대기실의 문을 열 때는 만나지 못하게 되는 날이 제발 오늘이 아니기를 기도한다. 마음 어딘가에서 언젠가는 그날이 온다는 걸 알고 있지만, 그게 오늘이라는 각오는 전혀 할 수 없었다.

차가움, 딱딱함, 부드러움, 달콤함, 그 전부를 온몸으로 바라며 산다.

치카의 생활에서 전쟁이 사라진 이후, 우리는 보통 한 주에 1, 2회 주기로 만났다. 전부 치카가 가족 눈을 잘 피해서 피난소에 와줄 수 있느냐에 달렸다. 아무래도 치카 세계에서는 전쟁이 없는데 피난소에 있는 건 그다지 장려하는 행위가 아닌가 보다.

즉, 치카가 언제 올 수 있을지 미리 알 수 없다는 것인데, 내가 매일 가면 되니 그런 건 문제가 되지 않는다. 그런 난관이 있는데도 자주 나를 만나러 와줘서 기쁘다.

자세하게 알 순 없어도 지금까지 경험으로 대충이지만 치카의 생일에 가장 가까운 만남의 날을 예상했다. 생일을 축하하기로 약속한 날부터 두 번째로 만났을 때, 치카와 상의해 다음에 노래를 선물하기로 했다. 생일을 지나게 되면 그때는 그때 하기로 했다.

처음에 예상한 대로 그날은 금방 찾아왔다.

매번 이번이 최초의 만남인 것처럼, 아무리 생각해도 적절하지 않은 긴장감을 품고 대기실 문을 연다. 그곳에 반짝이는 눈과 손발톱만인 모습을 보여주는 그녀가 있을 때면 마음이, 아마도 이 세계 어디에도 없는 행복으로 충만하다. 이 세계에는 없으니까 말로 표현할 수 없다.

"카야."

목소리가 평소보다 춤추는 것처럼 들렸다. 나도 그저 치카를 부르고 몸 하나만큼 떨어져서 앉았다. 그러면 치카가 바싹 붙는 위치로 이동해준다.

"왠지 즐거워 보여, 치카."

"응, 오늘을 기대했거든."

이렇게 대답해줄 줄 알면서 굳이 물어보았다.

"생일, 지나지 않았어?"

"응. 태양이 가라앉아서 한 번 더 뜨면 내가 태어난 날."

"그럼 내일이네. 베스트 타이밍인데, 혹시 오늘 오려고 무리한 거 아니야?"

누군가의 행동 하나하나에 의미를 유추한 적은 있어도, 그 행동으로 상대방이 상처받지 않을지 헤아려 보려는 생각은 치카와 만나기 전까지는 하지 않았다. 물론 이는 치카만을 향하는 생각이다. 내가 다정한 사람이라면 손에 넣은 능력을 주변 사람에게도 쓸 수 있겠지만 그러지는 않으니까.

"아니야, 별로 그러지 않았어. 평소랑 같아."

"그럼 다행이야. 아, 그럼 치카 세계에 같은 표현이 있을지 모르지만."

예의상 하는 이 말에 이렇게나 진심을 담은 적이 없다.

"생일 축하해, 치카. 하루 이르지만."

"고마워. 이쪽에서는 생일이라는 말을 잘 안 하니까 카야에게 특별한 말을 받아서 기뻐."

이제는 치카의 눈을 쑥스러워하지 않고 볼 수 있는데, 이상하게 웃을 때만은 별개여서 언제나 가슴이 높이 뛴다.

"카야가 태어난 날이 오면 그때는 내가 생일 축하한다고 말할게."

"아직 멀었지만 그때는 치카 세계의 표현이 좋겠어. 듣고 싶다."

"알았어, 그럴게. 아직 한참 멀어?"

"응, 앞으로 몇 달쯤."

2월 말. 치카와 만난 날. 그렇게 말하자, 치카는 그렇다면 똑똑히 기억할 수 있다며 기쁘게 말했다. 나의 생일을 기뻐하는 사람이 가족 이외에 있을 줄은 상상도 못 했다.

"그럼 바로 본론으로 들어가서 카야의 노래를 들려줄 수 있어?"

"그래, 좋아."

묘하게 기합이 들어간 목소리가 나왔다.

"왜 그래?"

"아니, 새삼 좀 긴장되는 것 같아서."

그때도 그랬지만 소중한 한 사람에게 노래를 들려주다니, 경험도 없고 내 성격과도 안 맞아서 역시 태연하게 할 수는 없었다.

그래도 이건 치카가 바란 일이다. 내 노랫소리에 딱히 가치는 없겠지만, 축하하기 위한 노래다. 무언가 전해지지 않더라도 마음을 담아 제대로 부르고 싶다.

지난번에 만났을 때, 치카가 두 곡을 불러 달라고 부탁했다. 전에 부른 노래와 새로운 노래. 같은 곡을 부르는 이유는 예전과 느끼는 방식에 차이가 생길지 확인하기 위해서다. 전에는 둘

이 마음도 언젠가 잊혀질 거야

다 곡의 멜로디를 잘 이해할 수 없었다. 이번에도 대충 그러리라 예감은 들지만, 치카도 그 정도는 예상했을 테니 굳이 노래하는 의미를 토론할 필요는 없다.

"나는 앞을 보고 있을게."

어쩌면 내 목소리의 크고 작음은 치카 세계에 아무 상관 없을지도 모른다. 그래도 나는 치카의 귀에 입을 대고 전처럼 작은 소리로 부른다. 의미는 모르겠다.

이번에는 혹시 치카의 귀에 코가 부딪쳐도 태연하게 넘어갈 수 있다. 치카와 나 사이에는 서로의 존재를 확인한 시간, 특별함을 자아낸 시간이 있다.

그런 생각을 하면서도 긴장하는 내가 한심하고 또 기쁘기도 했다. 나는 아직 치카를 향한 마음을 그 이외의 다른 것으로 속여 넘기지 않고 내 안에 품고서 살고 있다.

나는 정말 특별하고 행복하구나.

"그럼 치카, 너무 가깝거나 목소리가 크면 말해줘."

나는 치카의 귀에 손을 대고 얼굴을 가까이 댔다.

"응."

적당한 거리, 코와 귀가 닿지 않을 정도의 위치에 입술을 놓고 조용히 숨을 들이쉬었다.

사실은 들이쉰 그 산소를 치카에게 노래를 건네기 위해 쓸 예정이었다.

그런데 지금까지 겪은 많은 일이 떠올라 먼저 전하고 싶은 말이 생겼다.

"치카, 고마워. 치카를 만나서 다행이야."

속삭이는 정도의 성량이었지만 숨을 전부 써버려서 허둥지둥 숨을 한 번 더 들이쉬었다.

눈을 감은 치카가 살짝 고개를 끄덕인 걸 귀에 댄 손가락을 타고 느꼈다.

"나도."

암흑에서 들리는 평소와 같은 목소리를 기다렸다.

"맨 처음으로 카야를 만나서 다행이야."

별일 아니라고 흘려들었어도 좋았을 것이다.

나는 치카의 귀에 댄 손가락을 떼고, 얼굴 가까이 가져간 내 얼굴을 원래 위치, 등을 펴고 앉았을 때 오는 그 위치로 돌렸다.

"……카야?"

평소대로 단순한 대화로 처리할 수도 있었다.

그러나 어쩔 수 없이 목에 걸렸다.

"왜 그래, 카야?"

"치카."

이름을 부르며 목에 걸린 무언가를 일단 혀 위로 억지로 되돌렸다. 그게 무엇인지 알려고, 씹고 맛보고 잘게 으깼다.

몇 초쯤 걸려 마침내 정체가 무엇인지 보였는데, 과연 치카

이 마음도 언젠가 잊혀질 거야

에게 확인하는 게 옳은지 아닌지. 아니, 그런 이성적인 생각이 아니라 그저 잘게 으깬 그것을 뱉어도 될지를 또 몇 초간 망설였다.

결국 입 안에 그걸 방치하는 불쾌감에 지고 말았다.

"그게 무슨 의미야?"

"무슨 의미라니?"

치카가 이쪽을 보고 고개를 갸웃거렸다.

두렵다.

"나를 만난 거."

괜한 걱정일 게 분명하다. 그래도 두렵다.

"맨 처음으로, 라는 거."

안 돼.

많은, 수많은 생각을 할 시간이 있었다. 사실은. 치카의 말을 기다리는 동안 많은 기분을 정리하고 생각을 비교하고 내 안에서 받아들일 준비를 할 시간도 있었다, 사실은.

그 시간을 사라지게 한 것은 나, 그리고 치카다.

우리는 너무 가까워졌다. 이 대기실에서. 만남 이후로 몇 개월간.

치카의 눈이 흔들려서, 그렇게 두 개의 빛만으로 표현하는 수많은 감정 중에, 동요가 섞인 것을, 나는 알아차렸다.

아니, 어쩌면 내가 아니라도 알아차리는 녀석이 있을지도 모른다.

"나만이 아니야?"

"무슨, 의미야?"

"여기에서 만나는 거."

건드리지 않았다면 서로 꿈속에 있을 수 있었다.

"카야만이야. 여기에서는."

여기에서는.

"어디 다른 장소가 있어? 이쪽 세계와 연결되는."

"……아직 카야의 세계와 같은지는 확인하지 못했어."

그 말의 의미는.

"하지만 다양한 ××에서 추측하기로 같은 세계가 아닐까 생각해."

"어디에서."

"전에 말한 적 있을 텐데 피난소가 여러 군데 있다고. 그중 하나."

"어째, 서, 그걸."

"왜 그래, 카야?"

왜 그러긴 뭐가 왜 그래.

손끝의 감각이 사라진 듯이 차가움을 느꼈다. 어떻게든 체온을 올려야 한다는 생각에 입을 열었다.

"어째서 숨겼어, 치카."

"숨길 생각은 없었어."

"그럼 왜 내가 물었을 때, 아까 그렇게 동요했어."

"나는 잘 모르겠지만, 만약 동요했다면."

"했어."

"했다면, 카야가 무서운 표정을 지었으니까."

치카 눈의 모양이 달라졌다. 곤란해하는 걸 알겠다.

알지만, 정말로 하고 싶은 말에는 역시 질량이 있어서 입에서 흘러나온다.

"그렇게 많은 이야기를 나눴는데 왜 말해주지 않았어."

무서운 표정이라는 말을 듣고 바로 반성할 수도 있었다. 그랬다면 좋았을 것이다. 그러나 그런 이성은 전부 나중에 덧붙인 것이다.

치카는 충분히 생각할 시간을 가진 후, 누가 들어도 변명임을 알 수 있는 음색으로 "그건." 하고 말을 시작했다.

"우리 대화에 등장하지 않은 이유도 있어. 게다가 그녀가 처음에 말했어. 그 장소에 만나는 걸 다른 사람에게는 말하지 말아 달라고. 조금씩 대화를 나누다가 그녀가 있는 곳을 남에게 말할 수 없다는 걸 서로 확인했는데, 그래도 카야에게 말할 필요는 없다고 생각해서 말 안 했어."

이 마음의 동요는 여자인 줄 알고 안심할 수준이 아니었다.

나 이외에 치카와 대화를 나누는 인간이 있다.

이 눈과 손발톱을 바라보는 인간이 있다.

저쪽 세계가 존재하는 증명이 될 인간이 있다.

"말할 필요, 있지. 이쪽 세계와 그쪽 세계의 관계가 어떨지."

"세계에 관한 이야기보다 서로의 이야기를 하기로 했잖아, 카야."

"의미가 다르잖아!"

치카가 이런 말꼬리나 잡는 대꾸를 하리라고 생각지 못해 목소리가 거칠어졌다.

"왜 그래, 카야? 조금 이상해."

"나는."

순간, 머리를 스쳤다. 이런 사실의 조각들을 치카는 나에게 보여줬을지도, 모른다.

체온.

교복.

아, 그러고 보니 나는 치카에게 개에 관해 자세히 알려주지 않았는데 인간과 사는 동물인 걸 알고 있었다.

언제던가 나는 기억에 없는 액세서리 이야기를 한 것, 어쩌면 나는 큰 소리를 내지 않는다는 것도 그 누군가의 목소리가 컸기 때문일까?

그렇게, 그렇게 예전부터.

치카는 내 표정이 무섭다고 했다. 그러나 나는 내 안에 있는

이 마음도 언젠가 잊혀질 거야

감정이 분노나 노여움과는 다른 걸 알았다. 내 안에 있는 감정은 슬픔과 상실. 너무 커서, 분명 다른 감정까지 휩쓸어 분노나 노여움이나 애정이나 질투, 그 전부로 보일지 몰라도 그런 사소한 것이 아니다.

슬펐다.

"나는, 정말로, 치카가 특별한, 단 한 사람이라고."

"나도 카야를 특별한 단 한 사람이라고 생각해."

"그, 누군지 모르는 녀석이."

"특별함은 다른 누가 있다고 사라지는 게 아니야."

머리로는 그 말이 옳다고 느꼈을지도 모른다.

치카의 말이 옳다고. 그러나 말의 의미나 도덕이나 윤리라고 불리는 것, 그런 범주 내에서의 옳음이다. 한 인간으로서 어쩔 수 없는 감정이나 마음이나 기분, 그런 범주 안에는 들어있지 않다. 치카는 이해하지 못한다.

어쩌면 치카가 이해하지 못하는 건 연애 감정이 아니라.

인간으로서 지니는 강렬한 상념들 그 자체였을까.

"인간은, 그렇게 간단히 이해하고 넘어가지 못해."

치카의 눈이 또 흔들렸다.

나의 동요를 모른 척하고, 치카 자신이 동요하는 것에는 아무런 정당성도 없다.

"그럼 카야는 내가 다른 사람이랑 만나면, 특별한 게 사라져?"

바로 부정할 수는 없었다.

"연애를 하려고 한 건 카야뿐인데?"

내 안에서 꿈틀거리는 감정을 어떻게든 올바른 말로 표현하고 싶어서, 정리되기를 기다리고 수수방관하는 사이.

두 개의 빛이 가로로 가늘어졌다.

"그렇구나, 카야는."

이를 목격하자 숨을 쉴 수 없었다.

"척을 했던 거구나."

그 웃음이, 기쁨이나 즐거움이 아니었다는 것이 마음에, 몸에 아플 정도로 전해진다.

아니야.

아니야, 아니라고.

그게 아니야.

이번에는 제대로, 곧바로 부정할 수 있어서 다행이라고 생각했는데, 밖으로 나왔을 소리는 내 귀에 닿지 않았다. 입술이 떨려 이 뿌리까지 덜덜 떨렸다. 도저히 숨이 쉬어지지 않아 목소리를 낼 수 없었다. 그렇다면 최소한 고개를 저으면 좋았을 텐데, 빛에 눈을 빼앗기고 목소리에 귀를 빼앗긴 사이, 어느새 부정하는 의미의 행동을 잊었다.

나 대신 치카가 말을 이었다.

이 마음도 언젠가 잊혀질 거야

그러나.

"카야는 ×를 만나서 ××× 자신이 좋×××××뿐 ××
였네."

들리지 않았다.

"××× 슬××. 네 ×× 노래××× 아니어도 특별하게 ××
×× 주는× 사람 ×××× 이."

들리지 않아.

"모르고 ××××× 좋아×××××××× 믿×××어."

"안 들려."

왜지. 들리지 않는 건 모르는 단어, 이쪽 세계에는 없는 단어
일 뿐인데, 알아듣지 못하겠다. 치카가 무슨 말을 하는지 모르
겠다. 아무것도. 아무것도.

멍하니 있는 사이 치카의 눈이 내게서 멀어졌다. 높은 위치로
이동하고 그대로 나를 바라보았다.

슬프디, 슬픈 듯한 눈으로.

"오늘은 ××네."

역시 들리지 않는다. 그래도 요 몇 개월간 치카와의 관계성을
키워나가면서 그녀가 일어나는 것은 이곳을 나갈 때라는 것을
알고 있다.

그래서 최소한, 이것만은 전하려고 폐에 남은 얼마 안 되는
공기를 써서 목소리를 짜냈다.

"들키지, 않기를."

내 말에 치카는 고민하면서도 대답을 해준 것 같았다. 그러나 그것도 노이즈 같은 소리에 지워져 뭐라고 말했는지 들리지 않았다.

곧이어 암흑, 평소처럼 혼자가 되었다.

그러나 평소와 달리 일어날 수 없었다.

대신 혼자가 되어서야 간신히, 나는 내 감정을 조금씩 조금씩 억누르고 진정시킬 수 있었다.

이어서 내가 한 짓이 얼마나 엄청난 일인지 이해했다.

지금 당장 변명하고 사과해야 한다고 간절히 바라도 거기에 치카는 없다.

적어도 며칠 기다려야 한다.

지금까지도 그렇게 해왔는데, 내 온몸을 태워 잿더미로 만들 것 같은 초조함이 나를 지배했다.

당연히 후회나 반성 같은 사람의 상념이 목숨을 끝장내지는 않는다.

그러나 나는 이러다가 정말로 죽어버릴 것만 같은 감정에 그 후로도 계속 괴로워했다.

감정으로 사람은 죽지 않는다.

그 사실을 한참 시간이 지난 후에야 깨달았다.

깨달은 시점에서 감정이 청산되지는 않는다. 그런 순간은 오

이 마음도 언젠가 잊혀질 거야

지 않는다.

치카와는 두 번 다시 만나지 못했다.

나를 단 하나뿐인 특별한 인간으로 만들어줬던 그녀는 어둠 속으로 사라졌다.

내 세계의 빛은 시간이 흘러도 돌아오지 않았다.

아무도 바라지 않는 앙코르

•
•
•

아무래도 이 인생이란 것은 즐겁다거나 시시하다는 강렬한 감정을 품을 대상이 못 된다. 한때의 돌풍으로도 비유되는 감정을 품긴 해도 바람은 금방 지나가고, 남은 시간은 바람의 기억을 고마워하며 사는 여생에 불과하다.

여생이라는 말에 신체가 쇠약해진 노인을 상상할 텐데 그렇지 않다. 나이는 기준일 뿐, 사람 영혼의 노화는 인생에 불어든 돌풍에서 얼마만큼 시간이 경과했는지로 측정한다. 늙었을 때, 사람은 제각각 바람의 파편을 핥으며 말한다. 그 시절이 좋았지. 그 시절이 제일 즐거웠다고, 우리는 말한다.

인생에 의미가 있는 시간은 그 바람을 맞는 시간뿐이라고 단언할 수 있다. 목숨의 끝을 빨리 맞이하면 편한데 나를 포함한 거의 모든 인간은 스스로 끝낼 용기가 없기에, 마비되거나 혹은

이 마음도 언젠가 잊혀질 거야

소극적으로 자기 목숨을 줄이는 것 이외에는 그 나날을 소화할 방법이 없다.

때때로 어떤 대상에 심취한 척을 하고, 때때로 무언가에 중독된 양 굴고, 때때로 기호품에 손을 대고, 때때로 누군가에게 손을 대고, 그렇게 무의미하게 죽는다.

그렇게까지 개인에 집착하며 사는 인간이 얼마나 어리석은 생물인지 안다. 그러나 태어나버린 이상, 나 역시 그 어리석은 인간의 한 조각에 불과하다는 사실을 살다 보면 자연히 이해한다. 아쉽지만, 당연한 사실에 크게 낙담하면 소비되는 날들 속에서 무의미함만 더할 뿐이니 받아들일 수밖에 없다. 그러니 이 세상은 강한 감정을 품고 살아갈 것이 못 된다.

어머니의 부고를 형에게 들었을 때도 예정대로 내 안에 강렬한 감정은 생기지 않았다. 그저 어머니에게 돌풍이 언제 찾아왔을지 생각하고 다른 인간과 마찬가지로 그 기억을 껍처럼 곱씹으며 살아왔을 어머니의 생애를 딱하게 여겼다.

마지막으로 태어난 땅에 가본 게 벌써 8년쯤 전이다. 대학을 졸업하고 얼마 지나지 않아 본가가 이사하게 되어 방에 남아있는 물건을 정리하려고 딱 한 번 발을 들였다. 물건 대부분을 처분하고 아주 조금 남은 것을 가지고 돌아왔다. 원래 집과 같은 동네에 마련한 새로운 집에 내 흔적은 무엇 하나 들여놓지 않았고, 나는 태어난 땅에 돌아갈 이유도 동시에 버릴 수 있었다.

8년 만에 태어난 곳에 발을 들인 이유는 10대 시절까지 의식 주 면에서 나를 돌봐준 어머니를 위해 기도 정도는 해야겠다는 생각 때문이다. 하찮은 생물로서 소비하는 나날 중에 어머니를 위해 합장할 시간쯤이야 얼마든지 있다.

금요일에 연락을 받아 토요일에 장례식에서 밤을 지새우고 명복을 빌었다. 장례 절차나 갖가지 작업은 고향에 남아 무탈하게 부모 자식 관계를 유지하는 아버지와 형이 처리했으니 나는 침통한 표정을 꾸미고 도착해 어머니의 명복을 빌면 그만이었다. 아버지가 나를 끌고 친척과 동네 사람들에게 소개하러 다녀서 그들과 인사를 나눴다.

음식과 술대접을 마치면 조문객은 대부분 돌아간다. 그러면 장례식장은 가까운 친척만 남는 조용한 곳이 된다.

하룻밤 관을 지키다가 중간에 밖으로 나가 담배를 피우는데, 형이 훌쩍 다가와 마찬가지로 담배에 불을 붙였다.

"미안하다, 카야. 바쁠 텐데."

부모가 죽었는데 동생을 배려하는 것도 이상하다.

"됐어, 무슨 소리야."

형이 그런 말을 하려고 나를 따라온 게 아닌 걸 안다.

"어머니, 너를 계속 걱정하셨어."

"그래."

형과도 어머니와도 벌써 몇 년이나 만나지 않았다.

이 마음도 언젠가 잊혀질 거야

"네가 잘 사는지 계속 걱정하셨어. 약간 비뚤어진 구석이 있는 애라 이상한 쪽으로 생각이 빠지지 않았으면 좋겠다고. 아, 내가 아니라 어머니가 하신 말이다."

형이 자기가 한 말에 즐겁게 웃어서 나도 웃는 얼굴을 꾸몄다.

"그래, 어머니가."

"안심하셨을 거야. 네가 주변에 밝은 웃음을 보여주게 되어서. 예전에 너는 가시가 잔뜩 돋쳤었잖냐."

또 형이 웃는다. 나도 웃으며 "그랬나." 하고, 성격 좋은 동생 같은 표정으로 연기를 내뿜었다.

이야기를 듣고 이렇게 어머니에게 마지막 기도를 올리러 오길 잘했다고 생각했다. 또한 어머니가 없는 이곳에 다시는 돌아올 일이 없겠다는 생각도 했다.

아침이 되어 본격적인 장례 절차가 시작되었다. 장례식에 대한 감상은 딱히 없었다. 그저 어머니의 몸이 불에 타 뼈가 된 모습을 보았을 때, 새삼 인간이라는 존재의 허무함에 오싹함을 느꼈다. 그런 느낌이 들었을 뿐이다.

모든 절차를 마치고, 나는 미리 알린 대로 오늘 바로 돌아가겠다고 형과 아버지에게 말했다. 그들이 뒷일을 전부 맡기고 떠나는 차남을 어떻게 생각할지는 모르겠다. 웃는 얼굴로 배웅을 받으며 나는 장례식장을 떠났다. 어머니로서는 나 같은 놈한테

뒤처리를 맡겨 불안해하지 않아도 될 것이다.

장례식장으로 택시를 불러 역까지 가달라고 부탁했다. 평소 택시 운전사는 손님에게 말을 걸면 안 된다고 생각하는데, 오늘도 같은 생각을 했다.

"손님, 여기 출신이세요?"

"네. 그렇습니다. 가족 장례가 있어서 돌아왔어요."

무시할 수 있었으나 그러지 않는 습관이 생활 속에서 내게 뿌리내렸다.

"이런, 명복을 빕니다."

"고맙습니다."

대화는 그렇게 끝났다. 도대체 무엇을 위한, 누구를 위한 대화인가 싶은데, 살면서 하는 모든 행위는 뭔가를 위한 것이나 누군가를 위한 것이 아니니 운전사를 욕할 수는 없다. 분노 같은 감정은 품기만 해도 지친다.

창 너머로 밖을 내다보았다. 예전에는 자연과 사방에 남겨진 빈집 이외에 볼 게 없었는데, 지금은 이미 전부 사라졌다. 개발이 진행되고 산을 깎아, 당시의 흔적은 아파트들 사이에 뻐끔 구멍 뚫린 함정 같은 밭 정도다.

"이 주변도 많이 변해서요, 젊은 사람은 모르겠지만 예전엔 산밖에 없었습니다."

나도 안다고 대답할 수도 있었으나 상대가 딱히 대답을 바라

이 마음도 언젠가 잊혀질 거야

지 않는다고 판단해 입에서 옅게 숨을 내쉬는 걸로 그쳤다.

이곳에 가까워지면 어떤 강렬한 감정을 품을지도 모른다고 조금은 생각했다. 그러나 거리가 가깝든 멀든 아무런 감상도 생기지 않았다. 평소처럼 기억을 더듬는 사이 택시가 역에 도착했다.

시골 역이지만 8년 전과 비교하면 제법 멋있어졌다. 시각표를 확인하고 8년 전에는 없었던 작은 테이크아웃 커피전문점에서 뜨거운 커피를 샀다. 개찰구 옆에 딸린 것처럼 설치된 대기실에 들어갔다. 전철이 막 떠난 직후인지 안에 아무도 없었고, 나는 벽을 따라 놓인 벤치에 앉았다. 슬슬 추운 계절도 지나가고 있지만, 플랫폼에서 굳이 냉기를 맞을 필요는 없다.

대기실에는 벤치 이외에 난로와 시계, 유난히 커다란 액정 텔레비전이 있었다. 강압적이지 않은 음량으로 뉴스가 흐르는 가운데 뜨거운 커피를 한 모금 마셨다. 맛이 연하다. 그러나 가게 탓이 아니다. 내 입에 들어가면 전부 연하고 싱겁고 별로 의미 없는 것으로 변화한다. 커피도 담배 연기도, 사람의 타액까지도. 거기에 익숙해지지 못하고 여전히 맛이 연하다고 느끼는 것도 감각이 기억에 의존하기 때문이리라. 기억에 기대를 걸고, 그리고 현실에 배신당한다.

벌써 15년이다.

길었을까 짧았을까. 이렇게나 길었다고도 할 수 있고, 이렇게

나 어이없이 흘러갔다고도 할 수 있다.

다시 기억을 더듬는다. 내 안에만 있는 특별함. 잊지 않는다. 잊으면 안 되는 것을 더듬는다. 더듬지 않고는 살아갈 수 없다.

나는 이미 늙었다.

시계를 보며 연한 커피를 홀짝였다. 대기실에 사람이 들어오는 기척이 났다. 사이를 두고 빈 벤치에 앉은 그 사람을 무심히 바라보니 회색빛 코트를 입은 여자였다. 좁은 동네의 역이니까 지인일 가능성도 고려해 얼굴을 훔쳐봤다. 의지가 강한 눈빛과 앙다문 엷은 입술이 기억에 없다. 살아가는 것을 희망차게 바라보는 표정으로 보아 그녀에게는 아직 강한 바람이 불지 않았나 보다. 솔직히 부러웠다.

곧 전철이 도착할 시간이 되자, 대기실에 몇 명쯤 사람이 더 늘었다. 나와 옆에 앉은 여자는 마침 같은 타이밍에 일어나, 요즘도 직원이 지키는 개찰구를 지나 플랫폼에 섰다. 곧 도착한 전철에 타자, 차량은 휴일인데도 텅 비어서 나와 그녀는 또 거리를 두고 나란히 앉았다. 갈아타는 터미널 역까지 1시간 조금 더. 정차하는 역에서 때때로 사람이 타서 목적지에 도착할 때는 그럭저럭 승객이 있었는데, 거의 모두 내가 내리는 역과 같은 역에서 일어났다. 그 여자도 같은 역에서 내렸다. 그녀의 귀에는 가방에서 길게 나온 이어폰이 꽂혀있다. 등을 펴고 또각또각 발소리를 내며 내 앞을 걷는 모습에서도 아직 돌풍과 만나지 않

이 마음도 언젠가 잊혀질 거야

은, 어쩌면 지금 바야흐로 소용돌이 안에 있는 인물임이 명백했다. 또 부러웠다. 반대로 가련하기도 했다. 앞으로 그녀가 만날, 소리와 빛이 연해진 세상을 생각하니.

그러나 이 세상을 사는 인간은 언젠가 그날과 마주하게 되니, 그녀 한 사람을 향한 감상은 아니다. 나는 개인에 대해 깊이 생각하는 일이 거의 없다. 누군가를 대하는 강렬한 마음은 이미 없다.

이 여자를 다시는 볼 일도 없다. 그렇게 생각했는데, 그녀는 내가 가는 방향으로 걸어갔고, 정신을 차리자 우리는 또 같은 전철을 탔다. 이번에는 차량이 비교적 혼잡해서 나란히 서지는 않았다.

또 1시간쯤 전철이 움직였는데, 그녀는 결국 내가 내릴 때까지 전철을 탔다. 그런 시골 동네에서 시작해 이런 곳까지 여정을 함께하리라곤 생각지 못했지만, 딱히 아무래도 좋다.

역 개찰구를 지날 무렵에는 이미 그녀를 잊었다.

/ / / /

어머니가 돌아가신 날부터 일주일이 지나 내가 서른한 번째 생일을 맞이한 날, 그 여자를 발견했다. 이번에는 역 대기실이나 전철 안이 아니라 일 때문에 방문한 라디오 방송국이었다.

보아하니 그녀는 그곳의 사원인가 보다. 고향에서 본 인간이 수많은 거래처 중 한 곳에서 일하는 우연이 얼마나 드문지는 모르겠으나 길고 긴 인생에서 절대 일어나지 않을 일은 아니리라.

이곳에 몇 번인가 와봤지만 본 기억이 없는데, 단순히 못 봤거나 내가 필요할 때가 아니면 사람의 얼굴을 보지 않기 때문일까. 그런데 이번에는 어떻게 그녀가 고향 역에서 본 인간인 줄 알았는가 하면, 스쳐 지날 때 그쪽에서 부자연스럽게 내 얼굴을 빤히 봤기 때문이다. 의아해하다가 그러고 보니 저번에 본 얼굴인 게 생각났다. 어쩌면 그녀도 어디서 본 적이 있다고 생각했을지도 모른다.

인간은 일단 대상을 인식하면 무시하지 못해서, 그다음에 라디오 방송국을 찾았을 때도 나는 그녀를 알아보았다. 내 얼굴을 인식하자 그녀가 또 빤히 이쪽을 바라봐서, 이쯤 되면 뭔가 용건이 있나 싶어 인사했는데 그녀는 가볍게 고개를 까딱이고 가버렸다. 애초에 나도 용건이 없으니까 당연히 불러세우지 않았다.

상황이 달라진 것은 총 네 번째로 얼굴을 마주쳤을 때였다. 아니, 정확하게는 네 번째가 아니지만.

"역시……."

광고를 넣을 방송의 담당자라고 그녀를 소개받아 서로 처음 만난다는 표정으로 명함을 교환했을 때였다. 먼저 건넨 내 명함을 보고 그녀가 의미 모를 소리를 중얼거리고 다시 내 얼굴을 응시했다.

그녀의 상사가 옆에서 "왜 그래?" 하고 묻는 것도 무시하고 그녀가 내 이름을 불렀다.

"스즈키인 것 같다고 생각했어."

나는 친근하게 부르는 것에 이해 못 하겠다는 표정을 지었다.

"아, 이거."

아는 사이라면 이름을 대면 될 텐데, 그녀는 내게 명함을 내밀었다. 이상한 사람이다. 명함을 받고 이름을 봤다. 이 이름.

"기억해?"

솔직히 기억이 안 난다. 스즈키라고 나를 불렀으니 대학에서 만난 사람이거나 혹은 사회인이 된 후에 그럭저럭 관계가 있었던 사람인가. 그 역에서 탔으니까 고등학생 때까지 알던 사이인가.

그러나 회사 생활을 하는 인간으로서 기억이 안 난다고 솔직히 말하면 상대방의 기분이 상할 것을 알고, 그랬다가는 귀찮은 일로 이어질 가능성이 있는 것도 안다. 그러니 대충 꾸며내려고 했는데, 그녀가 내 말을 기다리지 않고 신분을 밝혔다.

"고등학생 때 같은 반이었어. 어, 그렇게 친하지는 않았지만."

하긴 친했던 녀석이 없었으니까 그걸로는 판별할 수 없다.

"하교할 때 자주 신발장에서 같이 있었을 뿐인데."

그걸로 생각났다.

"아아."

이 녀석, 고등학생 시절의 사이토다.

다시 명함을 봤다. 그러고 보니 이런 이름이었던 것 같다. 반쯤은 연기로 놀란 표정을 지어 상대방을 기억해냈다고 알렸다.

"기억해서 다행이다! 얼마 전에 역에서 봤을 때도 혹시 싶었어. 예전 스즈키랑 분위기가 달라서 확신을 못 했지만. 여기 와서도 되게 생글생글 웃었잖아. 아, 저 혼자 흥분해서 죄송해요. 스즈키 카야 씨는 제 동창이에요."

묘하게 흥분한 이유를 설명하는 사이토를 보더니, 옆에 앉은 목소리 큰 상사가 "그거 잘됐네. 동향 출신이니 사이좋게 지내주세요." 하고 내게 웃어 보였다. 뭐가 잘됐는지 모르겠지만 나도 그와 비슷한 표정을 짓고 "아니, 정말 놀랐습니다." 하고 대답했다.

그 말은 꾸민 것이지만 20퍼센트 정도는 본심이었다.

사이토는 나보고 분위기가 다르다고 했으나, 내가 할 말이다. 화장한 점을 제외해도 내가 어렴풋이 기억하는 그녀를 구성하는 요소가 지금 앞에 있는 여자에게서 느껴지지 않았다. 얼굴도, 풍기는 분위기도, 키까지도 사람이 전혀 달라 보였다. 내가 아는 사이토는 이렇게 희망 가득한 눈빛이 아니었고, 동창과의 재회에 기뻐할 리 없다. 물론 학교 안에서의 사이토 이외에

이 마음도 언젠가 잊혀질 거야

는 모르고, 10년 이상 세월이 지난 것도 자각하지만, 아무리 그래도.

그러나 동창과 재회했어도, 그게 사이토라도 나에게 딱히 큰 의미로 다가오는 일은 절대 없다. 동향 출신인 거래처 상대와 관계를 만든다. 그것뿐이다.

당연하지만 명함을 교환한 후에도 라디오 방송국에 가면 나는 사이토와 마주치곤 했다. 그러나 미팅을 거듭할 상대는 사이토가 아니다. 사이토와 얼굴을 마주하면 인사하고 헤어진다. 잠깐 서서 대화를 나눈 적도 있고, 딱 한 번 타이밍이 맞아 여럿이서 커피를 마신 적도 있으나 그 정도였다. 여전히 에너지 넘치는 사이토의 모습이 신경 쓰였으나 나와는 관계없는 일이다. 어쩌면 언젠가 돌풍이 통과한 후, 그녀가 원래의 사이토로 돌아갈지도 모른다는 생각 정도만 했다. 그런데.

"스즈키, 괜찮다면 다음에 둘이서 밥 먹으러 가지 않을래?"

일하면서 우연히 만난 옛 동창생. 그 정도의 관계를 이어가던 중에 갑자기 사이토가 그런 제안을 했을 때는 역시 이 녀석은 내가 아는 사이토가 아니라고 생각했다. 거절하고 싶지는 않다. 아무래도 좋았으니까.

"아, 네가 괜찮다면 얼마든지. 그럼 일정을 맞추자, LINE 아이디 알려줘."

그때까지 직접 연락을 주고받지 않았으니 이때 처음으로 개인적인 연락처를 교환했다.

우리 두 사람의 작은 동창회는 4월 초순의 분주한 날들을 지나 5월 연휴에나 이루어졌다. 사이토는 전체적으로 까맣고 단정한 차림새였고, 나는 낮에 참석해야 할 일이 한 건 있어서 양복 차림이었다. 그러고 보니 나는 고등학교 동창회에 당연히 안가지만, 사이토는 어떨까. 지금의 사이토라면 안 간다고 확신할 수 없다. 깔끔한 레스토랑에서 요리를 기다리는 동안 물었다.

"간 적 없어. 대체로 주말에 하는데 라디오 방송국 직원은 주말이랑 인연이 없거든. 고등학교 3학년 때는 그럭저럭 친한 애도 있었는데, 연락은 개인적으로 주고받으면 충분하니까."

그래봤자 연락을 나누는 사람은 고작 두 명 정도라고 사이토가 말했을 때 음료가 나왔다. 뭘 위해서인지는 모르나 일단 건배했다.

"스즈키는 고향 친구 중에 연락하는 사람 있어?"

"아니, 딱히 없어."

"일이 바쁘면 그렇게 되지. 게다가 음, 기분 나쁘다면 미안한데 그때 스즈키는, 조금 다가가기 어려웠어."

쓴웃음을 지으며 상대의 심정을 배려하는 사이토의 말투에 나도 쓴웃음을 지으며 "뭐, 짚이는 데는 있네."라고 대답했다. 부정하지 않은 이유는 내가 벌인 사건까지 포함해서 말하는 걸 알았기 때문이다. 실제로 저지른 일을 완고하게 부정하면 상대방이 불안해진다. 잘못을 인정하고 극복했다고 전하는 편이 번거로울 일 없는 관계성의 핵심이다.

"그래서 정말 놀랐다니까. 뭐랄까 인상이 부드러워져서. 미안해. 굳이 이런 이야기, 직장에서 하는 건 좀 그럴 것 같아서."

대화 흐름으로 언급하지 않으면 이상할 테니 사이토가 불쾌하게 여기지 않을 말을 골랐다.

"나도 달라졌겠지만, 너야말로 놀라운데. 고등학생 때를 생각하면 설마 밥을 같이 먹자고 할 줄 몰랐거든."

자기 이야기가 나올 줄 알았을 텐데 사이토가 수줍은 표정을 지었다. 연출한 표정일까.

"그걸 지적하면 말이지, 나도 어른이 되면서 우호적으로 변했달까? 그래도 나 2학년 중간부터는 그렇게 예민하지는 않았잖아."

그러고 보니 갑자기 태도가 달라진 시기가 있었던 것 같다. 언제였는지는 기억 못 한다.

"예전의 나도 그렇고 예전의 스즈키를 생각해도 같이 일하는 사이가 되리라고는 상상도 못 했으니까 이 인연을 소중히 하고 싶어서 밥을 먹자고 했는데, 솔직히 거절할 줄 알았어."

"거래처 직원을 소중히 여겨서 손해 볼 거 없으니까."

사이토가 여전히 내 내면의 변화를 떠보는 듯해서 일부러 웃는 표정을 꾸미고 살짝 비꼬는 시늉을 했다. 그녀가 재미있는지

"그런 말도 할 줄 알게 됐네?" 하고 이를 보이며 웃었다.

전부 다 맛이 연한 요리를 먹으며 의식을 몽롱하게 하는 것만이 목적인 음주를 반복했다. 사이토와의 대화는 그다지 재미없었지만, 누구와 대화해도 재미있다고 생각하지 않는 나는 고통스럽지 않았다. 필요한 사항을 타당한 표정과 적절한 음량으로 말한다. 대화는 그런 거다. 옛 동창생이자 지금은 거래처 회사에 다니는 사이토가 불쾌하지 않게, 일에 지장이 생기지 않게 할 필요가 있다.

"그런데 전에 무슨 일로 고향에 왔어?"

"어머니가 돌아가셨어."

"아, 미안……. 명복을 빌어."

"아니, 사과하지 마. 원래 각오했던 일이고."

왜 사람은 가족의 죽음을 다루는 화제가 나오면 사과할까.

"나는 고향에 거의 안 가는데 자주 가?"

"아, 응, 휴일에는 비교적 자주. 특별한 용건은 없어도 가끔 훌쩍 충전하는 기분으로."

우리가 그곳에서 만난 것은 기적이 아니라 단순히 사이토의 습관에 내가 발을 들였을 뿐이라는 소리다.

"스즈키, 고향에 자주 가지 않는 건 일이 바빠서? 아니면 가정이 있어서?"

"일. 결혼은 보시다시피 안 했어."

이 마음도 언젠가 잊혀질 거야

"아, 그렇구나. 나도 보시다시피."

사이토는 나와 똑같이 왼손 약지를 보여주고 알코올 섞인 숨을 내쉬더니, 묻지도 않았는데 나서서 필요 없는 정보를 제공한 것을 가벼운 태도로 사과했다. 그런 일로 사과하면 끝이 없다.

요리가 얼추 나온 뒤, 디저트와 커피도 위장에 넣었다. 사이토는 술이나 디저트, 커피 같은 기호품을 좋아해서 매일 반드시 술이나 디저트를 섭취한다고 했다.

그 후, 사이토가 괜찮다면 조금 더 마시자고 했고, 나는 아무래도 좋았으니까 제안을 승낙했다. 레스토랑 식사비는 뒤에 세 자리가 0이어서 깔끔하게 더치페이했다.

레스토랑 근처의 바에서 다시 건배했다. 카운터 자리에 앉아 나는 진 리키 칵테일을, 사이토는 쿨일라 위스키를, 각자 가볍게 들어 올렸다.

술이 몸속 깊은 곳까지 도달하자, 사이토는 레스토랑에 있을 때보다 깊이 파고드는 화제를 꺼냈다.

"스즈키, 그때 매일 뭐 했어?"

"아무것도 안 했어. 굳이 말하면 달렸지."

"스포츠맨이었네."

"스포츠라는 생각도 아니었어. 할 게 없으니까 달렸을 뿐이야."

사이토가 뭘 했는지 흥미는 없었지만 물어보았다.

"나는 음악을 들었었나."

"아하. 그럼 혹시 그래서 라디오 방송국에?"

"맞아. 그래서 지금은 선곡에 참여하니까 정말 즐거워. 음, 즐거운 수준이 아니라 사는 보람이라고 해도 좋아. 너무 무게 잡나?"

"그렇게 확실하게 말할 수 있다면 멋지지."

"사실은 별로 멋있지도 않지만. 이런저런 일도 있고."

이런저런 일, 그 사실은 세상을 살아가는 모든 인간에게 당연히 적용되겠지만, 나는 "뭐, 힘든 일도 있겠지만 즐거우면 된 거지."라고 적당하게 말을 받았다.

그렇군, 사이토는 어떤 의미에서 자기가 그린 미래를 손에 넣은 셈이다. 그래도 아직 바람이 지나가지 않은 것처럼 보이는 이유는 단순히 사이토가 유달리 탐욕스러운 인간이기 때문일까, 어쩌면 그게 아니라 지금 실로 바람이 불어오는 한가운데 있기 때문일까.

"스즈키, 지금 하는 일 즐거워?"

애초에 일을 즐거운지 즐겁지 않은지의 척도로 인식한 적이 한 번도 없다.

"워낙 바쁘니까 충실하게 산다는 느낌은 있어. 물론 불만도 있지만."

"다들 그렇구나."

이 마음도 언젠가 잊혀질 거야

"응, 그래도 어떻게든 살아야지."

그게 고통스러워 미치겠지만 어쩔 수 없다.

"맞아, 정말 그래."

적당히 한 말인데 사이토는 묘하게 납득했는지, 열심히 고개를 끄덕이더니 내게 미소를 보냈다.

사람은 자기와 타인을 비슷한 처지로 착각하고 깊이 이해했다고 여기곤 한다. 어쩌면 사이토도 고등학생 시절부터 지금에 이르는 본인과 내 변화를 비슷하게 여겨 친근감을 느끼기 시작했을지도 모른다. 그건 착각이다. 물론 이 세계에 사는 인간은 겉에서 보면 모두 거기서 거기이니 내가 누군가와 비슷해 보여도 어쩔 수 없다.

다만 내 안에 있는 것은 절대로 공감할 수 없다.

물론 거래처 상대가 친근감을 지녀서 손해는 아니니 나는 입술을 살짝 올려 "그렇지." 하고 고개를 끄덕였다.

이 대화를 시작으로 사이토의 짐작에 대충 맞춰서, 고등학생 때는 날카로운 인간이었지만 많은 것을 배워 지금은 서글서글한 인간이 된 공통점을 지녔다는 듯이 응답을 주고받았는데, 사이토가 갑자기 이렇게 말했다.

"나, 그 시절에는 매일 모든 게 시시했어."

"그 시절이라면 그때?"

"응. 그래도 지금 생각하면 그때의 내가 싫지는 않아."

이때 알았다. 재회했을 때, 사이토의 변화에 조금은 놀랐었다. 그러나 알고 보니 놀랄 정도의 일은 아니었다. 그녀의 변화는 이 세계에 만연하고 뻔한 변화의 한 가지 형태에 불과했나 보다.

사이토는 달라졌다. 과거를 그리워하는 시시한 어른이 되었다. 곁에서 본 모습이 하도 달라져서 변화가 조금 눈에 띄었을 뿐이다.

그런데도 여전히 돌풍이 지나가지 않아 보이는 점이 신기했다. 제법 취했는데도 눈 안에 깃든 빛은 절대 나처럼 남은 생을 어찌어찌 보내는 인간의 것이 아니다.

뭐, 아무래도 좋다. 사이토의 인생이 어떻게 바뀌든 내가 흥미를 지닐 대상은 아니다.

그때는 그토록 소중하게, 묶은 머리카락 한 올 한 올을 손으로 골라내듯이 맛보던 시간도 지금은 소비하는 데 전혀 주저하지 않는다.

서로의 적당한 대화에 고개를 끄덕이다가 어느새 날이 바뀌어 새벽 1시를 지났다. 술도 적당히 마셨고, 화장실에 가려고 일어나다가 살짝 비틀거리는 사이토를 보고 내가 알아서 계산을 마쳤다. 기호품을 좋아하는 사이토는 집에 가기 싫을지 몰라도 귀가하기에 적당한 시점이다.

눈이 촉촉해져서 돌아온 사이토에게 그렇게 말하자, 불만스

이 마음도 언젠가 잊혀질 거야

럽지는 않은 듯한데 돈 문제로 문답이 시작되었다. 돈을 주고받는 것도 귀찮아서 "만약 다음이 있으면 한턱내."라고 말하자 알겠다고 했다.

바에서 나와 큰길로 나가 택시를 잡았다. 전에 같은 전철을 탔던 게 떠올라 노선이 같다면 집 방향도 가까울 테니 사이토와 함께 탔다. 그런데 운전사에게 주소를 말하는 사이토의 목소리를 무심히 들어보니, 그곳은 우리 동네 역의 노선이 지나는 구역이 아니었다.

"정말 미안해, 좀 취했네, 아이참."

부끄러운지 사이토가 두 손에 얼굴을 묻었다. 나도 그럭저럭 뇌에 술이 들어가서 왼쪽에 앉은 사이토에게 닿지 않도록 왼손을 좌석에 털썩 내려놓고 "술은 마시면 취하지."라고, 평소보다 더 아무렇게나 대꾸했다. 아마도 문제는 없겠지만, 무심코 실수할지도 모르니 "도착할 때까지 자도 돼."라고 사이토에게 말했다. 그러나 사이토는 고개를 젓고 "고마워, 괜찮아." 하고 내 제안을 거절했다.

"미안. 취한 사람이 하는 소리라고 여기고 봐주면 좋겠는데, 정말 기뻐서."

"뭐가?"

"그때, 그렇게 시시해 죽겠다는 표정이었던 두 사람이 설마 즐겁게 술을 마시다니 대단한 것 같아."

시시해 죽겠다는. 즐겁게. 내 감정을 단정하는 사이토의 주관. 전자는 맞다.

사이토는 얼굴을 묻었던 두 손을 내려 무릎에 얹은 가방 위에 놓았다.

"나는."

사이토가 뭔가 말하려다가 잠깐 입을 다물고 조수석 뒷면을 바라보았다. 잠시 후, 일생일대의 고백 혹은 한때 포기한 사랑을 내보이는 것처럼 숨을 내쉬었다.

"스즈키를 싫어했어."

미안한 듯이, 자조하는 것처럼 나를 힐끔 보며 사이토가 입술을 올려 웃었다.

"이제 시효 지났으니까 들어줄래? 그때 나는 원래부터 마음에 안 든다고 생각했었거든. 그 나이대 특유의 그, 자기 자신을 특별하게 여기는 주제에 다른 사람도 같은 행동을 하거나 비슷한 분위기를 내면 열받는 거 말이야. 그런 잘못된 자기 과시욕이긴 했는데, 너를 결정적으로 싫어하게 된 순간이 있었어."

알고 싶지 않지만 상대가 말하고 싶다면 말하게 두면 된다.

"물어봐도 돼?"

"응, 우산을 빌려줬었잖아?"

잠깐 생각했다. 그 시절의 기억을 재생할 때, 평소에는 자연스럽게 날려버리는 장면에 멈춰서 살펴본다. 그런 일이 있었을

이 마음도 언젠가 잊혀질 거야

지도 모른다.

"잘 생각이 안 나네."

"빌려줬어. 내가 비 오는 날 우산이 없었거든. 보통은 순순히 기뻐하면 될 텐데, 왠지 이렇게 생각했어. 어중간하게 착한 인간인 척한다고. 기분 나쁜 표정을 지을 거면 남 일에 신경 끄라고."

사이토는 "아마도 그거, 동족 혐오였겠지." 하고 자기 자신에게 하는 말처럼 중얼거리더니 창밖으로 시선을 던졌다.

싫어했다는 말을 들어도 이렇다 할 감정이 움직이지 않았다. 남의 평가는 내 인생을 이보다 더 귀찮게 하지 않는 한 흥미 없고, 심지어 과거의 인간이 하는 평가라면 진심으로 아무래도 좋다.

그러나 나는 사이토에게 해야 할 말을 안다. 그녀가 내게 왜 그런 말을 하는지 아니까. 싫어했다고 밝히는 것은, 거기에서부터 변화한 자신의 감정을 평가해 우호적인 태도를 보여주길 바라기 때문이다. 무시해도 괜찮았지만, 아무래도 좋으니까 상대가 바랄 대답을 제대로 준비했다.

"나도 싫었어."

미소와 말이 함께 나오도록 의식하며 말하자, 사이토가 창 너머에서 이쪽으로 시선을 돌리고 마치 구원을 받았다는 듯한 표정을 지었다.

"역시?"

"응, 나도 동족 혐오였겠지."

전혀 그렇지 않았다. 그러나 진짜 감정을 보인다고 무슨 의미가 있을까.

사이토는 피식 웃고 정면을 보며 "역시 그랬군." 하고 중얼거리더니 가방에 올렸던 두 팔을 좌석에 휙 내려놓았다.

스스럼없는 동작이어서 사이토의 새끼손가락이 내 왼손 약지에 닿았다. 피하기도 귀찮아서 그쪽이 손을 빼기를 기다렸는데, 아무리 기다려도 사이토는 손을 물리지 않았다.

사이토의 새끼손가락이 내 약지 위에 있다. 그러더니 갈고리를 거는 것처럼 붙들었다.

나는 곁눈질로 힐끔 사이토를 확인했다. 사이토는 이쪽을 보지 않았다. 진지하게 앞을 향한 표정을 본 나는 선택해야 했다.

아무래도 좋았다. 그래서 나는 손을 들어 약지에 휘감긴 사이토의 새끼손가락을 풀어낸 뒤, 다시 사이토의 오른손등에 내 왼손을 겹쳤다. 사이토의 가느다란 손가락 사이에 살짝 힘을 주어 손가락을 끼워 넣자, 그녀는 순간 주저하는 듯이 긴장했으나 내 손가락을 자기 손으로 감쌌다.

곧 택시가 사이토의 집 근처에 도착했고, 그녀의 안내로 한 아파트 앞에 멈췄다. 우리는 맞잡은 손을 풀고 서로에게 인사했다.

"그럼 또 봐. 그렇지, 들키지 않기를. 후후, 오랜만에 말했다."

뺨이 붉어진 사이토와 작별 인사를 나눈 뒤, 택시 문이 닫혔다. 택시에 남은 나는 운전사에게 집 방향을 지시하고, 사이토가 아파트 입구의 오토록을 여는 순간을 지켜보았다.

아무래도 좋았다.

////

어떤 불가사의나 비밀도 시시한 어른이 되면 대부분 이유를 알게 된다. 고향에 남은 묘한 전설도 오래전 싸움에서 도망쳐온 사람들이 원래 그 땅에 살던 인간들에게 공격받지 않게 숨어있으려고 빈집을 이용한 흔적에 불과하다. 세월이 흘러 피가 섞이면서 구별하지 못하게 되자 습관과 인사말만 남았다. 구전동화나 기분 나쁜 판타지도, 그 무엇도 아니었다.

남녀가 하는 무의미한 갖가지 행위도 이윽고 의식으로 이해했다.

오늘은 드물게 우리 둘의 휴일이 일치해 무리해서 일어날 필요도 없는데, 침대에서 벌떡 일어난 그녀의 조심성 없는 소리에 잠에서 깼다.

어제 어쩌다 보니 베개 근처까지 굴러왔을 알람시계를 확인했다. 오전 10시 5분 전. 먼저 일어난 그녀는 책상 의자에 앉아

있는데, 아마도 컴퓨터가 켜지기를 기다리나 보다.

나는 상반신을 일으켜 바로 옆 방바닥에 떨어진 티셔츠를 입고, 침대 가장자리에 앉았다.

"미안해, 내가 깨웠어?"

"아니, 괜찮아. 업무 연락이라도 왔어?"

"아니, 깜박했는데 오늘 일반 예매 날이어서."

"일반 예매?"

"응, 콘서트 티켓."

콘서트, 일상생활에서 그다지 내가 쓰는 단어는 아니어서 뇌가 의미를 파악하기까지 조금 시간이 걸렸다. 음악 콘서트인가.

"내가 좋아하는 Her Nerine이라는 밴드의 콘서트 티켓인데, 아, 내가 담당하는 방송에도 종종 나와. 얼마 전에 선행 추첨 예매가 있었는데 깜빡했어. 그래서 일반 예매로 사려고. 10시부터야. 앞으로 2분, 맨날 긴장된다니까."

그녀는 속옷에 티셔츠만 걸친, 편해도 너무 편한 차림으로 마우스에 손을 얹고 그 시각을 기다렸다. 아니, 여기는 그녀의 집이니까 너무 편한 차림인 건 오히려 나다.

"방송국에 온다면 사나에가 티켓 좀 달라고 할 수 있잖아?"

"잠깐 기다려."

아무래도 그 시각이 왔나 보다. 그녀는 잡아먹을 듯이 컴퓨터를 바라보며 호흡도 잊은 듯한 침묵을 만들었다. 그러더니 타이밍을 노려 달칵 한 번 클릭하고 사이를 두었다가 달칵달칵, 몇 번이나 클릭을 반복했다. 티켓을 잡으려면 이렇게나 작업이 필요한가. 음악을 적극적으로 듣지 않는 나는 콘서트 티켓을 잡을 일이 없으니 모른다.

참고로 사나에란 사이토가 부모에게서 받은 이름이다.

잠시 후, 사이토가 주먹을 쥐고 두 팔을 천장을 향해 들어 올렸다.

"다행이다, 잡았어. 아, 미안. 아침부터 허둥거려서. 뭐라고 했어?"

"잡았다면 다행이야. 그런데 방송에 오는 관계라면 티켓 정도는 확보해주지 않나 싶어서."

"음, 그야 말하면 받을 수 있겠지만."

사이토는 의자를 회전시켜 몸 정면을 이쪽으로 향했다. 사이토는 일상의 무심한 행동이나 말을 과도하게 연출해 보이는 버릇이 있다. 이번에도 사이토는 본인의 내면을 부끄러워하는 척하며 사실은 자랑스럽게 여긴다는 미소를 짓고 중얼거렸다.

"그 사람들이 만드는 음악을 좋아하는 마음을 관계자라는 직함으로 흐리기 싫어."

좋아하는 것을 대하는, 자기 내면에서만 완결하는 자기만족 같은 방식. 결국 콘서트에 가는 거니까 결과는 같고 그런 의지에 아무런 의미도 없다고 생각하지만. 타인의 자기만족을 깎아

내리거나 어이없다는 감정을 품는 건 더 불필요하다.

"물론 나한테도 업무상 입장이 있으니까 어느 정도만."

나는 극장형 인간관계를 원하는 사이토가 듣고 싶을 말을 골랐다.

"그렇구나. 그럼 나도 사나에가 좋아하도록 아침밥이라도 만들까."

"와, 좋아라. 그래도 좀 더 자도 괜찮아."

자기 말과 상반되게 사이토가 의자에서 일어나더니 열기 띤 눈으로 이쪽으로 다가와 내 옆에 앉아 몸을 기댔다. 사이토의 가느다란 손가락이 내 힘줄 불거진 손에 닿는다.

"그것도 좋지만 지금 잠들면 아마 늦을 거야."

우리는 오늘 낮부터 같이 외출할 일정이 있다. 그건 사실 아무래도 좋지만, 흐름에 몸을 맡기면 아침부터 괜히 체력을 쓰게 될 것 같아서 지금은 귀찮았다. 대충 입술을 겹치고 일어났다.

"냉장고 안에 있는 거 대충 써."

잔향이 남은 목소리를 등으로 들었다. 나는 부엌으로 이동해 냉장고를 열었다.

나를 불쾌하게 하지 않을 수준의 요리 실력은 갖췄다. 거기에 최근 넉 달간, 사이토와 지금 같은 관계를 이어가면서 그녀의 취향도 어느 정도 파악했다.

사용법이 완전히 익숙해진 부엌에서 우유 넣은 오믈렛을 반

이 마음도 언젠가 잊혀질 거야

숙보다 살짝 굳은 정도로 만들어서 접시에 담고, 그 위에 구운 햄을 두 장 얹고 양상추도 썰어서 곁들인다. 토스트를 한 장 구워 반으로 나눠 둘이 먹으면 양은 충분하다. 식탁에 앉아 인스턴트커피를 마시며 기다리는 사이토 앞에 내밀었다.

"간단한 거라 미안하네."

"아니야, 맨날 혼자 허둥지둥 먹으니까 같이 먹을 수 있는 이 시간까지 한 세트로 기뻐. 고마워."

사이토의 감사 인사를 웃는 얼굴로 순순히 듣는다.

천천히 먹은 후, 둘 다 괜히 부지런하게 외출 준비를 마쳤다. 그 후로 남은 시간을 뭐에 쓸지 고민할 필요는 없었다. 사이토가 컴퓨터로 일을 시작했다.

"오늘쯤은 푹 쉬면 좋을 텐데."

사실은 이런 생각, 전혀 안 한다. 개인이 시간을 쓰는 방식이야 자기 자신에게 결정권이 있다. 그런데 왜 말했느냐 하면, 사이토가 하고 싶을 말을 하게끔 하기 위해서다.

"괜찮아, 괜찮아. 내가 좋아서 하는 일이니까."

"늘 하는 생각인데, 일을 그렇게 대하는 자세, 대단하다."

"자랑스럽긴 하지만 일로 도망치는 거라고도 할 수 있지."

사이토는 미소를 짓고 컴퓨터 화면과 스마트폰을 번갈아 들여다봤다. 사이토의 말은 사실이다. 사이토의 몸과 마음은 일로써 유지된다. 자기 존재 의미가 거기 있다고 많은 인간이 빠지는 착각에 그녀도 빠졌다.

사이토는 일을 일단락짓고 소파에 앉은 내 목을 뒤에서 안았다. 사이토를 적당히 상대하다가 일어나 지갑과 스마트폰을 주머니에 넣었다.

현관을 나서자 상상보다 기온이 높았다. 사이토가 문을 잠그는 걸 기다려 출발했다.

우리는 계절과 나이와 또 수입에 어울리는 복장으로 역까지 가는 길을 걸었다. 오늘은 둘이서 연극을 볼 예정이다. 사이토도 나도 딱히 그런 취미는 없는데, 휴일에 하는 일이 없다고 말하자 사이토가 어디선가 찾아온 소규모 극단의 연극을 보러 가게 되었다. 거절할 이유는 없었다.

함께 걸으며 사이토가 오늘까지 조사한 극단에 관한 정보를 듣는데, 그녀가 내 얼굴을 빤히 바라보는 걸 알았다. 또 그거군, 바로 알아차렸다.

"얼굴에 뭐 묻었어?"

사이토가 무슨 말을 하고 싶은지 알지만, 이 대화의 시작은 반드시 내 질문이다.

"아니야, 오늘도 멋진 얼굴이네."

그런 말을 하며 사이토는 내 얼굴을 이리저리 뜯어보고, 그에 대해 나는 "알고 있어." 등 그때그때 다른 긍정의 대답을 한다. 그러면 사이토가 얼굴을 찡그리고 "알고 있다니 재수 없어." 같

이 마음도 언젠가 잊혀질 거야

은 말로 내게 핀잔을 준다. 그리고 자연스레 얼굴을 마주 보고 웃는다.

뭐가 재미있는지 모르겠는데, 사이토는 이 대화를 빈번히, 가끔은 하루에 몇 번이나 시도한다. 딱히 불이익이 될 건 없으니까 나도 어울린다. 낭비할 시간은 내 인생에 얼마든지 있다.

일단 그 계기는 알고 있는데, 5월에 우리가 지금의 관계가 되자고 행동으로 확인한 날부터 며칠 후의 대화였다. 왜 나를 연인이라는 형태로 속박하고 싶은지 사이토가 말했다.

"너를 좀 더 가까이에서 보고 싶다고 생각했어. 심리적으로도 물리적으로도."

"물리적?"

"어른이 된 스즈키의 얼굴, 나 마음에 들어."

그 말에 얼마간 본질을 감추기 위한 얼버무림과 쑥스러움이 담긴 것을 알았다.

내가 그럭저럭 이성에게 호감을 살 용모인 것도 알고, 불쾌감을 주지 않을 표정을 꾸미는 것도 알기에 "그건 뭐 좋네." 하고 대답했다. 그러자 사이토가 내 말을 덥석 물었고, 그 결과 오늘에 이르기까지 우리 사이에서만 존재하는 대화 방식이 되었다.

참고로 내가 사이토와 사귀게 된 것도 질문을 받았을 때, 그녀가 바랄 대답을 준비했기 때문이다.

"네 얘기를 들으면서 지금까지 정말 열심히 살아왔단 걸 알았고, 너를 더 많이 알고 싶어졌어."

그리고 마음을 사로잡을 말도 했다.

"그리고 나, 의외로 얼굴을 따지거든."

화장과 표정도 한 역할을 하겠지만, 사이토의 얼굴은 과거의 어두운 인상과 달리 남자가 좋아할 만한 외모로 보였으니 거짓말로 여기진 않으리라 판단했다. 사이토의 기분이 좋아졌으니 내 본심이야 아무래도 좋았다.

음식물의 맛과 마찬가지인지, 내 안에서는 식욕도 수면욕도 성욕도 언제부턴가 연해졌다. 단, 전부 사라지지는 않았다. 식욕이나 수면욕은 혼자서도 빠르게 채울 수 있으나 성욕을 채우려면 어느 정도 여정을 거쳐야 한다. 신체적, 정신적인 번거로움을 건너뛸 수 있도록 일정 수준을 넘은 외모의 이성을 근처에 두는 것은 손해가 아니다. 내가 이성의 외모에 관해 품은 생각은 그 정도다. 외모에서 만들어지는 호의는 없다.

사이토는 둘만 있는 공간에서는 적극적인 스킨십을 반복하는데, 밖에서까지 원하는 타입은 아니었다. 둘이서 일정한 거리를 두고 전철을 타고, 연극을 보러 가는 목적에 적절한 역까지 이동해, 역시 연극다워 보이는 극장에 들어갔다.

신출내기 극단인지 관객이 드문드문했다.

타인의 창작물에 감동하는 경험은 거의 해본 적 없다. 다만 10대 시절, 아주 많은 것을 억지로 접한 경험이 있어서 그런대

이 마음도 언젠가 잊혀질 거야

로 소양은 있다. 따라서 마음이 움직이진 않더라도 어떤 짜임새의 이야기인지 이해는 할 것이다. 그런데 이번에 사이토와 함께 본 연극은, 지식이 부족한 수준을 넘어 이해 자체를 할 수 없었다. 무대 위의 남자들이 애초에 뭘 말하려는지도 모르겠다. 즉 줄거리조차 모르겠다.

이런 형태의 창작도 있구나, 어쩌면 그 시절의 나라면 흥미를 느꼈을지도 모른다. 지금 내게는 오로지 하얀 벽을 지켜보는 듯한 1시간 반이었다.

공연을 마치고, 연기자와 연출가가 인사했는데 그 역시 요령이 없었다. 막이 내리고 객석이 환해진 후, 사이토와 얼굴을 마주 보았다. 표정으로 사이토의 감상을 알 수 있어서 우리는 냉큼 일어나 극장을 나왔다. 그 주변을 좀 돌아다니기로 했다.

잠시 후, 사이토가 마침내 물속에서 고개를 내민 것처럼 숨을 내쉬었다.

"하아."

마치 대사 같은 한숨이었다.

"무슨 얘긴지 모르겠어. 아, 혹시 카야는 마음에 들었으면 미안해. 카야, 이해했어?"

"아니, 네 말을 듣고 안심했어. 나도 모르겠더라."

사이토 안의 긴장감이 풀리는 느낌이 있었다.

요 몇 달 사이에 알아차렸다. 사이토는 가까운 사람과 같은 의견을 가지는 것에 특별한 기쁨을 찾는 유형인 것 같다.

우리는 늦은 점심을 먹으려고, 마침 보인 프랜차이즈가 아닌 카페에 들어갔다. 날씨가 좋아서 테라스에 앉아 메뉴를 펼쳤다. 나도 사이토도 이럴 때 우유부단하지 않다. 점원이 물과 물수건을 들고 온 타이밍에 둘 다 주문을 마쳤다.

"무슨 말인지 전혀 모르긴 했는데."

먼저 나온 아이스티를 마시며, 사이토는 연극에 관한 감상을 말하려고 했다.

"열기는 대단했어. 뭐라고 해야 하나, 얼버무리지 않는 느낌? 본인들은 이걸 정말 재미있다고 생각한다는 느낌. 그건 좋았어."

"응, 진심이란 건 느꼈어."

"그렇지."

사실 나는 아무것도 느끼지 않았다. 사이토 역시 별다른 의미를 느끼지 못했을 텐데, 그들의 창작물에서 어떻게든 의미를 찾으려 한다. 자신이 소비한 시간에 아무 의미가 없었다고 생각하기 두렵겠지. 모든 시간이 무가치한 것을 이해하고 인정할 수 있는 시기는 돌풍이 지나간 후부터다.

억지로 끌어낸 감정에는 의미가 없다.

마음이란, 가치란, 자연스럽게 내면에서 샘솟는 것이 아니면 전부 거짓일 것이다.

"왜 그래?"

"아니, 아무것도 아니야. 그 사람들, 대학생 정도일까 생각했어."

"절반 정도는 그렇대. 트위터에서 봤어."

요리가 나와 우리는 얼른 젓가락을 들었다. 사이토가 '몸에 좋은 맛'이라고 평가해서, 나 이외의 인간에게도 맛이 연한 요리인 걸 알았다.

"가끔 생각하거든?"

사이토는 이렇게 있어 보이는 말투를 쓴다.

"뭘?"

"아까 연극도 그렇고 밴드를 하는 사람들을 보면, 나도 어쩌면 그들과 같은 길을 걸었을 가능성이 있었을지. 카야는 그런 생각 안 해?"

"음, 어떨까. 별로 안 한 것 같아."

전혀 안 한다. 다만 몇 가지 후회를, 그때 어떻게 하면 좋았을지, 그것만은 영원토록 생각할 것이다.

"카야는 스스로 자신감을 느끼나 보다. 나는 지금 일이나 생활을 손에 넣으려고 필사적으로 살아오긴 했지만, 다음에도 이렇게 좋은 인생을 살 수 있을지 잘 모르겠어. 그러니까 다른 인생은 어떤지 생각하게 되나 봐."

사이토의 나에 대한 평가는 전혀 옳지 않다.

또 자기 자신에 대한 평가도 옳다고 볼 수 없다. 필사적이라는 말에서 알 수 있듯이 사이토는 자기 인생을 싸우고 이겨서 쟁취했다고 생각한다. 그 인생을 좋은 인생이라고 말하고, 다음이 있으면 이렇게 살지 못하겠다고 생각하는 그녀는, 본인에게 자신감이 없는 건 진실이더라도 동시에 자기 인생을 특별한 것으로 착각하고 있다.

"사나에는 어떤 인생을 선택해도 잘 살아갈 것 같은데."

"그런가? 카야가 그렇다면 그럴지도 모르지."

사이토는 나의 무엇을 믿는 걸까.

"가정해봤자 아무 의미 없지만. 아무리 원해도 다른 인생을 살 수 없고 과거로 돌아갈 수도 없어. 카야, 대학에서 전쟁이랑 외교 공부를 했었다고 전에 말했지? 그런 쪽 일을 할 생각은 없었어?"

"학문으로 흥미는 있었지만 일로 할 생각은 없었어."

거짓말이다. 흥미가 있는 정도가 아니라 명확한 목적이 있었다. 그러나 내게는 학자가 되어 세계를 바꿀 재능도 운도 없었다.

"사나에는? 법학부였지?"

"나도 변호사가 될 생각은 없었어. 음, 그래도 재학 중에 한 번쯤은 재미있겠다고 생각했을지도?"

"계기는?"

이 마음도 언젠가 잊혀질 거야

"음, 기억이 안 나. 나이를 먹었나?"

사이토가 웃었다. 나도 어울려서 웃었다.

"그래도 우리는 동갑이고, 너도 그때 일은 다 잊었지?"

이때 무심코 저질렀다.

"아니."

나도 모르게 예정하지 않았던 반응을 돌발적으로 해버렸으니 그에 이어질 말을 입에 담을 수밖에 없다. 그래도 생각해보니 내가 단호하게 말해두어야 하는 일이므로 불편한 상황은 아니었다.

"절대로 잊지 못하는 일도 있어."

평범하게 웃으며 말할 생각이었는데, 음정 조절이 잘되지 않았다. 뇌의 명령이 입에 잘 전해지지 않는다. 사이토의 오른쪽 눈꺼풀이 살짝 떨렸다. 분위기가 바뀐 것을 느낀 순간에 보이는 그녀의 습관이다.

"그때, 사나에한테 우산을 빌려준 거라든지."

"아이, 뭐야. 그건 내가 말한 거잖아. 갑자기 진지해지니까 뭔가 했네."

급하게 짜낸 핑계지만 사이토는 넘어가 줬다.

나는 반성했다.

무심코 마음속 진짜 부분을 밖에 내보내고 말았다.

그러나 어쩔 수 없다.

다른 건 괜찮다. 다른 의견들은 사이토나 다른 사람에게 양보해도 좋다.

딱 한 가지, 잊어서는 안 될 게 있다.

그것만은 누구에게도 양보할 수 없다.

다시 사이토의 비위를 맞추고, 둘이서 누구에게나 맛이 연한 점심을 남기지 않고 깔끔히 먹었다.

반짝이는 기억을, 두 번 다시 없을 돌풍을 잊어버리는 것은 이 연한 나날 속에서 설령 잊고 싶어도 불가능한 일이다.

////

외출할 곳은 기본적으로 사이토가 정한다. 너무 매번 그러면 부자연스럽게 여길지 모르니 최소한의 의견은 내지만, 받아들여지기를 바라는 마음은 전혀 없다. 귀찮지 않은 관계를 유지하려면 전부 다 받아들이지 않는 것도 중요하다. 그래서 대화 중에 의식해서 사소한 옥신각신을 만들려고 한다. 그 이외에는 과한 싸움은 필요 없고, 지금으로서는 발생할 것 같지 않다. 그 점에 관해서는 사이토가 연애에 지닌 거리감도 작용한다. 사이토는 나와 매일 같이 만나야 한다거나, 늘 기분을 확인해야 직성이 풀린다거나 하는, 지속적인 미열을 연애에 바라지 않았다. 평소에는 친구와 다르지 않은 거리감으로 생활하다가 순간적으로 극적인 열을 불태우기를 바랐다. 내게는 아주 편한 상대인 셈이다.

일을 대하는 사이토의 가치관을 이해하는 데는 연애 가치관을 이해할 때보다 시간이 걸렸다.

예전에 이런 대화를 나눴다.

"라디오라고 하면 심야 근무를 상상하는데, 사실은 하루 내내 방송해. 지금은 낮 방송을 담당하니까 규칙적으로 생활하는데, 배치가 바뀔 가능성도 있어. 카야, 라디오 들어?"

"예전에 본가에서는 라디오를 계속 틀어놨었어. 사나에 방송은 다시듣기로 들어."

화제가 떨어졌을 때 말을 맞추려고 듣는 것이다. 내 행동이 의외인지 사이토의 눈이 동그래졌다.

"진짜? 미안, 되게 놀랐어."

"내가 라디오를 듣는 게?"

"아니, 내 일에 흥미가 있는 게. 카야는 자기 일 이야기를 안 하니까 다른 사람 일에도 흥미 없는 줄 알았어."

내 일에도 남의 일에도 흥미는 없다. 나를 보는 사이토의 시야는 정확했다. 반면에 나는 남의 일에 흥미가 있는 인간은 자기 일에도 흥미가 있어야 한다는 사이토의 거만한 견해를 이 대화를 나누기 전까지 간파하지 못했다. 그래도 그 거만함이 내게 불리할 건 없고, 역시 일이 사이토의 긍지를 지탱한다는 걸 재

확인해서 관계를 원만하게 굴리는 데는 도움이 되었다.

일에 중점을 두는 사이토의 돌풍은 역시 지금 불고 있을까. 만약 그 돌풍이 신체적으로 나이를 먹어 지금처럼 일하기 어려워질 때 멈춘다면, 부러워할 만한 인생이다.

어느덧 사이토와 교제를 시작하고 반년 정도가 지나려 했다.

우리의 근무 시간은 기본적으로 사회인 대부분이 그렇듯이 아침부터 저녁까지이고, 만나는 것은 공적으로도 사적으로도 용건이 없는 밤 혹은 거의 드물지만 휴일이 겹칠 때다.

최근 사이토는 다소 힘든 일에 시달리는 듯했다. 그런데 그녀는 오늘도 부자연스러울 정도로 피곤한 티를 안 내는 모습으로 나타나 눈빛으로 나를 불태우려 했다.

"고생했어. 배고프다."

"고생했어. 뭐 먹고 싶어?"

"그건 일을 마치고 온 카야가 정해도 돼."

사이토는 가을용 사복, 나는 정장 차림인데, 사이토가 휴일이었던 건 아니다. 해 질 때쯤에 일을 마쳤는지, 일단 집에 가서 내 일이 끝나기를 기다렸다. 이럴 때, 같이 갈 곳을 정해두지 않은 경우는 사이토의 집 근처 드러그스토어에서 만난다. 오늘도 그랬다.

"나는 딱 생각나는 게 없으니까 카레만 아니면 뭐든 좋아. 점심이 카레였어."

"그래? 그럼 거기도 괜찮아?"

거기라고 하면 어딘지 알 정도로 나와 사이토 사이에 시간이 흘렀다.

거기는 이 동네에 사는 사람에게 인기 있는 술집이다. 프랜차이즈가 아니라 점원 수도 많지 않다. 몇 번 다니다 보니 아는 얼굴도 늘었고, 혼자서도 종종 가는 사이토는 완전히 단골 접대를 받는다.

"아, 오늘은 남자친구분이랑 같이 오셨네요."

포렴을 젖히고 들어가자, 늘 있는 여성 점원이 유난히 생글거리며 말을 걸어서 적당한 미소를 짓고 가볍게 인사했다. 사이토는 점원과 대화하는 게 좋은지, 모르는 가게보다 자기를 알아주는 가게, 자기를 풍경처럼 처리하지 않는 가게를 선호한다. 다만 모든 인간의 취향이 자기와 똑같지 않은 건 알 테니, 처음 이 가게에 왔을 때 내가 거부하는 태도를 제대로 보였다면 두 번다시 둘이서 여기에 오지는 않았을 것이다.

카운터 자리에 나란히 앉도록 안내를 받았다. 음료와 예전에도 주문한 적 있는 메뉴, 거기에 사이토가 점원에게 오늘의 추천 메뉴를 물어 주문했다.

오늘 뭔가 특별한 사건이 있었는지 평소처럼 대화의 물꼬를 트려고 물어보려고 했는데, 사이토가 먼저 입을 열었다.

"갑작스러운데 하고 싶은 말이 있어!"

"응, 뭔데?"

굳이 쳐다보지 않아도 눈이 반짝이는 걸 알겠다. 대화를 시작하면서부터 이렇게 기운이 넘치는 건 드문 일이다. 평소라면 분위기를 살피는 듯 이런저런 뉴스나 그날 있던 일로 이야기를 시작한다. 엄청난 낭보라도 들어왔나.

서로의 맥주 두 잔을 가볍게 맞대고, 사이토가 곧바로 하고 싶은 이야기를 시작했다.

"되게 예전 일이긴 한데, 고등학교 때 친구들이랑 연락을 주고받는지 물었었잖아?"

"아, 나는 연락 안 하고 너도 거의 안 한다고 했지."

"응응, 그런데 가끔 연락하는 친구가 한두 명 있는데, 오늘 오랜만에 메시지를 받아서 통화했어. 그래서 다음에 밥 먹기로 했어."

"아하."

그걸 내게 말하고 싶어서 안달이 났었나. 사이토답지 않다고 생각하는데 점원이 와서 기본 안주를 카운터에 놓았다.

"아, 고맙습니다. 아이자와 시호리라는 아이가 같은 반에 있었는데 기억해?"

"아이자와."

마침 점원이 안주를 설명해서 내가 할 말을 고민할 시간을 만들어주었다.

이 마음도 언젠가 잊혀질 거야

"대충 기억은 하는데 별로 대화한 적은 없네. 아, 이거 맛있다."

"아, 진짜다. 그나저나 카야, 그때 대화한 적 있는 동급생이 있었어?"

"그렇게 나오면 할 말이 없다."

"시호리, 카야를 똑똑히 기억하더라."

나는 일단 젓가락을 내려놓고 하이볼을 마셨다.

"내 얘기, 했구나."

"아, 미안. 불쾌해?"

"아니, 그런 게 아니라 그냥 내 얘기는 할 게 없을 것 같아서."

솔직히 그때 나를 생각하면 짐작 가는 게 많았다.

"내가 카야랑 재회하고 사귄다고 했더니 놀라더라. 어떤 사람이 되었느냐고 물어봐서 멋진 남자로 성장했다고 대답했어."

사이토의 표정이 내가 민망해하기를 기대한다.

"동급생이던 녀석한테 그렇게 말하는 건 부끄럽네."

"에이, 그러지 말고. 아무튼 시호리, 지금은 결혼해서 성이 이마이인데, 걔랑 밥을 먹기로 약속했어."

"그래."

"괜찮다면 너도 같이 갈래?"

순진하다고 해야 하나. 아니면 자기는 동급생과의 벽을 극복했으니까 다른 인간도 못 할 것 없다고, 역시 거만하게 생각하는 걸까.

"내가 있으면 아이자와가 신경을 쓸 테니까 둘이 먹어."

"그런가, 다들 어른이니까 괜찮을 것 같은데. 시호리는 카야가 와도 좋다고 했어."

어색한 다음 호흡을 하이볼로 삼켰다. 아이자와 시호리, 무슨 생각으로 그런 말을 했지.

점원의 허물없는 태도가 도움 되었다. 요리를 가져올 때마다 뭐라고 말을 남기는 점원 덕분에 나는 제안을 거절할 수 있었다. 그 결과, 사이토와 아이자와 시호리의 만남은 여자 둘만의 모임이 될 것 같다. 사이토가 나에 관해 뭔가 부정적인 정보를 얻을지도 모르겠으나, 그건 사실이니 어쩔 수 없다.

어쩌면 이번 일을 계기로 사이토와의 관계가 끝날 수도 있다. 그건 그것대로 아무래도 좋다.

그런 생각에 잠긴 나와는 전혀 다른 생각을 했는지, 사이토는 호박을 씹으며 다른 화제를 제시했다.

"시호리 일은 괜찮은데, 사실은 카야한테 참석해달라고 부탁하고 싶은 모임이 있거든."

미안해하는 태도를 보고 대충 짐작했다.

"응, 뭔데?"

"다음 달에 나 생일이잖아?"

"23일이지."

이 마음도 언젠가 잊혀질 거야

"응, 11월 23일 근로 감사의 날."

대부분 아무에게도 감사받지 못하고 일만 한다고 예전에 투덜거려서 기억하기 편하다.

"그날 부모님이 이쪽에서 식사라도 하자고 해서, 그래서 카야도 어떨까 해서."

"어."

"아, 싫으면 정말 괜찮아! 미안!"

"싫은 건 아닌데, 그거야말로 가족끼리 오붓하게 해야지? 부모님이 말씀하셨다면 사랑하는 딸과 느긋하게 보내고 싶으신 거 아니야?"

사실 싫은 건 아니었다. 지금까지도 교제 상대의 부모와 만난 경험이 있고, 일의 성격상 첫 대면인 사람을 대하는 태도도 그럭저럭 잘 안다. 다만 일부러 거부하는 말을 한 이유는, 사이토가 어떤 감정과 의도를 지니고 나에게 이 말을 꺼냈는지 가늠하기 위해서다.

"무슨 소리야, 내가 자주 본가에 다녀오는 거 알면서."

알고 있으니까 한 말이지만, 너무 시치미를 떼면 고의적인 티가 난다. 무의미하게 사이토의 기분을 망쳐서 번거로워지기 싫다.

"뭔가 의미를 가지고 부모님과 만나면 좋겠어?"

사이토가 입술을 한 번 벌려 공기와 결심을 들이마시는 것처럼 "응." 하고 고개를 끄덕였다.

"맞아. 그러니까 싫다면 괜찮아."

내 대답을 기다리겠다고, 사이토가 닭 연골 튀김을 주워 먹으며 암시했다.

과연, 내심 이해했다. 아이자와 이야기와 그때의 높은 흥분도는 본론에 품은 진지함을 가리려는 연막이었다.

내가 부담스러워할까 봐 염려됐었나 보다. 혹은 과거 교제 상대에게 비슷한 상처를 받았을지도 모른다. 내 선택은 생각할 것도 없이 이미 정해져 있다.

"부모님께서 나랑 사나에가 잘 어울린다고 봐주시면 좋겠다."

사이토는 기쁨과 놀람을 얼굴로 표현해도 좋을지 망설이는 표정을 자주 짓는다. 나의 대응법도 정해져 있다.

"딸이랑 똑같이 비뚤어진 놈이 왔다고 생각하시면 안 되잖아."

"뭐야. 하긴 그 말이 맞지만."

마침내 사이토가 미소를 보여주었다. 사이토는 보람 없는 기쁨을 남보다 몇 배는 더 두려워하는 느낌이 있다. 그 기쁨을 제대로 정성껏 포장해서 건네주어야만 안심한다. 처세술로 따져서 사이토가 행복을 대하는 의심하고 걱정하는 자세는 틀리지 않았다. 언젠가 모든 게 보람 없는 기쁨인 줄 알아차리겠지만.

이 마음도 언젠가 잊혀질 거야

중요한 용건을 하나 마쳐서 마음이 편해졌는지, 사이토는 술을 잘 마셨다. 최근 주량이 늘어난 것 같다.

사이토의 일 투정을 들으며 나는 생각했다. 장래를 염두에 둔 교제 상대로서 나를 부모님에게 소개하는 행위는 사이토 안의 어떤 가치관에서 기인했을까.

그녀가 인생에서 가장 중요하게 여기는 말을 찾는다면 아마도 성취감일 것이다. 나아가 일에서 느끼는 성취감이 사이토의 가장 큰 기쁨이다. 평소 하는 말을 들으면 알 수 있다. 사이토는 분명히 일에 특별한 희망을 품는다. 따라서 연애란, 사이토의 성욕이나 여성으로서 인정 욕구를 적당히 충족하기 위해서 쓰는 도구라고 생각했다. 그런데 아무래도 나와의 교제를 쾌락에 이용하는 데 그치지 않고 그 너머의 결혼이라는 것도 바라보기 시작했나 보다. 단순히 사회적인 상식에 얽매였기 때문일까.

하긴 뭐 아무래도 좋다.

만약 결혼이라는 사태에 직면해도 나는 전혀 상관없다. 어차피 언젠가 죽을 때까지 살아갈 뿐이다. 흙으로 돌아가는 여정이 조금 달라져도 상관없다.

"잘 먹었습니다. 또 올게요."

사이토를 집까지 바래다주고 역에 가도 넉넉하게 막차를 탈 수 있는 시간에 술집에서 나왔다. 사이토가 점원과 시시덕거리는 모습을 지켜보고 나는 꾸벅 인사했다. 등 뒤에서 미닫이문이 닫히는 소리를 들은 후, 옆에 선 사이토가 내 팔꿈치에 손을 댔다.

"미안해. 갑자기 부모님을 만나 달라고 해서."

말을 끝까지 들은 후 사이토를 내려다봤는데, 신맛 강한 과일을 씹은 표정이었다.

"괜찮아. 언젠가 그런 날이 오지 않을까 생각했어."

원하는 말을 골라서 내뱉었다.

"고마워, 기뻤어. 응, 정말 기쁜데."

자기가 한 말에 피식 웃은 후, 사이토는 내 팔꿈치에서 손을 뗐다.

"사실은 오늘 계속 긴장했어."

"사나에, 딱히 긴장 안 하는 이미지인데."

그녀가 일부러 그렇게 구는 것을 안다.

"그렇지, 그렇게 보일지도 몰라. 하지만 사실은 되게 긴장 잘 해. 아, 그래도 오늘은 진짜로 긴장했다. 그때 이후로 처음이야."

"그때?"

사이토는 극적인 대화를 좋아한다.

"처음 같이 술 마시고 집에 갈 때, 택시에서 카야 손가락을 건드렸을 때."

그런 일이 있었지. 내 안에서는 무수한 다른 기억과 동급의 가치만 지녔기에 흙탕물처럼 마음속 깊은 바닥에 침전해 있

이 마음도 언젠가 잊혀질 거야

었다.

"카야처럼 멋진 남자를 데리고 가면, 부모님이 놀라실 거야."

늘 하는 대화의 시작. 나는 "그럴지도."라고 대꾸했다.

쑥스러움을 감추려는 의도로 보이는 사이토가 당긴 방아쇠에 평소와 같은 허영심이 담긴 것을 놓치지 않는다. 어느 정도인지는 모른다. 그러나 사이토 안에 나를 장식품으로 보는 측면이 확실히 존재한다. 나쁘다고 생각하지 않는다. 그 정도가 좋다. 그 정도로 적당하게 탁하면 된다. 사람을 마음에 두는 기분 따위, 침전하면 된다. 아무래도 좋은 여생을 살려면. 돌풍이 아닌 이상 그러면 된다.

사이토의 아파트 앞에 도착했다. 내일은 휴일이라는 사이토의 일정을 가볍게 묻고, 잘 자라고 하고 헤어졌다. 그럴 생각이었다.

"그때 말인데."

사이토가 빨개진 자기 손바닥을 보며 말했다.

"그때, 여기에서 택시를 세우면서 혹시 카야가 같이 내리지 않으려나 잠깐 생각했어. 만약 그러면 어떡하나 두근거렸어. 근데 카야는 신사였지."

우후후, 나를 놀리듯이 사이토가 웃었다. 무슨 말을 하고 싶은지 알겠다.

"카야, 내일도 일하지?"

일뿐 아니라 뭐든지 다, 아무래도 좋다.

그러니까 상대가 원하는 대로 할 수 있다.

"응, 근데 별로 신사가 아니니까 넥타이 여분을 여자친구 집에 잘 가져다 놔서 출근할 수 있게 해뒀지."

사이토가 기뻐하면 그걸로 됐다. 번거로운 일이 생기지 않으면 된다. 사이토가 아직 인생에 희망을 품고 행복해지고 싶다고 몽상한다면, 그거면 된다.

그런 일로 기쁜 표정을 지을 수 있다니, 무지하고 어리석은 사이토가 너무 부러워서 미칠 것 같긴 했다.

////

"방 안에서만 조심해주면 가게 같은 곳에서는 담배 피워도 괜찮아."

"음, 아니, 됐어. 네 옷이나 머리에 냄새가 배면 미안하니까."

"배려할 줄 아는 남자네."

"평범한 수준일걸. 원래 그렇게 헤비스모커도 아니니까."

"아, 그렇구나."

"흡연 자체를 그만두길 바란다면 끊을게."

"아니야, 괜찮아. 나 때문에 카야가 변하는 건 원하지 않아."

"그렇게 대단한 일도 아닌데."

이 마음도 언젠가 잊혀질 거야

"대단한 일이야. 다른 사람을 위해 좋아하는 걸 포기하는 건."

"포기한다고 할 정도도 아니야."

"에이, 괜찮아, 괜찮아. 사람은 다른 사람을 위해서가 아니라 자기 자신을 위해서만 바뀌어야 해."

"자기 자신을 위해서."

"응. 그러니까 카야가 금연하는 때가 온다면 본인을 위해서 그만두면 좋겠어. 건강에 신경을 쓴다거나, 금연하면 인기 있을 지도 모른다고 생각하면서."

"건강은 일단 지금은 괜찮지만, 인기가 있다면 그만둘까."

"미남은 한 명으로 만족하지 못한다니까."

"사나에가, 만족시켜줄래?"

"응, 후후. 좋아, 해줄게."

암흑 속에서, 언젠가 목숨까지 움켜쥘 뻔했던 내 손가락은 세미더블 침대 위에서 무감정하게 사이토의 가슴을 쥐었다.

/ / / /

예정대로 사이토의 부모님과의 만남은 평온하고 무사히 끝났다.

분별력 있는 제대로 된 어른으로 보였을 테고, 사이토와 친밀하고 수입 면에도 문제가 없다고 태도로 보여주었다. 제일 긴장한 사람은 사이토였다. 그 모습을 보고 부모님에게 교제 상대를 보여준 경험이 없었나 싶어 물어보니 역시 그랬다. 왜 처음이 나인지 의문도 생겼지만, 나이가 관련할지도 모르겠다.

나는 당연히 전혀 긴장하지 않았다. 만남 내내 딸이 교제 상대를 데려온 부모의 감정을 관찰했다. 그들은 안심한 것 같으면서도 동시에 시간을 보낼 장난감을 빼앗긴 것처럼도 보였다.

사이토의 부모님을 터미널 역 근처 호텔까지 모셔갔을 때도 하잘것없는 예의를 제대로 갖췄다.

둘만 남게 되자, 사이토의 제안으로 술집을 한 군데 더 가기로 했다. 사이토를 돌볼 필요도 있다고 생각했으니까 마침 잘됐다. 역에서 10분쯤 걸어가면 있는, 예전에 가본 적 있는 바에 들어가 테이블에 앉았다. 생각해보니 사이토와 함께 보내는 시간의 절반 이상은 자거나 뭔가 먹으며 보낸다. 시시한 어른이 된 우리는 그것 외에 할 일이 없다.

사이토는 일이든 사생활이든 뭔가 극복하면 반드시 향이 강한 술을 시킨다. 바텐더에게 주문한 라프로익 위스키를 한 모금 마시고, 사이토가 크게 숨을 내쉬었다.

"고생했어. 카야, 정말 고마워."

"조금 긴장했는데 즐거웠어."

"진짜? 나는 아빠랑 엄마가 이상한 소리를 하면 어떡하나 조마조마해서 완전히 지쳤어."

이 마음도 언젠가 잊혀질 거야

또 한 번 숨을 내쉬고, 사이토는 뒤늦게 생각났는지 내 잔에 자기 잔을 가볍게 부딪쳤다.

"카야, 완전 호평이었어."

"그러면 좋겠다."

"네가 화장실에 갔을 때, 우리 부모님이 얼마나 칭찬했는지 몰라."

당사자가 자리를 떴다고 해서 진심에서 나온 평가라고 할 수 없다. 그 자리에서 사이토는 반은 가족이고 반은 내 교제 상대다. 그런 딸 앞에서 솔직한 감상을 밝힐 리 없다. 물론 진의를 확인할 필요는 없지만.

나는 사이토와 어울려 술을 마셨다. 다른 사람과 술을 마실 때는 몇 번에 한 번, 잔을 들어 올리는 타이밍을 상대방과 맞춘다. 그러면 자연히 대화에 리듬이 맞아 상대를 기분 좋게 할 수 있다.

오늘 밤에 있었던 일을 대화로 반추하며 사이토는 두 잔, 석 잔, 자꾸 술을 추가했다.

"이것도 칭찬해줘서 기뻤어."

술기운에 안구를 촉촉하게 적신 사이토가 목에 건 목걸이를 들었다. 어젯밤, 날이 바뀌어 생일을 맞이한 사이토에게 내가 준 것이다.

"아, 귀엽다고 해주셨지."

"응, 내가 기쁜 건 그게 아니야. 귀여운 거야 당연히 프로가 그렇게 만들었으니까, 귀엽지 않으면 안 되잖아?"

취한 사이토는 자기 머릿속에 있는 생각을 자랑스럽게 선보이려 한다.

"내가 기쁜 건, 내가 입은 옷이랑 어울린다고 한 거."

"너 자신이 아니라 옷?"

"응, 맞아. 카야가 우리 둘의 추억이나 내 취향을 상상하면서 골라준 게 다른 사람 눈에도 보여서 기뻤어."

그게 뭐가 기쁜지 생각하느라 생긴 아주 순간적인 사이가 사이토에게 전해졌을지도 모른다. 아니면 처음부터 설명을 추가할 생각이었을까.

"소중한 사람의 상상력 안에 내가 있는 게 무엇보다 기뻐."

"과연."

무슨 말을 하려는지 이해는 했으나 공감은 못 했다.

"왠지 사나에답네."

"뭐야, 그거 놀리는 거지."

절대 싫지 않은 듯이 교태를 부리며 사이토가 바텐더에게 또 술을 주문했다.

"상상력 안에 있는지는 모르지만 네가 기뻐하길 바라면서 골랐어."

거짓말이 아니다. 비위를 맞추려고 최선을 다했다. 얼마나 많

이 마음도 언젠가 잊혀질 거야

은 말을 하든 상대의 마음 따위 모르니까 그 정도면 된다. 공감할 필요는 없다. 우리는 각자 사정에 맞는 역할을 하면 된다.

방금 한 말도 사이토가 분명 기뻐할 거라고 짐작해서 골랐다. 그런데 사이토의 반응은 웃으며 수줍어하는 쪽이 아니었다.

"저기, 있잖아."

말을 던지고서 끊는다. 사이토는 상대가 흥미를 보이지 않으면 말을 꺼내지 못하고 두려워하는 면이 있다.

나는 의아하다는 표정을 지었다.

"뭔데?"

"나로 괜찮아?"

추상적인 질문에 나는 금방 대답하지 않았다. 대답할 수 없던 게 아니라 이 자리의 정답이 침묵임을 알아차렸다.

"미안해, 갑자기. 부모님한테 소개까지 해놓고서. 오늘까지, 그날부터 비교적 순조롭게 흘러왔으니까, 좋게 표현하면 운명처럼 보일지도 모르지만."

운명 따위 이 세상에 존재하지 않지만, 사이토가 좋아할 법한 말이다.

"아주 조금 불안해졌어."

"뭐가?"

"카야가 미래를 나와 함께하는 게."

사이토가 호박색 액체를 꿀꺽 한입 마셨다.

"결혼이니 뭐니 잘 모르겠지만, 그래도 이대로 가면 소중한 몇 년을 잃을 거야. 나는 물론 그러지 않으면 좋겠다고 바라지만."

사이토가 또 어중간하게 말을 끊었다. 사이토는 단언하지 않는 것을 상대에게 위임하는 행위라고 착각한다. 혹은 착각한 척한다. 말해야 할 부분을 남기는 것은 상대에게 그 부분을 보완하게 시키는 행위일 뿐이다. 상대를 자기 지배에 두려는 행동과 비슷하다.

물론 나는 전부 이해하고서 사이토를 대신해 말을 이었다.

"언젠가 다른 길을 갈지도 모르고 사이좋게 지내지 못할 수도 있지."

"그렇지."

"하지만 그렇게 되더라도 나는 너랑 보낸 시간을 잃어버렸다고 생각하지 않아."

내게 잃을 가치가 있는 시간은 이미 없다.

앞으로 있을지 모를 사이토와의 몇 년, 혹은 몇십 년. 결혼, 출산, 다양한 일이 기다리고 있을지도 모르나 문제라고는 생각하지 않는다. 그 시간을 다른 것에 써서 얻고 싶은 것도 없다. 그런 나를 사이토가 이용하면 된다고 생각했다. 나를 옆에 끼고 돌풍을 즐기면 된다. 언젠가 돌풍이 사라진 후, 둘이서 죽은 듯이 살면 된다. 우리라는 존재는 다 그런 거다.

이 마음도 언젠가 잊혀질 거야

사이토가 만에 하나 내 속마음을 읽는다면 자기를 우습게 본다고 화를 낼까.

부끄러운 듯이 웃은 사이토는 "멋있는 소리를 하네?" 하고 닿지 않는 팔꿈치로 나를 찌르는 시늉을 했다.

"그래도 그 말투는 그거다. 조금 물어보고 싶은 게 생겼어."

"그거?"

"응."

사이토가 한 번 잔을 기울여 달그락 얼음 소리를 낸 후, 고개를 아주 살짝 기울였다.

"카야, 지금까지 잊지 못하는 사랑이 있어?"

여전히 사이토의 눈에는 내가 이제는 지니지 못하는 빛이 깃들었다.

분명, 아니, 절대로 사이토가 아는 게 없는 줄 알면서도 나는 그녀에게 보이면 안 될 부분이 내면에서 피어오르는 것을 느꼈다. 그러나 지금까지 길고 긴 시간을 보내면서 나는 그 부분을 감추는 방법을 배웠다. 그러니 내 심지의 술렁거림을 읽힐 일은 절대 없다.

"그야 하나둘은 있을지도 모르지. 남자는 사귄 상대를 머릿속에서 개별적으로 보존한다고 하잖아."

읽히는 일은 절대 없었을 것이다.

그런데 사이토는 이해할 수 없는 소리를 중얼거렸다.

"거짓말쟁이."

사이토가 목소리를 낮춰 건넨 그 말이 내 발에 달라붙어 옥죄는 이미지를 느꼈다.

감정과 무관하게 근육이 만들어낸 듯한 미소를 지은 사이토가 한 번 더 술을 마셨다.

거짓말쟁이. 무슨 의미지.

내 무엇을 거짓말이라고 여긴 거지.

사이토는 내 무엇을 읽어냈지.

나의 무엇을 헤아렸지.

사이토, 수준에서.

"거짓말쟁이라니, 뭐가?"

물어보자 사이토의 미소가 더욱 깊어졌다.

"음, 그게, 인기 있을 것 같으니까 하나둘은 아니겠지."

거짓말이다. 사이토 역시 내가 거짓말을 알아차릴 걸 전제로 말했으리라. 진심이라고 여기길 바랐다면 거짓말쟁이라는 말과 목소리 톤을 맞췄을 것이다.

그렇다면 무슨 생각이지.

만약 내 안에 둥지를 튼 것이 이 세계에 흔한 것이라면, 누구나 경험하는 것이라면 그녀가 내 심중을 억측으로 읽어내도 이상하지 않다.

하지만 그렇지 않다. 사이토는 절대 예상하지 못한다. 상상이

이 마음도 언젠가 잊혀질 거야

미치지 못한다.

깊이 파고들지 않았다. 그러면 모처럼 죽은 듯이 원만하게 흐르는 우리 관계를 무너뜨린다고 판단했다.

사이토가 내면에 감춘 무언가는 우리의 관계에 치명상을 줄지도 모른다.

그러나 며칠 후, 그런 걸 신경 쓸 필요가 송두리째 사라질 가능성이 있는 연락이 내게 전해졌다.

/ / / /

나는 회사로부터, 멀리 이동하게 될지 모른다는 말을 들었다.

애초부터 전근할 가능성이 항시 있는 곳이긴 했다.

숨길 생각은 없다. 다음날 사이토를 불러내 알려주기로 했다. 사이토의 휴일 전날 밤이었다. 중요한 이야기가 있다고 미리 말하면 겁을 먹을 테니 별다른 의도가 없는 척 저녁을 먹자고 했다.

상사가 좋은 와인을 선물해주었다고 하며 집으로 불렀다. 내 말에 사이토가 어떤 반응을 보여도 좋게, 나중으로 미루는 일이 없도록, 제대로 된 의사를 보여주지 않으면 떠날 수 없는 곳이 적절하다고 판단했다. 알리바이로는 지금까지 사이토를 몇 번 집에 불렀으니까 부자연스럽지 않았다. 참고로 와인 선물은 거짓말이었다.

각자 일을 마치고 역에서 만나 우리 집으로 갔다. 장식 없는 아파트 입구를 통과해 스쳐 가는 이웃과 웃으며 인사를 나눴다. 문을 열고 집으로 들어가자, 내가 생각해도 생활감 없는 냄새가 났다.

"여전히 물건이 정말 없는 집이다. 우리 집이랑 비슷한 크기인데 훨씬 넓어 보여."

"코트 이리 줘."

두 사람분의 겉옷을 옷걸이에 걸었다. 사이토의 말대로 내 집에는 생활에 필요하지 않은 물건을 두지 않았다. 최소한의 가구와 가전제품과 컴퓨터가 있을 뿐, 텔레비전이나 책장도 없다. 그러니 인테리어에 신경을 쓸 리 없다.

손을 씻고 입을 헹군 사이토를 낮은 테이블을 따라 배치한 L 자형 소파에 앉혔다.

"처음부터 와인? 맥주도 있는데."

"이왕이면 요리가 도착한 후에 하자. 일단 맥주 부탁해요, 점원 아저씨."

"얼마든지요."

나는 사이토가 좋아하는 캔맥주를 잔에 따라 테이블에 놓았다. "이제 편하게 드시지요."라고 말하고 다시 부엌에 섰다. 저녁은 사이토의 희망으로 이탈리안 요리를 주문해두었다. 도착

이 마음도 언젠가 잊혀질 거야

할 때까지 먹으려고, 사 뒀던 치즈를 접시에 담아 술을 마시는 사이토 앞에 놓았다. 고맙다는 말에 반응하는 것처럼 나도 맥주를 따서 사이토의 대각선 맞은편에 앉았다.

요리를 기다리지 말고 바로 본론에 들어가도 좋겠지만, 말을 꺼내면 식사를 못 할 가능성도 생각해 일단 빈속을 채우기로 했다.

요리가 올 때까지 나는 가공 속 상사의 이야기를 사이토에게 들려주었다. 독신에 맛집 탐방이 취미인 센스 있는 사람이라는 설정이다. 급한 일을 완수한 상으로 와인을 받았다고 했다.

잠시 후 종이 울리고, 대학생 정도로 보이는 청년이 각종 요리를 배달해주었다. 우리는 함께 음식을 테이블에 펼치고 접시와 젓가락, 또 와인글라스와 레드와인을 테이블 위에 놓았다. 사이토는 이미 캔맥주를 두 개째 마셨다.

와인을 따르고 잘 먹겠다고 인사한 후에 샐러드를 먹은 사이토가 기뻐하며 입가에 손을 댔다.

"요즘 배달은 이렇게 맛있네?"

"그러게."

아무래도 좋은 이야기를 나누며 둘이서 차례차례 요리를 맛보았다. 와인도 사이토의 입맛에 맞아서 다행이었다. 늘 그렇듯이 내게는 전부 맛이 연했다.

여전히 우리는 같이 무언가를 먹는다. 삶에 직결하는 것에서만 적극적으로 연결된다. 달리 하는 것이라곤, 번거롭지 않게 살기 위해 일을 처리하는 정도일까. 그러니 교제 상대인 사이토와 앞으로의 생활을 놓고 진지하게 대화해야 한다.

와인을 입에 머금으며 나는 타이밍을 노렸다. 닭튀김 접시가 비고, 슬슬 때가 되었다 싶어 사이토의 대화 사이를 잘 엮어보려고 했다. 그런데 하필 그때 너무 빠른 속도로 마시던 사이토가 와인이 담긴 글라스를 엎질렀다. 허둥거리는 사이토를 두고 나는 부엌에서 행주를 가지고 와 흘린 와인을 닦았다. 사이토에게는 와인이 튄 요리 중 아직 먹을 수 있는 것을 접시에 담는 역할을 주었다.

"아, 진짜 미안해. 취했나 봐."

"웬일이야?"

"음, 요즘 잠이 좀 부족해서, 그래서 취기가 빨리 도나?"

사이토의 몸을 걱정하자, 이야기가 일에 관한 불평으로 옮겨 갔다. 내가 원하는 화제로 끌고 갈 타이밍을 놓쳤지만 시간은 얼마든지 있다.

"대화하다가 문득 상사의 여성 혐오적인 면을 실감할 때마다 대체 이 직장은 뭔가 싶다니까."

"그래…… 정말 괴롭다면, 예를 들어 다른 라디오 방송국으로 이직하는 건?"

"불가능한 건 아니지만 지금 나는 어떤 결과를 내지도 못했으니까 현실적이지 않아."

취했다고 반성했으면서 사이토는 또 술을 마셨다.

삶의 보람이었을 일 때문에 힘들다는 소리인가. 사이토는 그 사실을 어떻게 받아들일까.

배신당했다고 생각한다면 돌풍은 이제 곧 끝날지도 모른다. 물론 그녀 인생의 돌풍이 일이 아니었다는 쪽일 수도 있지만.

한참 불만을 늘어놓아 만족했는지 아니면 단순히 지쳤는지, 사이토가 "투정만 부려서 미안해. 그것도 맛있는 걸 먹을 때." 하고 미안하다며 비는 시늉을 했다.

이에 "맛있는 건 언제 먹어도 맛있으니까 괜찮아." 하고 대답했는데, 예상치 못하게 내게 이로운 패스가 날아왔다.

"아까 하던 얘긴데, 카야는 이직할 가능성을 고려해?"

나는 비스듬히 위쪽으로 시선을 던지고 조금 고민하는 척 고개를 갸웃거렸다.

"음, 그러게."

모처럼 상대가 그쪽으로 유도해주었으니 예정했던 이야기를 하자. 이건 내 안에서 고민할 필요 따위 없었다. 그래서 내 반응은 갑자기 연인이 던진 질문에 머뭇거리는 모습을 보여주는 용도였다.

"왜 그래?"

"아니, 사실 오늘은 그 문제로 사나에랑 상의하고 싶은 게 있어서."

사이토의 오른쪽 눈꺼풀이 내 목소리에 민감하게 반응했다.

"응? 왠지."

무서운데, 하고 이어지려는 말을 사이토가 억지로 삼키려는 듯이 입을 다물었다. 내게는 그렇게 보였다.

나는 말을 잘 골라 이동하게 될 가능성을 말했다. 시기나 기간, 또 예정 장소가 아주 멀다는 것도 감추지 않고 설명했다. 감출 필요가 없었다. 중요한 것은 사실을 밝힌 다음이었다.

"뭐, 아직 가능성 단계여서 결정된 사항은 아니야. 하지만 음, 사나에의 의견을 듣고 싶어. 만약 내가 이동하면 어떻게 할래?"

"으음."

사이토의 신음은 나와 달리 진심이었다.

"각자 일을 쉽게 그만두지 못하는 건 물론 잘 알고 하는 말인데, 솔직히 나는 너와 관계를 끝내고 싶진 않아. 하지만 쉽게 만나지 못하면, 전에 네가 말했던 것처럼 시간을 무의미하게 보내게 될지도 모르니까 걱정도 돼."

대부분 거짓말이지만 사이토와의 관계를 적극적으로 끝낼 생각이 없는 건 사실이었다.

전부 사이토의 판단에 맡길 생각이었다. 원거리 연애라는 형태를 취한다면 그것도 좋고, 물론 이 자리에서 관계를 끊는 선택지라도 받아들일 것이다. 미묘한 원한이 남지만 않는다면 좋다.

한 모금, 두 모금 술을 머금으며 고민하는 사이토를 기다렸다. 꼼짝 안 하고 사이토를 바라보면 묘한 압박을 줄 테니, 나는 나대로 테이블에 남은 요리에 젓가락을 댔다. 상대의 묵언이 의사 표시를 위한 단계일 뿐인지, 아니면 침묵이 곧 의사 표현인지의 확인은 중요했다. 지금은 사이토가 뭔가 말하려는 걸 알았으니까 나는 가만히 있으면 된다.

잠시 후, 사이토가 내게 초점을 맞추는 것 같았다.

"전에 카야가 말한 것처럼, 나는 앞으로 너랑 어떤 식으로 시간을 보내든 무의미하다고 생각하지 않아."

"응."

"그러니까 네가 괜찮다면, 거리가 멀어지니까 곧바로 헤어지는 건 아니어도 어느 쪽을 선택할지 정하고 싶어."

사이토는 하여간 이것저것 재는 말투를 쓴다.

"그 말은, 언젠가 헤어진다면 지금 헤어지자는 거?"

내가 고개를 갸웃거리자, 사이토가 살짝 웃으며 바람에 나무가 흔들리는 것처럼 고개를 가로저었다.

"아니야, 그런 뜻이 아니야."

그렇다면 무슨 뜻일까.

어느 쪽이라니?

사이토는 한숨 돌리는 것처럼 술을 한 모금 더 마셨다.

그리고.

"그만둘까."

"……뭐?"

내 의문문을 무시하고, 사이토의 입가에 드러난 옅은 웃음이 마치 파문처럼 얼굴 전체로 퍼졌다.

"일을 그만두고 카야를 따라갈까?"

오랜만에 사람의 말에 조금 놀랐다.

그래도 충격도 금방 잔잔해졌다.

"그건 취하지 않았을 때의 사나에와도 상담하는 게 좋아."

현혹, 지금 사이토의 상태에는 이 말이 딱 어울린다.

사이토가 고작 남자를 위해 일을 관둘 리 없다. 돌풍 같은 말을 쓰지 않더라도, 일 속에 삶의 보람이나 청춘이 있을 가능성이 크다는 사실을 사이토 본인도 알고 있을 것이다.

"취하긴 했어도 그래서 하는 말이 아니야."

"……그건."

"전에 잠깐 생각한 적이 있어."

"뭘?"

"만약 카야에게 무슨 일이 있어서 내가 지금 일을 지속하지 못한다면 어떻게 할까."

그런 건 굳이 생각할 이유가 없다. 애초에 그런 상상 자체가 사이토와 어울리지 않는다.

이 마음도 언젠가 잊혀질 거야

"물론 지금 일은 나한테 중요하고 소중한 경험도 많이 해. 그래도 만약 카야와 함께 살기 위해 일을 바꿔야 한다면, 그때 나는 그만두는 것도 하나의 선택지라고 생각했어. 지금도 그렇게 생각해."

사이토는 참으로 어리석은 착각을 아주 중요하다는 듯이 말한다. 그 생각을 고쳐주기 위해 노력하는 것에 나는 인색하지 않다.

"날 따라와도 거기에 지금 같은 일이 널 기다린다는 보장은 없어."

무시하지 않고 성실한 목소리로 말했다.

"그건 그렇지. 나, 레코드 가게 점원도 해보고 싶었어. 모집하면 좋겠다."

내가 하려는 말을 사이토는 전혀 깨닫지 못한 듯했다. 가능성 넘치는 미래에 취한 듯이 중얼거리는 사이토에게 나는 참지 못하고 "아니." 하고, 평소 나답지 않은 방식으로 끼어들었다. 취했다곤 해도 헛소리를 해대는 그녀를 향한 초조함이 목소리가 되었다.

"잘 생각하는 게 좋아."

"카야, 내가 같이 가는 게 싫어? 혹시 내심 헤어질 생각이었어?"

"그게 아니야. 하지만 사나에가 지금 하는 일, 방금 말했던 것처럼 소중하잖아?"

사이토는 고민하지도 않고 긍정했다.

"응."

"내 사정 때문에 그 일을 빼앗을 수는 없어."

일을, 그리고 돌풍을.

"빼앗다니, 되게 잘난 척한다. 그 누구도 빼앗아가게 두지 않을 거야. 나 이외의 그 누구의 사정도 아니야. 만약 그만둘 필요가 있다면 나는 내 책임으로 그만둘 거야. 전에 말했잖아? 사람은 자기 자신을 위해서만 바뀌어야 한다고."

그런 말을 분명 하긴 했다. 언제였더라, 최근인 것 같은데 먼 옛날인 것 같기도 하다.

"나는 카야를 따라가고 싶은 나를 위해서 일을 그만둬, 그만둘지도 몰라. 뭐, 카야가 이동하지 않을 가능성도 있고, 나도 정리해야 하는 일이 있으니까 지금 당장 같이 도망치지는 못하겠지만."

나는 사이토의 말을 진지하게 들었다.

귀를 기울이면서 등을 달리는 오한을 느꼈다.

이유를 바로 알 수 없었다.

모퉁이를 꺾으면 무서운 것이 있는 듯한, 그런 불안과 비슷하다.

"그러니까 카야가 책임을 느낄 필요 없어. 그런 상황이 오면

이 마음도 언젠가 잊혀질 거야

나는 준비되었다는 거야. 카야가 싫다면야 이야기가 달라져도.

응, 만약 싫다고 해도 얌전하게 물러날 사람이 아닌 건 지금까

지 사귀면서 알아차렸겠지만."

사이토가 장난스럽게 웃으며 다시 술을 마셨다.

오한의 정체를 조금씩, 조금씩 파악했다.

설마.

나는 사이토가 줄곧 감춰온 어떤 것을 감지하기 시작했다.

만약 그게 사실이라면, 나는 너무도 어리석었다.

아니, 하지만 무리도 아니다.

설마 그런 어리석은 생각을, 최소한 곁에 있는 인간이 품으리

라고는 생각하지 않으므로.

무심코 한 모금, 나도 술을 마셨다. 믿고 싶지 않았다.

"그러고 보니 우리도 꽤 오래 사귀었다."

사이토의 말대로 나와 그녀 사이에는 그럭저럭 시간이 흘

렀다.

지금까지의 관계를 떠올렸다.

그리고 지금, 눈앞에 있는 여자의 얼굴을 다시 한번 봤다.

눈이 마주치자, 그녀의 시선이 지닌 의지 비슷한 것이 내 안

에 생긴 공포의 형태를 명확하게 했다.

어쩌면 사방에 예감이 있었을지도 모른다.

진심으로 거짓말이기를 바랐다.

"카야? 왜 그래?"

"아니……."

생각했다.

나는 이 녀석을 착각했었나.

이 녀석에게 주어야 할 감정을 실수했었나.

가만히 눈을 응시했다.

나는 눈 안에 빛이 깃든 이 여자에게 줄곧 어떤 종류의 선망을 품었다.

아직 돌풍이 끝나지 않은 인간, 일이라는 돌풍을 오랫동안 즐길 수 있는 인간, 부러워할 만한 인생을 보낼 가능성을 숨긴 인간, 그렇게 생각하고 사귀었다.

그게 착각이었을지도 모른다.

"혹시 정말로 오늘 헤어질 생각이었어?"

농담처럼, 그러나 내심 두려워하는 눈으로 바라보는 사이토의 심중을 짐작했다.

그런 눈빛을 하는 이유가 뭘까. 내가 사라지는 게 뭐가 그렇게 두려울까.

사이토에게 나는 길고 긴 인생에서 만난 이성 중 하나일 뿐이다. 마침 동창생이고, 몇 가지 우연이 겹쳐 재회한, 그런 과정은 있다. 그러나 지금까지 사귄 남자 중 하나일 뿐인 내가 눈앞에서 사라지는 것을 그녀는 왜 두려워하는가. 또 다른 누군가를

이 마음도 언젠가 잊혀질 거야

찾으면 그만인데. 성욕과 자기 과시욕을 편리하게 채울 인간을 근처에 두고 싶을 뿐 아니었나.

그게, 아니었나.

사이토의 두 눈, 그 안구에 금이 가는 환각을 봤다.

아둔한 나를 저주했다.

"사나에."

"응?"

대체 무슨 일이지.

"꼭 해야 할 이야기가 생겼어."

"뭐야, 갑자기, 왜 그래?"

사이토 안에서 더욱 부푸는 공포를 본인도 깨달았는지, 의지와 알코올의 힘으로 굴복시키려는 게 보였다. 그러면서 내게 보내는 웃음이 지금은 그저 가련했다.

"중요한 이야기야."

"뭐야, 무섭잖아."

사이토의 두려움이 마침내 말이 되었다.

"무섭게 해서 미안해."

진심이었다. 평소의 나라면, 지금까지의 나라면 조금은 더 사이토의 마음을 배려한 말을 골랐을 것이다.

"하지만 꼭 해야 해."

사이토에게 진실을 말해야 했다.

"그런 표정 짓지 마."

그녀는 나라는 인간을 알아야 한다.

그걸 모르고 이대로 살아가면 그녀가 너무 가련하다.

"미안."

지금이라면 늦지 않았을지도 모른다.

인생의 아주 짧은 기간, 그 기간에 분 돌풍으로만 사람은 구원을 받아야 한다.

그때만을 추억하며 살아가는 것만큼은 허용되어야 한다.

당연히 사이토에게도 그 기회가 있어야 한다.

절대 나 같은 걸 돌풍이라고 생각하는 인생이 되어선 안 된다.

/ / / /

"소방차 소리다. 불이 났나?"

방에 고인 긴장감을 풀고 싶을 테지, 사이토가 물을 한 모금 마시고 말했다.

"사나에, 이야기를 들어줘."

"아, 벌써 시작했구나."

사이토는 입술을 끄트머리만 올렸다. 조금 잔혹하지만 나는 고개를 끄덕였다.

이 마음도 언젠가 잊혀질 거야

"꼭 해야 할 이야기야."

"카야, 대체 무슨 일이야?"

"무슨 일이 아니야."

사이토는 마치 내가 평정심을 잃은 것처럼 말하지만 그게 아니다.

처음부터 이런 인간이다. 사이토가 몰랐을 뿐이다.

원래대로라면 알 필요가 없었다.

하지만 그럴 수 없게 되었다.

"지금부터 내가 하는 말이 헤어지자는 말이라고 예상할 테지만 그건 아니야."

사이토는 진실을 알아야 한다.

사이토가 한 번 더 물을 마시고 마음을 가다듬었다. 목이 울리는 소리가 들린다.

"결과적으로는 그렇게 될 테지만, 예를 들어 어떤 이유가 있어서 내가 작별을 선택하려는 그런 이야기는 아니야."

"무슨 의미인지 모르겠는데, 헤어질 생각은 없어."

"오히려 네가 거리를 두려고 할걸."

"바람이라도 피웠어?"

사이토가 농담처럼 말했다. 사이토의 머릿속에는 연애하기 위한 상식적인 회로가 장비되어 있다.

"거짓말을 한 건 맞을 거야. 그렇지만 바람 같은 연애랑 관련

된 쪽은 아니야."

사이토가 내 말을 기다린다.

"애초에."

나는 사이토가 매번 그러듯이 일부러 핵심부 앞에서 잠깐 사이를 두었다.

사이토에게 진실을 말하는 건 이번이 처음일 것이다.

"나는 다른 사람을 좋아하지 못해."

단정적인 말투로 말했다.

상대의 반응을 기다리지 않고 나는 말을 이었다.

"예를 들어서 나는 바람이라고 하는, 교제 상대나 결혼 상대를 무시하고 다른 인간을 사랑하는 일 같은 건 안 해."

사이토는 묵묵히 나를 바라보며 말을 인식하고 이해하고 해석하려 했다.

"그럼 딱히 상관없잖아? 사람을 좋아하기 어렵다는 거지?"

"어려운 게 아니야. 아무도 좋아하지 않아, 이제는."

"……아무도 좋아하지 않는다니."

말을 반복한 사이토는 그제야 내가 하려는 말을 이해했나 보다.

"나도, 그렇다고 말하려는 거야?"

사이토가 생각할 줄 아는 능력이 있어서 다행이다.

나는 충분히 시간을 들여 고개를 끄덕였다.

이 마음도 언젠가 잊혀질 거야

"응. 사나에를 향한 감정도 좋아한다거나 사랑하는 그런 게 아니야. 그렇다고 우정이나 동향 친구에게 생기는 정 같은 것도 아니야."

진실이라고 설득력을 느끼게 하려고 시선을 피하지 않았다.

"나는 너 같은 걸."

사이토를 상대로 이런 표현을 쓴 적은 지금까지 단 한 번도 없다. 부족한 자신감을 넘어 오히려 고고하게 굴려는 그녀의 자존심에 상처를 주리라 생각했기 때문이다.

"우연히 재회한 예전 동창생이고, 어쩌다 보니 사귀는 흐름을 탔으니까 상관없겠다 싶어서 교제를 시작한, 그런 사람쯤으로 생각해."

무릎 위에서 깍지 꼈던 사이토의 손이 풀렸다.

"그래도 사귀는 건 대부분 그런 느낌이잖아?"

"그런 게 아니야."

사이토의 눈을 똑똑히 바라보며 말을 멀리 떼어놓으려는 것처럼 고개를 저었다.

"나는 지금도 사나에를 별로 좋아하지 않아."

사이토의 의문을 기다릴 의미가 없다.

"사나에를 향한 내 감정은 그날, 고향 역에서 누군지 모르는 여자가 옆에 앉았을 때와 달라지지 않았어."

"그건……."

사이토가 입을 다물었다. 그래도 지금 감정은 충격이라기에는 아직 약했다. 내 말이 어디까지 진심인지 가늠하려는 시선을 보냈다.

"말 그대로의 의미야. 속인 건 미안하다고 생각해. 사실은 끝까지 속일 생각이었어. 아니, 어쩌면 언젠가 사나에의 인생에도 바람이 불지 않게 되면 말했을지도 몰라. 그래도 지금까지 우리 교제를 의도적으로 끝낼 생각은 없었어. 적어도 네게 부는 돌풍을 기다릴 생각이었어."

"돌풍."

사이토의 표정은 의문을 품은 것과는 달랐다. 그저 익숙하지 않은 말을 앵무새처럼 반복하는 것 같았다.

"나는 인생에 돌풍이 분다고 생각해. 다른 말로 바꿔도 좋아. 절정기나 최고의 추억이나. 인생이란, 돌풍을 맛보고 돌풍이 떠난 후에 텅 빈 채로 그 맛을 되새기면서 여생을 보내는 거야. 너는 아직 돌풍이 지나가지 않은 것처럼 보였어. 그래서 나는 부러웠고 그 점에 한해서는 지금도 같은 생각이야."

앙다문 입술을 한 번 천천히 위아래로 벌리고 그 안에 있는 혀를 몇 번인가 대사를 읊는 것처럼 헛되이 굴린 후, 사이토는 의지가 깃든 목소리를 냈다.

"그건, 인생의 절정기? 돌풍이 끝났다는 느낌은 아직 없는데."

이 마음도 언젠가 잊혀질 거야

"그런 것 같아. 너는 아직 나처럼 텅 비지 않았어. 언젠가 텅 비더라도 사람은 자기 생애에서 반드시 한 번은 돌풍을 맛볼 권리가 있어."

"잠깐만. 아까부터 무슨 소리야?"

"지금부터 하는 얘기, 잘 들어줘."

나와 말이 통하지 않자, 사이토는 시선을 테이블로 내리고 두 번 고개를 끄덕였다. 알겠다는 뜻이 아니라 무언가를 생각하기 위해 리듬을 잡으려는 수긍이었다.

"반드시 전해야 하는 말이야."

사이토의 눈이 내게 돌아왔다.

"지금까지 너의 돌풍은 일에서 온다고 생각했어."

"일이 가장 중요하다는 뜻?"

"그래. 그런데 조금 전에 사나에, 지금 일을 버려도 된다고 했지? 그것도 버리는 이유가 나 때문이라도 좋다고 했어. 만에 하나라도 나 같은 걸 인생의 돌풍이라고 느끼는 일이 생기면 안 돼."

부정의 의미를 담았으리라, 사이토의 미간에 주름이 잡혔는데, 그녀가 하려는 말을 앞질러 꺾어버렸다.

"아니, 지금은 그렇지 않더라도 그럴 가능성이 있다면 피해야 해. 네가 그쪽으로 기우는 걸 느꼈고, 그대로 두면 너무 불쌍하다고 생각해서 말해주고 싶었어."

단정, 강요하는 듯한 주장, 불쌍하다, 사이토의 성격으론 아마도 받아들이지 못할 것들만 의도적으로 골라 건넸다.

내 말을 받아들인 뒤 격앙돼도 좋고 슬퍼해도 좋다. 이해가 안 되면 공포를 느껴도 좋다.

어느 쪽이든 내게서 마음이 떠나주면 충분하다. 무의미라곤 해도 함께 시간을 보냈으니 그녀가 인간관계를 판단할 만큼의 현명함을 갖추었다는, 일종의 신뢰가 있었을지도 모른다.

"카야."

침묵의 시간이 지나 마침내 불린 이름에 담긴 감정은 분노도 슬픔도 아니었다.

"카야의 그 돌풍은 뭐였어?"

그런 건 아무래도 좋을 텐데, 사이토는 그게 제일 신경 쓰인다는 듯이 말했다.

감정의 방향성에 이해가 안 되는 부분은 있었지만, 사실 그녀가 흥미가 있거나 말거나 나는 내 돌풍을 말할 생각이었다. 이유는, 사이토에게 나라는 인간이 어떻게 만들어졌는지 알려주기 위해서. 돌풍을 맛본 인간 중에서도 내가 유일하게 특이한 존재임을 알려주기 위해서. 그래서 그녀가 나라는 인간을 포기하게끔 하기 위해서.

"궁금하다면 말해줄 수 있어."

"말해줘."

남에게 처음으로 말한다. 망설임이 전혀 없지는 않다. 그러나 내 안에만 있는 특별한 것을 사이토에게 말하는 데 의미가 있고 이유가 있다.

"내 돌풍은 그 시절에 불었어."

잔잔한 마음으로, 항상 하는 것처럼, 몇 번이나 반복한 것처럼 그 시절의 상념을, 가슴속에 고스란히 남은 추억을 말했다.

"그 시절이라면 고등학생 때?"

"그래. 정확히는 열여섯 살 때. 주변에 어떻게 보였을지 몰라도 그때 나는 사는 게 시시해서 늘 초조했어. 내 인생을 특별하게 해줄 것을 항상 찾아다녔지."

말로 표현하면 바보 같다.

"많은 일에 도전하고 실망하는 시간을 보내다가 나는 한 여자와 만나 사랑에 빠졌어."

사이토의 눈썹이 꿈틀 올라갔다.

"그녀는 이 세계와는 다른 세계의 사람이었어. 열여덟 살이고, 특정 버스정류장에서만 만날 수 있고, 그녀의 모습은 눈과 손발톱 이외에는 볼 수 없었어."

당연히 사이토는 이해가 안 된다는 표정을 지었다.

"유령이라는 소리야?"

"내게 있어 진실은 달랐어. 그 버스정류장이 이 세상과 그녀의 세계를 이어줬고, 분명히 그녀는 존재했어. 그녀를 만질 수 있었고, 그쪽 세계의 음식을 먹을 수도 있었어."

"그건."

사이토는 필사적으로 내 말과 자신의 상식을 맞추려는 것처럼 보였다.

"꿈을 꾼 거 아니야? 그, 어떤 이유가 있어서."

굳이 말하지 않았으나 사이토는 나의 병, 혹은 어떤 이물질이 몸에 들어가면 생기는 환각을 의심하나 보다. 설명할 필요는 없지만, 당시 그런 병의 증후는 없었고 이상한 것을 섭취하지도 않았다.

"꿈이 아니야. 우리는 몇 번이나 만났어. 만약 다른 사람이 이 말을 믿어주지 않더라도 내 안에 있는 진실의 농도는 달라지지 않아. 내가 잊지 않는 한. 그러니까 믿지 않아도 돼."

"······계속 말해봐."

이때 경솔하게 믿는다고 말하지 않는 점이 사이토의 긍지다. 나 같은 놈과 보낸 시간이 전부 무의미했다고 받아들이는 것을 용납하지 않는, 눈물겹도록 헛된 긍지다.

"나는 매일 밤 그녀를 만나러 버스정류장에 갔어. 캄캄한 버스정류장 대기실에서 그녀가 오기를 기다렸어."

피난소에 관해 설명할 필요가 있을까 생각하다가 복잡해질 테니 생략했다.

"며칠에 한 번, 그녀가 다른 세계에서 왔지. 눈과 손발톱만 빛

이 마음도 언젠가 잊혀질 거야

나서 모습은 보이지 않았지만. 나는 그녀에게서 뭔가 지식이나 정보를 얻어서 내 인생을 특별하게 만들고 싶었어. 그런데 마음대로 되진 않았어. 서로의 문화를 알고 싶어도 맛이나 냄새를 전할 수 없고 문자도 읽을 수 없었어. 말로 설명할 수밖에 없었는데, 다른 세계의 풍습이나 규칙은 알아봤자 도움이 안 되더라."

나는 순서대로 내 기억을 사이토에게 건넸다.

"이 세계와 그녀의 세계가 서로 영향을 주고받는 관계인 게 중요했어. 이쪽에서 물건이 부서지면 그쪽에서도 뭔가 부서지는 등 서로의 세계에서 같은 일이 일어났어."

이 이야기를 하려면 피할 수 없는 사건이 한 가지 있다.

"우리는 주고받는 영향을 이용해 서로를 위해 할 수 있는 일이 없을지 모색했어."

실수가 아니라 나는 일부러 그 이름을 입에 담았다.

"실험 과정에서, 나는 우리 반의 옆자리에 앉았던 다나카의 개를 풀어주기도 했어."

"응?"

예상대로 사이토는 의아한 표정을 지었다. 내 발언과 자기 기억 중 무엇이 옳은지 반추할 테지. 곧바로 그녀는 빠른 길을 선택해 나와 답을 맞추기를 원했다.

"내가 잊어버렸거나 몰랐을 뿐이면 미안한데."

"응."

"우리 반에 다나카라는 애가 있었나?"

"아니, 없었어."

그럼 무슨 소리야, 라는 질문을 기다릴 의미는 딱히 없다.

"그때 나는 같은 반 녀석들을 한 데 묶어 다나카라는 이름으로 분류했어. 어디에나 있는, 나에게 전혀 특별하지 않은 녀석들이라는 의미로."

말이 특정한 무게를 지니고 사이토의 얼굴에 부딪히고 충격을 표정에 퍼뜨리는 것 같았다.

물론 이 이야기는 여기에서 끝이 아니다.

"그럼 나도?"

"아니."

순간 표정이 이완된 그녀에게는 미안하지만, 기대에 절대 부응하지 않는 말을 해야 한다.

"다나카와 조금 다른 행동을 하는 녀석은 다르게 불렀어."

나는 그녀의 얼굴을 바라보았다.

"너는 사이토라고 불렀어. 그때와 다르지 않아. 지금도 너는 내게 사이토이고, 그 이외의 아무것도 아니야."

다양한 감정이 포개진 결과이리라. 그녀의 표정이 끝내 도달한 위치를 보고 나는 안심했다.

"그게 뭐야."

이 마음도 언젠가 잊혀질 거야

사이토, 본명 스노 사나에는 오늘 밤 처음으로 또렷한 실망을 내게 보여주었다.

/ / / /

"알고 있을지 모르겠는데, 개의 이름은 아루미. 주인의 본명은 아이자와 시호리. 결과적으로 아루미는 나 때문에 죽었어."

부엌에서 뜨거운 커피를 두 잔 타서 하나를 사이토 앞에 내려놓으며 사실을 설명했다.

"시호리."

테이블을 응시하며 사이토가 이름만 오도카니 중얼거렸다.

"그 얘기는 못 들었구나."

"말 안 했어."

"그래."

"저기."

소파에 앉는데, 오랜만에 사이토와 시선이 마주쳤다.

"진짜야?"

"진짜야, 전부."

"카야가 시호리의 개를 죽였다는 것도?"

"응, 결과적으로는 그래. 내가 데리고 간 게 아루미가 죽은 원인이야."

순간 사이토의 뺨이 부드러워진 것 같은데 그런 표정을 지을 이유가 없으니까 다른 반응을 잘못 봤으리라. 그녀의 감정은 금세 조금 전과 같은 색을 띠었다.

"사이토라니⋯⋯."

"그렇게 불러, 지금도."

"나한테 한 다른 말도 전부 거짓말이었어?"

어떤 것을 말하는 건지, 그게 중요하겠지. 나는 그녀에게 한 기억이 있는 말들을 떠올렸다.

"전부 거짓말이라고 하는 게 맞을지 모르겠어."

사이토의 얼굴이 이번에는 분명 부드러워졌다. 이번에는 이유가 있다. 내가 그렇게 되도록 말의 순서를 골랐다.

남의 기분을 가라앉힐 때는 일단 떠받들어줘야 하는 걸 알고 있다.

"원한다고 생각한 말을, 이렇게 말하면 기뻐하리라 예상한 말을 골랐어. 그러면 번거롭지 않을 테니까."

지금까지 중 최고로 낙담한 표정을 보여주리라 예상했다. 그런데 사이토의 표정에서는 아직 부드러움의 여운을 볼 수 있었다. 부족한가 싶어 말을 추가했다.

"아까도 말했지만 나는 이미 연애 감정이 없어. 정확히 말하면 두고 왔어, 15년 전 그 시절에."

그 말을 추가해도 사이토는 실망을 더는 추가하지 않았다.

이 마음도 언젠가 잊혀질 거야

시선을 아래로 내리고 한 모금, 테이블에 올려놓은 커피를 마신 뒤, "그거." 하고 커피에 설탕을 넣는 듯이 섬세하게 말을 꺼냈다.

"카야의 돌풍은 사랑이었구나."

그 말이 귀에 도달하자, 손끝이 바늘에 찔리는 감각을 느꼈다. 동시에 사이토와 나눈 대화가 하나 생각났다.

잊지 못하는 사랑이 있는지 묻고 거짓말쟁이라고 했던 그때다.

그때는 사이토가 숨긴 감정의 정체를 파악하지 못했는데, 드디어 명확해졌다. 아마도 그녀는 내 가슴에 있는 누군가, 연적의 존재를 간파하고 솟구치는 질투를 숨겼으리라.

"그, 카야가 좋아했던 여자, 어떤 사람이야?"

질투심이 향하는 상대를 알고 싶은 이유는 어떤 심리에서 유래할까. 포기하기 위해서일까 아니면 우쭐해지기 위해서일까. 어느 쪽이든 지금은 진실을 밝히는 것 이외의 선택을 하지 않는다.

"눈과 손발톱만 보인 그녀를 나는 치카라고 불렀어."

암흑 속에서 빛나던 그 빛을 상상했다.

"치카는 이지적이고 늘 차분했어. 취미도 많았는데, 소설이나 향수 비슷한 문화를 즐겼어. 물론 그건 다른 세계의 것이어서 내가 실제로 체험할 수는 없었지만."

"그래."

사이토는 가볍게 한 번 호응하고, 내 설명을 계속 요구했다.

"생물로서 인간은 아니었을 거야. 눈으로 볼 수는 없어도 몸을 만질 수는 있었는데, 손가락으로 만져보면 팔도 다리도 머리도 있었지만 피는 빛났고 머리카락도 감촉이 묘했어."

그 감촉을 떠올리려고 오른손을 두 번 펼쳤다가 두 번 쥐었다. 그러는 동안 사이토가 커피를 한 모금 마시고 테이블 위에 툭 내려놓았다. 행동을 시작하려는 신호 같았다.

"사귀었어? 그, 다른 세계의 아이랑."

말투에서 다양한 감정이 풍겼다. 두 사람의 관계가 파국을 맞으려는 이때, 다른 세계의 생물에 관해 진지하게 말하는 남자에 대한 황당함, 공포감, 혐오감, 또 그것들이 불러낸 거리감, 어디까지 진지하게 받아들여야 할지 회의감. 어느 쪽이든 상관없다.

"아니, 그녀의 세계에는 연애라는 개념이 존재하지 않았어."

"그럼."

"그래서 내가 가르쳐줬어."

사이토가 하려던 말을 뭉개려는 의도를 품고 말했다.

"사랑이 뭔지, 연인이 뭔지, 연인이 되면 뭘 하는지. 다른 세계의 사람이 알 수 있도록 최선을 다해 말과 마음을 쏟았어."

판타지 같은 내 설명을 듣고 무엇을 상상할지는, 어떤 픽션을 알고 어떤 연애를 경험했는지에 따라 다를 것이다.

이 마음도 언젠가 잊혀질 거야

그래도 전해졌으리라. 보통 일이 아니라는 것은.

그렇다. 나와 치카 사이에 있던 관계는 특별했다. 내 안에 존재하는 치카를 좋아하는 마음은 다른 유례가 없다. 내가 치카에게 받은 빛은 이 세계에 하나뿐이다. 내가 아무리 시시한 인간이라도 그것만은 확실하다.

"내가 좋아하는 마음을 치카가 어느 정도로 받아들였는지는 모르겠어. 하지만 둘이서 필사적으로 서로 이해하려고 노력했어. 미래가 어떻게 되든 그저 그녀와 공유하는 게 있으면 좋았어."

그렇다. 오로지 그것만 있으면 좋았다.

"내가 치카에게 받은 것, 또 내가 치카에게 향한 마음이 이 세계, 또 내 인생의 전부였고 지금도 그래. 그녀는 나라는 인간을 바꿀 수 있는 유일한 존재였어. 그치만 그 돌풍은 이미 그쳤어."

돌풍, 하고 사이토가 또 입술을 그 형태로 움직였다.

"갑자기 치카의 목소리가 들리지 않았고 모습도 사라졌어. 그 후로 아무리 기다려도 그녀와 만나지 못했어."

추측 수준에서 벗어나지 못한다. 그러나 그 후로 셀 수 없이 고민한 결과, 지금은 치카의 말을 알 수 없게 된 책임이 내게 있다고 생각한다.

분명 그때, 치카는 나를 거절했다. 심리적 거리가 멀어져서 말을 이해할 수 없게 되었다. 몇 번이고 반복해서 기억의 필름이 닳아 떨어질 정도로 반추해 도달한 결론이다. 틀렸을 수도 있고, 이제는 확인할 방법이 그 어디에도 없다.

"치카와 만나지 못하게 되었을 때, 내 인생은 끝났어. 지금 이런 시간도 내게는 그저 남은 시간일 뿐이야. 언제 끝나도 돼. 아니, 빨리 끝났으면 좋겠어. 다만 적극적으로 죽으려는 강렬한 행동을 하는 것도 귀찮아서 여기 있을 뿐이야."

소파에 앉아있는 것도, 사이토와 마주하는 것도, 치카에 관해 말하는 것조차 그저 몸이 죽음을 맞이할 때까지 시간을 보내는 것에 불과하다.

"나는 죽음을 맞이할 때까지 그저 치카와의 추억을 아끼며 살 수밖에 없어. 치카를 생각하는 마음 이외의 모든 부분이 텅 비었어. 그러니까 내가 누군가의 인생에 의미가 될 수 없어. 누군가가 내 인생의 어떤 의미가 될 일도 없고."

만약 내가 사이토에게 가짜라도 성의 비슷한 것을 건넨다면, 알아서 헤아려달라고 말을 흐리는 것이 오히려 성의 없다.

"사나에, 아니 사이토와도 연인이라고 진심으로 생각한 적 없어."

이 거리니까 들리지 않을 리 없다. 사이토는 분명 내 말을 고막으로 포착하고 뇌에 전달했을 것이다. 그 의미를 나름대로 해석하는 중이리라. 내 얼굴을 빤히 바라보며 그녀가 침묵을 이어갔다.

이 마음도 언젠가 잊혀질 거야

몇 초 후에 어떤 반응이 있을지 생각하기는 했다. 사이토니까 자존심을 지키기 위한 행동을 선택할 것 같았다. 울부짖거나 고함을 지르는 건 자존심에 상처를 주는 행위일 것이다. 그러니 아마도 그녀는 냉정한 척, 사건의 자초지종을 극적으로 받아들인 대사를 하리라 예상했다.

결과적으로 내 예상은 대체로 맞았다.

"짐작 가는 바가 있어."

의미를 물어볼 것을 전제로 한 말이리라. 지금까지라면 사이토의 바람을 이루어주었겠지만, 그랬다가 내 다정함을 착각해서 받아들이면 곤란하다. 그래서 가만히 있으려고 했는데, 사이토는 내 말을 기다리지 않았다.

"돌풍이라고 표현하지는 않지만, 자기 인생이나 자기 자신을 통째로 바꾸는 것과 만나 영원히 그 안에 갇혀서 살 수는 있다고 생각해."

아무래도 사이토는 아직 이해하지 못했나 보다. 갇히지 않았다. 그게 인생 전부다.

타이르고 설득하려고 다시 설명을 시도하려고 했는데, 실패로 끝났다.

"나도 카야랑 비슷해."

그 말의 의미를 생각했다.

"카야에게 그 아이와 같아."

"······같다고?"

치카와 같은 존재가 있을 리 없다.

"나도 그때, 치카라는 그 아이처럼 인생을 바꿔준 것과 만났어. 만나고 계속 사로잡힌 상태지."

치카의 특별함을 무시하는 그 말에 위장에서 감정이 역류하는 듯한, 말도 안 되는 감각을 이미 인식했다. 그래도 사이토의 말을 기다린 것은 혹시 모를 가능성을 생각해서다. 사이토도 뭔가, 이 세상 어디에도 없는 만남이나 마음이 있었을지도 모른다고.

"나는."

"······."

"나는 음악과 만났어."

내뱉으려는 말을 참으려던 나도, 있었을지도 모른다.

"똑같이 취급하지 마."

그러나 내뱉은 후에 이제 사이토 상대로 나를 꾸며낼 필요는 없다고, 뒤에 갖다 붙인 것처럼 생각했다.

"똑같지는 않지. 하지만 분명 카야의 기분과 비슷한 기분을 나도 느낀 적 있어."

"치카를 그런."

"뭐?"

사이토의 표정이 달라졌다. 정체를 알았으니까 이제 무섭지

이 마음도 언젠가 잊혀질 거야

않다는, 차분한 표정을 지은 그녀를 향해 그저 단순한 분노를 분출했다. 오랜만에 느끼는 순수한 분노였다.

"그런, 아무런 의미도 없는 창작물 따위랑 똑같이 취급하지 마."

"나한테는 그 아이도 아무런 의미도 없어. 하지만 카야에게는 소중한 사람이지?"

"우리의, 뭘, 안다고."

사이토는 마치 일부러 내 신경을 건드리는 것처럼 고개를 끄덕였다.

"모르지. 내게 소중한 음악이 내게 정말로 무엇인지도 아직 잘 모르는데 다른 사람의 소중한 걸 알 리 없지."

"고작 그런 기분을 내 마음과 비교하다니."

기침이 나와 말이 끊겼다.

분노가 결정처럼 굳어 목을 찌른 것 같았다. 이런 상황에서도 나는 기침할 때 사람에게서 고개를 돌리는, 구제할 도리 없는 사회성을 갖추고 말았다.

"너무 거대해서 잘 모르겠고 계속 생각하고 있어. 카야는 그 아이에 관해서 얼마나 알아?"

"치카는."

"너도 그 아이가 너에게 뭔지 아무것도 모르면서 사로잡힌 거 아니야?"

"아니야."

사로잡혔다는 표현은 치카가 내 마음에서 사라지면 다른 사물에 가치가 생긴다는 말 같다.

그렇지 않다. 나는 이 세상의 무엇으로도 대신할 수 없는 유일무이한 감정을 가슴에 품고 오늘까지 살아왔다. 그 누구보다 치카가 소중하다. 그 누구보다도 치카가 사랑스럽다. 나만이 가진 이 감각을 나는 또렷하게 이해한다.

사람의 창작물 따위에 멍청한 감정만 향할 뿐인 사이토와는 다르다. 그것과 비슷한 그 누구와도 다르다.

싸구려 공감 따위로 내 빛을 더럽히지 마.

"나는 음악이 나를 구해줬다고 생각했어. 그냥 좋아하면 된다고 생각했어. 하지만 사실은 음악에 관해서 아무것도 몰랐고, 음악에는 나를 구하려는 의도도 없었다는 걸 알고 실망했고, 지금도 나에게 음악이 뭔지 계속 생각해."

그녀의 표정 어딘가에 기쁨 비슷한 감정이 섞인 듯이 보여 내 감정을 더욱 건드렸다.

"나와 치카는 생각할 것도 없어. 너와는 달라."

"카야는 그 아이의 어디가 좋았어?"

"전부 다."

생각할 것도 없다. 단언할 수 있다. 나는 치카의 존재 그 자체가 좋았다.

"그런 모호한 소리 말고 네 표현으로 듣고 싶어."

"너는."

왜 이렇게 치카를 걸고넘어져?

왜 내 빛에 끼어들려고 해?

내 말을 의심하나? 아니면 이 녀석은 여전히 치카에게 질투하나?

알고 싶다면 알려주지. 나는 기억을 더듬었다.

"치카만이 내 안에서 사라지지 않아. 내 전부를 긍정해줬어."

"그렇게 생각하게끔 했을 뿐 아니야?"

너무도 무례한 표현에 나는 말문이 막혔다.

"전부 이해하거나 전부 긍정하는 건 불가능해. 긍정해준다고 의지하는 건 상대를 좋아하는 게 아니야."

이 녀석, 뭘 안다고 자꾸만 이딴 소리를 하는 걸까. 분노를 넘어 현기증까지 느꼈다. 이렇게도 사이토는, 스노 사나에는 분별력이 없는 녀석이었나. 생각이란 걸 못 하는 녀석이었나.

"사람은 상대방의 보이지 않는 부분까지 포함해서 누군가를 좋아하게 돼. 상대가 사람이든 사물이든 그래."

너희는 그럴지도 모르지. 다나카나 사이토인 너희는. 하지만 치카를 마음에 둔 내 기분은 다르다. 특별하다. 특별. 내가 아무리 시시하더라도 이 마음만은.

"나도 모습과 형태가 보이지 않는 음악에 이상을 품었어. 내 전부를 긍정해준다고 생각한 적도 있어. 그래도 좋아한다면 나도 앞으로 나아가야 해. 카야의 이야기를 들으며 예전의 나랑 비슷하다고 생각했어. 만약 가능하다면 나랑 함께."

내 안의 스위치가 내려가는 소리가 났다.

"그만 됐어."

연출이나 어떤 의도가 있어서 사이토의 말을 끊은 것이 아니다. 말 그대로 이제 사이토의 말을 들을 필요가 없다고 판단했다.

"아무 말도 안 해도 돼."

생각해보면.

생각해보면 당연하다. 사이토가 왜 이런 뜬금없는 말을 늘어놓는가. 왜 자기 경험을 내게 적용할 수 있다고 착각하는가.

그래, 내 경험은 아무도 경험한 적 없는 특별한 것이다. 자각이 부족했다. 나는 나 자신을 사방에 흔한 시시한 인간이라고 믿었고, 실제로 그럴 것이다.

그러나 치카와의 만남만큼은 기적이다.

그러니 단편적인 이해도 얻지 못하고, 사이토가 스스로 체험한 이런저런 사건이나 남에게 보고 들은 흔하디흔한 일에서 추측해 적당한 소리를 하더라도 어쩔 수 없다.

뭘 화를 내는 거야. 이 녀석에게 뭘 기대했지.

이 녀석은 사이토일 뿐이다. 치카와는 다르다.

이 마음도 언젠가 잊혀질 거야

"그만 나가줘."

사이토는 놀란 표정이었다. 이 세계에 흔해 빠진 반응이다.

"우리는 두 번 다시 만나지 않는 게 좋아."

이어지는 그녀의 반응도 예상했다. 어차피 배신당했다는 생각을 품고 표정에 분노 비슷한 빛을 띠고서, 요점에서 벗어난 소리를 하겠지.

"내 말이 무슨 뜻인지 모르겠어?"

"이런 시시한 반응이나 하는 녀석에게 치카 이야기를 더 할 필요가 없어."

이 한 마디가 사이토의 분노에 불을 질렀나 보다.

"그 말투, 뭐야?"

"……."

"자기 혼자 다 안다는 표정이나 짓고."

그런 표정을 짓지 않았다. 아직 돌풍을 모르는 놈의 농지거리에 어울리는 게 내키지 않는 표정은 지었을지도 모른다.

"아주 참 잘나셨어."

사이토가 나를 노려보았다. 적의를 보낼 가치가 있는 표정을 짓지는 않았을 텐데.

"옛날 여자를 잊지 못할 뿐이잖아."

"그래."

묵묵히 사이토의 욕설을 들을 수도 있었지만, 묵묵히 받아들이면 그녀를 물러나게 할 순 없다. 나를 공격하는 사이토를 유도하듯이 주장을 긍정해 그녀가 알아서 물러나기를 기다렸다.

"네 말이 다 옳아. 이제 그걸로 됐지."

나는 사이토의 얼굴에서 시선을 피했다. 예상으로는 손 앞에 있는 커피를 뿌리거나 내 반응을 끌어내려고 더한 욕설을 지껄이지 않을까 생각했다.

"뭐가 치카야. 전부 긍정해준다니, 너도 그 아이도 바보 같아."

역시나.

"그럴지도."

"좋아했던 아이를 욕하는데 분하지도 않아? 눈과 손발톱만 보였다며, 어차피 안 보이는 부분은 이상적인 외모를 멋대로 상상해서 좋아한다고 믿었을 뿐이잖아?"

"그럴지도 모르지."

"사실은 대화도 안 통한 거 아니야? 전혀 말이 안 통하는 걸 좋을 대로 해석해서 알아들은 척했을지도 모르잖아?"

"그럴 수도 있네."

"애초에 그런 아이가 정말 있었어? 망상으로 만든 머릿속 여친을 잊지 못하는 거라면 너 진짜 위험하다."

"그러게."

"화를 내!"

이 마음도 언젠가 잊혀질 거야

사이토가 콧김을 내뿜으며 일어났다. 바들바들 떨리는 손이 시야 끝에 보였다.

"살아가는 게 의미 없다고 말할 정도로, 나랑 있는 시간이 전부 거짓말이었다고 말할 정도로 그렇게 소중하다면, 그 시절의 인생 이외에는 의미가 없다고 말하려거든 최소한 그 시절의 너한테는 진지해지라고!"

대체 사이토는 뭘 착각하는 걸까.

나는 물론 진지하다. 치카를 생각하지 않는 날은 없다. 진지한 게 당연하지. 다만 그걸로 사이토와 말다툼할 가치가 없다고 생각할 뿐이다.

"지금 모습을 치카라는 아이가 보면 어떻게 생각하겠어?"

"글쎄."

두 번 다시 만나지 못하니까 그런 건 생각해도 무의미하다. 그리고.

"나는 이미 내가 어떻든 말든 상관없어."

"그래, 됐어."

사이토가 그렇게 말하고 자리에서 이동해 코트와 가방을 손에 들고 현관으로 이어지는 쪽으로 걸어갔다. 나는 눈앞의 커피잔을 들어 입을 댔다. 맛이 연하다.

"그런데."

그대로 나가면 될 것을 사이토의 목소리가 내 머리로 내려왔다. 마지막으로 뻔한 말이라도 할 셈인가. 이게 마지막이다. 어디 듣기라도 해볼까.

"너는."

"그래."

"본인의 한심함을 전부 치카 탓으로 돌려서 치카를 더럽히고 있을 뿐이거든."

이번에야말로 사이토가 거실을 떠난 것 같다. 그쪽을 보지 않았지만 발소리와 기척으로 알았다. 현관문이 열리는 소리, 이어서 닫히는 소리가 났다.

정신을 차리자 나는 손에 들었던 커피잔을 벽에 대고 집어 던졌다. 흩어지는 커피잔의 파편을 나는 앉은 채 가만히 바라보았다.

////

사이토와 만나지 않는 생활이 시작되었지만, 아무런 문제도 없었다.

다시 평소와 같은 매일이 돌아왔을 뿐이다. 당연하다. 스노사나에는 내 인생에서 사이토의 한 명일 뿐이니까 전혀 중요하지 않다. 그녀도 그저 내 옆을 지나가는 인간 중 한 명이었다. 물론 사이토에게 나 역시 그럴 테니 앞으로의 인생에서 나를 기억할 필요는 전혀 없다. 인생에 계속 붙들어둘 대상은 한정적이다.

그 사실은 지극히 타당하다.

분명 그럴 텐데 왜 이럴까.

불쾌했다.

달라붙었다. 그날, 사이토가 나를 향해 던진 마지막 말이.

더럽힌다고 했다.

누가, 누구를.

"좋은 아침."

"아, 스즈키 씨, 좋은 아침입니다."

"부탁했던 거, 메일로 보냈으니까 확인해줘."

"와, 이렇게 빨리, 고맙습니다!"

그 녀석은 말했다. 내가 치카를 더럽힌 거라고.

웃기는 소리다. 나와 치카는 두 번 다시 만나지 못한다. 그러니까 나는 그녀와의 기억을 잊지 않으려고 그 마음을 소중하게 품어왔다. 두 번 다시 만나지 못하는 상대를 더럽히느니 뭐니, 말이 안 된다.

더럽혔다면 오히려 사이토다. 그 녀석이 나와 치카의 추억을 더럽혔다. 그런 쓸데없는 말을 내 방에 남겼다. 악취가 나를 괴롭힌다.

"스즈키, 오늘 점심에 비었냐?"

"네, 딱히 급한 일은 없습니다."

"간다 씨랑 점심 먹을 거니까 와라. 간다 씨가 너를 좋아하잖아."

"그런 이유로 함께해도 괜찮다면 기쁘죠."

혹시 사이토는 나와 치카가 서로에게 영향을 준 일들에 대해 그렇게 말했을까도 생각해봤는데, 그건 아니다.

영향에 관해서 자세한 설명은 하지 않았고, 나는 내가 여전히 치카에게 영향을 줄 가능성을 이미 고려해서 지금까지 불화를 일으키지 않도록 살아왔다. 망치지 않고 잃지 않고 주저앉지 않고, 인생의 마이너스 요소를 최대한 배제하고 그저 살아왔다. 그렇게까지 하는 내가 치카를 더럽히다니, 헛소리다.

사이토는 내가 한심함을 치카 탓으로 돌린다고 말했다. 한심하다는 말은 나를 향한 비난으로는 잘못되었다. 만약 욕하고 싶다면 내 특징을 비난해야 한다. 그러나 나의 무기력한 생활을 가리켜 한심하다고 하면, 이 세상을 살아가는 수많은 인간에게도 들어맞는다. 그녀는 나를 헐뜯는 데 실패했다.

"스즈키, 이거 줄게. 선물."

"고맙습니다. 설마 구도 씨께 선물을 받는 날이 올 줄은 몰랐어요."

"다시 내놔라, 선배님이 주는 감사한 과자를."

"농담이에요, 농담. 송구한 선물로 여기고 감사히 받겠습

이 마음도 언젠가 잊혀질 거야

니다."

치카 탓으로 돌린다는 말은 완전히 빗나갔다.

오히려 나는 지금까지 인생을 치카 덕분이라고 여기고 살아왔다. 내가, 돌풍을 온몸으로 느낀 것. 진심으로 특별하다고 여길 존재와 만난 것. 일평생 사라지지 않을 마음을 가슴에 품고 죽을 수 있는 것. 남은 시간 전부를 설령 텅 빈 채 살더라도 이 마음만은 진짜로서 가슴에 영원히 남는다. 이 시시한 삶에서 그게 얼마나 대단한 일인지 사이토는 모른다. 나는 치카에게 감사할지언정 원망하거나, 심지어 내 시시한 인생을 치카 탓으로 돌리지 않는다.

"네, 스즈키입니다. 언제나 감사합니다. 네, 그 건에 관해서는 전에 설명해드린 대로 금년도 말까지 운영하면 어떨까 합니다만. 네, 아하, 네, 알고 있습니다. 그럼 우에다에게 확인하고 오늘 중에 다시 연락드려도 괜찮을까요? 네, 고맙습니다. 그럼 실례하겠습니다."

사이토가 내게 던진 말은 처음부터 끝까지 죄다 틀렸다.

그걸 알고 있는데도 불쾌했다.

그로부터 3주쯤 지났는데 여전히 불쾌함에 시달릴 정도로.

"스즈키, 좀 지쳐 보이네?"

오늘 안에 해야 하는 작업을 해치우고 숨을 돌리자 시간은 오후 6시였다.

회사 흡연실에서 맛있지도 않은 담배를 피우는데, 남자 동기가 몸 상태를 걱정했다.

그는 얼마 전에 자식이 태어났다. 돌풍 한가운데에 있는 행복으로 여유가 생겨 괜한 참견을 할 마음이 들었나 보다.

"그런가? 요즘 속을 끓이는 일만 이어지긴 하네."

"너는 성실하니까. 조금은 대충대충 해야 오래 버틴다."

이 남자는 틀린 말을 한다. 적당히 살아가니까 문제나 성가신 게 싫어서 성실해 보이려고 하는 거다.

"아니면 슬슬 결혼이라도 해서 사생활을 내조받거나."

"그건 서로 내조하는 거니까 결국 일과 사생활이 비슷해질 뿐인 것 같은데."

"하여간 성실하다니까."

내가 대충한 말에 이상하게 꽂혔는지, 그가 웃으며 연기를 내뿜었다.

"뭐, 자식을 키우면서 살아갈 힘이 난다는 말도 있잖아?"

그야말로 돌풍 속에 있는 인간의 말이다.

자신의 특별한 존재를 위해서 살아간다. 내게도 그런 시기가 있었다.

그것만으로 어떤 인간이든 될 수 있을 것 같았다. 물론 그런 식으로 얻은 약간의 힘이나 뭐든 해낼 것 같은 전지전능한 기분은 전부 착각이고, 돌풍이 지나가면 동시에 사라진다.

"육아는 아직 생각 없어. 결혼할 예정도 없고, 기분 전환할 걸 찾아야지."

"예정이 없다니, 전에 그 사람은."

"아아."

그러고 보니 사이토와 함께 있을 때, 길에서 그와 마주친 적이 있었다. 간단히 인사 정도만 나눴는데 기억하나 보다.

내 대꾸에 대충 사정을 짐작하겠지만, 나중에 괜히 착각하지 않도록 제대로 설명해두었다.

"헤어졌어."

"이런, 아쉽네."

아쉽나.

그런 말을 쓴다면, 간단히 욕구를 채울 수 있고 그럭저럭 괜찮은 외모의 인간을 놓친 아쉬움은 분명 있었다.

"스즈키를 아주 소중히 여겨줄 것처럼 보였어."

조금 예상을 벗어난 분석에 모호한 미소를 지었다. 재떨이에 재를 털었다.

"물론 사귈 때는 소중히 여겨줄지도 모르지. 그것만으로는 안 되니까."

"그런가, 세상의 때가 묻은 우리는 이제 마음만으로 사랑을 못 하나."

자기가 한 말에 웃는 그에게 어울려 나도 웃어 보였다.

그의 말은 조금 틀리다.

사이토는 아마도 마음만으로 사랑하려고 했고, 가능했을 것이다.

만약 돌풍이 통과하지 않은 사람이 상대였다면. 아직 유일무이한 특별함과 만나지 않은 사람이 상대였다면.

그저 나를 상대로 하려던 게 안 좋았다. 내 안의, 마음뿐인 사랑이라는 부위는 이미 채워져 있기에.

어쩌면 사이토는 그 사실을 알리지 않고 사귄 내가 잘못했다고 생각할지도 모른다.

그렇다면 나는 가슴에 남은 불쾌감을 받아들이고 벌을 받아야 하나. 그녀가 돌풍을 만날 때까지의 시간을 빼앗은 자로서 형벌을 받아야 하나.

황당하군. 그럴 필요는 없다.

말하지 않은 게 죄라고 돌을 던질 권리를 가진 인간이 어디 있겠나.

그런 건 사이토도…….

"왜 그래?"

"……아니."

"뭐 스즈키라면 금방 다른 사람을 찾겠지."

"어떨까."

"자자, 이런 데서 사내놈들이 사랑 이야기나 하면 비흡연자들

이 마음도 언젠가 잊혀질 거야

이 질색할 거야."

손목시계를 본 그는 자기가 한 말에 또 웃으며 담배를 재떨이에 버리고 흡연실을 나갔다.

혼자 흡연실에 남아 아주 조금 남은 담배를 입에 물었다.

늘 연하다고 느끼는 담배 맛이 느껴지지 않았다.

당혹스러웠다.

갑자기 머릿속에 떠오른 것을 정리하느라 필사적이었다. 그러느라 내 몸이 일으키는 행동에 주의가 미치지 못해 담배를 버리고 나도 모르게 한 개비 더, 피우고 싶지도 않은데 불을 붙였다.

지금 다시, 조금 전의 대화와 사고 흐름을 되짚었다.

동기인 그가 사이토에 관한 이야기를 꺼내 그녀를 생각했다.

호의만으로는 연애가 불가능하다는 말을 듣고, 사이토의 소망에 내가 해당하지 않는 것을 내 안에서 확인했다. 올바른 인식이다.

이어서 혹시 내 안의 본심을 전하지 않은 나는 속죄해야 하는지 생각했고, 그럴 리 없다고 일축했다. 남이 생각이나 행동을 전부 보여주지 않았다고 분노하는 건 너무 제멋대로이고 심지어 공격하는 건 분명한 월권행위니까.

그러나 나는 한때 그런 제멋대로인 월권행위를 한 적 있다.

가장 소중한 존재에게 그렇게 상처를 준 적이 있다.

치카가 말해주지 않았다. 단순히 그것을 견디지 못한 과거가 있다.

그때를 가슴 깊이 후회한다.

한편으로 치카를 향한 마음이 진짜였기에, 그녀를 더 많이 알고 싶었기에 그런 말을 해버렸다고, 그게 곧 내 강렬한 마음의 증명이었다고 믿는다.

그래, 그러니까 나는 그런 마음을 알고 있다.

그런데······.

나는 부정했다.

내가 본심을 보여주지 않았다고 사이토가 분노하는 건 너무 황당하다고 생각했다.

모든 걸 알고 싶어 하다니 어리석다고.

즉, 나는 한때 내가 치카에게 향했던 마음을 무시한 것이다.

치카를 향한 마음이 거기 있다면, 소중한 상대의 모든 것을 알고 싶어 하는 마음을 무시할 수 없다.

무시할 수 없을, 텐데.

그런데.

설마.

잠깐이라도 잊었을까.

온몸에 두려움이 차오르려 했다. 담배 끝에서 재가 떨어진다.

"아니."

내 안에서 솟구치려는 것을 부정하기 위한 말이 무심코 입에서 흘러나왔다.

그럴 리 없다. 치카를 향한 마음을 내가 잊는 건 말이 안 된다. 그렇게 강렬했던 마음을. 무거웠던 마음을. 그렇게 간단히.

그러나 그때 자신을 부정하려는 생각이 머리를 스쳤다.

"아니야."

그런 말도 안 되는 일이 있겠어.

나는 치카를 향한 마음만을 평생 품으며 살아왔다. 매일매일 그때를 떠올린다. 계속 떠올린다. 오로지 그것만을 바라보며 살아왔다.

잊을 리가 없다.

그때, 아직 추위가 남은 계절에 버스정류장에서 만났다.

서로를 조금씩 이해해갔던 시간을. 전해지지 않은 수많은 말을. 느끼지 못했던 냄새를. 공유하지 못했던 맛을. 치카의 세계에서 벌어진 전쟁의 날들을. 치카가 사이렌을 싫어하던 것을. 아루미의 죽음을. 비를 맞으며 서 있던 다나카를. 치카에게 구원받은 일을. 치카를 위해 라디오와 학교 종을 망가뜨린 일을. 사이렌이 망가져서 치카가 기뻐하던 일을. 치카의 몸을 만진 것을. 처음으로 키스라는 행위에 기쁨을 느낀 것을. 밀월을 보낸 것을. 치카와 함께 웃은 것을.

이지적인 치카.

창조적인 치카.

나를 긍정해준 치카.

특별한 존재였던 치카.

정말 좋아했던 치카.

치카.

어째서 나를 두고 가버렸을까.

잊을 리가 없다.

손가락이 떨려 불이 붙은 담배를 떨어뜨렸다. 줍는다는, 겨우 그것뿐인 상식적인 행동을 못 하고, 나는 어째서인지 주머니에서 다른 담배를 꺼내 불을 붙이려 했다. 떨리는 손가락으로는 라이터에 불을 제대로 붙이지 못해, 결국 나는 담배도 라이터도 쓰레기통에 버렸다. 바닥에는 불이 붙은 담배 한 대가 연기를 피워올렸다.

기억한다. 치카를 또렷하게 기억한다.

그러나 깨닫고 말았다.

내가 마음속에 떠올리는 사건은 전부 단순한 사실에 지나지 않았다.

그때 품은 마음이 얼마나 강렬했는지, 무거웠는지, 격렬했는지.

마음속에서 그려내지 못한다.

치카를 얼마나 좋아했는지를 그저 사실로서만 기억한다.

이 마음도 언젠가 잊혀질 거야

강렬했다는, 무거웠다는, 격렬했다는 말로서만 기억한다.

가슴이 높이 뛰지도 않고 춤을 추지도 않고 조여들지도 않는다.

즉, 새겨졌을 감정을 나는 그저 읽기만 했지, 그때와 똑같이 느끼지 못한다.

그러니까 예전의 나 자신을 부정하는 생각도 아무렇지 않게 했다.

그 사실에 마음이 아프지 않았다.

아아, 안 된다. 용서 못 한다.

전부 사라지고 만다.

이 마음이 없으면 모든 것이 거짓말이 된다.

치카가 거짓말이 된다.

나는 필사적으로, 필사적으로 그 나날에 신경을 쏟았다.

치카에게 노래를 전해주려고 했을 것이다. 그때, 나는 치카와 가까이 있어서 기뻐했으리라.

또 아마도 각자 세계의 노랫소리가 들리지 않아 어떤 건지 알 수 없었다.

아니, 이게 아니다. 노래는 전해졌으나 멜로디를 이해하지 못했었나.

뇌가, 끄트머리부터 썩어서 떨어지는 이미지가 솟구친다.

두려워서 미치겠다.

내가 지금 이렇게 된 이유를 찾는다.

왜 이렇게 된 거지.

어째서, 이렇게 된 걸 지금 알아차렸지.

나는 주머니 속의 스마트폰에 손을 뻗었다. 꺼내다가 한 번 떨어뜨려 줍고, 떨리는 손가락으로 필사적으로 조작했다.

착신 이력에서 오랜만에 보는 그 이름을 찾아내 곧바로 터치하고 귀에 댔다.

상대가 일하는 중일 가능성이나 애초에 내가 건 전화를 받기나 할지, 그런 건 생각하지 않았다.

한참 신호가 간 후, 상대가 "네." 하고 사무적인 목소리와 함께 전화를 받았다.

"나한테 무슨 짓을 한 거야."

설명이 부족한 질문인 건 나도 안다. 문장을 연결하는 부위가 이미 썩어서 떨어졌을지도 모른다.

스노 사나에가 아무런 대답이 없어서, 나는 지금 할 수 있는 말을 최대한 머리를 써서 전했다.

"치카를 향한 마음을 떠올리지 못하겠어. 있었던 일은 기억하는데 그 감정은 또렷하게 생각나지 않아. 그럴 리 없어, 그럴 리가."

그녀는 여전히 침묵했다.

"네가 그때, 뭔가 한 거 아니야?"

이 마음도 언젠가 잊혀질 거야

지리멸렬한 소리라고 생각하지 않았다. 주문이든 마법이든 뭐든 좋다. 뭔가 했다면 빨리 이 저주를 풀어달라고 진심으로 바랐다.

잠시 후, 그쪽에서 숨을 들이쉬는 소리가 희미하게 들렸다.

"9시에 우리 집에 와."

스노 사나에는 그 말만 하고 내가 긍정하거나 부정할 틈도 주지 않고 전화를 뚝 끊었다.

걱정한 동료가 부르러 올 때까지 나는 흡연실에 멍청히 서 있었다.

/ / / /

초조해서 미칠 것 같았지만 지정한 시간 전에 나를 만날 마음은 없을 것이다. 9시 정각, 나는 스노 사나에가 사는 아파트 앞에서 택시를 내려 다급하게 입구로 향했다. 열쇠는 만나지 않게 된 후 우편함에 넣어 돌려줬으므로 집 번호를 눌러 그녀를 호출했다.

응답이 없어서 한 번 더 호출했는데, 역시 반응이 없다.

안달이 난 감정을 억누르고 전화를 걸지 말지 생각하는데, 메시지가 도착했다. 15분 정도 늦는다고 했다.

15분간 안절부절못하며 도착하기를 기다렸다. 스노 사나에가 오랜만에 만나는 나를 어떤 태도로 대할지 생각할 여유가 없었다. 생각할 필요도 딱히 없었다.

출입하는 주민이 의심스럽게 봐도 개의치 않고 입구 앞에 서 있는데, 잠시 후 택시 한 대가 멈췄다. 안에 탄 얼굴을 보고 기다리는 사람이 온 걸 알고, 택시로 다가가려는 발을 꾹 억눌렀다.

결제를 마친 스노 사나에는 비교적 격식을 차린 옷차림으로 나를 향해 걸어왔다. 인사는 상대의 태도에 따라 정해야겠지. 그렇게 생각하는데, 그녀는 아무 말 없이 내 눈을 바라보며 성큼성큼 걸어오더니 자기 얼굴 옆으로 주먹을 쥐고 갑자기 내 얼굴을 때렸다.

가느다란 팔로 만들어낸 펀치는 전혀 충격이 없다. 그러나 너무 예상을 벗어난 행동에 당황했다. 그녀는 "입장료."라고만 말하고 입구를 열었다.

무슨 말을 해야 할지 몰라 일단 스노 사나에를 쫓아 입장을 마치고 엘리베이터에 탔다. 그녀는 말이 없었다. 나도 그에 맞춰 말없이 엘리베이터에서 내려 오랜만인 문 앞에 섰다.

집은 나와 교제하던 시절 그대로였다. 내 물건도 그대로 남아있다. 미련인가 싶었는데, 혹시 그녀가 내게 뭔가 했다면 둘이서 다시 이곳에 있는 걸 예견했을지도 모른다.

짐을 내려놓자 앉으라는 지시를 받았다. 나는 예전의 지정석, 부엌에 가깝게 놓인 테이블 의자에 앉았다. 집주인인 그녀는 곁

이 마음도 언젠가 잊혀질 거야

옷을 벗고 빨간 주전자로 물을 끓여 인스턴트커피를 두 잔 타서 테이블 위에 놓았다.

음료 따위 아무래도 좋지만 일단 고맙다고 하고, 그녀가 맞은 편에 앉기를 애타게 기다렸다.

이윽고 스노 사나에의 엉덩이가 의자와 닿을까 말까 한 시점에서, 참을성이 한계에 도달했다.

"알려줘."

눈이 힘을 지니고 힐끗 이쪽을 향한다.

"나한테 뭘 한 거야."

스노 사나에는 내게서 시선을 떼지 않고, 코로 한번 깊게 숨을 쉬고 대답했다.

"아무것도 안 했어."

"그럴 리 없잖아."

"정말로 나는 나 이상의 일은 전혀 안 했어. 물론 최면술이니 주문이니, 그런 건 일절 안 했어."

"그럼 나를 왜 불렀어."

무심코 달려들 기세로 몸을 내밀었다. 그래도 그녀는 내게서 시선을 떼지도, 놀라서 피하지도 않았다.

"나는 아무것도 안 했어. 하지만 무슨 일이 생겼는지는 알아."

"나는 아무것도, 라니. 그럼 그 녀석인가?"

의자에 다시 앉아 나는 직장으로 기억을 돌렸다. 스노 사나에가 고개를 갸웃거렸다.

"그 녀석이라니?"

"직장 동기. 하지만 그런 아무 의미도 없는 녀석이 나한테 영향을 미칠 리가."

"있잖아."

스노 사나에가 또렷한 말투로 내 사고를 끊었다.

"유감인데, 사람은 모두 특별해."

웃기고 있다.

"특별할 리가."

"특별해. 우리가 겪는 일이나 만나는 사람 전부. 그중에서 뭐에 영향을 받는지는 스스로 정하는 거야."

"내가 영향을 받는 건 치카뿐이야."

스노 사나에는 커피잔에 한 번 입을 대고, 입술에서 가늘고 긴 숨을 내쉬었다.

"가르쳐줄게. 너한테 무슨 일이 생겼는지."

이미 마음을 멀끔한 척 꾸미지도 못하고, 간신히 답을 듣는다는 기대감과 함께 불편한 진실을 접할지도 모른다는 두려움이 가슴속에서 솟구쳤다.

그래도 멈춘다는 선택지는 없었다.

"가르쳐줘, 부탁이야."

"잊어버린 거야."

이 마음도 언젠가 잊혀질 거야

그 너무도 간단한 말을 이해하기 전에 뇌리에 영상이 스쳤다.

내가 눈앞의 여자에게 폭력을 쓰는 영상이다.

그러나 현실에서 내가 한 일이라곤, 멍청하게도 음성이 되지 못한 호흡 같은 것을 한 번 내쉬었을 뿐이다.

"잊은 거야. 치카를 향한 마음을, 지금까지 시간 속에서."

"그럴 리가."

"하지만 지금 그때랑 같은 마음을 지니지 못한 걸 알았잖아?"

스노 사나에는 내 대답을 기다릴 생각이 없나 보다. 나는 고개를 저었다.

"아니야, 아니라고."

"전화로 말했으면서."

"일시적인 현상이야, 조만간 원인을 알면, 분명 당장 떠올릴 수 있어."

"나는 잊었어."

대체 무슨 소리야.

"처음으로 음악을 좋아하게 된 순간의 충격이나 고등학생 때 너를 싫어했던 거, 하나의 사실로는 기억하지만, 이제는 그런 마음을 품을 수 없어."

"나는 그런 웃기지도 않은 기분이 아니야."

내 말투에 힘이 빠진 걸 느꼈다. 화를 내고 싶은데 그보다 불안이 이겨서, 마치 도움을 요청하는 목소리가 되고 말았다.

스노 사나에는 내 태도를 어떻게 느낄까. 불쌍하다고 생각할 것 같다.

"괜찮아, 잊어도."

"안 괜찮아."

"우리는 뭔가를 계속 기억할 수 없어."

이 녀석은 헛소리를 늘어놓는다. 괜찮을 리 없다. 괜찮을 리 없어.

나는 마음속 어딘가에 있을 활활 타오르는 마음을 필사적으로 찾았다.

그때, 치카를 얼마나 생각했는지, 가벼운 말로 표현하면 치카를 얼마나 사랑했는지. 치카를 내 것으로 삼고 싶었고, 치카의 것이 되고 싶었다. 치카만 있으면 다른 건 아무것도 필요 없다고 믿고 싶었다.

찾는다. 찾고, 찾고, 찾을수록 알았다.

어쩔 수 없이 알아차렸다.

내가 떠올린 말속에 답이 있었다.

있다.

삼고 싶었다.

되고 싶었다.

믿고 싶었다.

마음속에 샘솟는 것 전부.

전부, 과거의 추억이다.

그 추억을 현재 형태로 건져내려고 하면, 모래처럼 무너져 손가락 사이로 빠져나간다.

아아……

"거짓말이야."

"거짓말이 아니야."

무슨 근거로 부정하는데. 이 녀석은 뭘 알고 있는데.

불쾌했다. 거부하기 위해 화를 내도 좋고, 대화를 포기해도 좋았다.

그러나 그러지 못했다.

내 앞에 내밀어졌다.

믿고 있었던 내 마음의 양이, 크기가, 무게가, 형태가, 현재진행형으로 품은 것이 아니라는 사실.

빈 껍질이, 흐르고 떨어져 사라진다.

이런, 이런 건.

"싫어."

모래 한 알도 손바닥에 남지 않는 악몽 같다.

"잊고 싶지 않아."

스노 사나에에게 말해봤자 아무 의미 없다.

그녀는 내 감정을 불러일으킬 수 없다. 하물며 다른 세계에서 치카를 데려와 줄 수도 없다.

계기에 불과하다. 눈속임하려던 사실을 깨닫는 계기.

그래도 나는, 기적을 바랐다. 수치스러움도 잊고.

아직 끝내기 싫다고 진심으로 바랐다.

스노 사나에는 한심하고 무의미한 소리를 내뱉는 나를 바라보았다.

웃을 줄 알았다. 어때, 내가 한 말이 옳았지, 하며 거만하게 나를 깔볼 줄 알았다.

그런데 그녀는 아랫입술을 깨물고 나를 가만히 바라보았다.

"잊어도 돼."

그녀가 반복한다. 나는 고개를 젓는다.

"잊어버리면 전부 거짓이 돼."

이번에는 그녀가 천천히, 고개를 좌우로 두 번 왕복했다.

"거짓이 되지 않아. 우리는 잊어버려. 아무리 강렬한 마음도 조금씩 닳아서 얇아지고 사라져. 그렇다고 그때 우리의 마음이 거짓이 되지는 않아. 그때, 죽을 만큼 지루했던 것도, 마음을 쏟을 밴드와 만나 바꾸고 싶다고 생각한 것도, 카야가 치카를 좋아했던 그 마음도 전부 거짓이 아니야."

"잊어버리면 증명할 수 없잖아."

"할 수 있어. 카야."

테이블 위에 깍지 낀 내 두 손에 스노 사나에가 손을 뻗어 겹쳤다.

몇 주 전에 손을 놓아버린 남자의 손을 다시 잡는 심경을 나는 모르겠다.

분명 혐오하고 질리고 무시했을 상대의 손이다. 그 어떤 감정과도 진지하게 대하려 하지 않은 내 손이다.

"카야를 정말 나쁜 놈이라고 생각해."

갑자기 무슨 소리지.

"내가 지금까지 만난 사람 중 제일 형편없는 인간일지도 몰라. 스스로에 취하고 비뚤어졌으면서 그런 주제에 사회인다운 얼굴만은 멀끔히 꾸미는, 그런 사람을 좋다고 생각한 나도 멍청하다고."

맞는 말이다. 그때 나는 스노 사나에가 그렇게 생각하도록 대했다.

"용서 못 한다고, 오늘까지도 몇 번이나 생각했어. 하지만."

스노 사나에의 눈꺼풀이 움찔 떨렸다.

"그 태도야 어떻든, 내 인생을 생각해서 진짜 너 자신을 드러냈지."

그건 아니다. 나는 그런.

"카야, 아루미라는 강아지를 죽게 해서 후회하는 것 같았어."

그런 인간이.

"이 사람은 그냥 인생과의 거리감을 몰라서 우는 멍청이라고 생각했어."

그녀의 손에 힘이 꾹 들어갔다.

"나는 앞으로의 일은 무엇 하나 몰라. 그래도 이것만은 말할 수 있어."

어느새 나는.

"내가 지금 카야를 한 번 더 알고 싶다고 생각하는 이 마음도 언젠가 반드시 잊혀질 거야."

스노 사나에의 말에 귀를 기울였다.

"그러니까 지금은 그런 내 마음과 소중한 것에 부끄럽지 않은 내가 되어야 해. 그러고 싶어. 고민하고 괴로워하면서 지금을 쌓아 올리는 수밖에 없어. 그걸 반복했을 때, 치카를 좋아했던 자신이 분명히 있었다는 지금이 생겨. 음악에 영향을 받은 자신이 틀리지 않았다는 지금이 생겨. 그렇게 살아갈 수밖에 없는 거야. 그러니까 이제 괜찮아."

스노 사나에의 왼쪽 눈에서 눈물이 한줄기 떨어진다. 빛나지 않는, 평범한 눈물이었다.

"잊어도 괜찮아."

치카를 향한 추억의 잔재가, 마음속에 남은 타다 남은 재가, 무너져서 떨어진다.

그 파편들이 내 마음속 저 깊은 곳으로 떨어지는 과정에서 사라진다.

그래도 아주 조금, 다 흘러가지 못한 한 줌의 내 추억이, 아무에게도 보여주지 않으려 했던 추억이 말이 되어 흘러나왔다.

"미안해."

소리로 내야 하는 말이 아니다. 심지어 남에게 들려줄 생각이
아니었다.

"치카."

어쩌면 평생 전하고 싶었을지도 모른다.

"그렇게 좋아했는데, 치카만을 생각했을 텐데."

누구에게도, 어디에도 닿을 수 없는 말을.

"나를 이제 잊었을까. 만났다는 사실만이라도 기억해주면 좋
겠다."

스노 사나에만이 듣는다.

시선을 내리고 내 손을 꽉 붙들고.

이 세계의 색은 돌아오지 않는다. 답답함에서 벗어나지 못한
다. 용서받지도 못한다.

그래도 이 세계에 있어도 괜찮다는 말을 들은 것 같다.

////

해가 바뀌고 2주가량 지났다. 세상은 모두 일상으로 돌아가,
우리의 일상도 평상시 운행으로 복귀했다. 그러나 일반적인 새
해 휴가가 없는 사나에게 맞춰 나도 따로 귀성하지 않았기에

애초에 큰 변화는 없었다.

'오늘 저녁에 거기 가자. 달걀말이 먹고 싶어.'

토요일, 내가 먹을 점심을 차리는데 사나에에게서 메시지가 왔다. 바로 'OK.'라고 답을 보냈다. 점심으로 달걀프라이를 부쳤지만 괜찮다. 물론 달걀프라이와 달걀말이는 다르다.

아마 갑자기 생각이 나서 메시지를 보냈으리라. 이모티콘을 쓰지 않은 문장이 그 사실을 알려준다.

완성한 점심을 테이블 위에 차리고, 나는 얼마 전에 새로 산 라디오의 볼륨을 키웠다. 이제 곧 사나에가 담당하는 방송이 시작된다.

디지털시계의 분을 가리키는 부분이 제로가 된 순간, 라디오에서 기계적인 소리가 나오고 서서히 귀에 익은 듣기 좋은 BGM으로 바뀐다. 여성 진행자가 쾌활한 점심 인사와 오늘 날짜와 시각, 이어서 자기 이름을 청취자에게 말한다. 그녀의 오프닝 토크를 들으며 나는 샐러드를 먹기 시작했다. 매번 오프닝 토크를 짜는 게 생각보다 힘든가 봐, 라고 사나에가 했던 말이 생각났다.

오늘 화제는 친구가 전 남친과 관계를 회복했다는 내용이었다. 설마 사나에가 소재를 제공한 건 아닌지 의심하며 들었는데, 전혀 다른 이야기여서 과한 자의식이 부끄러웠다.

타인의 핑크빛 연애담을 듣고 어디나 다 이런저런 일이 있다

이 마음도 언젠가 잊혀질 거야

고 생각하며 나는 데친 브로콜리를 먹었다.

우리도 이런저런 일을 겪고 다시 교제를 시작했다.

라디오에 사연을 보낼 재미있는 이야기는 아니지만, 대화한 끝에 그렇게 되었다. 표면적으로는 원만해 보일지 모르나, 사나에는 여전히 "흐음, 사이토랬나?" 하고 지난 16년간을 비난하곤 한다.

물론 사나에와의 교제를 다시 시작하는 데는 그녀가 나를 어떻게 생각하는지가 가장 중요한 부분이었다. 그녀는 그때 말했던 대로 나를 더 지켜보고 싶다고 말해주었다. "바보 같지만 귀여우니까."라는 말을 추가했다.

내가 죄책감을 삼키고 그녀의 제안을 받아들인 건 흐름을 따른 이유만은 아니다. 그녀가 앞으로도 분투하며 살아가는 모습을 보고 싶다거나, 그녀의 용모가 이성에게 호감을 준다거나, 그런 것이 아니다.

만약 내가 앞으로 죽을 때까지의 인생을 아주 조금이라도 의미 있게 바꿀 수 있다면, 그녀와 함께일 것 같다고 생각했기 때문이다. 내 멋대로라 실례라고 생각하면서도 분명히 그 의견을 전하자, 예상외로 그녀는 기쁘게 웃었다.

"사람은 바뀔 수 있어."

나는 아직 그 말을 전적으로 믿지 못한다.

지금까지 오랜 세월 동안 스스로 무미하고 무취하게 살아온

이 인생을 간단히 바꿀 수 있다고 생각하지 않는다. 그러나 믿고 싶다고 생각한 지금을 쌓아 올리고 싶다.

"사람은 바뀔 수 있다니까 말인데."

내가 그럭저럭 진지한 표정을 짓고 있는데, 사나에가 그 자리의 무거운 분위기를 바꾸고 싶었는지 뭔가 털어놓을 때의 표정을 지었다. 폭로를 즐기는 듯하면서 왠지 모르게 긴장했다. 나를 싫어했다고 밝혔을 때의 표정이다.

"내가 성형한 거 알았어?"

"어, 뭐?"

괴상한 소리가 나왔다. 그녀의 얼굴을 구석구석 살펴봤지만 꿰맨 자국이나 이은 자국이 없어서 모르겠다.

"내 얼굴이 싫었거든. 취직 전에 조금 했어. 부모님은 아직도 정기적으로 보지 않으면 얼굴을 잊겠다고 비꼰다?"

"전혀 몰랐어. 그래도, 확실히 본 적 없는 얼굴이라고 생각했어."

"그래? 뭐, 애초에 기억 못 할 줄 알고 의욕적으로 돌진했어."

내가 놀라는 사이, 하는 김에 고향 역에서 나를 알아봤지만 말을 걸지 말지 용기를 내지 못해 계속 같은 전철을 타고 있었다는 것도 털어놓았다.

이렇게 감춘 사실 때문에 불쾌해지는 일은 전혀 없었다. 그녀는 자기가 걸어갈 길을 제 손으로 움켜쥐려고 했다. 정말 대단

이 마음도 언젠가 잊혀질 거야

하다. 그녀가 싫어하던 자기 얼굴을 바꾼 것처럼 나도 치카에게 고개를 들지 못할 인생을 바꿀 날이 오면 좋겠다고, 지금은 그렇게 바란다. 이 마음도 언젠가 잊혀질지도 모르지만.

점심을 다 먹어도 라디오 방송은 아직 초반의 초반이었다. 식기를 정리한 후, 노트북을 펼쳐 지금 맡은 안건을 준비하기 시작했다.

결국 내 이동 이야기는 미뤄졌고 사나에는 아직 라디오 방송국에서 일한다. 사나에는 최소한 스스로 인정할 답을 찾을 때까지 지금 일을 계속하고 싶다고 했다. 사나에가 도달할 곳이 어디든 그녀 자신의 결심이 가리키는 방향으로 걸어가기를 바란다.

라디오 진행자가 사연 메일을 읽고, 신청이 들어온 노래를 틀었다. 도중에 미리 녹음한 아티스트의 인터뷰나 광고도 있는데, 기본적으로 이 방송은 청취자가 보낸 사연으로 구성된다. 나도 예전에 듣던 노래 하나라도 신청해볼까, 그렇게 생각했을 때였다.

"다음으로 아이디 룩쿠룩쿠 님의 곡 신청입니다. 히무라 씨, 안녕하세요. 네, 안녕하세요! 제 신청 곡은 Her Nerine의 신곡 〈윤곽〉입니다. 이 곡 정말 최고예요. 하루를 살면서 갑자기 구멍이 뻥 뚫린 기분을 느낄 때 들으면, 이런 노래를 해주는 사람이 있다는 사실에 울고 싶어져요. 꼭 틀어주세요! 네, 이 밖에도 많은 분이 이 곡을 신청해주셨어요. 저도 허네리는 정말 좋아하는데요, 빨리 이 곡을 라이브하우스에서도 들을 수 있기를 희망합니다. 그럼 들어주세요, Her Nerine의 〈윤곽〉입니다."

그 음악이 시작했을 때는 딱히 아무 생각도 없었다. 서정적인 인트로에도. 그다지 좋지도 나쁘지도 않았다. 나는 아직 지식 이외의 지점에서 음악의 가치를 판단할 수 있는 마음이 없다. 아기처럼 지금부터 키워나가야 한다고 생각했다.

그런 생각으로 〈윤곽〉을 듣고 있었는데, 여성 보컬이 노래를 시작한 순간 문제가 발생했다.

라디오 방송국 쪽에 문제가 있는 것도, 전파가 잡히지 않은 것도 아니다. 나다. 문제가 나를 덮쳤다. 정신을 차리자 벌떡 일어나 호흡도 잊고 라디오를 바라보았다.

텅 빈 세계에서
텅 빈 마음을 채워가네
함께 나눈 죄의 무게만큼
사랑의 윤곽을 더듬듯이

알고 있다.
나는 이 가사를 알고 있다.
이 밴드도, 이 곡도, 무엇 하나 모르는데 나는 이 곡의 이 부분

이 마음도 언젠가 잊혀질 거야

을 알고 있다.

어두운 버스정류장, 귀에 들린 숨소리, 서로 전했던 노래.

가사를 듣자, 그때 그 노래가 확실하다고 생각했다.

어떻게 된 거지.

조금 전에 분명히 신곡이라고 말했다.

치카 세계의 노래가 아니었나?

이 세계와 그쪽 세계의 관계성을 오랜만에 생각하며 나는 한참이나 망연자실했다.

/ / / /

"허네리를 만나고 싶다고? 갑자기 왜?"

늘 가는 그 술집에서, 늘 같은 점원에게 "아직 헤어지지 않으셨네요? 다행이다."라는 놀림을 받으며, 자리에 앉아 건배하자마자 사나에게 상담했다.

"밴드와 만나고 싶다기보다 〈윤곽〉이라는 곡의 가사를 쓴 사람과 만나고 싶어."

"아아, 그 노래만이 아니라 허네리의 곡 대부분을 쓰는 사람은 보컬인 아키. 사실 나랑 꽤 친해. 착한 아이이긴 한데, 갑자기 왜 그래?"

망설이지 않았다고 하면 거짓말이지만, 지금 진실을 감출 의

미는 없다. 나는 사나에에게 오늘 일과 과거의 기억을 제대로
설명했다.

"아하."

"뭐, 내 기억이 틀렸을지도 몰라."

"정말로 같은 노래라면 대단한데? 우연이든, 뭔가 의미가 있
든. 게다가…… 아니다."

뭔가 말하려다가 사나에가 바닥의 바구니에 넣어둔 가방 안
에서 다이어리를 꺼내 뭔가 확인하기 시작했다.

"어쩌면 이것도 우연이든 뭔가 의미가 있든 대단한 일인데,
다음 주말에 아키가 직접 연주하는 공연이 있어. 〈윤곽〉을 부를
지는 모르겠지만 같이 갈래? 인사 정도는 할 수 있을 거야."

"고, 고마워."

진심으로 우러난 감사를 전했다. 당연히 환하게 웃어줄 줄 알
았는데, 사나에가 입술을 삐죽였다.

"혹시 일정이 무리야?"

"아니야, 나도 이해하고 어른이니까 받아들일 건 받아들였다
고 생각하는데, 역시 좀 질투 나네."

그녀가 그렇게 말하며 내 옆구리를 살짝 찔렀다. 미안했고,
동시에 이번 일로 무언가 치카와, 또 이 현실과 마주할 힌트가
있으면 좋겠다고 생각했다.

다음 주, 우리는 번화가 역 앞에서 만났다. 동료로 소개한다

이 마음도 언젠가 잊혀질 거야

고 해서 무난하게 정장을 입고 도착하자, "라디오 방송국에 그렇게 잘 차려입은 사람은 잘 없는데."라고 타박을 받았다. 정장으로 온 데는 등을 당당하게 펴서 오랜만에 느끼는 긴장을 감추려는 이유도 있었다.

역 앞에서 바로 이동해 사람들 사이를 비집고 라이브하우스로 갔다. 넓은 교차로를 건너고 호객꾼에게 경고하는 방송을 들으며 대형 영화관 앞을 지나갔다.

지하실 입구 같은 곳에 도착하자 사나에가 "여기, 여기야." 하고 내려가는 계단을 가리켰다.

라이브하우스라는 곳에 처음으로 입장했다. 이곳에서 사나에가 음악에 심신을 물들였다고 생각하자, 치카와 만난 그 버스 정류장이 자연히 떠올랐다.

계단을 내려갔다. 접수대 같은 곳에 도착해서 아직 사나에게 티켓을 받지 않은 것을 깨달았다. 등에 대고 말을 걸려고 했는데, 사나에가 왼손을 들어 등 뒤의 나를 제지했다.

"실례합니다. 신카와 씨에게 초대받은 스노입니다."

"네, 그럼 여기에 적어주시겠어요?"

그런 대화를 나누고, 사나에는 접수 여성에게서 스티커를 두장 받아 하나를 내게 넘겼다. 내가 딱히 뭔가 말하고 싶은 표정은 아니었을 텐데, 사나에는 플로어에 입장하자마자 바로 있는 바 카운터에서 맥주 두 잔을 사서 하나를 내게 내밀었다.

"음악에 돈을 쓰는 데도 다양한 방법이 있어. 자, 건배!"

플라스틱 컵을 맞대는데, 우리가 도착하기를 기다린 것처럼 플로어가 어두워졌다. 발 디딜 틈 없는 만원은 아니지만 손님이 제법 있었다. 우리는 보기 편한 곳으로 이동했다.

무대에 사람이 나타나자 드문드문 박수와 환성이 들렸다. 외모로 보아 남자다. 오늘 출연자는 두 사람이니 아키는 두 번째겠다.

스무 살 정도로 보이는 남자는 자신을 환영해준 손님에게 쑥스러운 미소를 지었다. 가녀린 인상인데, 기타를 들고 의자에 앉자 분위기가 달라졌다. 쭉 뻗는 노랫소리가 힘찼다. 이런 목소리를 가지고 태어났다면 음악을 자신의 돌풍이라고 생각해도 틀리지 않겠다고 멋대로 생각했다.

한 곡이 끝날 때마다 박수를 보내자, 여덟 곡으로 그의 차례가 끝났다. 다시 수줍은 웃음을 짓고 인사하며 안으로 사라졌다.

박수 여운이 남은 와중에 플로어의 불이 켜졌다. 옆에 선 사나에를 무심코 보자, 양쪽 입가를 들어 올려 묵묵히 미소를 지으며 스마트폰을 꺼내 뭔가 기록하기 시작했다.

감상을 물어볼 줄 알았는데, 그녀는 내가 창작물에 감동하는 능력이 없는 걸 이미 알고 있다. 그러니 내가 아니라 주변 손님을 생각해서 묻지 않는 것이다. 조금 전까지 노래한 그의 팬이

이 마음도 언젠가 잊혀질 거야

있으면 기분이 상할 가능성이 있다.

나도 언젠가 노래나 소설에 감동하는 법을 배워 사나에와 공감하고 기뻐할 날이 올까. 오더라도 아주 먼 미래일지 모르고 어쩌면 죽을 때까지 그날이 오지 않을지도 모른다. 만약 언젠가 함께 눈물을 흘리는 날이 온다면, 그 미래도 나쁘지 않겠다고 지금의 나는 생각한다.

10분쯤 무대 위의 기기를 교체하는 시간이 있었다.

그 사이에 사나에는 이 라이브하우스와의 추억을 말해주었다.

고등학생 때, 처음 이 거리에 와서 여기까지 오는 길을 걸을 때의 긴장감, 이름만 몇 번 보고 들은 적 있는 이곳에 발을 들일 때의 감동. 소리가 울리기 시작한 순간, 수많은 생각이 머릿속을 뛰어다녀 오열한 것. 그 후로 몇 번이나 찾아왔고, 사람이 모이는 장소다 보니 싫은 일도 겪었지만 그래도 또 라이브하우스에 가고 싶다고 지금도 여전히 생각한다는 것.

"물론 처음 왔을 때와 똑같은 감동을 지금도 폭발시킬 수 있는지 물으면 무리겠지만, 여러 가지를 알게 된 후에 새롭게 감동하는 것도 많을 거야."

그러니까 괜찮다고, 그렇게 말하지는 않았으나 사나에는 그걸 전해주려고 했다. 나를 향한 말이기도 하고 자기 자신을 향한 말이기도 하리라. 어쩌면 이 라이브하우스에 있는 사람들 전원을 향한 말일지도 모른다.

이윽고 무대 위에서 준비하던 스태프가 사라지고 암전했다. 아직 아무도 나오지 않았는데 박수와 환성이 일었다.

긴장했다.

지금부터 나타나는 인물이 누구일까.

그 노래를 부르는 그녀는 치카의 세계와 어떤 관계가 있을까.

서서히 빨라지는 고동과 대조적으로 느린 동작으로, 마침내 아키라고 불리는 인물이 무대 위에 나왔다.

어스레함 속에서 희미하게 기타를 안고 의자에 앉는 동작이 보였다. 한 박자 쉬고, 그녀가 마이크에 얼굴을 가까이하자 천천히 무대에 불이 켜졌다.

"안녕하세요, Her Nerine의 아키입니다."

그녀의 표정은 홈페이지에서 봤을 때보다 언짢아 보였다. 겉치레로도 애교 있다고 하기 어려운 음색으로 간단히 인사만 하고, 곧바로 첫 곡을 연주하기 시작했다.

아키 역시 노래를 시작하자마자 이미지가 달라졌다. 눈을 가늘게 뜨며 졸리고 언짢아 보였던 표정에서는 상상이 안 되었던 모습이다. 그녀의 입에서 흘러나온 것은 이 공간 전체를 뒤흔들 정도의 노랫소리였다. 라디오에서도 들었는데, 눈앞에서 듣는 것과 이렇게 다른가 싶어 놀랐다.

두 곡을 부르고 옆에 놓아둔 물을 마신 뒤, 그녀는 기타 튜닝

이 마음도 언젠가 잊혀질 거야

을 마치고 마이크에 입을 댔다.

"다음은 좋아하는 커버곡입니다. ⟨15살⟩."

그 말만 하고 아키는 다시 한 구절 한 구절 전신의 힘을 쏟아 붓는 목소리로 노래했다.

가사에 귀를 기울이며 나는 내 열다섯 살 시절을 생각했다. 어쩌면 사나에도 그랬을지도 모른다. 이 자리에 있는 대부분이 그랬을지도 모른다.

그 시절에 되기 싫었던 어른이 된 사실을 얼마나 많은 인간이 애석하게 여길까. 애석하게 여긴 후에 할 수 있는 일이 뭘지 생각했다.

그 곡도 마무리되고, 박수 속에서 아키가 개의치 않고 말했다.

"마음은 신곡인데요, ⟨윤곽⟩이라는 곡을 들려드리겠습니다."

옆에서 사나에가 등을 곧게 세우는 걸 알았다. 나는 숨을 삼켰다. 그런 우리를 개의치 않고 아키는 직접 쓴 그 곡을 부르기 시작했다. 연주하며 노래하는 ⟨윤곽⟩은 처음이었다.

기타만으로 연주할 수 있게 편곡한 ⟨윤곽⟩은 아키의 노랫소리가 지닌 특징을 더욱 돋보이게 해주었다. 슬프게도 치카의 노랫소리는 잘 기억이 안 난다. 만약 그녀가 부른 노래가 이 곡이라면 어떤 식으로 불렀을까.

텅 빈 세계에서
텅 빈 마음을 채워가네
함께 나눈 죄의 무게만큼
사랑의 윤곽을 더듬듯이

그래도 들어보니 역시 나는 이 곡을 알고 있다고, 확신에 가까운 생각을 품었다.

가슴에 남은 자국을 덧그리는 감각이다.

〈윤곽〉 다음에 아키는 세 곡을 더 부르고, 일단 무대에서 내려갔다가 그치지 않는 박수에 응해 다시 무대에 섰다. 동시에 첫 번째였던 청년도 기타를 들고 등장해 둘이 함께 노래 한 곡을 부르고 대단원의 막을 내리는 형태로 공연이 끝났다.

사나에와 얼굴을 마주 보았다.

인사하러 대기실에 가기 전에 어느 정도 손님이 빠져나가기를 기다렸다.

"〈15살〉이라는 노래 불렀지?"

"커버라고 한 노래였지."

"응. 그거, 내가 좋아하는 밴드 보컬이 참가한 곡인데, 커버해서 부르는 여자아이가 있다고 선배가 가르쳐줘서 아키와 만났어."

뭔가 의미가 있을지도 모른다고 혼잣말처럼 중얼거리고, 사

이 마음도 언젠가 잊혀질 거야

나에가 스마트폰을 보았다. 아키의 스태프가 연락을 보냈는지 이동했다.

나는 사나에의 뒤를 따라갔다. 사나에가 한 남자 스태프에게 말을 걸어 둘이서 웃으며 인사를 주고받았고, 나도 거기에 섞여 웃으며 고개를 숙였다.

딱 봐도 관계자 이외에 출입 금지인 문 너머로 들어갔다. 생각보다 좁았고, 사람들이 작업하는 사이에 오도카니 얼음주머니를 목에 대고 스마트폰을 보는 아키가 있었다.

사나에가 주변 사람에게 인사하며 살금살금 다가가자 아키가 고개를 들었고, 무대 위의 언짢아 보였던 표정을 부드럽게 풀었다.

"아, 스노 씨."

"오랜만이야!"

"괜찮았어요?"

"응, 진짜 멋있었어."

"기쁘다."

"〈윤곽〉 연주도 좋았어."

"그 노래 좋죠."

활짝 웃는 아키의 얼굴에는 무대 위에선 볼 수 없는 순수함이 보였다. 나이가 스물한 살이라고 들었다.

어떻게 본론에 들어갈까. 사나에 뒤에서 조심스럽게 직립 부동으로 서서 생각하는데, 사나에가 대화가 끊긴 참에 몸을 반쯤 이쪽으로 돌려 나를 아키 앞으로 끌어냈다.

"있지, 갑자기 미안한데. 이 사람, 내 동료인데 〈윤곽〉을 듣고 아키의 팬이 되었대. 그냥 인사만 하면 어떨까 싶은데, 괜찮아?"

"안녕하세요, 스즈키 카야입니다. 공연, 멋있었어요."

아키 앞에 섰지만, 긴장을 감출 수 있었다. 준비한 인사에 적당한 흥분의 뉘앙스를 풍기며 건넬 수 있었다. 본심을 감추고 살아온 인생에 감사한다고 말하고 싶다.

아키는 또 명랑하게 미소를 지었다.

"와, 고맙습니다. 처음 뵙겠습니다. Her Nerine이라는 밴드의 보컬이에요. 아키라고 합니다."

발랄하게 웃는 그녀의 인사를 나는 긴장한 머리로 간신히 받아들였다.

그녀와 만나게 되면 무슨 말을 해야 할까, 어떻게 물어봐야 치카가 불렀던 노래와 아키의 관계성을 알 수 있을까. 여기 오기까지 수없이 생각했다.

일단 〈윤곽〉을 만든 계기를 묻고 싶었다. 좋아한다고 말한 뒤니까 부자연스럽지 않을 것이다. 아키 본인에 관해서도 궁금하지만 갑자기 물어보면 부자연스러우리라. 동네 친구와 밴드를 꾸리며 Her Nerine을 시작했다는 건 공식 프로필을 보고 알았다. 거기에서부터 대화를 시작할까. 그녀가 치카 혹은 치카의

이 마음도 언젠가 잊혀질 거야

세계를 알고 있지는 않을까. 아키, 아키.

속에 품은 다양한 생각을 아키에게 제대로 전달하려고 바싹 마른 입을 열었다.

"……아키는 가을의 그 아키(秋)인가요?"

내 입에서 나온 말에 귀를 의심했다. 무슨 소리를 하는 거야.

긴장도 더해지고 수많은 생각이 뒤엉킨 결과, 아무 상관 없는 걸 물었다. 대화할 수 있는 시간도 한정적인데.

표정에 드러내지 않고 후회하는데, 아키가 순간 놀란 표정을 지었다. 그래도 곧 기분 좋게 웃으며 "어, 아니에요." 하고 손가락으로 허공에 무언가 쓰기 시작했다.

"편하다고 할 때의 안(安)에 예능(藝能)의 예를 써서 아키라고 해요."

"……아, 혹시 성씨인가요?"

빨리 이 화제를 바꿔야 한다고 생각했다.

그래서 전혀 각오가 없었다. 그런 데에 의미 있는 무언가가 포함되었을 리 없다고.

"맞아요. 이름으로 불리는 건 좀 쑥스러워서 성씨를 썼어요. 이름은 이거예요."

아키가 또 손가락을 허공에 움직였다. 버릇인지도 모른다.

옆으로 선을 하나 긋고, 이어서 다섯 획 정도 같은 움직임을 두 번 반복하고 이어서 네 획 정도를 썼다.

아무도 바라지 않는 앙코르　　　　　　　　　445

읽을 수는 없었지만.

"하나(一)의 노래(歌)."

마치 노래하기 위해서 태어난 듯한 그녀의 이름을.

"이렇게 쓰고 이치카."

잘못 들은 줄 알았다.

"아키 이치카예요."

몇 번이나, 셀 수 없을 만큼 마음속으로 부른 기억이 있는 그 울림.

아마도 표정을 꾸미는 것도 잊었을 것이다.

"이름이 너무 멋 부린 것 같죠? 그래서 부끄러워요."

붙임성 있게 아키, 아키 이치카가 웃는다.

나도 모르게 반사적으로 사나에를 봤다. 이 사실을 알고 있었을 그녀는 뭔가 참아내는 표정으로 작게 고개를 끄덕이고, 곧바로 미소를 지었다.

"처음 만나는 사람한테 그렇게 쉽게 본명을 알려줘도 돼? 악용하면 어쩌려고?"

"에이, 스노 씨 동료잖아요."

두 여성이 장난을 치며 동지처럼 함께 웃었다.

나는 그 모습을 지켜봤고 들었다.

그랬을 것이다.

이 마음도 언젠가 잊혀질 거야

내 의식은 나도 모르는 사이 다른 곳에 가버렸다.

마음이, 그 시절의 암흑 속으로 날아갔다.

정신을 차리자.

빛나는 두 개의 눈이 거기 있는 것 같다.

빛나는 스무 개의 손발톱이 거기 있는 것 같다.

아니, 있다.

목소리가 들렸다.

흐릿해진 기억으로서가 아니라.

지금 그곳에 그녀가 있는 것 같았다.

아니, 있었다.

'외모나 목소리가 전혀 달라서 금방은 나인 줄 모를 수도 있어.'

그때는 무슨 소리인지 몰랐다.

'하지만 우리가 선택하지 못하는 깊은 곳에 달라지지 않는 게 있지 않을까.'

그렇구나.

'만약 내가 카야의 세계에 태어났더라도.'

치카는 사라졌다. 버스정류장도 없다. 전쟁은 끝났다.

아무것도 남지 않았다고 생각했다.

'분명 카야와 만날 거야.'

그랬구나.

우리는 만나는 방법을 알고 있었구나.

"카야는 어떤 한자예요?"

앞에 선 아키의 목소리에 이끌려 내 마음은 지금 이 자리, 라이브하우스 대기실로 돌아왔다. 다급하게 표정을 꾸미려다가 그럴 필요가 없다는 걸 금방 깨달았다. 나는 진짜 미소를 지었다.

"향기 향(香)에 미륵이라고 할 때 그 미(彌)를 써요."

"되게 멋지다."

어떻게 하면 좋을지 생각했다. 지금 눈앞에 있는 아키라는 아이의 존재를 어떻게 받아들이고 무엇을 전해야 할지를.

많은 것을 생각했다. 이쪽 세계와 저쪽 세계가 연결된 것과 결국 어떤 영향을 주고받았는지 모르는 점을 고려하면, 치카에 해당하는 존재가 이쪽 세계에 있는 황당무계한 일도 꼭 불가능하지는 않다.

그렇다면 그 사실을 어떻게든 전해야 할지도 모른다. 그러면 그녀에게 뭔가 해줄 수 있는 일이 있지 않을까.

고민했지만 도달한 해답은, 정말 이것뿐인가 싶을 정도로 단순했다.

아키와 사나에와 셋이서 막힘 없이 대화를 나누고, 다음에는 꼭 밴드가 진행하는 공연에 와달라는 말에 진심으로 기대한다고 말했다.

헤어지면서 아키는 사나에와 친구처럼 손을 흔들고, 내게는 꾸벅 인사했다.

나는 마지막으로 그녀에게 전하고 싶고, 해주고 싶은, 단 한 가지를 건넸다.

"서로 행복할 수 있기를 바랍니다."

처음 만난 상대에게 웬만해서는 들을 기회가 없을 말에 아키는 의아한 표정을 짓고 "가, 감사합니다." 하고 조금 장난스럽게 대꾸하며 또 꾸벅 고개를 숙였다.

주변에 있던 사람들에게도 간단히 인사를 나누고 우리는 플로어로 나왔다. 사람이 거의 사라진 라이브하우스에서 나와 계단을 올라가 지상에 올라선 후, 나는 사나에를 바라보았다. 그녀는 다양한 색을 갖춘 표정을 순서대로 지으며 입술을 벌렸다.

"괜찮아?"

단 한 마디의 다정함에 기대어 나는 고개를 끄덕였다.

"고마워."

하고 싶은 말이 많았을 텐데, 사나에는 전부 삼키고 웃어주었다.

하늘을 올려다본다.

치카도 그쪽에서 나와 만났을까, 마지막으로 그런 생각에 잠겼다.

////

2월 말이 되어 나는 자연스럽게 생일을 맞았다. 나이를 먹는 것에 특별한 감흥은 없었지만, 올해는 예년과 조금 사정이 다른 생일을 보내게 되었다.

"어이!"

멀리서 들린 목소리에 그쪽을 보자, 왜건 옆에서 형이 손을 흔들었다. 고향 역 앞에 덩그러니 서 있던 나와 사나에는 잔뜩 흥분한 우리 형을 보고 쓴웃음을 지으며 다가갔다.

"미안, 미안. 오래 기다렸지? 안녕하세요, 카야의 형입니다."

나한테는 사과도 건성으로 한 형이 기쁜 표정으로 사나에게 인사를 건넸다. 훌륭한 사회인인 사나에는 가방을 어깨에 멘 상태로 두 손을 앞으로 가지런히 모아 공손히 인사했다.

"처음 뵙겠습니다, 스노 사나에입니다. 오늘 일부러 데리러 와주셔서 감사합니다."

헤실거리는 형은 "아이고, 무슨 말씀을요."라며 사나에를 뒷좌석으로 안내했다. 동생으로서 굉장히 머쓱했지만, 나도 얌전히 차에 탔다.

마침 내 생일이 주말과 겹치고 사나에의 휴일이기도 해서, 우리는 내 본가에 놀러 가기로 했다. 목적은 사나에를 우리 가족에게 인사시키고, 지난주에 첫 제사였던 어머니의 불단에 합장

450   이 마음도 언젠가 잊혀질 거야

하기 위해서다. 그런 일을 위해 일부러 오지 않아도 된다고 했는데, 사나에의 희망으로 오늘이 실현되었다. 내일은 둘 다 아침부터 일이 있어서 돌아가야 해서 본가에서 점심을 먹을 뿐이다. 옅은 미소를 짓고 버티면 되는데, 아침부터 "영업 스마일인 카야는 금지야."라고 사나에가 못을 박았다. "그 얼굴을 보면 사이토라고 불리는 기분이거든."이라는 말까지 했으니 나는 그녀의 말에 따를 뿐이다.

차로 이동하면서 형은 계속 사나에에게 말을 걸었다. 사나에는 사나에대로 기쁘게 "고등학교 때 같은 반이었어요.", "라디오 방송국에서 일해요.", "동생이랑 다르게 형님은 서글서글하셔서 놀랐어요!" 같은 대화를 전개했다. 만들어낸 미소 이외에 어떤 표정을 지어야 할지 모르는 나는 일단 흘러가는 경치를 바라보았다.

본가에 도착하자, 언제부터 기다렸는지 집 앞에 아버지가 서서 최근 키우기 시작한 고양이를 안고 있었다.

사나에는 쾌활하게 웃는 아버지에게도 극진한 환영 인사를 받고, 현관까지 마치 어느 나라 왕녀라도 된 듯이 안내를 받았다.

신발을 벗고 손을 씻고 거실로 이동하자, 예상치 못하게 외할아버지와 외할머니도 있어서 나는 당황했다. 아버지 쪽은 이미 세상을 떠나서 이 자리에 없다.

사나에는 외조부모와도 인사를 나누고, 불단에 합장해도 되는지 물었다. 물론 거부할 이유가 없으니 나도 함께 어머니 불단 앞에서 손을 모았다.

어머니의 죽음에 특별한 슬픔을 느끼지 않았다. 그래도 지금에 이르자, 현재의 나로서 어머니와 이야기를 나누면 뭔가 다른 대화를 할 수 있었겠다고 생각했다.

거실의 야트막한 테이블에는 여섯 명으로도 다 먹지 못할 양의 요리가 준비되었다. 배달시켰을 초밥과 할머니가 만들었을 조림과 닭튀김이 큰 접시에 수북하게 담겼다. 테이블 옆에 놓인 소파 하나에 나와 사나에가 앉자마자 아버지가 왠지 모르게 안절부절못했다.

"사나에 씨, 술은."

"정말 좋아해요!"

사나에가 기다렸다는 듯이 대답하자 아버지가 기뻐하며 어디선가 술병을 하나 들고 왔다. 결혼 허락을 받으러 온 게 아니라고 생각하면서 나도 아버지와 잔을 나눴다.

식사를 무사히 마쳤다. 내 가족도 사나에도 즐거워했으니 다행이다.

회사 이야기, 도시에서의 생활, 내 어머니의 이야기, 사나에가 보는 내가 어떤지 등 이야기가 난무했다.

"아기 같아서 귀여워요."

이 마음도 언젠가 잊혀질 거야

비난처럼 들리는 사나에의 평가에도 우리 가족은 몹시 기뻐하며 웃었다. 아버지가 카야를 모쪼록 잘 부탁한다고 고개를 숙였다.

나는 기본적으로 대화를 적당히 받아넘기면 그만이었는데, 딱 한 가지 아버지의 말에는, 사나에에게 전달하는 의미도, 어쩌면 어머니에게 전달하는 의미도 있었을지 모를 진심 어린 한마디를 했다.

"좋은 사람이니 소중히 여겨야 한다, 카야."

"……네."

입에 든 음식물을 삼킨 후 제대로 대답했다.

"내 시간을 써서 아주 조금이라도 사나에를 위해 뭔가 할 수 있기를 바라요."

아버지도 형도, 또 사나에도 놀란 것 같다.

식사를 마친 후, 형이 사 온 디저트를 먹으며 커피를 마셨다. 해 질 때쯤 사나에의 본가에도 들르겠다고 하고 그날 모임을 마쳤다.

소소한 선물을 받고 사나에를 반드시 또 데려오겠다고 약속한 뒤, 우리는 집을 나섰다.

내 본가에서 사나에의 본가까지 다소 거리가 있지만, 우리는 걸어서 이동했다. 차로 배웅해주겠다는 형의 제안은 사나에가 모처럼 왔으니까 가끔은 고향을 걷고 싶다는 말로 정중하게 거절했다.

사나에의 본가는 예전 산 쪽에 있다. 지금은 개발이 전부 진행되어 걸어가도 당시의 흔적은 거의 없다.

"그 시절에 이쪽을 달렸어?"

나란히 걷는 사나에의 질문에 고개를 끄덕였다.

"응. 적당한 언덕이 있었으니까."

"버스정류장도 이쪽이었어?"

"응, 맞아."

그 대화를 끝으로 우리는 말없이 걸었다.

한참 걷다가 그 시절에는 없었던 아파트 단지 앞에 접어들었다. 이 아파트에 사는 아이들이 뛰어다니는 옆을 지나갔다.

좁은 인도 전방에서 유모차를 밀며 한 여성이 걸어와서 우리는 차가 지나지 않는 도로로 피했다.

스쳐 간 순간, 무심코 여성의 얼굴을 보고 놀랐다.

그러나 말을 걸거나 무언가 알아차렸다는 표정도 짓지 않았다.

그저 마음속으로만 내가 그 시절부터 본명으로 불렀던, 어딘가 나와 닮은 점이 있는 그녀도 건강하기를 바랐다. 어디선가 "진짜 시시하다."라는 말이 들린 것 같다.

"있잖아, 카야."

아파트 단지를 지날 때, 사나에가 이름을 불렀다.

"응?"

"아까 했던 말."

다시 걸으며 사나에를 보자, 그녀도 이쪽을 보고 있었다.

"전부 다 사라졌으니까 나를 위해 살겠다는 생각은 하지 마. 그런 건 원하지 않아."

사나에는 계속 걸었다. 나는 늘 그랬듯이 그녀와 보조를 맞췄다.

"나는 카야의 모든 걸 이해해줄 수 없고 모든 걸 긍정해줄 수도 없어. 내가 할 수 있는 건 카야 곁에서 나란히 걷는 것 정도야."

입술을 올려 웃은 사나에가 일단 멈춰 섰다. 나도 똑같이 멈춰 서서 그녀의 눈을 정면으로 바라보았다.

"이렇게 서로 바라보고 가끔 손을 잡고, 가끔 비슷한 생각을 하며 살아가자. 그리고 언젠가 죽자. 그 정도면 괜찮지 않을까 싶어."

말을 마치고 사나에가 다시 걷기 시작했다. 나도 뒤를 따라가 나란히 걸었다.

그녀의 말을 들으며 수많은 생각이 오갔다.

사나에가 말한 그 삶 너머에는 소중한 것에 부끄럽지 않을 내가 있을지도 모른다.

"긴 인생이니까 지금부터가 시작이야."

"그러고 싶어."

나는 고개를 끄덕였다. 사나에가 옆구리를 살짝 찔러 옆을 보고, 그녀가 슬픈 표정이 아니어서 다행이라고 생각했다. 그 사실을 기쁘게 생각하는 내가 되기를 바랐다.

그런 나날에 이름을 붙이는 건 아직 이르다는 사실을, 마침내 깨달았다.

이 마음도 언젠가 잊혀질 거야

〈 이 마음도 언젠가 잊혀질 거야 〉
더 백 혼 THE BACK HORN

* 음악은 더 백 혼(THE BACK HORN) 유튜브 공식 채널에서 확인하실 수 있습니다.
https://www.youtube.com/c/thebackhornch
https://jvcmusic.lnk.to/konokimochi

베스트셀러 『너의 췌장을 먹고 싶어』로 화려하게 데뷔한 작가 스미노 요루는 청소년 시기의 복잡다단한 심리를 표현하는 실력이 뛰어나다. 특별한 능력을 지닌 청소년들의 이야기를 그린 『나「」만「」의「」비「」밀』, 밤이 되면 괴물로 변하는 점을 제외하면 평범한 소년과 왕따 소녀의 관계를 그린 『밤의 괴물』도, '질풍노도의 시기'나 '중2병' 같은 단순한 말로 표현하기에는 무언가 아쉬운 청소년의 심리를 잘 표현했다.

갑자기 췌장을 먹고 비밀 능력이 있고 괴물이 된다고 하니 단편적인 정보만 접하면 도대체 무슨 이야기인가 싶다. 생뚱맞은 소재여서 자극적인 면에 시선이 쏠리기 쉬운데, 내부를 들여다보면 작가의 따뜻한 시선이 보인다. 그는 미숙한 마음을 다독이는 이야기를 써왔다. 그의 소설을 읽으면 삶에 어려움을 겪는 사람의 생각이나 행동을 표현하는 실력이 대단해서 왠지 공감성 수치를 느끼는데, 이야기를 따라가면서 차츰 등장인물을 이해하고 그들의 삶을 응원하게 된다. 사람의 등을 다정하게 받쳐주고 응원하려는 작가의 마음이 담긴 덕분이리라. 이런 따스함이 스미노 요루의 이야기가 꾸준히 읽히는 이유 아닐까.

이 소설 『이 마음도 언젠가 잊혀질 거야』의 주인공 카야는 굉장히 염세적이다. 삶이 그저 지겹고 무료하다. 시시한 인간들에게 진절머리를 느끼고 자신도 시시한 인간이라고 생각한다. 다만 자신은 시시함을 망각하지 않았기에 주변과 다르다고 여긴다. 세상의 이치를 깨달았다는 착각에 빠진다. 그런 카야가 오래된 버스정류장에서 다른 세계의 존재와 만난다. 반짝이는 두 개의 눈과 열 개의 손발톱만 보이는 존재를. 인위적인 불빛 없는 어슴푸레함 속에서 스물두 개의 빛만 허공에 떠 있다. 내가 그런 상황을 겪는다면 비명을 지르고 도망쳐서 이야기가 시작과 동시에 끝났을 텐데, 늘 '특별함'을 기다리던 카야는 그 상황을 기꺼이 받아들인다.

이 세상은 지루하다, 나도 지루한 인간이지만, 그 사실을 알고 있으므로 다른 사람과 다르다. 나는 특별하니까 특별한 일을 겪을 가치가 있다. 우월감에 젖은 카야의 심리는 상태가 다소 심각하지만, 몸과 마음이 급격하게 성장하고 감정이 널뛰는 사춘기 시절에 한 번쯤 겪는 심리일 것이다. 나 역시 중고등학생 시절에 뜬금없이 창밖을 보며 '인생이 뭘까……' 하고 사색에 잠기고, 우수에 젖는 모습을 보여주겠다고 장대비를 맞으며 돌아다녔다. 물론 사람마다 차이가 있으니 사춘기라고 하나로 묶어버리면 안 되고, 자기 경험은 자신만의 것이니 약간의 거만함이나 우월감도 나쁘지 않다. 다만 카야는 유일무이를 경험했다는 자만감에서 벗어나지 못한 채 어른이 되었다. 특별함을 경험하고 과하게 집착한 탓에 성장하지 못한 것인지도 모른다. 특별함을 만나지 않았다면 무난한 어른이 되지 않았을까, 이렇게 생각하면 영 재수 없고 얄미워 보이는 카야가 문득 가엽고 안쓰럽다. 이 소설에는 정확하게 밝히지 않은 정보가 많다. 치카가 도대체 어떤 생물인지, 치카가 사는 세계가 어떤 곳인지도 밝히지 않고, 치카가 만난 또 다른 사람이 누구인지도 오리무중이다. 이런 것은 카야의 심리와 행동의 이유인 장치일 뿐이고, 이야기의 핵심은 카야가 현실을 바라보고 살아가게 되는 과정, 즉 성장하려는 발걸음을 지켜보는 것이기 때문이다. 마침내 카야는 함께 걸어갈 사람을 얻고, 어설퍼도 지금을 소중히 여길 줄 알게 된다. 스미노 요루가 데뷔 이래 꾸준히 쌓아온 공력이 잘 반영된 소설이라고 할 수 있겠다.

끝까지 읽은 뒤 번역을 시작하는 책이 있는가 하면 그때그때 이야기를 따라가며 번역하는 책도 있다. 이 소설은 후자였다. 처음 몇 장을 살펴보고 실시간으로 진행하는 편이 재미있겠다고 판단했다. 결론을 말하면 이 판단은 반은 맞고 반은 틀렸다. 작가가 의도적으로 제시하고 가린 장치들, 다나카나 사이토라

이 마음도 언젠가 잊혀질 거야

는 이름과 치카의 대사에 담긴 묘한 위화감을 모르는 채 읽었기에 연결고리를 깨달은 순간 짜릿한 쾌감을 느꼈다. 단어들을 적재적소에 배치한 작가의 실력에 감탄이 절로 나왔다. 동시에 이런 장치를 안 상태였다면 더 많은 것이 보여서 번역하는 동안 더욱 재미있었을 테니 이 점은 아쉬웠다. 초벌 번역할 때는 신선한 독서가 즐거웠고, 원문과 대조하고 문장을 만지는 과정에서는 이야기를 깊이 있게 즐길 수 있었다. 마지막 장을 덮은 후 다시 처음으로 돌아가면 더욱 재미있는, 재독을 추천하고 싶은 작품이다.

스미노 요루는 음악을 좋아하고 라이브하우스를 사랑하는 작가로도 유명한데, 이번 소설은 책에 명시된 것처럼 일본의 록 밴드 더 백 혼(THE BACK HORN)과 세계관을 공유하며 시작한 프로젝트다. 더 백 혼의 앨범 〈이 마음도 언젠가 잊혀질 거야〉는 국내 음악 사이트에서도 들을 수 있으며, 유튜브 공식 채널에도 전곡이 올라와 있다. 어떤 노래인지 궁금하다면 한번 찾아서 들어보시기를! 나도 번역하면서 종종 찾아들었는데, 정체 모를 다른 세계의 소녀가 너무도 이 세계다운 노래를 부르는 모습을 상상하니 웃음이 나왔다. 소설과 노래를 동시에 즐기는 재미있는 경험이었다.

이소담

이 마음도
언젠가
잊혀질 거야

2023년 2월 23일 1판 1쇄 발행

지 은 이 | 스미노 요루
옮 긴 이 | 이소담
발 행 인 | 유재옥

본 부 장 | 조병권
편집1팀 | 김준균 김혜연
편집2팀 | 정영길 조찬희 박치우 정지원
편집3팀 | 오준영 이해빈
편집4팀 | 전태영 박소연
디 자 인 | 김보라 박민솔
라 이 츠 | 김정미 맹미영 이승희 이윤서
디 지 털 | 박상섭 김지연
영   업 | 박종욱
마 케 팅 | 한민지 최원석 박수진 최정연
물   류 | 허석용 백철기
외주디자인 | 올디자인 그룹

발 행 처 | ㈜소미미디어
발행등록 | 제2015-000008호
주   소 | 서울시 마포구 토정로 222번지, 403호(신수동, 한국출판콘텐츠센터)
제 작 처 | 코리아피앤피
전   화 | 편집부 (070)4260-1393, (070)4405-6528 기획실 (02)567-3388
            판매 및 마케팅 (070)4165-6888, Fax.(02)322-7665

ISBN | 979-11-384-3608-3 03830